HÄTT ich den BRATEN NUR FRÜHER GEROCHEN

FRANZISKA ERHARD

1. Auflage Juli 2024

Korrektorat: Doris Eichhorn-Zeller, www.perfekte-texte-coburg.de Cover / Umschlaggestaltung: Buchgewand www.buch-gewand.de

Ich freue mich über jede Rückmeldung. Schreibt an franziska.erhard@gmx.de
Oder besucht mich auf Facebook: Franziska.Erhard.Autorin

KAPITEL 1

»Na los. Trau dich, Donna. Schlag zu!«

Der herausfordernde Klang der tiefen männlichen Stimme zwang mich dazu, ganz auf den Moment fokussiert zu bleiben. Den Hammer zu fühlen, den ich umklammerte, und dessen Gewicht ich so deutlich spürte. Ich schwenkte ihn probehalber, veränderte meinen Griff, bis ich ihn gut und sicher umfasste und bereit war, mit ihm auszuholen.

»Das wolltest du doch schon immer einmal tun. Jetzt hast du die Chance. Oder traust du dich am Ende nicht?«

Die Stimme klang in meinen Ohren lockend und provozierend zugleich. Ich nickte unwillkürlich und holte tief Luft. Richtig, das hatte ich schon immer einmal tun wollen. Nimm das, dachte ich, als ich zum ersten Schlag ausholte. Es war ein unglaubliches Gefühl, befreiend und mächtig und verrückt.

»Yes!«, schrie ich und setzte direkt zum zweiten Hieb an, dann zum dritten und vierten. »Nimm das! Und das! Und das auch noch, du blöde Wand!«

Nachdem ich einmal angefangen hatte, war es wie ein Wahn. Ein großartiger Wahn, der mich unglaublich zufrieden machte. Denn das hier war nicht einfach eine Wand, auf die ich wie eine Bekloppte eindrosch. Das war so viel mehr. Das hier war eine Wand, auf die ich verschiedenfarbige Zettel geklebt hatte. Verschiedenfarbig deshalb, damit ich wusste, was die einzelnen bedeuteten. Auf dem roten stand zum Beispiel Ein paar Kilo weniger würden dir nicht schaden. Auf dem grünen Man muss auch mal zufrieden sein mit dem, was man hat. Auf den rosaroten hatte ich Du warst doch immer glücklich als Single geschrieben, auf den gelben Nicht jeder kann ein Superstar sein. Es muss doch auch die langweiligen Normalos geben. Und auf dem blauen stand schließlich Du bist einfach der geborene Kumpeltyp.

Jeden einzelnen Spruch hatte ich in den letzten Jahren viel zu oft gehört. Von anderen oder – was noch schlimmer war – von mir selbst. Und ich hatte jeden davon nicht nur gründlich satt, sondern auch beschlossen, dass ich sie jetzt ein für alle Mal aus meinem Kopf ausradieren würde. Und noch besser: Ich würde sie löschen und umgekehrt wieder einprogrammieren. Ein paar Kilo weniger? Ha! Ich holte aus und schlug zu. Sagt wer? Wer bestimmt, wie viele Kilos jemand haben darf, ehe es zu viel wird? Niemand außer dem, der damit leben muss. Und ich fand gerade, dass sich meine Pfunde ganz gut verteilten und charmant präsentiert wurden. Und ja, man musste auch mal zufrieden sein, aber das hieß nicht, dass man sich gar nichts mehr wünschen durfte. Im Gegenteil: Wer aufhört zu träumen, der wird nichts mehr erreichen. Und ich hatte noch so vieles, was ich erreichen und erleben wollte. Ganz alltägliche Dinge mitunter, die für mich aber neu und aufregend wären. Dinge, an die ich mich lange nicht herangetraut hatte und von denen ich so langsam befürchtete, dass ich irgendwann zu alt dafür wäre. Und die Übernahme des Penrose B&B war nur ein Teil davon.

Ich spürte, wie meine Arme schwer wurden, und fixierte den nächsten Zettel. Ja, ich war alleine glücklich. Aber das hieß nicht, dass ich zu zweit nicht noch glücklicher sein könnte. Es bestand zumindest die Chance und ich hatte einfach verdammt Lust, das mal auszuprobieren. Und vor allem hatte ich keine Lust mehr auf den Unterton, mit dem man solche Sätze gesagt bekam. Mit diesem dezent mitschwingenden Eingeständnis, dass man sich halt keine zu großen Hoffnungen machen durfte. Aber ich würde mir die jetzt wieder machen. In den letzten Jahren hatte ich mich als Single gut gefühlt und nicht wirklich aktiv versucht, diesen Zustand zu ändern. Ich hatte mich vorübergehend darauf verlegt, einfach abzuwarten und zu hoffen, dass mein Mr Right irgendwann an die Tür klopfen würde. Aber das tun weder Frösche noch Traumprinzen und deshalb würde ich jetzt tatkräftig damit anfangen, nach einem geeigneten Kandidaten Ausschau zu halten. Weil ich es verdient hatte. Und weil es da draußen einen Typen gab, der überglücklich wäre, mich an seiner Seite zu haben. Für den ich ein Superstar wäre, der Mensch, der sein Leben perfekt macht und der im Gegenzug meines auf eine Art bereichern konnte, wie ich mir das insgeheim immer gewünscht hatte. Womit wir dann auch beim letzten Zettel wären. Mit schweren Armen und vor Schweiß glänzender Stirn hob ich den Hammer und zielte. Kumpeltyp! Ja, ich war gerne eine gute Freundin und bei sehr vielen war ich auch sehr gerne der beste Kumpel. Bei einigen wenigen allerdings nicht, und das würde ich jetzt zuallererst ändern. Aus Donna, dem Kumpel, würde ich jetzt Donna, die Traumfrau, machen. Einmal, ein einziges Mal, wollte ich erleben, wie es war, wenn man umschwärmt, begehrt und hofiert wurde. Wie es war, wenn man zu spüren bekam, dass sich jemand ins Zeug legte, um dich zu beeindrucken. Wie es war, wenn man für einen anderen die Schönste war, der Gipfel des Verlangens, das Nonplusultra. Ja, ich würde jetzt einfach mal größenwahnsinnig werden und mir all das wünschen. Und weil wir schon dabei waren und ich ja gerade lernen wollte, dass das Wichtigste meine Gedanken, meine Empfindungen, meine Wünsche waren: Ich würde jetzt frech davon ausgehen, dass ich solch eine Frau war. Und ich würde in Zukunft jede Chance nutzen, die sich mir bot, und nicht mehr wegrennen, weil ich Angst davor hatte, was passieren könnte. Ich würde meine Wünsche nicht mehr unterdrücken, weil sie sich nicht gehörten oder weil brave Mädchen so etwas nicht taten. Oh nein, ich war lange genug brav gewesen. Ich hatte gute Zeiten hinter mir und miese. Zeiten, an die ich nicht zurückdenken wollte, und ganz viele Momente, die wunderbar gewesen waren. Aber das, was jetzt kam, würde alles toppen. Wer sagt, dass die Zwanziger die besten Jahre waren, ist noch nicht in seinen Vierzigern, dachte ich trotzig. Oder er ist falsch dort angekommen, mit den falschen Menschen um sich und den falschen Ideen im Kopf. Ich holte noch einmal aus und legte all meine verbliebenen Kräfte in den letzten Hieb. Nein, ich konnte im Großen und Ganzen nicht klagen, was die guten Zeiten in meinem Leben betraf, aber das, was heute begann, würde alles toppen. Die beste Zeit ist jetzt, dachte ich und kloppte ein letztes Mal auf die Wand vor mir. Die Splitter flogen nur so durch den Raum in einer Wolke aus Staub, als der Kopf des Vorschlaghammers ein gewaltiges Loch in die Gipskartonwand fraß. Ich lachte auf, so glücklich wie schon lange nicht mehr, so ausgepowert wie schon lange nicht mehr und so zuversichtlich wie schon lange nicht mehr.

»Respekt. Du machst keine halben Sachen«, wurde mein letzter Schlag beinahe ehrfürchtig kommentiert.

Ich ließ den Hammer sinken und beide Schultern kreisen. Zerstörung war ganz schön anstrengend, wenn man das nicht gewohnt war. Dann nahm ich die Schutzbrille ab und drehte mich mit einem breiten Grinsen zu meinem Begleiter um, der mit beeindruckter Miene erst die Wand, dann mich ansah.

»Das war großes Kino. Will ich wissen, was auf diesen rätselhaften Zetteln stand, die du so fulminant zerlegt hast?«

Ich spitzte meine Lippen zu einer hoffentlich geheimnisvollen Geste.

»Du willst es wissen, Nick. Nur werde ich es dir nicht verraten.« Genau deshalb hatte ich sie ja verkehrt herum aufgeklebt und mir das Farbschema ausgedacht. Mut hin oder her, aber es musste ja nicht jeder lesen können, mit welchen Gedanken ich heute endgültig Schluss machen wollte. Und schon gar keine fremden, attraktiven Kerle, die in mir die neue, coole und selbstbewusste Donna sehen sollten.

»Solange kein Foto von mir dabei war …« Nick wischte sich den nicht existenten Schweiß von der Stirn und grinste breit.

»Keine Angst. Noch hast du nichts getan, was das rechtfertigen könnte. Also pass auf, dass es so bleibt.« Ich lächelte ihn mit funkelnden Augen an.

»Das ist der Plan.« Für einen Moment sah mich Nick nachdenklich an und in seinen Augen lag so viel Ehrlichkeit, dass mir keine passende Antwort einfiel. »Und wenn du je einen Job suchst«, nun wurde seine Stimme wieder heiter. »Wir haben immer irgendwo eine Wand, die zertrümmert werden muss.«

Eine halbe Stunde später saß ich mit Nick im Garten des B&Bs und stieß mit einer Tasse Tee auf den offiziellen Beginn des Umbaus an. Auch wenn wir noch völlig am Anfang standen, wusste ich bereits, dass ich keinen besseren Bauleiter hätte finden können. Denn unter uns, das Projekt, das heute startete, war nicht ohne. Ich hatte eben erst das Penrose B&B übernommen, jenes Gästehaus, welches meine Tante Mabel gegründet und so viele Jahre geführt hatte. Und zwar so leidenschaftlich geführt, dass sie dabei gar nicht mitbekam, wie die Zeit verging und sie selbst älter wurde. Erst als sich all die diversen Wehwehchen jeden Tag einstellten und nicht länger nur sporadisch auftraten, hatte sie begonnen, über die Zukunft nachzudenken. Sie hatte das gründlich getan und es gipfelte darin, dass ich heute hier saß, von oben bis unten voller Gipsstaub und Dreck, sehr glücklich und ein wenig von mir selbst überrascht – und vor allem als neue Besitzerin des Betriebes. Mabel hatte mit ihrem Anwalt einen schlauen Plan aufgesetzt, der mich zur Inhaberin des

Gästehauses machte. Das Haus an sich blieb zwar in ihrem Besitz und sie hatte für den Rest ihres Lebens das Wohnrecht, aber dennoch war ich ab sofort befugt, die Zimmer nach meinen Vorstellungen umzubauen und zu renovieren. Nur für den Anbau, der in Zukunft ihr Refugium werden sollte, hatte sie selbst die Umbaupläne mit Nick besprochen. Auch das war ihre Idee gewesen, dass sie aus dem Dachgeschoss auszog, in dem sie bisher ihre Räume gehabt hatte.

»Die Treppen werden in den nächsten Jahren nicht einfacher für mich werden. Der Anbau ist schon lange mein Plan B. Dort kann ich alles barrierefrei ausbauen, habe einen Rückzugsort und bin dennoch mittendrin, wenn ich will. Das ist doch perfekt. Und du brauchst eine anständige Unterkunft. Du kannst nicht auf Dauer im kleinsten Zimmer hausen. Es ist die ideale Lösung, für uns beide«, hatte sie verkündet und wie immer recht gehabt.

Als das alles geregelt war, fuhr sie endlich in die lange überfällige Kur. Aber nicht, ohne mir zuvor den besten Bauleiter der Region zu vermitteln und mir ein Versprechen abzunehmen.

»Wenn du meinen Vertrag unterschreibst und Penrose Cottage samt B&B übernimmst, dann mach es richtig«, hatte sie gesagt. »Ich weiß, dass du Pläne hast, und ich weiß auch, dass ich schon längst hätte renovieren sollen. Mach es nicht wie ich. Schieb es nicht vor dir her und gewöhne dich an die Umstände. Du bist jetzt hier die Chefin, und das sollte man sehen. Ich habe nur eine Bedingung: Der Umbau meines neuen Reiches muss am Anfang stehen, damit ich nach der Kur sofort dort einziehen kann. Aber so, wie ich Nick kenne, ist das kein Problem. Und er wird auch für alles andere eine Lösung finden. Ich freue mich schon darauf, was zwei kreative Köpfe wie ihr aus diesem Haus machen werdet. Enttäusch mich nicht.«

Tja, dieses Versprechen hatte ich nur zu gerne gegeben. Tante Mabel hatte diesen Nick Greenwood umgehend kontaktiert und bereits für den nächsten Tag einen Termin mit ihm vereinbart. Und von da an hatte die Sache richtig Fahrt aufgenommen. Nick Greenwood war, um es kurz zu machen, so eine Art Kommandozentrale, Superhirn und Schnittstelle in einem. Er war selbst Malermeister und hatte mit einem einfachen Malerbetrieb begonnen. Mittlerweile war sein Unternehmen deutlich erweitert worden. Er übernahm komplette Bauleitungen, hatte die besten Kontakte zu den örtlichen Handwerkern, koordinierte die Abläufe, bekam vor allem kurzfristig Termine – und er hatte einen Vorschlaghammer, den er auf Wunsch verlieh. Zudem strahlte er eine unglaubliche Ruhe aus, verfügte über ein schier endloses Wissen und ein sehr charmantes Lächeln. Ja, ich hätte es schlechter treffen können. Und nein, es würde mich nicht stören, wenn sich der Umbau hinzog, weil wir Zimmer für Zimmer angehen mussten und so über eine längere Zeit zusammenarbeiten würden.

KAPITEL 2

»Ich habe das Gefühl, dass gerade die beste Zeit meines Lebens anbricht«, gestand ich ein paar Stunden später versonnen und grinste schon wieder wie eine Irre.

»Ach ja? Erzähl!« Joanna rutschte ein wenig auf dem Stuhl hin und her, bis sie bequem und entspannt dasaß. Die Augen meiner Freundin funkelten interessiert. »Liegt es daran, dass du endlich das B&B übernommen hast, oder an dem Kerl, mit dem du heute deinem Zerstörungstrieb freien Lauf gelassen hast?«

»Ich habe keinen Zerstörungstrieb. Wenigstens normalerweise nicht.« Ich beugte mich über den Tisch und fixierte Joannas Augen. »Obwohl es großartig war. Und ich habe es getan! Ich habe all die blöden Sprüche an die Wand gepinnt, wie ich es geplant hatte. Und dann habe ich jeden einzelnen fein säuberlich zertrümmert. Was für ein Gefühl. Es ist das eine, sich selbst zu sagen, dass man nicht mehr an den ganzen Mist glaubt. Aber das … es war unglaublich. Es hat mich mit einer Kraft erfüllt, das kannst du dir gar nicht vorstellen. Auch wenn es nur eine symbolische Sache ist, habe ich das Gefühl, dass ich einen gewaltigen Schritt gemacht habe, was meine persönliche Entwicklung angeht. Ich kann es nur empfehlen.« Ich zwinkerte Joanna zu.

»Ich werde es mir merken, falls ich irgendwann eine Wand zu viel habe.«

»Ich kann dir eine überlassen. Ich habe noch ein paar, die verschwinden werden. Auch wenn sich die Bauarbeiter um die übrigen kümmern, das geht einfach schneller und professioneller. Aber ich fand es toll, dass ich die erste zertrümmern durfte. Jetzt habe ich wirklich das Gefühl, dass dies hier mein Umbau ist.«

»Es ist toll von deiner Tante, dass sie dir diese Möglichkeit gibt. Das ist nicht selbstverständlich.«

»Ich weiß. Und ganz ehrlich, ich wäre schon superhappy gewesen, wenn sie mir einfach die Leitung des B&Bs übertragen hätte. Aber dass sie mich hier wirklich komplett von der Leine lässt …« Ich konnte nicht anders, ich musste lachend den Kopf schütteln. »Und dann stellt sie mir dafür auch noch den Bausparvertrag zur Verfügung. Ich meine, echt jetzt? Ich könnte mich hier nicht so austoben, wenn ich den kompletten Umbau zu den üblichen Standardkonditionen selbst finanzieren müsste. Und Tante Mabel hätte ohne Weiteres sagen können, dass sie sich mit dem Geld einen schönen Lebensabend macht. Ich muss gestehen, dass ich deswegen durchaus ein schlechtes Gewissen habe. Aber sie hat sich das nicht ausreden lassen. Sie besteht darauf, dass sie das Geld über die Jahre hinweg dafür angespart hat und dass es in den Umbau fließen soll. Nur meine Räume werde ich nicht davon bezahlen. Die werden zwar ebenfalls renoviert, aber das bezahle ich selbst. Ein bisschen was habe ich schließlich auch auf der hohen Kante. Und ich werde mir an Mabel ein Beispiel nehmen. Ich lege mir ebenfalls einen Sparvertrag zu, weil sie so verdammt recht hat. Irgendwann steht wieder eine Renovierung an, auch wenn man denkt, dass man jetzt alles tipptopp auf Stand hat. Und so hat man Zeit, selbst mit kleineren Beträgen eine nette Summe anzusammeln.«

Ich sah, wie Joanna zustimmend nickte und sich vermutlich eben eine geistige Notiz machte, so etwas ebenfalls anzugehen. Schließlich war sie in einer ähnlichen Situation wie ich. Sie würde in wenigen Monaten das Jam first übernehmen, unser Dorfcafé samt Bäckerei. Und auch wenn der Renovierungsbedarf in dem kleinen Laden nicht so hoch war wie hier im B&B, würde sie einiges machen lassen müssen.

»Und dank ihrer Kontakte geht es nun schneller los, als ich zu hoffen wagte. Weißt du, das meine ich. Es scheint gerade alles so perfekt zu laufen und ich glaube jetzt einfach mal daran, dass es so bleibt.«

»Bei deiner Einstellung muss es ja laufen. Ich hoffe, dass du mir die Nummer dieses Handwerkers gibst, wenn es bei mir so weit ist, dass ich das Jam first renoviere.« Sie bekam einen versonnenen Ausdruck. »Himmel, ich kann das immer noch nicht fassen. Vor ein paar Monaten hätte ich nicht mal davon geträumt, so etwas zu sagen. Und jetzt schau uns an! Jetzt leben wir beide hier, in diesem wunderschönen Ort direkt an der Küste Cornwalls, und haben unsere Traumarbeitsplätze gefunden. Du hast recht, Donna. Die beste Zeit ist genau jetzt.«

»In deinem Fall ganz sicher. Denn wenn du ehrlich bist, dann liegt es bei dir nicht nur am Café, oder? Ich würde mal behaupten, dass der reizende Gavin einen erheblichen Anteil daran hat, dass du gerade jeden Tag so strahlst.«

Joanna, die Wunderbare, erröte tatsächlich. Himmel, wie süß war das denn, dass sie immer noch vor Glück und Freude rot wurde, wenn die Rede auf Gavin kam, ihren neuen Freund und den Menschen, der so perfekt zu ihr passte?

»Er hat zumindest einen Teilbeitrag dazu geleistet«, gestand meine Freundin endlich. »Es ist das Gesamtpaket. St. Hope, das Café und ja, auch Gavin. Manchmal habe ich Angst, dass es zu viel des Guten ist und ich irgendwie dafür bezahlen muss, solch ein Glück zu haben.«

»Quatsch«, widersprach ich resolut. »Wir haben uns das verdient. Du hast es verdient. Und ich ebenfalls.«

»Da hast du absolut recht. Ich würde es dir so wünschen, dass du auch einen Mann wie Gavin kennenlernst. Nein, ich bin mir sicher, dass es so sein wird. Wenn du ihn nicht schon längst kennst.« Sie zwinkerte vielsagend.

Ich wusste, dass sie jetzt auf Harry anspielte, und lachte laut auf. Harry war wenige Tage nach mir in St. Hope aufgetaucht, und zwar als Gast in unserem B&B. Und irgendwie war er seitdem einfach nicht mehr abgereist. Worüber ich sehr froh war, denn er hatte sich wie Joanna schnell zu einem meiner besten Freunde gemausert. Und er hatte in den letzten Wochen gezeigt, dass er eine unschätzbare Stütze war, wenn man eine solche brauchte. Als eine zweite Version von Gavin taugte er allerdings nicht. Harry war toll, aber halt auch Harry. Ruhig, in sich gekehrt und gerne mit sich alleine. Und irgendwie schien er gar nicht zu bemerken, ob er eine Frau oder einen Mann vor sich hatte. Wenn es jemanden gab, der absolut frei war von jeglichem Interesse an zwischenmenschlichen Verwicklungen, dann Harry.

»Vielleicht habe ich das«, sagte ich dennoch und schob in Gedanken das Bild meines Freundes zur Seite, um dem von Nick Greenwood Platz zu machen. Ich hatte mir vorgenommen, offen und unvoreingenommen zu sein, und offen und unvoreingenommen hatte dieser Kerl jede Menge Potenzial. Ich schätzte ihn auf Anfang fünfzig und er war einer dieser Männer, die sehr gut alterten. Mit grauen Haaren, die ihm das gewisse Etwas verliehen, einem kräftigen Körper, der durch tägliche Arbeit in Form gehalten wurde, und klugen blauen Augen, die interessiert in die Welt blickten. Und vor allem war er nett. Ja, ich freute mich darauf, mit Nick zusammen diesen Umbau anzugehen, und ich würde einfach mal abwarten, wie es sich entwickelte. »Oder vielleicht wartet er noch irgendwo darauf, mich endlich zu treffen. Gavin hat nicht zufällig eine Neuanmeldung für das Essen morgen?«

Joanna zuckte entschuldigend die Achseln, was vermutlich Nein hieß. Ich winkte ab. Es wäre auch zu schön gewesen.

»Trotzdem freue ich mich darauf«, sagte ich fest. »Diese Treffen sind toll und sie sind etwas ganz Besonderes.

Schließlich waren sie der Grund, weshalb wir beide jetzt hier sitzen.«

Einen Moment herrschte Schweigen am Tisch. Vermutlich dachte auch meine Freundin gerade daran, wie recht ich hatte. Als wir vor einigen Monaten zufällig gleichzeitig nach St. Hope gezogen waren, hatten wir uns innerhalb kürzester Zeit kennengelernt, weil Gavin, heute ihr Freund, damals einfach nur der charmante Touristikmanager der Region, den genialen Einfall gehabt hatte, hier diese Dinner with future friends-Treffen zu organisieren. In der Anfangszeit waren die etwas stockend verlaufen. Erst als wir hier aufschlugen, war frisches Blut in die Gruppe gekommen. Vor allem, weil auch Betty, die zwar aus St. Hope stammte, aber einige Jahre in London gelebt hatte, ihren Rückzug hierher nutzen wollte, um sich neue Freunde zu suchen. Und als dann noch Liz dazustieß, die sich nach ihrer Trennung ebenfalls einen neuen Bekanntenkreis aufbauen wollte, war unsere Runde perfekt. Wir hatten uns von der ersten Stunde an gut verstanden und waren mittlerweile eine richtig tolle Clique geworden. Und wir hatten gar nicht darüber reden müssen, dass wir auch weiterhin zu diesen Veranstaltungen gingen. Schließlich konnte man nie genügend Freunde haben und falls sich wieder einmal ein Neuzugang nach St. Hope verirrte, wollten wir da sein und alles tun, um auch ihm oder ihr einen so guten Start wie möglich zu bescheren.

»Wie spät es schon wieder ist.« Joanna sah auf ihre Uhr und stand seufzend auf. »Ich muss los, du weißt ja, wie früh mein Arbeitstag beginnt. Aber wir sehen uns morgen in der Mermaid, ja?«

Auch ich stand auf und umarmte Joanna. »Auf alle Fälle. Grüß Gavin von mir.«

»Mach ich. Und du sag Harry einen Gruß. Wo treibt er sich eigentlich herum?«

»Wie immer irgendwo in der näheren Umgebung, um sich die Gegebenheiten anzusehen und seinen nächsten Mord zu planen.«

Wir lachten noch, als Joanna die kleine Gartentür hinter sich schloss und sich auf den Rückweg machte. Ich nahm die beiden Gläser auf und schaute mich im Garten des B&Bs um. Hier draußen war alles tadellos. Einen Moment ließ ich meinen Blick auf dem Meer ruhen, das man vom Garten aus sehen konnte, und atmete tief durch. Welches Glück musste man haben, um an solch einem Ort leben und arbeiten zu dürfen? Dass man bloß vor die Tür zu gehen brauchte, um das Meer nicht nur zu sehen, sondern auch zu riechen und zu hören? Und dabei dieses unfassbare Glücksgefühl zu spüren, das sich in deinem Innern ausbreitet und dich einfach nur vor Freude strahlen lässt. Dann fiel mir wieder ein, wie spät es war, und ich machte mich auf den Weg in die Küche. Zeit, um den Frühstückstisch einzudecken und alles vorzubereiten, während ich darauf wartete, dass Harry irgendwann eintrudelte und den Tag mit mir und einem Glas Weißwein beschloss.

KAPITEL 3

Als ich mit Harry am nächsten Abend den Nebenraum des Dorfpubs betrat, waren erwartungsgemäß nur die altbekannten Teilnehmer der Dinner-Treffen versammelt. Ich freute mich dennoch, denn in dieser Runde war es immer unterhaltsam und das Gefühl, mit echten Freunden zusammenzusitzen, war wunderbar.

»Donna!« Betty umarmte mich stürmisch und schob mich dann ein Stück von sich weg, um mich ungeniert von oben bis unten zu mustern. »Du siehst umwerfend aus. Dieses Kleid ist wie für dich gemacht. Ein toller Schnitt, und diese Farbe! Das steht dir super.«

Ich war schon drauf und dran, abzuwinken und das Kompliment abzuschmettern, besann mich dann aber. Wieso nur bemühte sich jeder, Komplimente abzuwehren, abzuwiegeln oder am besten schnellstmöglich zu versichern, dass man das selbst ganz anders sah? Wo es doch einfach nur nett und ehrlich gemeint war und vor allem guttat, wenn man so etwas gesagt bekam?

»Danke! Freut mich, dass es dir auch gefällt. Ich habe mich sofort in dieses Teil verliebt und musste es haben«, gab ich deshalb zu und strahlte Betty an.

Ich kannte Betty lange genug, um zu wissen, dass sie immer ehrlich war. Sie hatte schon zu viele Anekdoten aus ihrem Arbeitsleben in einer schicken kleinen Boutique erzählt, die darin gipfelten, dass sich irgendwer entrüstet davongemacht hatte, weil Betty es wagte, ihre ungeschönte Meinung zu einem Kleidungsstück abzugeben. Ich wusste allerdings auch, dass es deutlich mehr begeisterte Kundinnen gab, die sich ihrer Expertise anvertraut hatten und mit einem ganz neuen Kleidungsstil und vor allem einem extrem aufgewerteten Selbstbewusstsein den Laden verlassen hatten. Eines war klar: Wenn ich jemals auf die benötigten Körpermaße zusammenschrumpfen würde, um in die Klamotten zu passen, die dort verkauft wurden, dann würde ich mich nur noch von Betty einkleiden lassen. Selbst wenn das vermutlich nie passieren würde und ich aktuell auch nichts tat, um so zu enden. Ja, ich bin eine dieser Frauen, die man so charmant als mollig oder stark bezeichnet. Wobei Stärke ja mal überhaupt nichts mit der Figur zu tun hat. Ich kleidete mich in den Sonderabteilungen für große Größen ein und ich war definitiv ein gutes Stück von dem entfernt, was gemeinhin immer noch als erstrebenswertes Gewicht galt. Aber im Gegensatz zu all den Jahren, in denen ich mich deswegen selbst gehasst hatte, mich versteckte und einen immerwährenden Kampf gegen mich geführt hatte, hatte ich jetzt zur Abwechslung beschlossen, mich einfach mal so zu mögen. Ich hatte lange Stunden vor dem Spiegel verbracht und mich betrachtet. Und ich hatte mich gezwungen, dabei nicht nur meine zu dicken Oberschenkel anzustarren oder gehässig meinen Bauch zu mustern, sondern gezielt nach den Stellen zu suchen, die ich mochte. Ich gebe gerne zu, dass dies eine der schwersten Aufgaben war, die ich mir je gestellt hatte, und dass man so etwas nicht an einem Abend schafft. Aber im Laufe der Zeit wurde ich besser. Es war, als hätte es irgendwann klick gemacht, als könne ich endlich das ewige Sehnsuchtsziel, dünn und fast schon zerbrechlich zu sein, aus meinem Kopf löschen. An dem Punkt begann ich dann, ein neues Selbstbild aufzubauen. Und dieses Bild bestach vor allem durch das Auftreten. Ich lernte, dass ein strahlendes Lächeln ein zweites Kinn deutlich abmildern konnte. Dass ein gut geschnittenes Kleidungsstück auch einen runderen Körper vorteilhaft präsentierte. Dass der richtige Schnitt zeigte, dass sogar ich eine Taille hatte, selbst wenn die umfangreicher war als andere. Und dass fröhliche, bunte Farben eine krasse Signalwirkung auf die Umwelt hatten. Seht her, ich bin eine coole Frau, die zu sich steht, schienen sie zu sagen. Joanna, die ebenfalls mit einigen überflüssigen Pfunden kämpfte, hatte mir dies schon oft bestätigt. Ich war mir mittlerweile sicher, dass man zumindest im Ansatz mitbestimmen konnte, wie die Umwelt einen wahrnahm. Ob man sich mit sich selbst wohlfühlte und sich mochte oder ob man das eben nicht tat und signalisierte, dass man lieber unsichtbar wäre. Das hat übrigens nichts mit übertriebener Eigenliebe oder mit Großspurigkeit zu tun, sondern wirklich einfach damit, sich zuzugestehen, dass man perfekt unperfekt war und das absolut in Ordnung ging.

Während wir wie immer wild durcheinanderquatschten und darauf warteten, dass Owain, der Wirt der Mermaid, das Essen servierte, ließ ich meinen Blick unauffällig zu Joanna gleiten. Ich war vom ersten Tag an von ihrer Ausstrahlung fasziniert gewesen und fand sie schon da einfach nur hübsch. Aber seitdem sie sich nicht mehr von blöden Kommentaren verunsichern ließ und das Glück ihr nur so aus jeder Pore zu sprühen schien, war sie nicht mehr zu übersehen. Ich gönnte es ihr von Herzen, dass sie ihren Frieden gefunden hatte und sich selbst nicht mehr ständig kleinmachte. Und ich gönnte ihr Gavin, der sie eben an sich zog und küsste. Ich stupste Harry in die Seite und ruckte mit meinem Kinn in die Richtung der beiden.

»Das ist immer noch jedes Mal einfach nur niedlich, oder?«

»Die zwei passen perfekt zueinander«, gab mir Harry recht.

»Schade, dass Gavin keinen Bruder hat«, seufzte ich und stützte das Kinn auf. »Den würde ich mir sofort schnappen.«

Harry brummte nur und ich grinste. Harry war zwar wortgewandt, wie ich mittlerweile wusste, aber nicht gesprächig. Im Gegensatz zu mir schien er nur ein Kontingent von wenigen hundert Wörtern zu haben, die er täglich laut aussprechen konnte. Und bei dieser Theorie hatte ich schon berücksichtigt, dass er in den letzten Wochen deutlich redseliger geworden war. Anfangs war es eine echte Herausforderung gewesen, mehr als einen Satz aus ihm herauszubekommen. Mittlerweile sprach er manchmal sogar, ohne dass man ihn zu einer Antwort zwang. Und trotzdem mochte ich den Kerl ungemein. Irgendetwas an seinem Wesen hatte mich schon bei der ersten Begegnung gepackt und dafür gesorgt, dass ich ihn nicht als stummen Langweiler abtat. Stattdessen hatte ich ihn nach und nach dazu gebracht, sich uns zu öffnen und uns am Ende sogar sein Geheimnis anzuvertrauen – kurz bevor wir von alleine hätten darauf kommen können, aber trotzdem. Es hatte mich wahnsinnig gemacht, nichts über ihn zu wissen. Und auf der anderen Seite fand ich es total cool, wie verschwiegen er war und dass er uns so beharrlich verheimlichte, was er hier tat. Himmel, Joanna und ich hatten uns die wildesten Theorien ausgedacht und dabei beständig Angst gehabt, dass er just dann seinen Koffer packen und zurück zu wem auch immer kehren würde, wenn wir uns endgültig an seine ruhige Art gewöhnt hatten. Zum Glück wartete niemand auf ihn und zu unserem noch größeren Glück hatte sich auch Harry verliebt. Nicht in einen Menschen, aber dafür in Cornwall. Und da das für sein Berufsleben wichtig war und ihn somit an diesen Landstrich fesselte, würde er uns erhalten bleiben. Und am allerbesten fand ich, dass Harry so begeistert von seiner neuen Tätigkeit war, dass er sich voll und ganz hineinstürzte, ohne Kapazitäten für anderes frei zu haben. Also beschloss er, sich vorerst auch keine eigene Wohnung zu suchen, sondern als Dauermieter im Penrose B&B zu logieren. Und das freute mich nicht nur, weil ich damit einen Gast hatte, sondern weil sich Harry eben klammheimlich auch zu einem meiner besten Freunde gemausert hatte. Ja, ich mochte den verschrobenen Kerl, der gar nicht so verschroben war, wenn man sich die Mühe machte, ihn kennenzulernen.

»Was starrst du mich so an?«, wollte der nicht verschrobene Kerl just in diesem Moment wissen.

»Ich habe darüber nachgedacht, wie sehr ich dich mag«, gestand ich freimütig.

Harry blinzelte. »Ich mag dich auch, Donna«, bekannte er schlicht.

Ich tätschelte seine Hand und grinste. »Dann bekomme ich eine Hauptrolle in deinem nächsten Buch? Das wäre so toll! Ich habe noch nie einen Autor gekannt und ich finde es nach wie vor aufregend, dass du jetzt Bücher schreibst. Aber ich will nicht das Mordopfer sein!« Ich überlegte. »Und auch nicht die Mörderin, glaube ich. Vielleicht eine charmante und clevere Zeugin? Die deinem Kommissar Dave hilft, den Fall zu knacken? Und die dabei sein Herz ein wenig in Wallung bringt? Der Kerl hat echtes Potenzial und es würde zu ihm passen. Ich bin sicher, die Leserinnen wären begeistert, wenn sich da etwas anbahnt.«

Wieder einmal hatte ich das Erstbeste gesagt, was mir in den Sinn kam, und stockte jetzt, als ich Harrys Gesicht sah.

»In der Tat überlege ich aktuell, wie es mit Daves Privatleben weitergehen soll.« Er runzelte die Stirn, dann brach einer der seltenen Wortschwalle aus ihm heraus. »Weißt du, du hast absolut recht. Der erste Band kommt richtig gut an und die Leser mögen meine Geschichte. Aber vermutlich wäre es schlau, neben den Kriminalfällen auch einen weiteren Handlungsstrang einzubauen, den ich dann in jedem neuen Buch weiterführen kann. Natürlich kann ich Dave einer Entwicklung unterwerfen, nach und nach Geheimnisse aus seiner Vergangenheit aufdecken. Aber am besten kann man seine Leserschaft nun mal an eine Reihe binden, indem man einen zweiten roten Faden hat, der sich erst mit der Zeit entwickelt. Und Studien zeigen, dass dabei eine romantische Handlung am zielführendsten ist, sogar bei einer Krimireihe.«

Er sagte das so sachlich und beinahe überrascht, dass ich schon wieder lachen musste.

»So ist das eben, Harry. Am Ende sehnt sich jeder danach, geliebt zu werden. Und wir lesen gerne darüber, wie sich andere verlieben, und träumen dann, dass es uns ebenfalls passiert.« Ich stupste ihn frech an. »Fast jeder, sollte ich wohl sagen. Und gerade im Bereich der Wohlfühlkrimis, und da gehört dein Kommissar Dave Donovan absolut dazu, sind solche Nebenhandlungen passend und zudem schön.«

»Vermutlich hast du recht.« Harry klang so resigniert, als hätte ich ihm eben nicht geraten, seinem Romanhelden ein wenig Romantik anzudichten, sondern selbst zu einer Ganzkörperenthaarung mit Heißwachs zu gehen.

»Natürlich habe ich recht. Und du solltest doch eigentlich genügend Inspirationen haben. Schließlich sehen wir den beiden schon seit einiger Zeit zu, wie sie sich anschmachten und total verliebt sind.« Ich deutete einmal mehr zu Joanna und Gavin. Alleine die Art, wie sie den anderen ansahen, reichte aus, dass man sich wünschte, das auch ein einziges Mal erleben zu dürfen.

»Redet ihr über uns?«, fragte Joanna prompt und kniff ein Auge zu.

»Nein. Wir reden darüber, dass sich jeder wünscht, das zu erleben, was ihr gefunden habt«, gab ich zu und zuckte mit den Achseln. »Jeder außer Harry hier, der sich nur rein beruflich dafür interessiert. Aber wir anderen?« Wieder zuckte ich die Achseln und holte tief Luft. Das hatte ich bisher nie laut gesagt und mich immer hinter der Aussage versteckt, dass ich im Moment ganz gerne alleine war. Das war ja nicht mal gelogen. Ich war nicht sterbensunglücklich, weil ich keinen Partner hatte. Ich würde den passenden Kerl aber auch nicht wegschicken, wenn er endlich auftauchte. »Ich zumindest wäre bereit, mich endlich mal wieder zu verlieben. Oder wenigstens einen Kerl zu haben, der weiß, wie man ein bisschen Spaß in das Leben einer Frau bringt. Wisst ihr, irgendwie habe ich das Gefühl, dass dieser Sommer einmalig ist. Dass er es gut mit mir meint und etwas Großes mit mir vorhat. Ihr kennt doch die Geschichten … Dieser eine Sommer meines Lebens, als alles wie am Schnürchen lief und man die Liebe gefunden hat.« Ich hatte bei den letzten Worten träumerisch meine Stimme verstellt und grinste nun breit. »Die große Liebe oder auch ein paar kleine Abenteuer, die noch kribbeln, wenn man sich als alte Frau daran erinnert. Auf alle Fälle will ich jetzt genau das erleben: den Sommer meines Lebens, in dem ich die sich bietenden Freuden in jeder Hinsicht bis zum Anschlag ausgekostet habe.«

Um Harrys Mundwinkel zuckte es kurz. Nicht amüsiert, sondern fast schockiert, dachte ich belustigt. Aber ich konnte mir nicht lange Gedanken um seine Prüderie machen, denn Betty lenkte mich ab und lotste mein Gehirn in völlig neue Gefilde, die ich noch nie betreten hatte.

»Na, wenn das kein Plan ist! Ich versteh dich total. Ich wäre ebenfalls so was von bereit, wieder einmal einen Kerl zu haben. Und deshalb werde ich jetzt aktiv.« Sie beugte sich zu mir rüber. »Ich habe mich angemeldet. Drüben in St. Yves. Da finden regelmäßig Speeddating-Veranstaltungen statt. Eine Kundin hat mir neulich davon vorgeschwärmt, dass sie dort einen total süßen Kerl kennengelernt hat.«

Ich spürte, wie meine Augen interessiert aufblitzen. »Echt? Das klingt doch gut. Erzähl mir mehr davon.«

KAPITEL 4

Bettys Erzählungen hatten mich in einen fatalen Zustand versetzt. Ich hatte gebannt jedem ihrer Worte gelauscht, nachgefragt und krampfhaft ignoriert, wie sich die kleinen Rädchen in meinem Denkapparat zu drehen begannen. Als ich dann in meinem Bett lag, wälzte ich mich unruhig hin und her und versuchte immer noch, diese Schnapsidee zu unterdrücken, die stetig in mir wuchs. Schließlich gab ich auf und angelte nach dem Handy. Nur mal sehen, was da steht, dachte ich. Ich fand die Seite schnell und begann zu lesen. Und las es noch einmal. Dann klickte ich mich durch die Bilder der Location und natürlich auch durch alle begeisterten Kommentare, in denen glückliche Ex-Singles beteuerten, auf dieser Veranstaltung ihr Lebensglück gefunden zu haben. Warum eigentlich nicht, wisperte mein Gehirn. Wer war die Frau noch mal, die eben erst getönt hat, dass jetzt Schluss ist mit Abwarten und das Glück stattdessen aktiv gesucht wird? Wer wollte sich verändern und einfach das tun, worauf er Lust hat? Und wer hätte größte Lust, so etwas auszuprobieren?

Tja, falls jemand einen Grund braucht, weshalb man sich nicht aufgewühlt und leichtsinnig und ein klein wenig beschwipst nachts mit einer Schnapsidee an sein Handy hängen sollte: Das hier ist er. Zwei Minuten später hatte ich nämlich eine Mail im Postfach, in der nicht nur meine Reservierungsnummer für das nächste Speeddating übermittelt wurde, sondern zudem ein Link, um jetzt gleich zu bezahlen und mir damit meinen Platz endgültig zu sichern. Die Mail kam übrigens von einem Angelo dem

Liebesboten, der glaubhaft versicherte, uns an diesem Abend voller Hingabe betreuen zu wollen und dafür zu sorgen, dass wir uns rundum wohlfühlten und maximale Chancen auf das Match unseres Lebens hatten.

»Tja dann, Angelo. Mach dich auf mich gefasst«, murmelte ich und klickte den Link an, um die Zahlung auszuführen. Eine weitere Minute später war die zweite Mail da, die mich als Teilnehmerin des nächsten Speeddatings willkommen hieß. Zudem waren darin die Regeln aufgeführt, an die man sich zu halten hatte. Im Anhang fand ich noch den Ablaufplan und ein Extradokument mit Tipps. Es waren lauter clevere Ratschläge in der Art, dass wir uns natürlich geben sollten und unter keinen Umständen versuchen dürften, ein anderer zu sein. Und für alle, die es immer noch nicht gecheckt hatten, wurde am Ende ein weiteres Mal aufgeführt, was man damit meinte. Trage etwas, in dem du dich wohlfühlst und du dir vor allem nicht verkleidet vorkommst, und Sei einfach du selbst! prangte es noch einmal in roten Lettern und mit zahlreichen Herzen geschmückt auf dem letzten Dokument.

Ich war so euphorisch, dass ich sofort damit begann, mein Profil zu bearbeiten. Man gab sich einen Nicknamen, der am entsprechenden Abend auch auf dem Schildchen stehen würde, das man zu tragen hatte. Ich dachte kurz nach und tippte dann Mabel ein. Schließlich hatte ich es meiner Tante zu verdanken, dass ich jetzt hier war und bald zu einem Speeddating gehen würde – und zudem konnte ich mir den Namen gut merken. Ich hinterlegte die Kontaktdaten, die an ein eventuelles Match weitergeleitet werden sollten, und las mir ein letztes Mal durch, wie der Abend verlaufen würde. Dann trug ich mir den Termin in den Kalender ein und legte das Handy weg. Noch zehn Tage, bis ich mich ganz spontan präsentieren würde und einer der besten Abende meines Lebens auf mich wartete.

Zum Glück war mein Kopf in den kommenden Tagen zu sehr mit anderem beschäftigt, um jetzt schon wegen dieser Veranstaltung komplett durchzudrehen. Ich hatte bezüglich der Umgestaltung des Hauses jede Menge Ideen gesammelt, was sich nun als echtes Problem herausstellte. Ich konnte mich einfach nicht entscheiden, ob ich einen cleanen Chic wollte oder ein typisches hyggeliges B&B-Feeling. Ich hatte auch ein paar mutigere Ideen im Kopf, mit Konzepten, die man nicht in jedem zweiten Hotel fand, und war mit der Entscheidung schlichtweg überfordert. Also hatte ich einmal mehr Rat bei Tante Mabel gesucht und die Antwort bekommen, dass ich da ganz auf meinen Bauch hören sollte.

»Es ist dein Projekt. Und es muss zu dir passen. Du musst das Gefühl haben, dass du selbst nirgends anders als in einem dieser Räume übernachten willst.«

Tja, und das war es eben. Ich wollte manchmal in einem kuscheligen Blümchenzimmer schlafen und dann wieder in einem coolen, modernen Raum, in dem ich mich wie eine völlig andere Frau fühlte. Ich fand, dass man sich im Urlaub auch mal auf eine ungewohnte Umgebung einlassen sollte und damit vielleicht eine neue Seite an sich entdecken konnte.

Als Nick zu drängen begann, dass wir uns endlich um Farbkonzepte, Fußbodenbeläge, Einrichtungen und neue Sanitärobjekte kümmern müssten, war es an der Zeit, eine Entscheidung zu fällen. Ich legte die Mappe, die ich in den letzten Wochen angelegt und mit reichlich Bildern und Ideen befüllt hatte, auf den Tisch.

»Ich denke«, begann ich langsam und nahm die obersten Ausdrucke heraus, »dass es dieser Stil wird.«

Ich legte die Fotos zwischen uns auf den Tisch. Die darauf gezeigten Zimmer waren hell und gemütlich. Sie waren in einer Mischung aus dem populären Boho-Look und dem klassischen Flair des englischen Landhauses aus einem Sonntagabend-Film eingerichtet, den wohl die meisten mit einer heimeligen Pension verbanden. Schmiedeeiserne Betten, dezent geblümte Bettwäsche, ein wenig Rattan und viel Weiß. Das war ein Look, den ich mochte und der idyllisch und gemütlich wirkte und in unseren Zimmern, die allesamt diese großartigen Fenster mit Fensterbank hatten, bestimmt toll aussehen würde. Es passte auch zu diesem alten Steinhaus und dem engen Treppenhaus und war vermutlich allgemein verträglich.

Zu meiner Überraschung warf Nick nur einen schnellen Blick darauf, einen sehr viel längeren dann auf mein Gesicht. Er strich sich über das Kinn und legte die Stirn in Falten.

»Du denkst?«

»Nun ja, manchmal mache ich das«, gab ich perplex zurück und brachte ihn damit zum Lachen.

»Das ist bestimmt ein Konzept, das zu einem B&B passt«, begann er langsam und bedächtig. Immer noch schenkte er meinen Vorschlägen keinen zweiten Blick.

»Aber?« Es klang definitiv nach einem Aber und ich brannte darauf, den Grund zu erfahren.

»Willst du meine ehrliche Meinung?«

»Unbedingt.«

»Gut. Also, wie gesagt, das hier«, sein Finger tippte auf das oberste Bild. »Das hier passt. Keine Frage. Das ist der Stil, den wir ständig in solchen Häusern umsetzen. Der sichere Weg. Der langweilige Weg. Und wenn du der Überzeugung bist, dass du das willst, dann machen wir es. Aber wenn ich dir zuhöre und da kommt eine Aussage wie *Ich denke*, dann weiß ich, dass du dir selbst nicht ganz sicher bist.«

»Hm«, machte ich und verzog den Mund. »Weil ich das vielleicht wirklich nicht bin. Ich meine, es gibt unzählige Möglichkeiten. Und mir gefällt so vieles! An einem Tag bin ich mir sicher, dass ich die Zimmer ganz romantisch einrichten will, und kurz darauf träume ich wieder von so etwas.« Ich zog ein weiteres Foto aus dem Stapel, auf dem eine opulente, in kräftigen Farben gehaltene Blumentapete ein schwarzes Polsterbett in Szene setzte. »Mal etwas ganz anderes, weißt du? Knallige Farben, moderne Muster, ein Zimmer wie aus einem verschwenderischen Märchentraum. Oder dieser reduzierte Industrial Style. Das hat doch seinen Reiz, denkst du nicht?« Ich legte noch ein Foto neben die anderen und runzelte die Stirn. »Natürlich frage ich mich außerdem, was zu diesem Haus und zu den teilweise verwinkelten Zimmern am besten passt und was den Gästen gefallen wird.«

»Weißt du, was ich mich frage?« Nick hob einen Zeigefinger und deutete damit auf mich. »Was hätte ich von dir erwartet? Was würde zu dieser Frau passen, die mir gegenübersitzt?«

»Und was wäre das?«, fragte ich neugierig. Die etwas altbackenen Blümchen vermutlich.

»Nichts von alledem«, behauptete Nick lässig.

»Nichts?«

Er lachte. »Zumindest nicht in der Form.«

»Okay.« Ich blinzelte interessiert und stützte das Kinn ab. »Dann klär mich auf. Was passt deiner Meinung nach zu mir?«

»Etwas völlig anderes. Etwas Mutigeres, Ausgefalleneres. Etwas, was man nicht in jedem zweiten Haus findet. Etwas Fröhliches, Buntes und Überraschendes. Etwas, das man nicht zu Hause hat und was man nicht so schnell wieder vergisst. Etwas Besonderes und etwas, was man spontan sehr mag.«

»Okay«, murmelte ich und strich mir nachdenklich über den Mund. »Okay«, wiederholte ich dann und fühlte mich plötzlich freudig erregt.

»Also, Donna. Wenn du all das hier vergisst und einfach nur überlegst, was dir gefällt, welches Konzept würdest du dann wählen?«

Ich war schon dabei, meine Bildersammlung durchzublättern. In meinem Kopf überschlugen sich die Ideen.

»Das hier mit der Blumentapete finde ich nach wie vor mega. Also diese großen, knalligen Blumen, nicht das kleine Streumuster. Sind die Farben nicht eine Wucht? Dieses Türkis und dazu das Rot mit den goldenen Akzenten! Und davor dann solch ein opulentes Bett. In so einem Zimmer würde ich zu gerne einmal übernachten.« Ich suchte weiter und legte ein anderes Bild daneben. »Oder so etwas. Ein Paradies in Grün. Die Wände, die Möbel, alles innerhalb einer Farbpalette. Das sieht doch total edel aus, oder? Und schau mal, das hier. Ein rotes Schlafzimmer voller Samt und Plüsch, das aber auf eine gute Art plüschig ist, wenn du verstehst. Sinnlich und ein wenig verrucht und doch voller Klasse. Oh, und das mag ich auch. Dieser cleane Look, die betongrauen Wände und das rustikale Holzbett dazu.« Ich zog ein weiteres Bild heraus. Ich kam richtig in Fahrt und überschlug mich fast vor Begeisterung. »Schau dir mal diese Tapete an. Die ist zwar bunt, aber auch echt toll. Und sie hat etwas, das kann man nicht abstreiten. Eine perfekte Mischung aus retro und modern. Oder diese blaue Paneele, fast wie aus einem orientalischen Palast. Und leider«, ich schob die letzten beiden Bilder daneben. »Leider mag ich tatsächlich auch den Skandi-Style und die biederen englischen Streublumen.«

Nick hatte mir aufmerksam zugehört und vor sich hingelächelt, als ich mit meiner wilden Mischung herausbrach. Er blieb weiter stumm und ich seufzte.

»Siehst du, das ist mein Problem. Ich kann mich einfach nicht entscheiden. Es gibt zu vieles, was mir gefällt.«

»Und wenn«, er beugte sich über den Tisch und blinzelte. »Und wenn du dich nicht entscheiden müsstest?«

»Und wie soll ich dann renovieren?«

»So meine ich das nicht. Was, wenn du mutig bist? Wenn du nicht jedes Zimmer gleich machst, sondern …«

»Sondern jedes in einem anderen Stil?«, fiel ich ihm ins Wort. »Aber ist das nicht aufwendiger und teurer?«

Nick schüttelte den Kopf. »Wieso denn? Im Gegenteil. Wenn du ein bisschen flexibel bist und dich nicht auf eine bestimmte Tapete fixierst, dann hätte ich eventuell sogar eine deutlich kostengünstigere Lösung für dich.«

»Lass hören.«

»Es gibt immer wieder Restposten, die zu kleinen Preisen angeboten werden. Das geht bei den Tapeten los und über diverse Bodenbeläge, reicht aber auch hin bis zur Innenausstattung. Teilweise sind es Modelle, die aus dem Sortiment genommen wurden und die dann nicht mehr gekauft werden, weil die meisten Hotels tatsächlich jedes Zimmer gleich ausstatten lassen und die Bestände das nicht abdecken. Manches geht schlicht auf Fehlberechnungen zurück oder darauf, dass der Lieferant nur in bestimmten Gebinden verkauft und der Zwischenhändler dann einen Restposten hat. Es gibt auch ausgefallene Stücke, die zwar bestellt wurden, dann aber doch nicht verbaut werden sollten, weil es sich der Auftraggeber anders überlegt hat. Kurz gesagt, wenn man richtig fragt und vor allem die richtigen Kontakte hat, dann kann man auf diesem Weg an echte Schnäppchen kommen und auch an tolle Stücke, die man sich sonst nicht leisten könnte.«

Meine Augen begannen zu funkeln. »Und hast du die richtigen Kontakte?«

»Die besten überhaupt«, versicherte Nick und lehnte sich mit einem zufriedenen Lächeln zurück.

KAPITEL 5

Nick hatte sich sofort an sein Telefon geklemmt und arrangiert, dass wir am folgenden Tag beim Großhändler seines Vertrauens das aktuelle Sonderpreisaktionssortiment besichtigen konnten. Ich war ein wenig in Sorge, dass diese Resterampe sich als genau das herausstellte, nämlich einfach nur Ware, die keiner haben wollte. Und trotzdem war ich mächtig aufgeregt, weil die Idee immer verlockender erschien, sich nicht auf einen einheitlichen Stil zu beschränken und stattdessen Motto-Zimmer zu kreieren, die jedes für sich einzigartig waren und die dennoch im Ganzen zusammenpassten. Nick hatte mir glaubhaft versichert, dass wir das hinbekommen würden.

»Wir erreichen das nicht über dieselbe Tapete, die in jedem Zimmer klebt, sondern darüber, dass jeder Raum für sich perfekt ist und eine eigene Welt bietet. Wir werden natürlich auch die Badezimmer in einem passenden Stil machen und uns von den schlichten weißen Nasszellen verabschieden, die es in den meisten Hotels und Pensionen gibt. Du wirst sehen, das wird großartig.«

»Apropos Badezimmer«, begann ich und blies die Wangen auf. »Du kennst ja die Räumlichkeiten.«

»Klar.«

»Dann weißt du, dass meine Tante die Nasszellen nachträglich einbauen ließ, weil es irgendwann auch in den B&Bs nicht mehr hingenommen wurde, dass es nur ein Etagenbad gibt. Leider sind die mitunter sehr klein geraten und nicht gerade luxuriös. Die zwei Zimmer im Dachgeschoss haben tatsächlich nur eine Toilette und ein Waschbecken, weil die Dusche schlicht nicht hineingepasst hat.«

»Darüber habe ich bereits nachgedacht. Die Toiletten sind in der Tat clever integriert, das würde ich gerne so lassen, auch wenn ich weiß, dass wir so auf eine Dusche verzichten müssen. Aber das heißt nicht, dass wir keine Lösung finden werden. Wir müssen auch hier aufhören, in alten Mustern zu denken, und uns neue Ideen einfallen lassen.«

»Dann denk mal nach. Und wenn dir etwas einfällt, dann ruf mich an, egal zu welcher Uhrzeit. Und ja, ich sage das, weil ich befürchte, dass wir weiterhin beim ursprünglichen Plan eines Gemeinschaftsbads bleiben müssen.«

»Pass auf, Donna, wir machen es so: Ich sehe mir heute Abend noch einmal die Grundrisspläne an und spinne ein bisschen herum, was möglich wäre. Und morgen schauen wir, was man uns günstig anbietet und wie wir das umsetzen können. Ich habe bereits ein paar unkonventionelle Lösungen im Kopf, aber die werde ich dir erst verraten, wenn ich weiß, ob das auch technisch machbar ist.«

Ich beschloss, mich seinem Rat anzuvertrauen. »Okay. Dann sehen wir uns morgen?«

»Ja. Ich hole dich um zehn ab. Mach dich auf einen langen Tag gefasst.«

»Und wenn telefonische Nachfragen kommen, sagst du, dass wir leider voll sind, ja?«

Harry nickte.

»Und du kommst mit den Nachzüglern zurecht?« Ich warf einen Blick in den Wintergarten, der als Frühstückszimmer diente und gleichzeitig unser Aufenthaltsraum war. An sonnigen Tagen wie heute wurden die breiten Glasfronten zur Seite geschoben, sodass man wie auf einer Terrasse saß und das Meer nicht nur sehen, sondern auch hören konnte, während man in den Tag startete. Wer wollte, durfte sein Frühstück natürlich mit in den Garten nehmen und sich dort an einem der Tische niederlassen, aber heute saßen die wenigen Gäste alle bequem direkt neben dem Buffet.

Harry nickte erneut. »Ich werde nachfragen, ob sie noch einen Kaffee oder Tee wollen, und abräumen, sobald sie weg sind. Mach dir keine Sorgen, ich bekomme das hin.«

»Danke, Harry.« Ich beugte mich vor und gab ihm spontan ein Küsschen auf die Wange. »Ich weiß nicht, wie ich das ohne dich schaffen würde.«

Er winkte ab. »Dafür hat man Freunde, oder?«

»Ja.« Ich strahlte ihn an, dann sah ich an mir herab, strich das Kleid zurecht und breitete meine Arme aus. »Und? Wie sehe ich aus?«

»Gut«, bekannte er und klang überrascht. »Wieso?«

»Weil ich es wissen will. Heute ist ein wichtiger Tag.«

»Meinst du, die verkaufen dir nur dann etwas, wenn du gut aussiehst?«

»Nein, aber ich fühle mich besser und selbstbewusster, wenn ich es tue. Und wenn ich nebenbei Nick beeindrucken kann, wäre das auch nicht verkehrt.«

Harry hob die Augenbrauen. »Im Ernst?«

Ich schüttelte den Kopf. »Harry, du bist toll, aber was das angeht, einfach hoffnungslos. Klar im Ernst. Der Kerl hat was, oder?«

Harry zuckte mit den Achseln. »Wenn du es sagst.«

Draußen schlug eine Autotür und ich angelte nach meiner Tasche.

»Das muss er sein. Einen schönen Tag und tausend Dank.«

»Viel Erfolg«, brummte Harry hinter mir her, als ich bereits an der Tür war. »Bei was auch immer, du verrücktes Ding.«

Einige Stunden später war ich kurz davor, sabbernd vor Nick in die Knie zu gehen und ihm zu versichern, dass er nicht einfach etwas hatte, sondern so ziemlich alles, was ich mir vorstellen konnte. Und vor allem ausreichend, was ich mir nicht hatte vorstellen können.

Nick hatte nicht übertrieben, als er mit seinen Kontakten prahlte. Und er zeigte einmal mehr, dass er der Ärmel hoch und loslegen, und zwar jetzt-Typ war. Ich hatte an einem einzigen Tag mehr Tapetenmuster, Bodenbeläge, Farbtafeln und Badewannen gesehen als in meinem ganzen bisherigen Leben. Das hätte unter anderen Umständen absolut überfordernd sein können, aber Nick bewies auch hier, dass er es einfach draufhatte und zu Recht so erfolgreich war. Ich hätte mir keinen besseren Berater an meiner Seite wünschen können. Er achtete auf Details, die ich nicht sah, stellte die Fragen, die mir nicht einfielen, und behielt neben den Kosten auch immer den Aufwand im Blick. Er ermutigte mich, unkonventionell zu denken, ohne dabei über das Ziel hinauszuschießen. Und er hatte seine Hausaufgaben gemacht und sich Lösungen überlegt, auf die ich im Traum nicht gekommen wäre.

»Schau dir diese Badewanne an«, sagte er und zeigte auf ein exklusives Modell mit goldenen Füßen.

»Die ist toll. Aber die bekomme ich nicht in unsere Badezimmer.«

»Nein, das nicht. Aber vielleicht musst du das auch gar nicht.«

Ich sah ihn misstrauisch an. »Was soll ich dann damit anstellen?«

Nick rollte einen Plan aus. »Das Dachgeschoss.«

Ich seufzte. »Mein Problemkind.«

»Dein ehemaliges Problemkind. Pass auf. Ich habe mir Folgendes überlegt. Das hier ist die Wohnung deiner Tante, die du zukünftig bewohnen wirst.«

Ich nickte.

»Das sind die beiden Gästezimmer. Und hier ist das Etagenbad.«

Wieder nickte ich.

»Hast du ernsthaft vor, dauerhaft dein Bad mit deinen Gästen zu teilen?«

»Puh. Nun ja, Mabel hat sich ja auch eine Nasszelle einbauen lassen. Damit bin ich raus aus einem Gemeinschaftsbad.«

»Diese winzige Kammer, welche die Bezeichnung Zelle sicher verdient und die ebenfalls renoviert werden muss? Im Ernst, Donna, das ist ein besserer Kleiderschrank mit einem Duschkopf an der Decke. Ich hätte eine andere Idee. Es wäre kein Problem, das Etagenbad zu deinem Schlafzimmer hinzuzufügen. Es grenzt direkt an und könnte ganz einfach integriert werden. Wir könnten hier einen Durchbruch vornehmen und die jetzige Tür zum Flur dichtmachen.«

»Und dann? Ich kann den Gästen ja schlecht gar kein Bad bieten.«

»Das sollst du auch nicht. Die beiden Zimmer haben jeweils eine eigene Toilette und eine Waschgelegenheit. Das ist schon mal ein guter Anfang.«

»Und leider auch schon das Ende. Im Ernst, niemand wird die Zimmer wollen, egal wie schön sie sind, wenn es dort keine Dusche gibt.«

»Es sei denn, wir bieten eine andere Möglichkeit an, um sich frisch zu machen.« Er begann zu grinsen. »Zum Beispiel, indem wir eine Badewanne in das Gästezimmer einbauen.«

Ich starrte ihn an. »Mitten im Raum?«

»Nein, hier unter der Gaube. Das wäre ideal. Diese Wand mit den Schrägen kannst du kaum sinnvoll nutzen. Du kannst keine Möbel aufstellen und der Platz unter der Schräge wirkt immer etwas verloren und nutzlos. Aber genau hier«, er tippte auf die Fenster, »haben wir durch die Gauben mehr Raumhöhe. Das würde reichen, damit man bequem in die Wanne klettern kann. Und die Rohrleitungen kommen hier in der Wand hoch.« Wieder deutete sein Finger auf den Plan. »Es wäre wenig Aufwand und hätte eine maximale Wirkung.«

»Eine Badewanne mitten im Schlafzimmer? Ohne eine Tür, die man hinter sich zumachen kann?«

»Stell es dir vor, Donna. Das rote Zimmer. Sinnlich, elegant und außergewöhnlich. Und unter dem Fenster steht genau diese Wanne. Was denkst du? Würde dir das als Gast gefallen?«

Ich biss mir auf die Unterlippe. »Es hätte seinen Reiz«, gab ich zu.

»Das hätte es.« Nicks Augen blitzten. »Der ideale Raum für Paare, die endlich wieder mehr Zeit miteinander verbringen wollen. Das haben wohl die wenigsten zu Hause und es würde ihnen das Gefühl verleihen, etwas Neues zu erleben.«

»Und beim zweiten Raum?«

»Da machen wir es genauso.«

Ich betrachtete die Bilder der Badewannen, die man uns angeboten hatte. Und mein Gehirn sprang sofort an, fantasierte los, jonglierte mit den unterschiedlichsten Zimmerkonzepten und schrie dann laut und deutlich Treffer.

»Diese Wanne mit der schwarzen Verkleidung für das Boho-Zimmer?«

»Ganz genau. Ich habe so etwas einmal gemacht und das Ergebnis ist nicht nur außergewöhnlich, es sieht auch sehr luxuriös aus. Du wertest damit die Räume auf und gleichzeitig sparst du eine Menge, weil man uns diese Modelle praktisch nachwirft und wir keine neuen Wände einziehen müssen.«

»Und das geht einfach so? Ich brauche ja Wasser und Abwasser und …«

»Das ist kein Problem. Die Leitungen müssen sowieso erneuert werden und wir können sie ohne Weiteres die paar Meter verlängern. Die Schlitze sind schnell geklopft. Und da wir neu tapezieren, ist es der ideale Zeitpunkt. Es wäre deutlich schwieriger, wenn du dich später dafür entscheidest.«

»Das klingt schon cool«, gab ich zu.

»Pass auf, ich werde mit meinem Bekannten reden, dass er uns die beiden Wannen reserviert. Dazu die anderen Sachen, die wir ausgesucht haben. Und dann setze ich mich hin und lasse den Computer eine Simulation berechnen, wie das Ganze aussehen würde. Dann kannst du dich immer noch entscheiden.«

»Das wäre super. Danke, Nick. Und diese Simulation …«

»Damit kann ich praktisch jeden Raum so ausstatten, wie wir das heute besprochen haben. Ich kann Tapetenmuster einscannen oder Wandfarben testen. Und ich kann ihn möblieren, damit wir sehen, ob es nicht zu voll wird. Ich kann den Grundriss verändern und auch dein neues Badezimmer einfügen.«

»Das klingt perfekt. Aber auch nach sehr viel Arbeit.« Ich überlegte nur kurz. »Die allerdings jeden Cent wert ist. Mach das bitte.«

»Ich werde zwei, drei Tage brauchen, weil ich gerade einiges zu tun habe. Dann treffen wir uns wieder und überlegen, wie wir weitermachen.«

Ich mochte seinen Einsatz und seine Begeisterung. Und ich mochte die Art, wie er wir sagte.

»Bekommst du keinen Ärger, wenn du auch noch abends an der Arbeit sitzt?«

»Nein. Es gibt niemanden, der sich daran stört. Und ich mache das nicht für jeden Kunden. Nur für die, die ganz besonders reizend sind.«

KAPITEL 6

Bereits zwei Abende später saß ich mit Nick im Garten. Die laue Luft roch nach Salz und es wäre sehr romantisch gewesen, wenn wir nicht eine recht helle Tischlampe aufgestellt hätten, um die Papiere besser sehen zu können, die er ausgebreitet hatte.

»Tut mir leid, dass ich jetzt etwas Druck mache, aber sobald wir die Planung abgeschlossen haben, kann ich nicht nur die Materialien bestellen, sondern auch die Handwerker disponieren. Und tagsüber ist mein Kalender einfach zu voll.« Nick lächelte entschuldigend. »Dafür habe ich eine Flasche Wein mitgebracht. Als Entschädigung, dass du den Abend mit Arbeit verbringen musst.«

»Du hast keinen Grund, dich zu entschuldigen. Es ist schließlich mein Projekt und daher in meinem Sinn, dass es rasch vorwärtsgeht. Ergo bin ich es, die ein schlechtes Gewissen haben sollte, weil du meinetwegen noch nach Feierabend Termine machen musst.«

»Ich musste nicht, ich wollte. Und es fühlt sich nicht nach Arbeit an, wenn ich mit einer hübschen jungen Dame zusammensitzen darf.«

Ich lachte und versuchte, meine Verlegenheit zu verbergen. Junge Dame war sehr geschmeichelt und übertrieben, aber das hübsch würde ich meinem Selbstbewusstsein jetzt einfach mal gönnen.

»Jederzeit gerne«, gab ich kokett zurück und zwinkerte.

Nick schmunzelte und einen Moment fühlte es sich beinahe wirklich nicht wie ein Arbeitstreffen an. Dann räusperte er sich und klappte seinen Laptop auf.

»Also, ich habe mal ein wenig experimentiert. Und ich glaube, dass wir aus deinem B&B etwas ganz Besonderes machen könnten.« Er rief eine Zeichnung auf und ich erkannte die erste Etage.

»Hier haben alle Zimmer bereits ein Bad und ich würde an den Grundrissen nichts verändern. Das sind Kosten, die du dir sparen kannst. Ich habe deshalb auf dieser Etage mit den aktuellen Gegebenheiten gearbeitet.«

Ich schnappte mir meinen Stuhl und rutschte näher an seinen, damit ich besser auf den Bildschirm sehen konnte.

»Dennoch werden wir ein paar Dinge ändern und teilweise die Anordnung der Sanitärobjekte optimieren. Und vor allem habe ich die Farbkonzepte getestet und die Muster der Badezimmerverkleidungen eingescannt. Und ich denke, dass wir damit auf dem richtigen Weg sind.« Er tippte noch einmal und ich schnappte nach Luft.

Zwei Stunden später war ich verliebt. In die Entwürfe, die ich gerade begutachtet und diskutiert hatte, und ein ganz klein wenig vielleicht auch in den Mann, der meine Ideen so großartig umgesetzt hatte.

»Das sieht alles so grandios aus. Ich würde genau hier buchen, wenn ich das im Internet sehen würde. Und ich hätte verdammte Schwierigkeiten, mich für ein Zimmer zu entscheiden. Und die Badezimmer! Ich dachte immer, die macht man am besten weiß mit ein bisschen Grau, damit sie möglichst lange aktuell wirken und zeitlos sind. Aber diese bunten Farben! Und die Wände! Ich wusste gar nicht, dass so was machbar ist.«

Nick lachte. »Das sind spezielle Platten für Badezimmer, die auf den Wänden befestigt werden und absolut wasserdicht sind. Sie werden anstelle der klassischen Fliesen verbaut und sind nicht nur modern und farbenfroh, sondern zudem deutlich pflegeleichter. Keine Fugen, in denen sich Dreck oder Schimmel festsetzen kann. Und alle Muster, die du hier siehst, können wir zu einem echten

Knallerpreis bekommen. Ich habe das schon gecheckt. Du hast Glück. Weil deine Badezimmer so klein sind, reichen die meisten Restposten aus.«

»Ich habe vor allem Glück, dass ich dich habe«, gestand ich spontan. »Ich glaube, ich hätte sonst wirklich die sichere Variante mit dem englischen Landhausstil genommen.«

Nick sah auf das Konzept des letzten Zimmers, das noch immer auf dem Bildschirm angezeigt wurde, und gönnte sich einen Schluck Wein.

»Gott sei Dank hast du es nicht getan. Ich hätte auch das für dich umgesetzt, aber so«, er wies auf den Monitor, »macht es noch viel mehr Spaß. Das ist selbst für mich ein ganz besonderes Projekt, an dem schon jetzt mein Herz hängt und das für uns zu einem Aushängeschild wird. Ich muss dich also warnen: Ich werde in nächster Zeit jede freie Minute hier sein und die Fortschritte überwachen.«

Ich nickte glücklich. »Du bist hier jederzeit willkommen.«

Vorerst gab es noch nicht allzu viel zu überwachen. Tante Mabel hatte mit Nick ausführlich besprochen, wie ihre neuen Räume renoviert werden sollten, und aktuell liefen die meisten Arbeiten dort ab. Die Wand, die ich zum Start der Bauphase zertrümmert hatte, war mittlerweile ganz entfernt und aktuell wurde das Badezimmer fertiggestellt. Nick hatte empfohlen, im Haus erst dann anzufangen, wenn wir alle Materialien hatten, um die Zimmer nicht unnötig lange in eine Baustelle zu verwandeln. Ich hatte ein wenig mit den Buchungen jongliert und am Belegungsplan der einzelnen Zimmer gefeilt und gemeinsam hatten wir es geschafft, einen Arbeitsplan zu erstellen, der meine kühnsten Träume in den Schatten stellte. Wenn alles nach Plan verlief, dann war der Umbau überraschend gut durchzuführen und würde sich trotz der Umstände nicht allzu lange hinziehen.

Vor lauter Planungen und Vorfreude hatte ich beinahe vergessen, dass ich mich zu diesem Speeddating angemeldet hatte. Erst als zwei Tage vorher die Erinnerungsmail von Angelo eintraf, übermannte mich die Aufregung mit voller Macht.

»Du hast dich zum Speeddating angemeldet? Wie cool ist das denn?«

»Das dachte ich auch. Aber jetzt«, ich blies die Wangen auf und sah Joanna bittend an. »Jetzt bin ich doch nervös.«

»Du packst das. Das wird bestimmt lustig. Und dir liegt das. Ich kenne niemanden, der so entspannt mit neuen Leuten umgehen kann wie du.«

»Leute, ja. Aber potenzielle Liebhaber?«

Joanna hob eine Augenbraue.

»Nun ja, darum geht es doch. Du hast nicht zufällig Lust, mitzukommen?«, platzte ich endlich mit dem Grund heraus, weshalb ich meine Freundin heute überraschend besucht hatte.

»Ich? Sorry, aber ich …«

»Ich weiß, dass du keinen Bedarf hast. Aber du könntest mit mir hinfahren und einfach an der Bar des Hotels warten.«

»Das würde ich tun. Aber ich habe am Freitag einen Termin bei der Bank. Das kann ich nicht verschieben. Ich bin ja froh, dass wir den so spät am Nachmittag bekommen haben.«

Ich seufzte unglücklich.

»Geht Betty nicht auch dahin? Dann triffst du doch sie dort.«

»Sie ist nicht in meiner Gruppe. Da wird man nach Alter eingeteilt und die Glückliche ist noch bei den unter Vierzigjährigen. Die sind am Samstag dran.«

»Ach, Donna, das tut mir leid. Ich könnte ja versuchen …«

»Nein«, unterbrach ich sie schnell. »Du wirst nichts verschieben. Du hast recht, ich bin alt genug. Ich habe mich angemeldet und ich werde das durchziehen.«

So ein Speeddating ist ja eigentlich eine tolle Sache. Man geht hin, bekommt willige Kandidaten serviert, die sich interessiert mit dir unterhalten und dir die Chance geben, zu zeigen, wie spontan, witzig und nett du bist. Und wenn es nicht funkt, dann sagt man höflich Danke und Tschüs und schon sitzt dir die nächste Chance gegenüber. Am folgenden Tag wird dein Selbstbewusstsein mächtig gepusht, wenn in der App deine Matches freigeschaltet werden und du siehst, bei wie vielen Kandidaten es Übereinstimmungen gab. Und falls es nichts wird, hast du nur einen Abend in den Sand gesetzt, ganz sicher aber jede Menge neuer Geschichten gesammelt, die du auf der nächsten Party zum Besten geben kannst, um dann dort zu zeigen, wie cool, witzig und lässig du bist.

Das ist die Theorie, die ich mir schon den ganzen Tag selbst vorbetete. Die Praxis sah in meinem Fall leider etwas anders aus. Ich war nervös. Unfassbar nervös. Und ich war mir plötzlich gar nicht mehr sicher, ob es ein Push für mein Selbstbewusstsein werden würde, wenn ich nachsehen musste, ob ich wenigstens ein Match erzielt hatte. Denn, so hatte ich gelesen, nach der Veranstaltung legte man in der App fest, welchen der Kandidaten man gerne noch einmal treffen würde. Nur wenn der besagte Kerl dich ebenfalls markierte, erzielte man ein Match und dann wurden die hinterlegten Kontaktdaten angezeigt. Man sah übrigens nicht, ob sich vielleicht noch drei andere, die man selbst aussortiert hatte, um ein weiteres Date bemüht hatten. Blöd, denn das wäre bestimmt eine coole Sache, wenn da dann stehen würde, dass es noch andere Männer gab, die mich gerne ein zweites Mal getroffen hätten, selbst wenn ich dazu keine Lust hatte. Vielleicht markierte man einfach alle? Nein, maßregelte ich mich selbst. So verzweifelt bist du dann doch nicht.

Trotzdem konnte es nicht schaden, wenn ich mir maximale Mühe mit meinem Aussehen gab. Aus diesem Grund hatte ich den längst überfälligen Friseurtermin auf den heutigen Tag gelegt. Und Liz, Freundin und Friseurin meines Vertrauens in Personalunion, hatte mich nicht enttäuscht. Auch sie hatte ich über die Dinner with future friends-Gruppe kennengelernt und sofort in mein Herz geschlossen. Deshalb hatte ich ihr von meinen Plänen erzählt, während sie meinen leider nicht mehr zu übersehenden grauen Ansatz mit raffinierten Highlights kaschierte. Lange Zeit hatte ich das nicht tun müssen, weil der Kontrast in meinem blonden Haar nicht so krass war, aber mittlerweile waren meine nachwachsenden Haare so durchgehend grau, dass ich es nicht mehr ignorieren konnte. Dann hatte sie die struppigen Spitzen gekappt und mir das verpasst, was man Curtain Bangs nannte. Sie hatte die seitlichen Partien etwas länger gelassen, sodass ich den neuen Pony schräg aus dem Gesicht stylen, ihn aber auch klassisch in der Stirn tragen konnte. Mit den locker fallenden Strähnen sähe das vor allem zu meinem geliebten hohen Pferdeschwanz gut aus, hatte sie versichert. Und sie hatte recht, dieser Look schmeichelte mir, ließ mein rundes Gesicht schmaler wirken und mich selbst direkt ein paar Jahre jünger. Zum Schluss hatte sie meine glatten Haare geduldig über eine dicke Rundbürste geföhnt, was dafür sorgte, dass sie nun glänzten, voluminöser wirkten und sanfte Wellen hatten. Ich war begeistert und fühlte mich schon mal recht gut aufgestellt, um mich heute Abend auf den Dating-Markt zu werfen.

Wieder zu Hause, erledigte ich mit Schwung alles, was noch im B&B anstand, ehe ich unter die Dusche hüpfte. Das Kleid, das ich mir für heute ausgesucht hatte, hing bereits am Schrank. Ehe ich hineinschlüpfte, trat ich mit dem um meinen Körper gewickelten Handtuch vor den

Spiegel und sah hinein. Das tat ich oft, und das waren dann die Momente, in denen ich mich normalerweise auf alles konzentrierte, was ich an meinem Aussehen mochte. Ich löste die Klammer, mit der ich meine Haare locker hochgenommen hatte, und betrachtete die sanften Wellen, die sich auf meine Schulter ergossen. Mein Kopf war definitiv etwas Gutes und gefiel mir. Aber anders als sonst konnte ich mich heute nicht so ganz mit dem Rest anfreunden. Konzentrier dich, Donna, sprach ich mir selbst Mut zu. Du bist zwar übergewichtig, aber auf eine gute Art. Du hast einen Bauch, aber auch eine Taille. Das im Spiegel nennt man eine Sanduhrfigur und viele Männer schätzen das. Ich schloss die Augen und rief mir Nicks Stimme in Erinnerung.

»Es fühlt sich nicht nach Arbeit an, wenn ich mit einer hübschen jungen Dame zusammensitzen darf«, hatte er gesagt und mir dabei einen Blick geschenkt, der beinahe flirtend war.

Ich öffnete die Augen wieder und sah in den Spiegel. Der Bauch war immer noch da und meine Nervosität war schlimmer als zuvor. Ich verzog den Mund, drehte mich ein letztes Mal, um meine Seitenansicht zu betrachten, und fasste spontan einen fatalen Entschluss.

KAPITEL 7

»Mist. Ich bin zu spät. Ich werde den Bus verpassen, wenn ich jetzt nicht renne. Und wenn ich renne, dann werde ich total schwitzen und mein Make-up wird sich auflösen und meine Haare werden scheiße aussehen.«

Ich war nervös und jetzt auch noch gestresst. Ich hatte alles so akribisch vorbereitet, mir zurechtgelegt, was ich tragen würde, es schon dreimal probehalber angehabt und für gut befunden und mich heute dann von völlig aus dem Nichts kommenden Selbstzweifeln so verunsichern lassen, dass ich mich doch noch durch meine gesamte Garderobe gewühlt hatte, nur um am Ende natürlich beim ursprünglichen Outfit zu bleiben – allerdings entgegen jeglicher Versprechen an mich selbst kombiniert mit der Shapewear, von der ich mir doch geschworen hatte, sie nie mehr anzuziehen.

Harry, der eben das Haus betreten hatte, blieb alarmiert stehen, als er mich so konfus durch den Flur hetzen sah.

»Das geht ja gut los. Vermutlich sollte ich es mir einfach schenken. Das war eine blöde Idee.« Ich verfiel jetzt in eine Stimmung, die mich nur selten übermannte.

»Beruhige dich. Du hast noch Zeit.«

»Hast du eine Ahnung. Wo ist nur diese verdammte Tasche?« Ich drehte mich kopflos um mich selbst. »Und diese dämlichen Schuhe drücken.«

Harry seufzte. »Donna, durchatmen. Du siehst übrigens hübsch aus.«

»Echt?« Einen Moment ließ der Druck nach. Ich versuchte tief durchzuatmen und schaffte es nicht, weil ich nicht nur das figurformende Spandex-Unterkleid trug, sondern zusätzlich noch die passende Hose mit dem extrahohen Bund und mir vorkam, als hätte man mich in einen Panzer gesteckt.

»Echt«, bestätigte er und lächelte.

»Ich bin so aufgeregt. Was, wenn ich kein einziges Match bekomme? Wenn da nur Typen sind, die über mich lachen? Und bloß supertolle Frauen? Und wenn …«

»Keine wird an dich heranreichen, Donna. Und niemand wird über dich lachen.« Harrys sanfte Stimme klang sehr überzeugt.

»Weißt du was? Ich lass es einfach sein und bleibe hier. Wir setzen uns in den Garten und trinken ein Glas Wein. Hast du Lust?«

»Nein. Also ja, normalerweise schon, aber du wirst das jetzt durchziehen. Das ist wichtig für dich.«

»Was? Dass ich zu einer Verkupplungsveranstaltung gehe?«

»Dass du zu dieser Veranstaltung gehst und lernst, dass deine Zweifel unbegründet sind.«

Ach, Harry, dachte ich. Du könntest so toll sein, wenn du nicht so absolut und vollkommen eine Insel wärst. Laut sagte ich: »Ach, Harry. Du bist der beste Freund, den man sich wünschen kann.«

Er brummte. »Na komm schon«, sagte er dann und klimperte mit den Schlüsseln in seiner Hosentasche. »Ich fahr dich, dann kannst du dich noch etwas beruhigen.«

»Kommst du mit rein?«

»Ganz sicher nicht. Das ist nichts für mich«, wehrte Harry sofort ab. Dann grinste er und ich musste ebenfalls lächeln, als ich mir meinen wortkargen Freund beim Speeddating vorstellte.

»Ich meine, nur bis in die Hotellobby. Die haben hier eine nette Bar, ich habe es gegoogelt. Dort könnten wir noch schnell etwas trinken, ehe ich mich anmelde. Bitte«, setzte ich nach und zog das Wort in die Länge. »Bitte, bitte, bitte!«

Wieder einmal seufzte er, schnallte sich aber folgsam ab und öffnete seine Tür. Ich tat es ihm nach, schon deutlich entspannter als noch vor ein paar Minuten.

»Und würde es dir etwas ausmachen, auf mich zu warten? Falls es ganz furchtbar ist, behaupte ich einfach, dass es mir nicht gut geht, und dann könntest du den Fluchtwagen steuern.«

Harry grinste. »Du wieder«, sagte er nur, was bei ihm so viel wie Ja hieß.

Wir betraten die Halle des Hotels und ich sah mich unauffällig um. Es waren bereits ein paar Leute da und wie befürchtet, standen sie in kleinen Gruppen beisammen. Zwei Frauen, bis zu den Haarspitzen herausgeputzt, hatten schon einen Cocktail in der Hand. Weiter hinten gruppierten sich gleich vier im Kreis und tuschelten über ihren Sektgläsern. Ich lächelte ihnen zu, bekam aber nur einen taxierenden Blick zurück. Okay, wir sind Konkurrentinnen, dachte ich. Männer waren noch keine zu sehen.

Harry ging voran zur Bar und bestellte mir eine Weinschorle, sich selbst ein Wasser. Ich hievte mich auf den Barhocker und sah mich weiter in der Halle um. Der Raum, in dem wir uns nachher treffen würden, war angrenzend und bereits durch ein dezentes Hinweisschild markiert. Ich griff nach meinem Glas und nahm einen großen Schluck.

»Und? Was denkst du?«, fragte ich Harry.

»Was denke ich worüber?«

»Wie stehen meine Chancen? Die vier da hinten sehen hübsch aus, oder? Oh, und die da hat ein tolles Kleid an.«

»Du hast auch ein tolles Kleid an. Seit wann bist du so seltsam?«

»Ich bin nicht seltsam, ich bin aufgeregt. Und ein wenig unsicher.«

Harry sah mich einen Moment an. »Donna. Du bist einer der nettesten Menschen, die ich kenne. In deiner

Gesellschaft fühlt man sich wohl. Du kannst es mit jedem in diesem Raum aufnehmen. Hör auf, dich zu stressen, und genieße es einfach.«

»Danke.« Ich sah, dass die Tür zum Nebenraum aufging, und stieß die Luft aus. »Es geht wohl los. Drück mir die Daumen.«

Harry hob prompt eine Hand und machte die entsprechende Geste und mit einem letzten Lächeln kletterte ich von meinem Hocker, straffte die Schultern und stürzte mich ins Ungewisse.

Angelo entpuppte sich als kleiner rundlicher Mittvierziger. Alles an ihm strahlte. Seine Glatze, die wirkte, als habe er sie poliert, sein Lächeln, das blendend weiße Zähne in einem runden, glänzenden Gesicht zeigte, und sein mit silbernen Pailletten besticktes Hemd, das sich über einen Bauch spannte, der aussah, als hätte Angelo einen Medizinball verschluckt. Er sprach schnell und mit einer angenehmen, wenn auch recht hohen Stimme und hatte uns in kürzester Zeit noch einmal die Regeln nahegebracht, während wir nervös das Sektglas leerten, das wir zur Begrüßung in die Hand gedrückt bekommen hatten. Die Damen durften an den kleinen Tischen sitzen bleiben, die Herren rotierten. Die Gesprächszeit war jeweils auf sechs Minuten begrenzt und er höchstpersönlich schlug pünktlich den Gong, wenn man durchwechseln musste. Nach der Halbzeit war eine kurze Pause eingeplant und ansonsten sollten wir jetzt einfach nur Spaß haben und natürlich nicht vergessen, schlicht wir selbst zu sein.

Wir pinnten uns unsere Namensschilder an die Brust und wurden zu den Tischen geschickt, während sich die Herren den Anschein gaben, entspannt herumzulungern und nicht zu starren. Als sich Angelo versichert hatte, dass jede Dame am ihr zugewiesenen Platz saß, verteilte er an jeden Mann eine Tischnummer, damit niemand auf die Idee kam, einfach zu der ansprechendsten Lady zu hechten. Dann nahm er hinter einem Pult Aufstellung und zeigte auf den Gong, den er dort aufgebaut hatte.

»Wenn es keine Fragen mehr gibt, dann geht es jetzt los.« Er warf einen letzten Blick in die Runde, nickte zufrieden und schlug dröhnend den Gong.

Ich setzte mich unwillkürlich etwas aufrechter hin und versuchte zu erkennen, welcher Kerl wohl mich ansteuerte. Insgesamt waren wir zwölf Paare, was ich durchaus für beachtlich hielt. Und rein optisch gab es einige Kandidaten, die Erfolg versprechend waren, die sympathisch wirkten und endlich das richtige Kribbeln in mir aufsteigen ließen. Jetzt ging es also los und ich war bereit, mich voll und ganz auf diese Erfahrung einzulassen.

Der erste Kandidat war so nervös wie ich. Ich unterstellte ihm zumindest, dass er das war und es im Gegensatz zu mir mit einigen sehr markanten Sprüchen kompensierte.

»Eigentlich habe ich eine Dating-Veranstaltung ja nicht nötig, aber ich dachte, dass es trotzdem nicht schaden könnte, so was mal auszutesten.«

Ich nickte unverbindlich. »Ich bin auch zum ersten Mal dabei. Und ich denke, dass es Spaß machen könnte, oder?«

»Es ist effizienter als klassisches Daten. Man spart sich den Drink und die Suche nach einer Ausrede, wenn man feststellt, dass man ein altes Foto zugeschickt bekommen hat und plötzlich einer ganz anderen Person gegenübersitzt als erwartet.«

»Dann datest du ansonsten mit einer App?«

»Hab es mal versucht. Nicht, dass ich es nötig hätte. Ich könnte mich auch einfach draußen an die Bar setzen und abwarten.« Er lachte.

Ich besah ihn mir genauer und dachte, dass ich von dem Kerl einiges lernen könnte – zum Beispiel in Bezug auf die Selbstwahrnehmung. Er sah nicht schlecht aus, aber dass sich Horden von Frauen auf ihn stürzten, wenn er sich irgendwo zu einem Kaffee niederließ, konnte ich mir nicht so wirklich vorstellen.

»Okay. Und weshalb bist du dann hier?«

»Weißt du, Mabel, man sollte doch auch mal denen eine Chance geben, die nicht so mutig sind. Diese forschen Ladys, die mich an der Bar anquatschen, sind ja ganz nett. Aber insgeheim stehe ich auf die schüchternen kleinen Mäuschen, die das nicht tun.«

»Und die dich stattdessen von Weitem anschmachten?«

Er zwinkerte. »Du darfst das auch aus der Nähe tun.«

»Hm«, machte ich und überlegte, wie ich das Gespräch noch positiv drehen könnte. »Was machst du denn beruflich, ähm, Clarkman?« Ich starrte auf sein Schild.

»Cooler Name, oder? Ist eine Kombination aus Clark Kent und Batman. Weil ich so cool bin wie Superman und Batman zusammen.«

»Sehr kreativ«, wich ich höflich aus.

»Weißt du, es sagt einiges über dich aus, welchen Nicknamen du dir gibst. Ist superwichtig, auch wenn du irgendwann mal ein Profil bei einer Singlebörse anmeldest. Du kannst damit unterschwellig so viel suggerieren und dafür sorgen, dass in den Köpfen der Menschen ein passendes Bild von dir entsteht. Ich gebe dir einen Tipp, Mabel. Such dir einen anderen Namen. Mabel klingt nach alter Tante, nach Langeweile und Übergewicht und …« Er brach ab.

Ich hob die Augenbrauen und legte den Stift beiseite. Clarkman war bestimmt kein Name, den ich mir notieren musste.

»Ich könnte dich einfach Britney nennen. Oder Tiffany. Das würde sich für mich gleich anders anfühlen. Oder Claudine.« Den letzten Namen versuchte er französisch auszusprechen und zog ihn ewig in die Länge. »Du brauchst einen Namen, der sinnlich und nach Leidenschaft klingt. Man muss Versprechungen machen, wenn man auffallen will.«

»Ich verspreche nie vorschnell etwas, was ich dann nicht halten kann. Oder einhalten möchte. Von daher bleibe ich für dich gerne Mabel.« Ich lehnte mich zurück und erfreute mich einen Moment an seinen entgleisten Gesichtszügen.

»Gut.« Er verschränkte die Arme und lehnte sich ebenfalls zurück. »Du bist eh nicht mein Typ.«

Zum Glück schlug in diesem Moment der Gong und ich atmete durch. Das fing ja super an.

Der nächste Kandidat setzte sich und ich schob die Verärgerung über die Superfledermaus zur Seite und lächelte ihn aufmunternd an.

»Ich bin Tom, das ist natürlich nur mein Nickname, und neunundvierzig Jahre alt.«

»Mabel«, sagte ich und deutete auf mein Schild. Dass es ebenfalls nicht mein echter Name war, schenkte ich mir. Und dass ich nur vier Jahre jünger war, ließ ich auch mal weg. Dafür wollte ich ein *Schön, dich kennenzulernen* anfügen, hatte aber wohl eine Millisekunde zu lange gezögert und meine Chance vertan.

»Ich bin seit zehn Jahren geschieden und endlich bereit für etwas Neues. Ja, ich bin über Beatrice hinweg. Ich meine, sie war die Frau meines Lebens, aber man sagt ja immer, dass es nicht nur einen perfekten Partner gibt. Und bestimmt sind auch andere Frauen witzig und charmant. Auch wenn Beatrice einfach das war, was ich immer wollte. Nicht nur optisch, sondern rundum. Beatrice hatte einfach etwas, was sonst keine hat. Sie hatte so eine Art, ihre Stirn zu runzeln, wenn sie nachdachte. Und wenn sie lachte, dann hat sie diese Grübchen bekommen.«

Ich nickte und lächelte und hörte zu, wie Tom sich weiter über seine Ex-Frau ausließ. Nach drei Minuten tat er mir leid. Nach vier Minuten versicherte ich ihm, dass es völlig okay war, dass er mir von ihr erzählte. Nach fünf Minuten tätschelte ich seine Hand, weil seine Qualen mittlerweile so offensichtlich waren, dass ich fast schon mit ihm fühlte. Als der Gong schlug, sah er sich irritiert um.

»Das verging ja wie im Flug. Mit dir kann man prima reden, Mabel. Vielleicht wiederholen wir das ja bald.«

Ich lächelte, zuckte unverbindlich mit den Schultern und dachte mir dabei, dass wir das sicher nicht taten. Dann drehte ich den Kopf, um Kandidat Nummer drei anzulächeln.

Herrje, mittlerweile drückte diese blöde Miederhose so in meinen Bauch, dass es wehtat. Und es gab nichts, was mich ablenken konnte. Vor mir saß Kandidat Nummer sechs und ich war gerade dabei, meine Erwartungen realistisch zu überarbeiten. Ich war nicht hier, um mir unter lauter tollen Singles den allertollsten auszusuchen. Ich war hier, um von einer schrägen Situation in die andere zu rutschen und meine Freunde bald mit neuen skurrilen Geschichten aus meinem Singleleben unterhalten zu können.

Nach dem ewigen Beatrice-Fan hatte ich einen Mann kennengelernt, der das hier als Bewerbungsgespräch sah und der mich folglich ohne Chance auf eine Unterbrechung meinerseits mit seinem Lebenslauf vertraut gemacht hatte. Ich wusste sogar, welche Grundschule er besucht hatte, und war nicht dazu gekommen, auch nur eine Frage zu stellen.

Der Vierte hatte einen Fragebogen dabei, den er streng abarbeitete und auf dem er meine Antworten notierte. Ich musste mich zu meinem Lieblingsessen, Lieblingsgetränk, Lieblingsbuch, Lieblingsfilm und auch zu meiner Lieblingsfarbe bekennen. Ich war fasziniert, wie viele Lieblingsdinge man haben konnte und dass sich ernsthaft jemand dafür interessierte, was meine Lieblingsbuttersorte war – und wie ihm das half, mich nett oder nicht nett zu finden. Auf alle Fälle brauchte er für sein Verhör die vollen sechs Minuten und am Ende hatten wir uns durch einen mehrseitigen Fragenkatalog gearbeitet. Dieser Mann wusste jetzt sogar, was meine Lieblingswindstärke an einem warmen Sommertag war. Ich fürchte, er hatte etwas anderes erwartet als mein perplexes »gar kein Wind«, aber das war mir mittlerweile egal.

Der Fünfte war zur Abwechslung an einem Gespräch interessiert gewesen und hatte mir pro Frage mehr als nur ein Wort für meine Antwort zugestanden. Aber irgendwie sprang der Funke nicht über und als er über keinen meiner Witze lachte, ich hingegen anscheinend keinen seiner eigenen als solchen erkannte, fing die blöde Shapewear an, sich in den Vordergrund zu drängen und meine Aufmerksamkeit einzufordern. Ich sah mich unauffällig im Raum um, was mich nach der Pause noch erwartete. Da saß eine Frau, die laut lachte. Hoffnung keimte in mir auf, dass es hier auch einen witzigen Kerl gab. Dann erkannte ich, dass Superclark bei ihr saß, und seufzte innerlich, während ich es einmal mehr verpasste, über einen schlechten Witz meines Gegenübers zu lachen.

Der sechste und letzte Kandidat vor der Pause nahm breitbeinig vor mir Platz.

»Mabel, ja?«

»Richtig. Hallo.«

»Cooler Name«, sagte er und Hoffnung keimte auf. »Meine Oma hieß so. Hab sie sehr gemocht. Hat mir immer Geld zugesteckt, wenn ich sie besucht habe. Also, Mabel, was willst du wissen?«

Überrascht verzog ich den Mund zu einer beeindruckten Geste. Das war der Erste, der mich nicht sofort zutextete und mich stattdessen sogar eine der vielen Fragen stellen ließ, die ich mir im Vorfeld zurechtgelegt hatte.

»Was ist das Beste, das dir diese Woche passiert ist?«

»Dass ich nicht beim Schwarzfahren erwischt wurde.«

»Oh … Okay.« Ich überlegte kurz, ob das ein Witz sein sollte, und lächelte sicherheitshalber schwach. »Und auf welche deiner Eigenschaften bist du besonders stolz?«

»Dass ich witzig bin.«

Da war ich mir immer noch nicht sicher. Ich beschloss, meine Strategie etwas zu ändern.

»Bist du schon lange Single?«

»Viel zu lange.« Er seufzte und ich horchte auf. »Wäre schon nett, wieder eine Frau an meiner Seite zu haben, die ich zum Lachen bringen und auch ein bisschen verwöhnen kann.«

»Oh. Das heißt, du bist ein romantischer Typ?«

»Und wie! Ich zünde immer Kerzen an, ehe ich es mir mit einem Porno gemütlich mache.«

KAPITEL 8

Das reicht, beschloss ich und eilte in der Pause zu den Toiletten. Ich sah Harry an der Bar sitzen und einen fragenden Blick in meine Richtung werfen, aber ich winkte nur ab und hastete weiter. Als ich diese blöde Unterwäsche angezogen hatte, hatte ich nicht bedacht, dass ich nicht stehend eine gute Figur machen wollte, sondern die ganze Zeit sitzen würde. Hinter einem Tisch, der meine untere Körperhälfte verdeckte, im Übrigen. Aber selbst wenn es anders wäre, war es das nicht wert. Kein Mann war es wert, dass ich mich in diese Folterinstrumente quälte, und schon gar keiner von denen, die ich bisher hier getroffen hatte. Im Ernst, würde einer von ihnen dieselben Qualen für uns auf sich nehmen? Ich verriegelte die Toilettentür, schlüpfte aus dem Kleid und hängte es auf den Haken an der Tür. Dann schlängelte und zerrte ich mich unter gewaltigen Mühen aus dem blöden Unterkleid und brauchte fast noch länger, um aus der dämlichen Hose rauszukommen. Als ich beides auf dem Boden der Kabine liegen sah, atmete ich erleichtert durch und genoss das Gefühl, mich endlich wieder wie ich zu fühlen. Dann versuchte ich, die Folterunterwäsche in meine kleine Handtasche zu stopfen. Ein Unterfangen, das nicht wirklich gelang. Deshalb beschloss ich, auf dem Rückweg einen Umweg einzulegen, und steuerte mit forschem Schritt Harry an.

»Was ist passiert?« Er musterte mich von oben bis unten mit zusammengezogenen Brauen. »Du siehst anders aus als eben.«

»Dicker?«

»Was? Nein. Entspannter. Nicht mehr so verkniffen um den Mund herum. Was hast du gemacht?«

Ich knallte die Folterdinger vor ihm auf die Theke. »Ich habe beschlossen, dass es niemand hier verdient hat, dass ich seinetwegen so leide. Das ist richtig krasse Bauchverdrängungswäsche«, erklärte ich auf seinen entsetzten Blick hin. »Macht dich eine Kleidergröße schmaler und verringert deine Fähigkeit zu atmen um nahezu einhundert Prozent.«

»Und weshalb trägst du so etwas?«

»Weil es mich eine Kleidergröße dünner macht?«, wiederholte ich in ungeduldigem Ton.

»Aber ohne siehst du hübscher aus. Das Ding quetscht dir nicht nur die Luft ab, sondern auch dein Strahlen.«

»Ach, Harry. Du könntest ein Hauptgewinn sein, wenn du nur wolltest.« Ich tätschelte feixend seine Wange, drückte ihm dann fix das Wäschepaket in die Hand und einen flüchtigen Kuss auf den Scheitel, ehe ich mich wieder zu meinem Tisch aufmachte. So konnte ich mich sehr viel bequemer und entspannter niederlassen. Und deutlich weniger nervös, weil ich wusste, dass da draußen ein Freund auf mich wartete, egal, was hier noch passieren würde.

Die Nummern sieben bis neun waren nett, allerdings auch langweilig und nichts, was ich ein zweites Mal treffen wollte. Ihnen ging es wohl ebenso und wir plauderten ein bisschen über dies und das, ohne uns bezüglich unseres Charmes mehr als nötig zu verausgaben. Nummer zehn hatte wieder die Liste mit den Lieblingsdingen im Anschlag. Wir kamen allerdings nicht bis zur Windstärke, weil er jede meine Antworten mit seinem jeweiligen Liebling-was-auch-immer kommentierte. Es war eine Unterhaltung, wie Harry sie geschätzt hätte, dachte ich und grinste.

»Dein Lieblingsfilm?«

»Notting Hill.«

»Hm. Herr der Ringe. Dein Lieblingsessen?«

»Im Sommer oder im Winter? Das macht ja einen Unterschied.«

Er sah mich streng an.

»Fish und Chips«, bekannte ich resigniert.

»Hm. Chicken Tikka Masala. Dein Lieblingsdrink?«

So ging es weiter. Wir verschwendeten keine Wörter und gaben uns schon gar nicht mit Adjektiven ab. Er schien wie ein Computer zu vergleichen, wie oft wir zumindest ähnliche Vorlieben hatten, und verlor immer mehr Schwung angesichts meiner Antworten, bis uns der Gong endlich erlöste.

Nummer elf bremste ich aus, ehe er den Mund aufmachen konnte.

»Stopp. Frag mich etwas, was du noch keine hier gefragt hast. Etwas, was dich wirklich interessiert, und das Erste, was dir einfällt, wenn du mich siehst.«

Er zögerte, dann breitete sich ein schelmisches Lächeln auf seinem Gesicht aus, während er mich von oben bis unten musterte.

»Würdest du nachher mit mir an der Bar was trinken und später mit mir ins Bett gehen, auch wenn es mit uns am Ende nichts wird?«

Mein Mund klappte auf und ich brauchte eine Sekunde, ehe ich ihn zurechtweisen konnte.

»So spontan hätte es auch nicht sein müssen.«

»Heißt das nein?«

»Ich fürchte, ja.«

Er grinste breit und fläzte sich entspannt in den Stuhl. »Wie lief es bisher?«

Ich seufzte und er lachte. Es klang überraschend sympathisch und verständnisvoll.

»Dein erstes Mal?«, wollte er wissen.

Ich nickte.

»Und ich wette, niemand hat dich bisher etwas gefragt, was dich wirklich beschreiben würde. Wie viele wollten deinen Lieblingsfilm wissen?«

Ich feixte und schüttelte den Kopf. »Frag nicht.«

»Ich wurde bisher an jedem Tisch gefragt, wo ich mich in fünf Jahren sehe und ob ich so etwas zum ersten Mal mache. Oh, und natürlich, ob ich Kinder mag.« Er beugte sich über den Tisch und flüsterte. »Es gibt Listen mit Fragen, die im Netz kursieren. Ernsthaft, anders ist das doch nicht zu erklären.«

»Und ich bin zu blöd gewesen, die zu finden. Ich habe nicht einmal danach gesucht. Ich stelle nur Fragen, die mich wirklich interessieren. Oder ich würde sie stellen, wenn ich dazu käme, was bisher nicht der Fall war.«

»Dann hau raus. Was willst du wissen? Und wehe, du fragst jetzt, ob ich ein Romantiker bin.«

Ich grinste. »Von der Frage bin ich geheilt. Was tut ein Kerl wie du hier? Stehst du in Wahrheit auf Angelos Gehaltsliste und musst dafür sorgen, dass es nicht nur Reinfälle gibt?«

Er lachte amüsiert. »Das könnte ich dich ebenfalls fragen. Dein erster Satz war bereits witziger als die gesamten sechs Minuten an jedem der anderen Tische. Und nein, ich bin tatsächlich nicht freiwillig hier. Meine Schwester hat mich angemeldet und gezwungen, mitzukommen. Und das hier war auch ihre Idee.« Er zeigte auf sein Namensschild, auf dem James Bond stand.

»Schade. Und ich dachte schon, du bist einfach größenwahnsinnig.«

Er lachte so laut, dass sich mehrere Köpfe zu uns umdrehten.

»Guter Spruch. Du bist echt der Höhepunkt des Abends«, versicherte er aufrichtig. »Deinetwegen muss ich mich jetzt bei meiner Schwester bedanken, dass sie mich mitgeschleppt hat.«

»Immer gerne. Aber weshalb hat sie dich angemeldet? Bist du auf der Suche oder nicht?« Ich zwinkerte ihm zu. »Ich frage für eine Freundin.«

»Sie wollte nicht alleine herkommen und ihre Freundinnen sind alle vergeben. Und nein, ich suche keine Beziehung. Aber gegen coole neue Bekannte habe ich nichts. Also, Mabel, schreib dir meinen Namen auf, wenn du keine Lust hast, mit mir später noch einen Drink zu nehmen und danach mit mir …« Er schnalzte zweimal und zwinkerte, aber so niedlich, dass ich erneut lachen musste. »Vielleicht können wir uns trotz allem einmal treffen.«

Der letzte Kandidat war Sam. Er war ein Bär von einem Mann und sah ganz gut aus, aber ich spürte, dass auch er nicht wirklich in Flirtlaune war und heute Abend schon einige Federn gelassen hatte. Als er sich mit einem tiefen Seufzer an meinem Tisch niederließ und umgehend eine eindeutig beschämte Miene zeigte, verstand ich ihn ziemlich gut.

»Ganz schön anstrengend hier, was?«

Er nickte. »Sorry. Das war unhöflich.«

»Ich kann es verstehen. Ich hatte mir das alles auch ein wenig anders vorgestellt.«

»Ich dachte, das hier ist irgendwie persönlicher. Dass man wirklich sehen will, wie sein Gegenüber ist und was er denkt. Aber die meisten versuchen einfach, in der kurzen Zeitspanne so viele Informationen wie möglich unterzubringen, egal ob sie interessant sind oder nicht. Mir schwirrt der Kopf. So viel Geplapper.«

»Worüber würdest du gerne reden?«

»Ob jemand auch gut schweigen kann.«

Ich brauchte einen Moment, um darüber nachzudenken.

»Du meinst, ob man auch mal Schweigen aushalten kann? Oder ob man jetzt gleich die Klappe halten kann?«

»Beides, fürchte ich.«

»Aber wenn du mit jemandem nicht sprichst«, ich betonte das Wort nicht vielsagend, »wie willst du dann rausfinden, ob du die Person magst?«

»Auch wieder wahr. Sorry, aber Tisch drei«, er deutete dezent mit dem Kopf in die entsprechende Richtung. »Das war echt … puh. Worte. Viele Worte.«

»Dann bin ich nichts für dich. Ich rede auch viel«, gab ich zu.

»Echt? Bisher machst du das gut.«

Ich lachte. »Glaub mir, ich bin nur gerade ein bisschen desillusioniert. Aber wenn ich gut drauf bin, dann bin ich nicht zu stoppen.« Ich dachte an Harry und grinste. »Das kann schon eine Herausforderung sein, der nicht jeder gewachsen ist.«

»Und jetzt?«

»Wir könnten die restlichen«, ich schielte zur großen Uhr neben dem Gong, die nach jeder Runde wieder auf sechs Minuten gestellt wurde und dann die Zeit rückwärts abzählte. »Wir könnten die restlichen dreieinhalb Minuten zusammen schweigen«, bot ich ihm höflich an.

Sam begann zu strahlen und stützte das Kinn auf seine Hand. Dann schwieg er einfach. Es war nicht wirklich unangenehm, nur ein bisschen skurril. In seinen Augen lag so eine riesige Erleichterung, dass ich nur lächelnd dasaß und ihm dabei zusah, wie er atmete und schwieg. Hin und wieder schnitt ich ein paar Grimassen, um zu testen, ob er gleichzeitig schweigen und lachen konnte. Er konnte – zumindest lächeln. Als der Gong ertönte, stand Sam auf.

»Du bist toll, Mabel. Keine hier konnte so gut schweigen wie du. Vielleicht sehen wir uns ja noch einmal und wiederholen das«, sagte er und ging davon.

»Frag nicht!« Ich hob die Hand, als Harry den Mund aufmachte, sobald er mich mit schnellem Schritt auf sich zukommen sah. »Mach lieber den Fluchtwagen bereit.«

»So schlimm?«

»Nein.« Ich strich mir nachdenklich eine Ponysträhne aus dem Gesicht. »Es war eigentlich ganz witzig. Zumindest wenn man nicht hingeht, um einen Mann zu finden, den man wirklich daten will.« Ich dachte an die Kandidaten und musste kichern. »Was sich hier alles rumtreibt.«

»Dann wirst du keinen markieren, um ihn näher kennenzulernen?« Harry hielt mir galant die Autotür auf.

»Doch, ich denke, dass ich einen gerne wiedersehen würde«, bekannte ich und rutschte auf den Sitz.

»Also war doch einer dabei?«

»Es waren sogar zwei, die ich ganz nett fand. Der eine würde dir gefallen; er hat mich gebeten, ihm zu zeigen, wie gut ich schweigen kann.«

Harry gluckste. »Du kannst schweigen? Wieso hast du diese Superkraft bisher verheimlicht?«

»Weil es viel zu langweilig wäre, wenn wir beide das täten. Und weil du es insgeheim magst, wenn ich nonstop rede, gib es zu.«

»Ich mag es meistens«, versicherte er.

»Was ist deine Lieblingswindstärke an einem sonnigen Tag?«

»Bitte?«

»Das war eine der Fragen.«

»Ernsthaft?«

»Ja. Genauso wie die Frage, weshalb ich noch Single bin. Ob ich keine Beziehungen mag, wollte der wissen.«

»Und, was hast du gesagt?«

»Ich habe ihn gefragt, weshalb er kein Millionär ist und ob er kein Geld mag.«

Harry gluckste wieder.

»Er fand es nicht lustig. Am Ende hat er befunden, dass ich nicht infrage komme, und die restliche Zeit schweigend seine Schuhe angestarrt.«

»Selbst schuld«, brummte Harry. »Er hatte heute Abend seine beste Chance.«

Ich legte ihm spontan eine Hand auf den Arm. »Danke. Echt, ich weiß das zu schätzen, dass du jetzt hier bist. Himmel, ich hatte ja nicht erwartet, dass mich der Blitz trifft, aber so viele schräge Erlebnisse hätte selbst ich mir nicht vorstellen können.«

»Trotzdem wirst du zwei markieren?«

»Einen. Der schweigsame Sam war zwar nett, aber wenn ich mit jemandem nicht reden will, dann lieber mit dir.«

»Danke«, brummte es neben mir trocken.

»Und der andere ist definitiv nicht auf der Suche nach einer neuen Liebe. Aber er ist cool. Und wenn ich hier einen Freund gefunden habe, dann ist das auch nicht zu verachten. Ich denke, den markiere ich. Es wäre doch zu deprimierend, nicht wenigstens einen getroffen zu haben, den man matchen kann.«

»Tut mir leid, dass es nicht so lief, wie du wolltest.«

»Hm, vermutlich muss man einfach hartnäckig bleiben. Es ist wie mit dem perfekten Paar Schuhe. Die stehen auch nie im ersten Laden, oder?«

Wieder ließ Harry nur ein Brummen hören. Er setzte den Blinker und kurz darauf hielten wir vor dem B&B.

»Ich habe da noch was«, meinte Harry, als wir die Haustür hinter uns geschlossen hatten. Er griff sich in die Innentasche seines Sakkos und holte meine mittlerweile sorgfältig zusammengelegte Shapewear heraus. »Deine schicke Unterwäsche.«

»Und wieder könnte das so eine tolle Szene sein«, murmelte ich und grinste ihn an. »Danke, dass du sie genommen hast. Und sogar zusammengefaltet.«

»Sonst hätte die nicht in die Innentasche gepasst.«

»War dir das nicht peinlich? An der Bar meinen riesigen Bauchwegschlüpfer zu falten?«

»Nein. War es dir peinlich, ihn mir zu überlassen?«

Ich dachte nach. »Nein. Im Ernst, bei jedem anderen wäre es das, aber nicht bei dir.«

Jetzt lächelte Harry und dieses Mal war es jenes Lächeln, das sein Gesicht wunderschön und ihn zu einem ganz anderen Mann machte.

»Bist du müde, Donna?«

»Nein. Ich bin noch viel zu aufgekratzt von dieser Erfahrung.«

»Hast du dann vielleicht Lust, eine Weile mit mir im Garten zu sitzen, etwas zu trinken und mit mir ein wenig zu schweigen?«

Ich spürte, dass sich meine Mundwinkel wie von alleine hoben. »Ich würde mit keinem anderen so gerne ein bisschen schweigen wie mit dir.«

KAPITEL 9

Am nächsten Tag war ich schon wieder so weit, dass ich die Erlebnisse des gestrigen Abends mit Humor nehmen konnte. Ich hatte sogar Spaß daran, als ich Joanna davon erzählte. Natürlich brannte sie darauf, meinen Bericht zu hören, und mit ein wenig Abstand konnte ich die verrückten Details gebührend würdigen.

»Es war auf alle Fälle eine Erfahrung. Und es war streckenweise ein bisschen skurril. Und auch traurig. Aber vor allem bin ich stolz, dass ich es getan habe. Ohne Harry hätte ich im letzten Moment doch noch gekniffen.«

»Und dann? Hat er dich überredet?« Sie kicherte.

»Irgendwie schon. Komisch, oder? Harry braucht nicht viele Worte und oft macht es mich verrückt, dass er so sparsam damit umgeht. Aber wenn er will, dann kann er sehr gut Einfluss nehmen. Und er macht einfach. Er quatscht nicht lange rum, sondern macht einfach. Wie damals, als meine Tante diesen Schwächeanfall hatte und wir auf der Fähre waren, die gerade ablegen wollte. Oder eben wie gestern«, ich grinste. »Als er mich in meiner Panik einfach ins Auto geschoben hat und losgefahren ist. Und er ist sogar geblieben, damit ich im Notfall einen Fluchthelfer habe.«

»Er ist dortgeblieben und hat zugeschaut, wie du andere Kerle datest?«

»Erstens einmal saß er an der Bar und ich in diesem Raum. Und zweitens … Wieso nicht?«

»Nun ja, weil …« Joanna überlegte. »Weil ich vielleicht immer noch hoffe, dass er … Was weiß ich? Endlich mal aufwacht? Merkt, wie gut ihr zueinander passt?«

»Und dabei bin ich doch die Romantikerin unter uns«, neckte ich meine Freundin prustend. »Harry ist toll und selbst wenn er nur wenig sagt, ist es oft genau das Richtige. Und ich will ihn niemals als Freund verlieren. Aber für mein Liebesleben dürfte es gerne ein etwas«, ich zog kurz die Unterlippe zwischen die Zähne und senkte den Blick. »Na ja, ein etwas leidenschaftlicherer Mann sein. Im Idealfall einer, der mir von morgens bis abends erzählt, wie toll ich bin.« Ich zwinkerte kräftig, damit sie erkannte, wie ich das meinte. Dann wurde ich doch wieder ernst und setzte nachdenklich hinzu: »Einer, der einfach daherkommt und mich sieht und Bäng! Der sofort in Flammen steht. Ich weiß, dass das vielleicht zu große Träume sind für eine wie mich, aber ich will das einmal erleben. Und irgendwie habe ich das Gefühl, dass es bald sein muss. Und dass es genau jetzt passieren könnte«, setzte ich leiser hinzu.

»Weil es schon einen gibt, der in Flammen steht?«, wollte Joanna wissen und beugte sich neugierig zu mir vor.

»Nein. Weil ich glaube, dass man sich selbst lieben muss, um einem anderen die Chance zu geben, das auch zu tun. Solange ich mich selbst nicht wirklich mochte und vor allem mein Äußeres ständig kritisiert habe, wie sollte ich da einem Mann glauben, dass er mich sieht und all das toll findet?« Ich strich mit vielsagender Geste über meine Hüften. »Aber jetzt bin ich auf einem guten Weg. Ich mag mich wieder und an manchen Tagen bin ich sogar wirklich mit mir zufrieden. Und wenn ich mich so fühle, dann könnte ich mir vorstellen, dass das einem Kerl ebenfalls passieren könnte. Dass er mich ansieht und denkt, dass ich eine tolle Frau bin, in die man sich verlieben kann.«

»Das bist du, Donna.« Joanna klang ziemlich berührt und sehr ehrlich. »Und ich weiß, dass dieser Mann kommen wird.«

»Tja, und bis der Kerl endlich hier auftaucht«, ich zuckte die Schultern, ehe ich mich auf dem Stuhl nach hinten sinken ließ, die Beine überschlug und ein freches Lächeln zeigte. »Bis dahin genieße ich das Leben. Ich will mich nicht stressen oder verrückt machen. Ich will einfach bereit sein und die Augen offen halten, damit ich meine Chance erkenne, wenn sie auftaucht.«

Aus diesem Grund hielt ich meine Augen auch offen, als Nick wieder vorbeikam. Nicht dass ich ihm unterstellte, derjenige zu sein, auf den ich wartete, aber ich war gerne mit ihm zusammen und er hatte definitiv etwas, was mir gefallen könnte. Er war charmant und zeigte reges Interesse an meinem Projekt. Und manchmal sagte er Dinge, die sich beinahe nach einem Flirt anhörten. Das war doch schon mal ein guter Anfang, dachte ich versonnen.

»Donna, ich muss dir etwas zeigen.« Nicks Augen blitzten vor Aufregung, als ich ihm die Tür öffnete. »Das hier habe ich heute Morgen bekommen.«

Er hielt mir das Handy unter die Nase. Darauf war das Foto einer Badewanne zu sehen. Einer rot verkleideten Badewanne. Sie hatte eine sehr moderne Form, ohne Schnörkel, war eher wie ein abgerundetes Rechteck denn typisch oval und die ebenfalls roten Standfüße waren schlicht und wie Möbelfüße geformt. Sie sah unglaublich toll aus und war sicher etwas sehr Exklusives. Ich dachte sofort an das rote Zimmer, aber irgendwie sah ich sie dort nicht. Zudem hatten wir für diesen Raum bereits die perfekte Wanne bestellt.

»Die ist toll«, begann ich unsicher. »Aber wir brauchen doch keine mehr.«

»Was würdest du sagen, wenn die in dein neues Bad kommt?« Er hielt die Luft an, während ich ihn anstarrte. »Wir sind uns einig, dass wir den Durchbruch machen und das ehemalige Etagenbad deiner kleinen Nasszelle hinzufügen. Mit einem direkten Zugang zu deinem Schlafzimmer. Mit dieser Wanne als Eyecatcher …«

Er brach ab und vor meinem inneren Auge entstand sofort ein Bild. Wie ich durch die geöffnete Tür von meinem Bett aus auf diese Wanne blicken würde. Ein Gefühl der Sinnlichkeit durchströmte mich. Langweilige Kumpel-Frauen hatten keine solchen Badezimmer. Dazu dieser Restposten mit den türkis-goldenen wasserfesten Wandplatten, der mich so begeistert hatte und den wir nirgends in das Farbkonzept hatten einbauen können. Für mein Schlafzimmer hatte ich mir bereits eine Vinyltapete gegönnt, ebenfalls ein Schnäppchen, weil nur noch wenige Rollen verfügbar waren. Das kräftige Blumenmuster, das fortan die Wand hinter meinem Bett zieren würde, passte perfekt ins Gesamtkonzept. In Gedanken drehte ich mich in meiner zukünftigen Wohnung im Kreis, betrachtete die Blumenwand, die angrenzenden hellgrauen Wände, die ein wenig Ruhe in den Raum bringen würden und deren Farbe sich wie als Schicksalsfügung auch im Muster der wasserdichten Wandplatten für das Badezimmer wiederfand. In solchen Räumen, da war ich mir sicher, musste man selbstbewusst werden. Sie strahlten so viel Kraft und Selbstbewusstsein aus, dass man dem gar nicht entkommen konnte.

»Weißt du zufällig, ob diese Badezimmerplatten«, begann ich und brach ab, als Nick breit grinste.

»Ob sie noch verfügbar sind? Jawohl, das sind sie. Und die Badewanne bekommst du sozusagen gratis obendrauf. Der Preis ist ein Witz. Wenn du sie nicht willst, dann kaufe ich sie. Die habe ich in kürzester Zeit irgendwo verbaut.«

»Ich will sie aber«, entschied ich spontan und spürte, wie Erregung durch meine Adern prickelte. »Und die bunten Wandverkleidungen auch. Ich habe lange genug in eintönigen Zimmern gelebt.«

Ein weiterer Vorteil von Nick war, dass er zwar ein Handwerker war und auch immer noch seinen eigenen Malerbetrieb unterhielt, aber zudem als Bauleiter mit vielen anderen Firmen zusammenarbeitete. Das hieß, dass er im Bedarfsfall über ausreichend Kräfte verfügte und die einzelnen Gewerke zeitlich steuern konnte. Es gab keine langen Pausen, weil nach der Sanitärfirma gerade kein Fliesenleger Zeit oder der Bodenleger keine freien Termine hatte. So konnte der eine Teil seiner Truppe weiterhin in Mabels neuen Räumen werkeln, während der andere das erste Gästezimmer in Angriff nahm und trotzdem noch Kapazitäten frei waren, die sich um meine kleine Wohnung kümmern konnten.

Ich hatte eigentlich geplant, meine Räume an das Ende zu schieben und erst einmal die übrigen Zimmer zu renovieren. Aber Nick hatte mir abgeraten. Da die Räume im Dachgeschoss noch die Etagendusche hatten, waren sie auch diejenigen, die zuletzt vergeben wurden. Mabel hatte sie für gewöhnlich an die Spontantouristen vermietet, die einfach auftauchten und dankbar waren, kurzfristig überhaupt etwas zu bekommen. Und Nick warf nun zu Recht ein, dass es dämlich wäre, die beiden Gästezimmer anzugehen und meine nicht gleich mit zu machen.

»Wenn du das sagst, dann klingt es, als wäre es ein Klacks, ein Zimmer zu renovieren.«

»Wenn ich die Handwerker eh schon hier habe, dann ist es tatsächlich nicht so zeitaufwendig, wenn die noch einen dritten Raum tapezieren, während nebenan die Farbe trocknen muss. Sag einfach Ja und überlass den Rest mir.«

KAPITEL 10

Mit dem Startschuss im Dachgeschoss begann eine turbulente Zeit. Obwohl das Haus nicht voll belegt war, hatte ich genug um die Ohren. Die Bauarbeiten liefen zwar dank Nick recht problemlos – und wenn ein Problem auftauchte, hatte er stets einen Plan B zur Hand – aber ich musste dennoch immer wieder für Anfragen zur Verfügung stehen oder kurzfristige Planänderungen absegnen. Ich gewöhnte mich daran, dass mein Bauleiter jeden Tag mindestens einmal auf der Matte stand und mir ein Update gab. Und wenn er das mal nicht tat, beispielsweise, weil Wochenende war, dann fehlte er mir direkt. Es war eine Sache, ständig mit Problemen konfrontiert zu werden und die dann lösen zu müssen. Mit einem solchen Menschen an der Seite jedoch, der immer Ruhe und die Zuversicht ausstrahlte, dass es sich zwar um eine Herausforderung handelte, man die aber bewältigen würde, war es seltsam aufregend und beinahe wie eine Energiequelle.

Zudem hatte Harry ohne großes Tamtam den Posten des rettenden Engels übernommen, den sonst meine Tante innegehabt hatte. Irgendwann war er zur Frühstückszeit nicht mehr in den Wintergarten durchgegangen, sondern in der Küche aufgetaucht, um mir zur Hand zu gehen und erst später mit mir gemeinsam zu essen. Wenn ich einen Termin hatte, übernahm er das Empfangen neuer Gäste, falls welche angekündigt waren, oder bot sich an, als Ansprechpartner zur Verfügung zu stehen. Und wenn ich abends einfach nur erledigt war und abschalten wollte, dann setzte er sich neben mich, holte sein Tablet heraus und machte sich dort Notizen oder recherchierte, während ich ein Buch las oder mir einmal mehr Gedanken machte, was noch alles auf uns zukam. Selbst wenn wir dann nicht miteinander sprachen, tat mir seine Gegenwart gut. Und wenn mich ein Problem quälte, sah er mir das jedes Mal an. Irgendwann legte er dann mit einem leisen Seufzer sein Tablet zur Seite, schlug die Beine über, sah mich nachdenklich an und lächelte sein mildes Harry-Lächeln.

»Schieß los, Donna. Was beschäftigt dich?«

Ich ließ mir das nicht zweimal sagen und besprach mit ihm, was mich gerade umtrieb. Auch in diesen Situationen zeigte sich, dass man nicht viel reden musste, wenn man am Ende nur die treffenden Worte fand. Allein Harrys Art des Zuhörens brachte mich oft schon auf den richtigen Gedanken.

»Ich muss jetzt dringend deinen Zimmerpreis reduzieren, Harry. Du tust hier so viel und hilfst mir jeden Tag.«

»Ich dachte, ich bekomme sowieso schon den Dauerbucher-Bonus.«

»Den bekommst du, aber das reicht nicht. Ich sollte dich so langsam auf die Gehaltsliste setzen.«

»Solange ich das tun kann und Zeit habe, helfe ich dir«, sagte er, als wäre es das Normalste der Welt.

»Aber«, setzte ich an, doch er winkte ab.

»Du tust auch viel für mich. Noch nie hat sich jemand so bemüht, mich kennenzulernen oder mich in sein Leben einzubeziehen.«

»Oder darauf zu warten, dass du etwas sagst und zeigst, was für ein kluger Kopf auf deinen Schultern steckt?«, fragte ich lachend. »Ich kann das noch immer nicht glauben, dass ich die Einzige sein soll, die das bemerkt hat. Aber ich bin froh, dass du hier bist.«

»Das bin ich auch. Morgen werde ich allerdings keine Zeit haben. Ich hoffe, das passt bei dir.«

»Gehst du wieder auf Tatortsuche?«

Wir wussten mittlerweile, dass Harry nur deshalb nach St. Hope gekommen war, weil er an seinem ersten Buch arbeitete. Unser schweigsamer Freund hatte sich nämlich als ziemlich wortgewandter Autor herausgestellt, der mich mit seiner ersten Geschichte vollends begeistert hatte. Der Ermittler seines Krimis wurde darin nach Cornwall versetzt und Harry hatte sich vorgenommen, die Gegend mit eigenen Augen zu sehen, um sie treffend beschreiben zu können. Ursprünglich hatte er darüber nachgedacht, dass dieser Ermittler mit jedem Fall in eine andere Grafschaft geschickt wurde. Ich war wirklich froh, dass er am Ende beschloss, seinen Kommissar dauerhaft in Cornwall zu verankern. Harry fand, dass das die Reihe stärken würde. Ich fand, dass es einfach eine gute Idee war und wir ihn ansonsten sehr vermisst hätten.

»Du bist morgen aber rechtzeitig zurück für unser Treffen, oder? Du weißt doch, dass wieder einmal ein Dinner ansteht?«

Harry nickte. »Wie könnte ich das vergessen.«

»Und? Wie viele Matches hattest du?«, fragte Betty am nächsten Abend und ließ ihr breites Grinsen sehen.

Ich schnaubte. »Frag nicht. Und sag mir vor allem nicht, wie viele du hattest. Sonst muss ich mich vor Frust betrinken.«

Betty lachte noch immer. »Ich hatte null.«

»Nicht dein Ernst!« Überrascht riss ich die Augen auf. Ich meine, hallo? Man musste sich Betty doch nur ansehen. Groß und schlank, wie sie war, mit dem modernen Kurzhaarschnitt, der in einem sehr selbstbewussten Grauton eingefärbt war und sie wie ein teures Laufstegmodel aussehen ließ, sah sie unfassbar gut aus. Dazu ihr schönes, schmales Gesicht, der breite, ewig lachende und immer rot geschminkte Mund. Und nicht zu vergessen Bettys Humor, ihre spontane Art, ihr freundliches Wesen – diese Frau war ein Hauptgewinn und sowohl von innen als auch von außen einfach nur eine Wucht.

Jetzt ließ diese Wucht ein lautes Schnauben hören.

»Ich bin sicherlich offen für vieles. Aber dennoch habe ich ein paar Ansprüche. Weißt du, ich glaube, das Konzept liegt einfach nicht jedem.« Sie beugte sich etwas näher zu mir. »Verstehen wir uns, wenn ich Listen-Junkie sage?«

Ich grinste.

»Echt jetzt, anstatt entspannt zu reden und zu sehen, wie es sich entwickelt, haken die stur ihren Fragenkatalog ab. Weniger sexy geht es kaum. Das einzige entspannte Gespräch hatte ich mit einem Kerl, mit dem ich mich über Pastetenrezepte ausgetauscht habe.«

»Tja, und ich hatte das einzige gute Gespräch mit dem Kerl, der als Erstes zugab, dass er mitgeschleppt wurde und definitiv nicht auf der Suche nach einer neuen Beziehung ist. Aber er war irgendwie cool und wir haben uns gematcht. Nächste Woche wollen wir uns auf einen Drink treffen und vielleicht Freunde werden.«

»Das ist doch auch was. Und wer weiß? Die besten Nächte hatte ich mit Kerlen, die keine feste Beziehung wollten. Also mach dich bereit und sei einfach offen für alles.«

Ich hatte beschlossen, Betty vorerst nicht zu erzählen, dass die erste Offerte, die ich von meinem Speeddating-Match Fred, bisher als James Bond bekannt, bekommen hatte, tatsächlich solch eine unverbindliche Nacht gewesen war. Ehrlicherweise war ich mir auch nicht sicher, ob er das ernst gemeint hatte oder er mich einfach nur schockieren wollte. Ich wusste auch nicht, ob ich das Angebot annehmen würde, falls er es wiederholte. Ich wusste nur, dass wir ein Date hatten und ich mich darauf freute. Und wer konnte schon sagen, was am Ende daraus wurde? In Geschichten war es ja oft so, dass sich die beiden erst einmal nur als Freunde kennenlernten und sich dann verliebten. Oder dass sie eine lose Beziehung anfingen und schließlich erkannten, dass ihnen das nicht ausreichte. Oder … Ich seufzte glücklich und schob den Gedanken an Fred erst einmal zur Seite. Ich musste dringend damit aufhören, schon an den übernächsten Schritt zu denken, und stattdessen lernen, den jetzigen in vollen Zügen zu genießen. Und offen bleiben für alles, überlegte ich grinsend, während ich einmal mehr zu Nick eilte, der gerade gekommen war, um mir das tägliche Update zu den Umbauarbeiten zu geben.

»Wir kommen gut vorwärts«, begann er mit seiner tiefen, beruhigenden Stimme und einem überaus charmanten Lächeln. »Wir liegen absolut im Zeitplan und die einzelnen Gewerke greifen perfekt ineinander. Im Anbau haben wir heute schon mit den Malerarbeiten begonnen. In ein paar Tagen sind wir fertig und können die Möbel einräumen. Ich werde mich darum kümmern, wenn du willst. Ich kenne ein paar gute Männer, die das schnell und zuverlässig erledigen.«

»Wahnsinn. Ja, mach das bitte. Ich hätte nie gedacht, dass das alles so zackig gehen wird.«

»Es war ja auch keine Herausforderung«, meinte Nick lässig. »Im Anbau können wir ohne Schwierigkeiten arbeiten. Hier im Haus wird es vermutlich nicht ganz so schnell gehen. Aber auch das bekommen wir hin. Zum Glück ist die Auslastung nicht so hoch.«

»Das kann man so oder so sehen«, meinte ich lachend. »Tatsächlich tut es mir bei jedem einzelnen Gast weh, den ich wegschicken muss.«

»Das wird wieder anders werden. Bald wirst du Gäste wegschicken müssen, weil du bis unters Dach ausgebucht bist. Hast du schon darüber nachgedacht, dass du eine neue Homepage brauchst?«

Ich nickte eifrig. »Ich habe sogar bereits Kontakt zu einigen Fotografen aufgenommen. Ich habe mir überlegt, dass ich nicht daran sparen sollte, erstklassige Bilder machen zu lassen.«

»Dazu würde ich auch raten. Wenn du es dir leisten kannst, dann nimm ein bisschen Geld in die Hand und lass einen Profi ran. Der erste Eindruck ist alles, und das ist bei euch nun mal die Buchungsseite. Falls du Hilfe brauchst …« Nick lächelte.

»Dann kannst du einen Kontakt herstellen.« Auch ich grinste. »Natürlich. Ich muss langsam aufpassen, dass ich überhaupt noch etwas alleine organisiert bekomme. Ich beginne, mich zu sehr auf dich und deine Beziehungen zu verlassen, Nick.«

»Wäre das so schlimm? Ich helfe dir gerne und freue mich, wenn ich meinen Teil dazu beitragen kann. Schließlich sollst du am Ende sagen, dass ich der Beste für dein Projekt war, den du dir hättest wünschen können.«

Kapitel 11

Vielleicht war Nick nicht nur der Beste, den ich mir für mein Projekt wünschen könnte. Ich konnte nicht verhehlen, dass ich es auch ansonsten genoss, mit ihm zusammen zu sein. Dieser Mann hatte unglaublich viel Energie und schien das Wort Probleme nicht zu kennen. Und diese positive Grundeinstellung tat unbestritten gut. Ich war selbst kein Schwarzseher und mit ihm zusammen schien es, als könne alles möglich werden. Definitiv eine Eigenschaft, die der Attraktivität dieses Mannes eine weitere Facette hinzufügte. Und dass er immer ein paar Minuten erübrigen konnte, um im Anschluss an die geschäftlichen Besprechungen noch ein bisschen zu quatschen, war ebenfalls ein netter Aspekt.

An diesem Tag musste ich unsere angenehmen Plaudereien allerdings abbrechen. Nick war später als üblich in Penrose Cottage aufgetaucht und hatte sich dann längere Zeit mit seinen Männern ausgetauscht, ehe er seinen Kopf suchend in die Küche steckte.

»Nick! Alles klar da oben?« Ich deutete auf die Decke, meinte aber das Dachgeschoss.

»Alles bestens. Du kannst in einigen Tagen umziehen.«

»Ich freue mich so darauf!« Ich war heute in meinem zukünftigen Badezimmer gewesen und wäre vor Freude fast ausgeflippt. »Das wird noch schöner, als ich es mir vorstellen konnte.«

»Die Räume passen perfekt zu dir«, befand Nick und schenkte mir ein warmes Lächeln. »In solch einer Umgebung hätte ich mir dich vorgestellt.«

»Du lernst Frauen kennen und stellst sie dir in ihren Schlafzimmern vor?«

»Nein.« Nick wirkte etwas verlegen. »Ich stelle mir vor, was für ein Raum zu ihnen passen würde. Wie ein Friseur, der darüber nachdenkt, welcher Haarschnitt dem Menschen vor ihm stehen würde.«

»Du stellst dir also nicht Frauen in Schlafzimmern vor, wenn du dir ihre Schlafzimmer vorstellst«, zog ich ihn auf und grinste breit. »Sondern ...«

Nick strich sich mit einer verlegenen Geste die Haare zurück. »Ich hätte das vermutlich nicht sagen sollen.«

»Nein, alles gut. Und es ist charmanter, als sich die Frauen selbst vorzustellen, wie sie sich in ihren ... Schlafzimmern aufhalten.« Ich gab den letzten Worten einen verruchten Ton und genoss es, wie verlegen er wirkte. »Im Ernst, Nick. Ich zieh dich nur ein bisschen auf. Ich denke, ich habe verstanden, was du sagen wolltest. Und wir freuen uns jetzt beide, dass ich nun das Schlafzimmer bekommen werde, das mir unglaublich gut gefällt und deiner Meinung nach perfekt zu mir passt.« Ich zwinkerte ihm ein letztes Mal zu, ehe ich einen Blick auf die Uhr warf und überrascht die Luft einzog. »In deiner Gesellschaft verfliegt die Zeit jedes Mal doppelt so schnell. Ich fürchte, ich muss mich jetzt entschuldigen. Ich bin schon spät dran.«

»Oh, das ist meine Schuld. Ich nehme dich zu oft in Beschlag. Hast du noch was vor?«

»Ja«, bestätigte ich munter. »Ich habe heute ein Date mit James Bond.«

Ich hatte mir dann doch noch kurz Zeit genommen, ihn darüber aufzuklären, was es mit diesem Namen auf sich hatte, und sogar lachend gestanden, dass ich den Kerl beim Speeddating kennengelernt hatte. Das fühlte sich seltsam gut an, nach einer Frau, die sich ganz ungezwungen nach einem neuen Mann umsieht. Die sich sicher ist, auf einer

Dating-Veranstaltung Chancen zu haben, und die überhaupt offen und selbstbewusst mit diesem Thema umgeht. Lange Jahre hatte ich eben das nicht getan. Ich hatte meinen Wunsch, wieder einen Partner zu finden, nie öffentlich kommuniziert, aus Angst, dass mein Gegenüber sich denken könnte, dass ich mir da nicht unbedingt das leichteste Ziel gesteckt hatte. Erst durch den Umzug nach St. Hope, durch die Freundschaft mit Joanna, durch all die Umbrüche in meinem Leben war ich endlich schlauer. Um wieder auf den Vergleich mit den perfekten Schuhen zurückzukommen: Die fand man ja auch nur dann, wenn man aktiv danach suchte, wenn man signalisierte, dass man sie finden wollte. Die klingelten ja auch nicht einfach so an der Haustür und waren dann da. Außer, man bestellte sie sich natürlich, aber selbst dann musste man lange suchen und etliche Shops abgrasen. Und leider gab es keine Shops mit Singles, in denen man sich mal eben eine Auswahl zur Ansicht schicken lassen konnte. Katalogbräutigame sozusagen. Man könnte natürlich Dating-Apps in Betracht ziehen, dachte ich versonnen. Ja, das sollte ich mal im Hinterkopf behalten, für den Fall, dass sich im echten Leben nichts ergab. Aber nicht heute. Ich warf einen letzten Blick in den Spiegel und zupfte das rote Band zurecht, mit dem ich den hohen Pferdeschwanz geschmückt hatte. Als die Schleife mittig saß, strich ich über die noch immer ungewohnten Strähnen meines Ponys und ließ einen abschließenden Blick über mein Gesamtbild schweifen. Das rote Kleid war durchaus ein Knaller und versteckte nicht, wer hier kam. Gut so, dachte ich. Dann wollen wir mal sehen, wie Mister Bond im echten Leben tickt und ob er mit einer Powerfrau zurechtkommt.

Wir hatten uns als Treffpunkt auf einen Pub zwei Ortschaften weiter geeinigt. Fred hatte höflich angeboten, nach St. Hope zu kommen, aber das hatte ich abgelehnt. So schön es hier war, taugte der örtliche Pub sicher nicht für ein erstes Date – selbst wenn es kein Date im herkömmlichen Sinne war. Aber unter den Augen aller in der Mermaid zu sitzen und einen Mann näher kennenzulernen erschien mir dennoch suboptimal.

Mein Date war schon da, als ich kam, und saß mit einem halb leeren Pint am Tisch. Er winkte, als er mich sah, stand aber nicht auf oder machte Anstalten, mich zur Begrüßung zu umarmen. Auch ich unternahm keinen Versuch und ließ mich stattdessen auf den Stuhl fallen.

»Schön, dich wiederzusehen«, sagte ich und spürte, dass ich das ernst meinte.

»Ich freue mich auch, dass es geklappt hat.«

Einen Moment lächelten wir uns an.

»Donna also«, begann Fred und betonte meinen Namen. »Passt zu dir. Besser als Mabel.«

»Sollte ich das jetzt erwidern?«, fragte ich und er lachte.

»Tu dir keinen Zwang an. Ich weiß, dass James Bond etwas größenwahnsinnig war. Wohingegen du tiefgestapelt hast. Ich meine, wer sucht sich freiwillig so einen Namen aus?«

»Ich. Weil es doch eigentlich dämlich ist, oder? Ich meine, diese Annahme, dass jede Chantal doof ist, jede Angelique ein heißer Feger oder jeder Kevin«, ich überlegte kurz, »eben ein Kevin ist.«

»Aber es ist eine einmalige Chance, sich mit dem Namen zu schmücken, der zu uns passt.«

»Hm, so wie James Bond?«

Fred lachte. »Ich habe dir doch bereits gestanden, dass meine Schwester das witzig fand. Wobei ich in den Tiefen meines Herzens natürlich ein James Bond bin.«

»Weil du wie er ein Frauenheld bist?«

»Weil ich wie er cool bin.« Er setzte sich einen Moment aufrechter hin und drückte seine Brust heraus. Eine ganz nette Brust, wenn auch nicht so beeindruckend wie die von Daniel Craig. Fred war insgesamt etwas schmaler gebaut und hochgewachsen. Sein Gesicht war ebenfalls schmal und das Erste, was einem darin auffiel, waren die Augen, die schelmisch blitzten. Sein hellbraunes Haar trug er aus der Stirn nach hinten gekämmt, was den Lausbubenausdruck seiner Augen charmant verstärkte. Dann lachte er wieder und ließ sich entspannt zurücksinken. »Und weil ich wie er nicht hinter dieser einen Frau her bin. Dazu gibt es einfach zu viele.«

Ich überlegte, ob ich ihn darauf hinweisen sollte, dass er mir auch dies bereits gestanden hatte, oder ob das jetzt so eine Art Warnung war, dass ich mir keine zu großen Hoffnungen machen sollte. Dann schüttelte ich innerlich den Kopf und sagte einfach das, was mir spontan in den Sinn kam.

»Ein Tipp unter Freunden.« Ich neigte mich über den Tisch, als wolle ich ihm ein Staatsgeheimnis verraten. »Ihr Kerle denkt immer, dass dieser Bond so cool ist und wir uns nichts sehnlicher wünschen, als solch einen Mann zu haben.«

»Nein?«, fragte er gespielt überrascht.

»Nein. Ist dir mal aufgefallen, dass die Frauen reihenweise sterben, wenn er sie einmal im Bett hatte?«

»Heißt das, dass du immer noch nicht vorhast, mit mir …« Er zwinkerte und ich lachte spontan auf.

»Nein, das habe ich nicht«, sagte ich und spürte dennoch ein Prickeln in meinem Nacken. Weil es sich gut anfühlte, solche Fragen gestellt zu bekommen, selbst wenn sie vielleicht nicht ernst gemeint waren. Und weil es sich gut anfühlte, hier mit ihm zu sitzen und ein bisschen zu flirten, ohne sich dabei allzu großen Hoffnungen hinzugeben oder auf der anderen Seite eine allzu große Enttäuschung befürchten zu müssen. Ja, wir hatten verabredet, uns heute zu treffen und völlig unverbindlich zu plaudern, und Fred hatte offen zugegeben, dass er aktuell nur auf der Suche nach neuen Freunden war – oder eben einer Sache für eine Nacht. Und noch mal ja, ich fand es gut, dass er in mir beides sah. Ich hatte das angenehme Gefühl, dass er tatsächlich für alles zu haben war und es bei mir lag, in welche Richtung wir gehen würden. Eine Frage, die ich nicht heute beantworten musste – und eine Tatsache, die mir zweifelsohne gerade jede Menge Auftrieb verlieh.

Kapitel 12

Der Abend mit Fred hatte mir definitiv gutgetan. Ich mochte den Kerl, er war witzig, manchmal hart an der Grenze, oft ziemlich schwarzhumorig und ja, das gefiel mir. Er flirtete immer ein bisschen, was ich noch mehr mochte, bedrängte mich aber nicht oder ließ durchblicken, dass er für sein Investment nun eine Gegenleistung haben wollte. Kurz und gut: Ich war recht angetan von meinem neuen Bekannten.

Das gestand ich auch Harry am nächsten Morgen, als er mir wieder einmal mit dem Frühstücksgeschirr half. Eigentlich wäre es nicht nötig gewesen, da wir aktuell nur zwei Belegungen hatten, aber ich freute mich dennoch über seine Anwesenheit.

»Mal sehen«, sinnierte ich mit einem süffisanten Grinsen als Abschluss meiner Erzählung. »Mal sehen, was daraus wird.«

»Ich dachte, ihr wart euch einig, dass nichts daraus wird.«

»Kann man sich je sicher sein?« Ich stupste ihn an. »Will man das überhaupt?«

»Ich schon«, bekannte Harry.

»Du ja«, gab ich zurück. »Aber du bist eben du. Du willst ja auch keine Frau finden und lieber deine Ruhe haben.«

»Richtig«, sagte Harry und ich lachte.

»Im Ernst, du hast aktuell andere Ziele für dein Leben, und das ist völlig okay. Solange du dabei mein Freund bleibst«, fügte ich an und stupste ihn noch einmal. »Was macht das neue Buch? Kommst du gut voran?«

»Hm«, brummte Harry.

»Heißt das ja oder nein?«

»Ich stecke aktuell etwas fest. Ich habe die Hauptstory im Kopf und weiß, welches Verbrechen Dave aufklären muss. Aber …« Er verstummte nachdenklich.

»Die Sache mit dem Privatleben?«, hakte ich nach.

Harry nickte.

»Nun, vermutlich brauchst du einfach ein paar Inspirationen. So wie es mit der Landschaft war. Du weißt schon, du bist hierhergezogen, um Cornwall zu erleben. Vielleicht ist es jetzt an der Zeit …« Ich brach ab, als ich Harrys entsetzten Blick sah.

»Ich würde nie … Nur um Inspirationen zu haben«, beteuerte er und wurde tatsächlich rot.

»Das weiß ich doch.« Ich trocknete mir die Hände ab, ehe ich kurz seinen Arm tätschelte. »Aber manchmal reicht es aus, schlicht die Augen offen zu halten. Du bringst ja auch niemanden tatsächlich um, nur damit du es besser beschreiben kannst. Schau einfach zu, was um dich herum passiert.«

»Bei dir zum Beispiel.«

Ich grinste. »Zum Beispiel. Ich werde mir Mühe geben, dir alles zu liefern, was du an Impulsen brauchst.«

Vermutlich waren meine Versprechungen ziemlich gewagt. Dennoch hielt sich dieses hartnäckige Gefühl, dass ich jetzt gefühlstechnisch eskalieren musste, wenn ich das einmal erleben wollte. Ich kam mir vor wie ein Zocker, der komplett auf Risiko ging. Indem ich es laut aussprach, anderen gestand, wonach ich mich sehnte, hatte ich alles auf eine Karte gesetzt. Zudem wurde man ja auch nicht jünger und überhaupt, mein Selbstwertgefühl hatte schon lange nicht mehr dieses Hoch gehabt. Nun zu kneifen barg die Gefahr, es dadurch wieder um einige Level hinabzuschrauben.

Und dieses Gefühl, dass genau jetzt die beste Zeit meines Lebens war, hatte sich so hartnäckig in mir festgesetzt, dass ich ein ständiges Prickeln fühlte, so als hätte ich eben ein Glas Sekt getrunken. Und wenn ich dann tatsächlich mal eines trank, war ich schneller beschwipst als ich Für mich nicht, bitte sagen konnte.

»Auf Harry!« Ich hatte oben erwähnten Sekt natürlich nicht abgelehnt und hielt deshalb soeben ein Glas in die Höhe. »Ich habe es von Anfang an gewusst, dass dein Buch ein Bestseller wird!«

»Auf Harry«, stimmten die anderen ein und brachten unseren Freund damit endgültig zum Erröten.

»Nun ja, ich bin Bestseller im Bereich Krimi«, versuchte er abzuwiegeln.

»Und du bist in dieser Top-einhundert-Liste. Sogar unter den ersten zehn, also versuche jetzt nicht, das herunterzuspielen.« Harry hatte mir gestern die Sache mit den Rankings erklärt und ich gab mein Wissen eifrig an unsere Dinner-Freunde weiter. »Er ist auf dem achten Platz. Das heißt, dass nur sieben andere E-Books häufiger gekauft werden als seines. Und die haben da Millionen von Büchern im Angebot. Also wenn das kein Grund ist, stolz zu sein.« Ich strahlte wie eine Mutter, deren Kind eben die Urkunde für das beste Abitur überreicht bekommen hatte. »Und in fast jeder Rezension fragen die Leser, wann ein neuer Band rauskommt. Du bist berühmt und ich kenne dich.« Ich stupste ihn an und endlich nickte er.

»Ich freu mich unglaublich darüber, dass meine Geschichte so gut ankommt. Ich kann das nur nicht so offen zeigen wie du.«

»Dafür kannst du Sekt ausgeben«, freute ich mich und nahm noch einen Schluck, ehe ich kicherte. »Owains Gesicht eben! Ich glaube, er musste tatsächlich nachdenken, ob seine Mermaid so etwas zu bieten hat.«

»Aber schmecken tut er. Allzu alt kann er also nicht sein«, warf Joanna ein. »Wo Liz nur bleibt? Wenn sie nicht bald kommt, dann haben wir die Flasche ohne sie geleert.«

»Dann wird sich schon noch eine irgendwo finden«, beruhigte Gavin sie. »Du kennst doch Liz. Sie kann fast alles, nur nicht pünktlich sein.«

Wir lachten und hielten die Gläser hoch, um uns nachschenken zu lassen. Und eben als Harry den letzten Tropfen verteilt hatte, kam endlich Liz in das Hinterzimmer des Pubs geeilt. Wie immer war sie außer Atem, zeigte aber dennoch ein strahlendes Lächeln. Normalerweise würde sie nun auch entschuldigend die Hände heben, aber das war heute nicht möglich. Ihre Hände lagen nämlich auf dem Rücken einer attraktiven Frau Mitte dreißig, die sie beherzt vor sich her in unsere Runde schob.

»Leute«, verkündete sie und das Strahlen nahm noch einmal um einige Watt zu. »Tut mir leid, dass ich so spät bin. Aber ich habe Claire im Treppenhaus getroffen und sie spontan bequatscht, dass sie mich begleitet. Claire ist vor Kurzem in unser Haus gezogen und kennt hier noch niemanden. Und da dachte ich, dass dies perfekt für sie wäre. Das ist doch in Ordnung, oder, Gavin? Dass ich sie einfach mitgebracht habe, ohne Anmeldung und so?«

Gavins Augen leuchteten auf. »Natürlich. Herzlich willkommen, Claire. Ich bin Gavin.« Er streckte ihr eine Hand entgegen.

»Gavin hat diese Treffen ins Leben gerufen. Und wenn wir brav sind«, sie lachte übermütig, »dann organisiert er auch mal einen Ausflug für uns. Wobei er deutlich motivierter agierte, als er noch nicht mit Joanna zusammen war und sich Gelegenheiten verschaffen musste, um sie sehen zu können.«

Wie süß, sogar Gavin konnte erröten.

»Wir haben uns in letzter Zeit ein paar nette Buchten angesehen, oder nicht? Ich dachte, solange Badewetter herrscht, wollt ihr lieber am Meer sein. Und Donna ist im

Moment mit dem Umbau gefordert und kann nicht so einfach den ganzen Tag weg. Vor allem, solange sie das B&B alleine führt.«

Liz winkte ab. »Das war doch nur Spaß. Klar sind wir lieber am Meer. Und ich weiß natürlich auch, dass es so für alle besser einzurichten ist. Hauptsache, wir sind zusammen, oder? So, und jetzt stell ich dir die anderen vor und dann erklärt mir bitte mal einer, weshalb es heute Sekt gibt. Wir haben doch nicht eine baldige Hochzeit zu feiern?«

»Das wäre natürlich möglich.« Ich zwinkerte Joanna zu. »Aber tatsächlich ist Harry der edle Spender. Stell dir vor, sein Buch ist ein Bestseller und er hat schon jede Menge Fans, die sich nach einer Fortsetzung verzehren.«

»Wie cool!« Liz nahm Betty ein Glas ab und sah zu, wie sich Harry am Verschluss der zweiten Flasche zu schaffen machte. »Herzlichen Glückwunsch, Harry. Hab ich dir erzählt, dass Harry Krimis schreibt?«, fragte sie Claire.

Die schüttelte langsam den Kopf und starrte unseren Freund an.

»Also echte Krimis, die hier in Cornwall spielen«, warf Betty stolz ein.

»Bisher ist es erst einer«, wiegelte Harry ab.

»Aber nicht mehr lange«, ergänzte ich. »Er arbeitet schon an Band zwei.«

»Und er ist richtig gut. Ich habe das Buch jetzt endlich auch gelesen und ich bin total begeistert. Ich kann ihn dir leihen, wenn du willst. Es geht um einen Kommissar, der hierher nach Cornwall versetzt wird und …« Liz brach ab und starrte Claire fasziniert an. Die stand nämlich immer noch da, das Sektglas unberührt in der Hand, und betrachtete Harry, als wäre er das achte Weltwunder.

»Ähm, Claire? Alles okay?«, wollte Liz wissen.

Claire nickte leicht mit dem Kopf. »Und der dann bleibt, weil er sich in die Grafschaft verliebt hat«, sagte sie leise.

Harry hob überrascht den Blick und starrte nun seinerseits Claire an.

»Dave Donovan und der Tote in der Piratenbucht von Harry Hammet … Das bist …« Sie stockte und schien sich überwinden zu müssen. »Du?«, fragte sie dann und war jetzt schon die Dritte, die innerhalb weniger Minuten knallrot anlief. »Du bist wirklich Harry Hammet?«

Harry nickte zögernd.

»Ich liebe das Buch. Ich habe es verschlungen und als ich fertig war, habe ich sofort noch einmal von vorne begonnen. Ich liebe den Schreibstil und den leisen Humor. O Gott, es tut mir leid, aber ich fürchte, ich bin dein größtes Fangirl.«

KAPITEL 13

»Das war wohl keine Übertreibung mit dem Fangirl.« Ich sah grinsend zu Harry, der an Claires Seite saß und offensichtlich irgendwo zwischen Schrecken, so vereinnahmt worden zu sein, und Freude über die Begeisterung für seine Arbeit schwankte.

Claire schien sich an Harrys Wortkargheit nicht zu stören. Nachdem sie spontan ihre Verzückung bezüglich seines Werkes bekundet hatte und Harry mit seinem sanften und so unglaublich anziehenden Lächeln die Hand ausgestreckt hatte, um sie zu begrüßen, war sie nicht mehr zu bremsen und sprudelte nur so über vor Fangirl-Gequassel. Dabei strich sie sich immer wieder die langen braunen Haare aus dem Gesicht, fasste sie im Nacken zu einem Zopf zusammen, ließ sie los, nur um sie erneut nach hinten zu streichen. Ihre braunen Augen funkelten, der schöne Mund mit den vollen Lippen stand nicht still. Ebenso wenig ihre Hände, mit denen sie die Worte untermalte und die ständig durch die Luft flogen, wenn sie nicht ihre Mähne bändigen musste. Nichts an dieser Frau stand auch nur einen Moment still, selbst ihre Augen funkelten und blitzten und wurden aufgerissen oder zogen sich zusammen, je nachdem, über was sie gerade sprach. Bisher genügte es Claire wohl, Harry davon vorzuschwärmen, wie toll sein Buch war, und ihm in aller Ausführlichkeit zu berichten, welche Empfindungen sie an welcher Stelle des Romans gehabt hatte, ohne allzu viele verbale Reaktionen zu erhalten. Mein Freund saß mit konzentriertem Gesichtsausdruck da, lauschte ihren Worten und gewöhnte sich nur langsam an die Naturgewalt, die ihn so unerwartet überrollt hatte. Allerdings schien es ihm zu gefallen, denn als Claire gestand, wen sie bis kurz vor Schluss unter Verdacht gehabt hatte, lachte Harry leise und legte seine Arme entspannt auf die Tischplatte.

Interessant, dachte ich zufrieden und versuchte erst gar nicht, mein Grinsen zu unterdrücken. Ich kannte ihn lange genug, um zu wissen, dass man Harrys Verhalten ohne Weiteres filmen und dann als Lehrmaterial für ein Seminar über Körpersprache verwenden könnte. Ich hatte es viel zu oft gesehen, wie er stocksteif dasaß, die Arme vor der Brust verschränkt, den Rücken wie Halt suchend an die Stuhllehne gepresst, die Beine erschreckend parallel nebeneinander. Bei mir hatte er drei Tage gebraucht, ehe er zum ersten Mal so entspannt die Hände locker ließ, überlegte ich. Ich betrachtete noch immer seine Mundwinkel, um die der leicht verkrampfte Zug nur zu sehen war, wenn man ihn gut kannte, als er zu mir herüberblickte. Ich blinzelte ihm zu und sah, wie seine Augen diesen Ausdruck bekamen, den ich so mochte. Als ich ihn zum ersten Mal bemerkt hatte, saßen wir im Wintergarten des B&Bs und hatten wie stets über Gott und die Welt gequatscht. Okay, ich hatte wie immer ohne Punkt und Komma geredet und von den Plänen erzählt, die ich für das Gästehaus hatte und die langsam Gestalt annahmen, während Harry konzentriert zuhörte. Dann hatte ich gestoppt, tief Luft geholt und ihn angestrahlt, völlig begeistert von all den Dingen, die in nächster Zeit hier wahr werden würden, und Harrys Miene hatte sich entspannt. Sein mildes Lächeln hatte sich kaum merklich vertieft und dennoch war in seinem Gesicht so viel passiert. Seine Augen hatten ebendiesen Blick bekommen, völlig vertraut, endlich gelöst und mit einer Offenheit, die er sonst nicht zeigte. Wie schön er ist, hatte ich spontan gedacht. Nicht schön wie ein Filmstar, auch wenn er sich mit seiner sportlichen Figur hinter keinem dieser Männer verstecken musste. Es waren seine Augen, die immer etwas Geheimnisvolles hatten, die unfassbar intensiv blicken konnten und alles beherrschten. Die sein dunkles, stets gepflegtes Haar perfekt ergänzten und die durch die grauen Schatten auf seinen Schläfen noch mehr zu leuchten schienen. Wobei er für einen Mann seines Alters recht wenig graue Strähnen hatte. Ein paar in seinem kurzen Dreitagebart, einige Lichtreflexe an den Seiten. Perfekt verteilt und so passend, als hätte er sie schon immer gehabt. Es war alles passend, das war es, hatte ich gedacht. Sogar sein klassischer Look aus Jeans, Hemd und je nach Witterung einem schlichten Pulli darüber. Sein unaufgeregtes Erscheinungsbild, wie ich es in Gedanken immer tituliert hatte. In diesem Moment hatte ich meine Meinung revidiert. Er musste sich keinen ausgefallenen Look zulegen, brauchte keine modernen, schicken Klamotten. Harry war echt und ungekünstelt und genau deshalb gut aussehend.

Ich hatte unwillkürlich mein Kinn abgestützt, als ich ihn und Claire betrachtete und über all das nachsann. Als sein Blick mich musterte und er sah, dass ich ihn breit grinsend beobachtete, hob er fragend die Augenbrauen. Ich ließ meine ebenfalls ein wenig höher wandern, spitzte kurz den Mund und sah, wie er den Kopf schüttelte und vermutlich wieder Du verrücktes Huhn dachte. Dann zuckte er zusammen, weil Claire eine Hand auf seinen Arm gelegt hatte und immer noch davon schwärmte, dass sie seit Langem kein Buch mehr gelesen hatte, das sie so begeistern konnte wie seines. Sie zog ihre Finger weg, als sie das Zucken bemerkte, und der Moment war zu Ende. Harry drehte seinen Kopf wieder ihr zu und ich seufzte leise.

»Macht es dir etwas aus?«

»Was?« Ich löste den Blick endlich von meinem Freund und sah Joanna an.

»Na, dass Harry so angeschmachtet wird. Macht dir das etwas aus?«

Ich lachte auf. »Im Gegenteil. Ich bin begeistert. Mehr als er vermutlich«, setzte ich mit einem frechen Unterton hinzu. »Sie scheint nett zu sein, oder?«

»Sie ist nett«, bestätigte Liz prompt. »Ich kenne sie seit ein paar Tagen. Sie hat mir, ohne dass ich betteln musste, dabei geholfen, meinen neuen Teppich die ganzen Treppen hochzuschaffen, und danach haben wir noch ein bisschen auf dem Balkon geplaudert. Sie arbeitet in einer Buchhandlung.« Liz lächelte vielsagend.

»Das klingt doch nach einem perfekten Match«, freute ich mich.

Jetzt war es Betty, die mich interessiert betrachtete. Nun ja, zusätzlich Betty, sollte ich wohl sagen, denn auch Joannas Augen waren immer noch auf mich geheftet.

»Dann würdest du es toll finden …«, begann Betty und ruckte mit dem Kinn kaum merklich zu den beiden.

»Klar«, bestätigte ich, ohne zu zögern.

»Hm. Ich dachte immer«, murmelte Joanna und stoppte dann, als sie mein Kopfschütteln sah.

»Ich dachte immer, dass ich diejenige unter uns bin, die immer und überall romantische Verwicklungen sieht«, neckte ich sie. »Nein, Harry ist toll und ich gebe ihn nicht mehr her. Aber eben als Freund.« Ich senkte meine Stimme. »Und echt jetzt, er und ich? Ich würde ihn totquatschen.«

»Die Gefahr besteht bei Claire ebenfalls.«

Ich wischte den Einwand zur Seite. »Aber sie redet über die richtigen Themen, im Gegensatz zu mir. Nein, ich bleib dabei: Harry ist ein toller Mann. Und sicher sagt man, dass sich Gegensätze anziehen. Aber ich wünsche mir nun mal einen etwas anderen Kerl. Einen der spricht. Und einen, der mich spüren lässt, dass ich etwas ganz Besonderes bin«, verkündete ich träumerisch.

»Tut Harry das nicht?«

»Anders spüren lässt. Ihr wisst schon.« Ich wackelte vielsagend mit den Augenbrauen und die Mädels grienten.

»Donna! Du bist doch nicht etwa auf der Jagd nach einem bösen Jungen?«, wollte Liz begierig wissen.

Ich zuckte die Schulter und lächelte etwas verlegen. »Böse Jungs hatte ich schon genügend. Also echte böse, wobei die nicht wirklich böse, sondern einfach nur gemein waren. Und ich stehe auch nicht auf einen Kerl, der denkt, mir regelmäßig den Hintern versohlen zu müssen.«

Ich verstummte, als um mich herum Gejohle ausbrach. Erst als wieder etwas Ruhe eingekehrt war und wir Harry, Claire und Gavin versichert hatten, dass alles in Ordnung war, sprach ich weiter.

»Aber so ein bisschen Feuer dürfte er haben. Wisst ihr, einmal so einen Kerl, bei dem man das Gefühl hat, der würde jetzt alles für dich tun. Der weiß, was er sagen muss, um eine Lady zu überzeugen. Und der weiß, wohin er fassen muss, um …«

Erneut stoppte ich, um Betty Zeit zu lassen, unter lauten Wohoo-Rufen eine Hand durch die Luft kreisen zu lassen, als schwenke sie ein Lasso.

»Worüber redet ihr denn?«, wollte Harry irritiert wissen.

»Über Donnas Pläne für die kommenden Wochen«, informierte Betty trocken und feixte mir zu.

Ich trat unter dem Tisch gegen ihr Schienbein.

»Ja, sie hat einiges vor«, meinte Harry nachdenklich.

»Das kann man so sagen«, gab ihm eine grienende Betty recht.

»Zum Glück hat sie Nick, der ihre Pläne in die Tat umsetzt«, versicherte Harry ernst.

»Ach ja? Tut er das?« Bettys Feixen wurde mittlerweile von Liz gespiegelt. Joanna begnügte sich mit einem amüsierten Gesichtsausdruck.

»Natürlich. Deshalb ist er ja da, oder?« Harry schien jetzt wieder ausreichend verwirrt und fragte sich offensichtlich, ob uns die zwei Flaschen Sekt so ausgeknockt haben konnten.

»Und? Wie ist er, dieser Nick?« Betty hatte die Frage an Harry gerichtet, der jetzt die Stirn runzelte.

»Nett. Vor allem weiß er, was er tut. Er redet nicht lange herum, sondern packt die Dinge an.«

Betty war jetzt ernsthaft in Gefahr, vor Erheiterung vom Stuhl zu kippen.

»Das klingt wirklich perfekt. Genau das, was Donna braucht.«

»Also, dieser Nick, den du immer nur nebenbei erwähnst und doch so oft ins Gespräch einfließen lässt … Es gibt, wie es aussieht, bereits einen vielversprechenden Kandidaten?« Betty bemühte sich sichtlich, ihr Gickeln in den Griff zu bekommen und wieder ein wenig erwachsener zu werden. Ihre Neugierde verhehlte sie jedoch nicht.

Ich zuckte mit den Achseln. »Er ist nett«, gab ich zu.

»Du weißt schon, dass nett nicht zu dem passt, was du uns eben gestanden hast?« Betty neigte sich über den Tisch. »Ich habe das Gefühl, dass du auf der Suche nach einem Abenteuer bist. Und die erlebt man nicht mit den netten Jungs. Und falls du auf meinen Erfahrungsschatz zurückgreifen willst: Mit denen macht es auch nicht so viel Spaß.«

»Nun ja, er kann doch beides sein. Nett und ein bisschen …«, ich verstummte und zur Abwechslung war ich es nun, die rot anlief. Was tat ich hier nur? Redete freimütig von meinen geheimsten Wünschen und Träumen.

»Wenn sie zu nett sind, dann will man sie am Ende behalten«, behauptete Betty abwehrend.

»Wäre das so schlimm? Wenn es passt, meine ich?«

»Donna.« Betty sah mir fest in die Augen. »Du musst dich entscheiden. Suchst du was für immer oder den ultimativen Spaß?«

»Beides«, gab ich zu und verzog den Mund. »Das ist ja mein Problem.«

Kapitel 14

Am nächsten Tag schlenderte ich mal wieder mit Joanna auf dem Küstenweg entlang. Solche Aktivitäten waren in letzter Zeit etwas zu kurz gekommen. Da ich das B&B allein wuppte und zudem den Umbau hatte – und natürlich die ganzen Besprechungen und Plaudereien mit Nick – hatten wir es in den letzten Tagen nicht geschafft, uns zu sehen. Gestern Abend hatte ich allerdings bemerkt, wie sehr mir die Gespräche mit Joanna fehlten. Sie war vom ersten Moment meine Vertraute gewesen und ich schätzte nicht nur ihre Gesellschaft, sondern auch ihren Rat. Sie hatte sich gestern zwar an den liebevollen Spötteleien und den immer verrückter werdenden Tipps beteiligt, was ich alles anstellen könnte, um das zu finden, was ich suchte, aber ich hatte ihr angesehen, dass sie hinter all der Heiterkeit nachdenklich geworden war.

»War das dein Ernst gestern?«, kam sie nach einer Weile auch endlich zur Sache.

»Was genau?«

»Du weißt schon«, sie grinste.

Ich tat es ihr gleich. »Klar ist das mein Ernst.« Wir gingen ein paar Schritte, dann stieß ich einen leisen Seufzer aus. »Weißt du, im Moment habe ich manchmal das Gefühl, dass ich mich selbst nicht mehr erkenne.« Ich ließ den Blick zum Meer gleiten. Das Wasser glitzerte in der Sonne, die Wellen spülten mit einem immer wiederkehrenden, beruhigenden Geräusch an den Strand. Wie stets, wenn ich das sah, überkamen mich Ruhe und gleichzeitig Erregung, weil ich das jetzt jeden Tag sehen durfte. »Seitdem ich nach St. Hope gezogen bin, hat sich eine Menge in mir verändert. Für mich war das so viel mehr als nur ein Umzug oder ein neuer Job. Vor einem Jahr hätte ich mir nie auch nur vorstellen können, dass mein Leben so aussehen könnte. Mein eigenes Gästehaus, in einer der schönsten Gegenden des Landes. Ihr alle, die mich mit offenen Armen empfangen habt. Und ganz besonders du.« Ich drückte Joannas Arm. »So eine Freundin zu finden ist alleine schon ein Glücksfall. Aber auch die anderen. Und natürlich Harry …« Unwillkürlich musste ich wieder lächeln, als ich an ihn dachte. »Ich bin auf einem guten Weg, meinen Frieden mit mir zu machen, mich endlich selbst anzunehmen. Ich weiß nicht, ob ich das unter anderen Umständen geschafft hätte. Zumindest nicht so schnell, wie es mir hier gelang. Und das ist ein so gutes Gefühl! Sich endlich einmal richtig zu fühlen.«

Joanna nickte verstehend. »Weil du richtig bist, Donna.«

»Es ist wie ein Prickeln, genau hier«, gestand ich und legte eine Hand auf meine Brust. »Es fühlt sich an, als wäre ich mit Kohlensäure gefüllt, und die Bläschen hören nicht auf zu blubbern und zu zischen und mich damit ganz wuschig zu machen.« Ich grinste. »Es ist, als ob ich mein Leben lang Höhenangst gehabt hätte. Und plötzlich stehe ich im Schwimmbad vor dem Fünfmeterturm und da taucht der komplett verrückte Gedanke in mir auf, dass ich da runterspringen muss. Dass ich es will. Und dass ich es kann – aber nur, wenn ich es jetzt sofort tue. Wenn ich nicht lange überlege und mir keine Zeit gebe, es doch noch einmal genauer zu überdenken.«

»Hm«, machte Joanna und runzelte die Stirn. »Und dieser Sprungturm ist ein Bad Boy?«

»Vielleicht.«

»Hm«, kam es wieder nachdenklich zurück.

»Ich weiß selbst, dass ich mir vermutlich wehtue, wenn ich springe. Dass ich zu dämlich bin, um richtig einzutauchen, und vielleicht sogar frontal mit dem Bauch auf dem

Wasser aufklatsche und mich übel verletze. Oder dass ich springe und unterwegs merke, wie schrecklich ich es finde, zu fallen und auf den Moment zu warten, bis ich endlich aufschlage. Dass die Gefahr besteht, dass ich aus dem Becken klettere und mir schwöre, so etwas nie mehr zu tun.« Ich blieb stehen und sah meine Freundin an. »Aber ich hätte es einmal getan. Ich hätte nicht mehr ständig die Frage im Kopf, ob ich mich traue. Ich würde auf alle Fälle stärker aus der Sache hervorgehen, einfach, weil ich es gewagt habe. Weil ich dann wüsste, wie es ist. Und ich müsste mir nicht mehr länger die ganzen sportlichen, coolen Frauen ansehen, die das immerzu tun und bei deren Anblick ich mir immer dachte, dass ich das nie könnte.«

»Okay. Wenn du es so formulierst, dann verstehe ich dich.«

»Ich weiß, dass du das nie wolltest und etwas anderes gesucht hast. Und ganz unter uns: Am Ende hätte ich auch gerne dieses andere. Den Mann, der meine Höhenangst dauerhaft kuriert.« Ich kicherte und Joanna schüttelte lachend den Kopf. »Aber erstens einmal sind Männer wie Gavin dünn gesät und zweitens«, ich stupste sie so fest an, dass sie aus dem Tritt kam und mit einem überraschten Aufschrei Halt an meinem Arm suchte. »Wenn ich ihn gefunden habe, dann wäre es das auch mit dem anderen, oder? Also dachte ich, was kann es schaden? Solange ich auf ihn warte, könnte ich doch die Zeit nutzen und einfach ein wenig Spaß haben.«

Eine Weile gingen wir schweigend weiter. Das war auch so eine Sache mit Joanna. Wir konnten einfach nichts sagen und hatten dennoch Spaß, warfen uns Blicke zu, zogen Grimassen und wussten genau, was die andere dachte. Wie sehr ich diese Frau mochte! Ich gönnte ihr das Glück von Herzen, das sie bereits gefunden hatte. Und ja, ich wollte es auch, dieses Strahlen, das sie seither umgab.

»Weißt du, eigentlich ist es ja deine Schuld, dass ich jetzt ein leichtfertiges Mädchen werden will«, gestand ich spontan und kicherte ob ihrer überraschten Miene.

»Meine? Ich mag ja einiges sein, aber ein Vorbild in Sachen leichtfertig?«

»Nun ja, du hättest es zumindest sein können. Du hattest die Chance.«

Joanna schwieg zu dieser These, aber das bremste mich nicht. Die Blubberbläschen machten mich noch immer übermütig.

»Und sag nicht, dass du es nicht genossen hast. Komm schon, so lange ist das alles nicht her. Und auch wenn du jetzt nur noch mit Gavin glücklich sein willst, was ich dir nicht verübeln kann, hat es dir gefallen, als du im Zentrum der Aufmerksamkeit standest.« Ich dachte an die ersten Monate in St. Hope zurück. »Diese Wortgefechte, die du dir mit Jakob geliefert hast. Sein Buhlen um dich.«

Joanna schwieg noch immer. Vermutlich war ihr das jetzt peinlich, auch wenn es dazu keinen Grund gab.

»Der stand auf dich und egal, was du sagst, es hat dir gefallen. Ja, ich denke, der stand wirklich auf dich«, setzte ich etwas nachdenklicher hinzu. »Es kann kein Zufall sein, dass er sich just dann zurückgezogen hat, als du und Gavin endlich zusammengekommen seid. Vielleicht war da ja sogar mehr, als wir dachten?«

Joanna schwieg einen Moment, dann seufzte sie leise.

»Nein, er war nicht unsterblich in mich verliebt und leidet jetzt Höllenqualen, weil ich mit Gavin zusammen bin. Du brauchst dir also keine Sorgen um sein Wohl zu machen. Und er war ja nie wirklich ein Teil unserer Gruppe. Ich denke, dass wir ihn einfach gelangweilt haben und er seinen Spaß jetzt wieder woanders sucht.«

»Was irgendwie schon schade ist.« Ich verzog den Mund und überlegte, ob ich weitersprechen sollte. »Ich mochte ihn. Er war witzig und immer gut drauf. Und er hatte etwas … Er konnte einem das Gefühl geben, einzigartig zu sein. Sogar mir, wenn er mich neben dir einmal bemerkte.« Ich lachte, auch um Joanna zu zeigen, dass das kein Neid oder Vorwurf war. »Und außerdem ist er der Einzige, den ich kenne, der sich für ein kleines Techtelmechtel eignen würde. Alle anderen …« Ich blies mir eine Strähne aus dem Gesicht. »Aus denen werde ich einfach nicht schlau. Bei ihm wüsste ich wenigstens, woran ich wäre.«

»Klingt dieser Fred nicht nach einem perfekten Ersatz? Hast du nicht erzählt, dass er dir als Erstes ein unmoralisches Angebot unterbreitet hat?«

»Stimmt.« Ich lachte bei der Erinnerung an diesen Moment auf.

»Und du hast ihn wieder getroffen.«

»Stimmt ebenfalls. Und es war ein cooler Abend. Aber ich weiß nicht …« Ich zog die Unterlippe zwischen die Zähne und kaute einen Moment nachdenklich darauf herum. »Anders als bei Jakob habe ich bei ihm das Gefühl, dass er es nur sagt und nicht so meint. Dass er damit einfach schockieren will oder so, am Ende jedoch Nein sagen würde, wenn ich darauf eingehen sollte. Nicht weil er mich nicht mag, sondern weil er nicht der Typ dafür ist.«

»Wäre er dann vielleicht der Typ für etwas anderes?«

»Hm. Vermutlich auch nicht. Du kennst mich, Joanna. In mir schlägt ein romantisches Herz und am Ende wünsche ich mir natürlich nichts sehnlicher, als die wahre Liebe zu finden. Diesen einen Mann, den ich nur ansehe und der mein Herz komplett aus dem Takt bringt. Bei dem ein Blick genügt, dass ich dahinschmelze und mich nach seinen Armen verzehre. Der mich komplett vereinnahmt, dem am Morgen mein erster und am Abend mein letzter Gedanke gilt. Genau darauf hoffe ich schon so lange. Aber ich will mein Lebensglück nicht länger davon abhängig machen. Was, wenn es diesen Mann für mich nicht gibt? Wenn ich ihn nie finde? Wir haben nur dieses eine Leben. Und ich möchte es so glücklich wie möglich gestalten und einfach offen sein für alles, was es zu bieten hat. Und wenn das eine prickelnde kleine Liebelei ist, dann sage ich nicht Nein. Es gibt so vieles, was ich noch nie erlebt habe und was Spaß machen könnte. Wie sagt man so schön? Wenn Plan A nicht funktioniert, dann muss man zu Plan B greifen. Oder C oder D. Zum Glück hat das Alphabet ausreichend Buchstaben. Da sollte es doch verdammt noch mal machbar sein, irgendwann dieses Ziel zu erreichen.«

Kapitel 15

Tief in meinem Herzen wusste ich selbst, dass ich aktuell nicht ganz zurechnungsfähig war und außerdem irgendwie inkonsequent, aber ich blendete das gepflegt aus. Ich wollte nicht länger vernünftig sein und ich wollte das maximale Kribbeln erleben. Zudem lenkte es mich ab, wenn ich wie an diesem Abend einen Rundgang durch das B&B machte, mir die Fortschritte ansah, die Baustellen, die neu aufgerissen worden waren, und mir dann schlagartig fast schwindelig wurde. Auch dieses Projekt war volles Risiko. Klar, ich hatte das Sicherheitsnetz, dass ich mich nicht unfassbar verschulden musste, sondern das Geld meiner Tante zur Verfügung hatte. Auf der anderen Seite machte das den Druck noch größer. Ich konnte mir keinen Reinfall leisten. Ich würde mir nie mehr in die Augen sehen können, wenn ich ihr hart erspartes Geld verprasste und das Haus, das sie lange geführt hatte, nicht erfolgreich weiterbetreiben könnte. Nicht zum ersten Mal spürte ich diesen Druck, dass ich eben doch mehr war als nur eine Geschäftsführerin, die volle Entscheidungsgewalt hatte. Und eventuell kompensierte ich das dadurch, dass ich auch in meinem Privatleben ein bisschen eskalierte.

»Kennst du dieses Gefühl, dass du denkst, du musst jetzt sofort alles umkrempeln und ganz neu starten?«

Harry sah mich aufmerksam an. »Ja.«

»Und was tust du dagegen?«

»Ich mache es.«

»Hm.« Ich überlegte kurz. »Wie oft hast du dieses Gefühl?«

»Bisher nur einmal.«

Ich nickte. »Ehe du gekündigt hast, um nach Cornwall zu kommen und ein Buch zu schreiben.«

»Ja.«

»Und es hat sich ausgezahlt, dass du es riskiert hast.«

»Was beschäftigt dich, Donna?«

Ich spitzte nachdenklich die Lippen. »Ich fühle mich heute so unruhig. Weil ebendieses Gefühl gerade ganz arg in mir brennt. Ich will mit allem aufräumen, was mich ausbremst, und mutig sein und Neues wagen. Und auf der anderen Seite habe ich Angst, dass ich damit Schiffbruch erleide.«

»Gibt es Probleme mit dem Umbau?«

»Wie kommst du darauf?« Ich musterte ihn einen Moment. »Wie machst du das? Ich habe den Umbau mit keiner Silbe erwähnt.«

»Du warst wie immer, bis ihr euren täglichen Rundgang gemacht habt. Ich schaue einfach nur hin und ziehe Rückschlüsse.« Er lächelte, aber seine Augen blickten ernst und aufmerksam. »Also, gibt es ein Problem damit?«

Ich schüttelte den Kopf. »Nein. Es ist fast unheimlich, wie wenig Probleme es gibt. Oder Nick verheimlicht sie und löst sie alleine. Wir liegen super im Zeitplan und nächste Woche werden die ersten Zimmer fertig sein. Wenn du willst, kannst du dann in eines davon umziehen. Ich hätte das rote Plüschzimmer oder das schlichte Boho-Zimmer mit der einladend freistehenden Badewanne anzubieten.« Ich wackelte vielsagend mit den Augenbrauen.

»Donna.« Harrys Stimme klang milde. »Du lenkst ab. Was treibt dich um?«

Ich verzog nachdenklich den Mund. Das war eine gute Frage. Eigentlich nichts und dennoch hatte ich gerade das Gefühl, dass ein Teil meiner Blubberbläschen heute geplatzt waren, einfach so, aus dem Nichts. Und nun fehlten sie mir nicht nur, sie hinterließen zudem eine seltsame Leere in meinem Magen, die sich ungut anfühlte. Nicht nur die ersten beiden Gästezimmer waren fast fertig, auch meine Räume würden bald bezugsfertig sein. Heute waren die Handwerker dort ein großes Stück weitergekommen. Ich hatte zum ersten Mal das beinahe vollendete Badezimmer gesehen und einen Moment die Luft anhalten müssen, als ich die bunten Wände bestaunte. Es sah noch viel besser aus als erwartet, noch viel besser als auf Nicks Simulationen.

»Das ist wunderschön«, hatte ich spontan versichert und Nick angesehen, mit leuchtenden Augen und klopfendem Herzen. »Danke, dass du mich überredet hast, mutig zu sein.«

»Als ob man dich dazu lange überreden müsste«, hatte er lachend erwidert. »Nein, ich denke, du bist eine Frau, die weiß, was sie will, und das dann auch sagt. Du brauchst höchstens ab und zu einen winzigen Schubs.«

»Schön wäre es. Ich bin längst noch nicht so mutig, wie ich gerne wäre.«

Ich drehte mich endlich vom Anblick meiner Badezimmerwände ab und betrachtete stattdessen die Tapete, die an der Längswand des Schlafzimmers klebte. Auch sie war erst heute angebracht worden und die Kraft, die von ihr ausging, war beinahe greifbar. Zumindest für mich. Feiglinge hatten nicht diese Art Zimmer. Nein, das war das Zimmer einer Frau, wie ich sie immer sein wollte.

»Es gibt keinen Grund, nicht mutig zu sein. Was hast du zu verlieren?«

»Keine Ahnung.« Ich hatte plötzlich jede Menge Kribbeln gespürt. Nick stand dicht neben mir und er sagte immer wieder, wie beeindruckend er mich fand. Nun ja, vielleicht war das hier eine Aufforderung? Ein Test, ob ich auch abseits der Tapetenwahl mutig sein könnte? Ich hob meinen Kopf und sah zu ihm auf. »Eventuell meinen Stolz, weil ich abgewiesen werden könnte?«

Einen Moment war es ganz still und ich sah etwas in Nicks Augen aufflackern. Er lächelte sanft und legte eine seiner großen Hände auf meinen Oberarm.

»Wer würde dich abweisen, Donna«, sagte er und ich hatte kurzzeitig das Gefühl, nicht mehr schlucken zu können, weil meine Kehle plötzlich staubtrocken war. »Und wenn doch mal jemand so dumm ist, dann komm zu mir.«

Jetzt war mein Hals die Wüste Gobi. Mindestens.

»Wann immer du einen Freund brauchst, der dich wieder aufbaut, ja?« Er zwinkerte und endlich konnte ich wieder schlucken.

Mein Lächeln war echt und ich freute mich auch wirklich darüber, dass ich in Nick einen Freund gefunden hatte. Aber irgendwo tief in mir begann sich ein Monster zu regen, das mir zuflüsterte, dass ich eben erfolglos versucht hatte zu flirten und dass es nicht das gewesen war, was ich mir als Antwort erhofft hatte.

Da ich dies Harry nicht anvertrauen wollte, seufzte ich leise. Dann straffte ich mich innerlich und gestand ihm stattdessen etwas anderes.

»Tante Mabel«, begann ich und sah sofort, wie er sich versteifte. Ich hob rasch die Hand. »Keine Sorge, ihr geht es gut. Ich habe heute mit ihr telefoniert. Aber wie stets will sie nichts vom Umbau hören. Ich darf nur erwähnen, dass es gut läuft. Allerdings möchte sie nicht wissen, was ich genau hier treibe. Sie sagt, dass es meine Sache sei und ich es zu verantworten habe. Aber was, wenn sie es nicht mag? Wenn sie heimkommt und entsetzt ist, was ich mit ihrem Haus angestellt habe?«

»Weshalb sollte sie? Was ich bisher gesehen habe, ist großartig. Anders und vielleicht ein wenig verrückt, aber großartig.«

»Denkst du, dass ich langsam durchdrehe? Dass ich zu viel wage? Dass ich hier völlig an den Bedürfnissen und Wünschen des Marktes vorbei agiere?«

Harry beugte sich vor und legte eine Hand auf meine. »Nein. Du machst dein Ding und du machst Penrose Cottage zu deinem Aushängeschild. Es wäre nicht das, was ich getan oder erwartet hätte. Aber Nick hat recht, es passt zu dir. Und die Leute werden es lieben.«

»Okay. Danke.«

»Vertrau dir, Donna. Das tust du sonst doch auch.«

»Du hast recht.« Ich atmete tief durch und nickte dann lächelnd. »Jetzt ist es eh zu spät, um noch umzuschwenken.«

»Eben.« Harrys Hand drückte ermunternd zu und spontan legte ich meine freie obenauf.

»Wenn ich dich nicht hätte«, sagte ich ehrlich.

»Du hast genügend andere.«

»Aber nur einen Harry.« Ich fühlte, dass mein Herz schon wieder deutlich leichter war. »Wie machst du das nur, dass ich mich in deiner Gesellschaft so wohlfühle?«

»Keine Ahnung. Ich lass dich einfach reden. Am Ende bist du es also selbst, die dir hilft und guttut.«

»Wieso stellst du dein Licht immer unter den Scheffel? Du hast definitiv mehr zu bieten, als du uns glauben lassen willst.« Ich kniff ein Auge zu und begann zu grinsen. »Wie man ja beim letzten Dinner gesehen hat.«

Harry zog die Augenbrauen zusammen.

»Ich sag nur dein Superfan. Claire hat sich ja gar nicht mehr einbekommen.«

»Sie wollte nur nett sein.«

»Oh, klar. Herrje, Harry, merkst du das wirklich nicht, dass sie dich vergöttert?«

»Sie mag mein Buch.«

»Und nicht nur das, würde ich wetten. Sie war auch vom Autor recht angetan.« Ich sah, dass Harry etwas erwidern wollte, und fuhr schnell fort. »Also, ich fand Claire total sympathisch. Und ich fand es cool, dass sie sich traute, dir zu sagen, dass sie ein Fan ist. Das muss ein unglaubliches Gefühl sein, wenn einem so etwas passiert, oder?«

Harry nickte nach einem kurzen Zögern.

»Nicht, dass wir nicht auch Fans sind. Du weißt, dass wir das sind. Aber bei einer fremden Person ist das sicher noch mal ganz anders.«

»Es war ein gutes Gefühl«, gab er zu.

»Was denkst du? Wird sie zum nächsten Treffen kommen?«

»Sie hat es zumindest gesagt.«

»Super. Wir können etwas frischen Wind gebrauchen, oder?«

Ich sah das vorsichtige Nicken und beschloss, ihn zu erlösen. Wenn ich jetzt zu lange auf dem Thema herumritt, dann würde ich ihn eher verschrecken als begeistern. Nein, ich würde mir auf die Zunge beißen und mich zur Abwechslung mal etwas zurücknehmen. Und nur insgeheim darüber nachdenken, wie gut Claire zu ihm passen würde und dass ich ihm von Herzen wünschte, dass auch er sein Glück fand.

»Und wer weiß?« Ich ließ mich zurücksinken, streckte die Beine aus und schürzte einen Moment die Lippen. »Vielleicht war Claire ja nicht der letzte Neuzugang. Ich für meinen Teil hätte nichts dagegen, wenn sie einen Bruder hätte, den sie mitbringen könnte. Oder einen Arbeitskollegen. Oder sonst einen Kerl, den sie nicht braucht und der mir dann erzählt, wie toll ich bin.«

KAPITEL 16

Ein paar Tage später traf ich tatsächlich auf einen Kerl, der mir erzählte, wie toll ich war. Leider handelte es sich dabei um meinen Zahnarzt und sein Lob bezog sich ausschließlich auf meine Zahnpflege. Aber man nahm, was man bekam, und so freute ich mich darüber, dass es keine Beanstandungen gab und folglich für ihn nichts zu tun blieb als mir zu versichern, dass sich mein Gebiss wirklich tadellos präsentierte. Ich versprach brav, weiterhin so sorgfältig auf meine Zähne zu achten und in einem Jahr wieder vorbeizukommen, und trat dann beschwingt aus der Praxis hinaus auf die Straße. Und rempelte prompt einen Passanten an.

»Oh, Entschuldigung! Das tut mir so leid … Jakob?« Ich ließ unseren in letzter Zeit untergetauchten Freund in den Anblick meiner vorbildlich gepflegten Kauleiste kommen. »Was für ein Zufall, dass ich dich hier treffe. Ich habe erst die Tage zu Joanna gesagt, dass du wie vom Erdboden verschwunden bist.«

Jakob lachte. Allerdings war es nicht das Lachen, das ich von ihm kannte, herzlich und ansteckend und selbstbewusst, sondern eine etwas unsichere Version, die mich kurz die Augenbrauen zusammenziehen ließ. »Geht es dir gut? Alles klar bei dir?«

Jakob nickte und strich sich seine beeindruckenden Haare aus dem Gesicht.

»Alles klar, nur viel Arbeit aktuell. Schön, dich zu sehen, Donna.«

Ich strahlte Jakob einen Moment glücklich an. Ich hatte doch glatt vergessen, was für eine Augenweide er war. Jakob war einer der attraktivsten Männer, die ich kannte, mit seinem glänzenden braunen Haar, das er lässig bis zum Kinn trug, dem vollen Bart, den dichten Augenbrauen und diesen Augen, die so gefährlich blitzen konnten. Das alles war aber nichts gegen seinen berüchtigten Charme, den er gerne und großzügig versprühte. Nicht ohne Grund hatte er den Rang des Dorfcasanovas inne und wenn man den Geschichten glauben konnte, dann war er umtriebiger als die oft zitierten Bienen. Und trotzdem hatte ich ihn gemocht, weil er auch stets gute Laune verbreitete und weil es mit ihm immer unterhaltsam war. Spontan fasste ich einen Entschluss.

»Wie sieht es aus? Hast du Zeit für einen Kaffee?«

Jakob zögerte.

»Komm schon. Wir bekommen dich gar nicht mehr zu Gesicht. Ich lade dich auch ein.«

Noch einmal strich er sich mit der Hand über den Nacken, als wäre es eine wirklich harte Entscheidung, die er gerade treffen musste und die gut abgewogen werden wollte.

»Na gut. Ein paar Minuten habe ich. Aber nur unter einer Bedingung: Ich lade dich ein.«

»Da hast du ja einiges um die Ohren.« Endlich hatte sich Jakob etwas entspannt und zeigte wieder sein freches Lächeln, das mir schon immer so gut gefallen hatte.

Ich hatte in den letzten Minuten das Reden übernommen und Jakob vom Umbau berichtet, die einzelnen Zimmer beschrieben, von meinen Visionen bezüglich des B&Bs erzählt. Nicht nur, weil ich damit gerade jedem auf die Nerven ging, der bereit war, mir zuzuhören, sondern auch, weil ich spürte, dass er immer noch ein wenig reserviert war.

»Ja. Aber es macht so viel Spaß.«

»Das hört man.«

Ich lachte verlegen. »Ich weiß, zu viele Informationen. Aber ich rede nun mal zu gerne darüber.«

»Und ich höre dir gerne zu. Du strahlst richtig, wenn du darüber sprichst. Wie schön, dass du das gefunden hast, was dich glücklich macht.«

»Zumindest einen Teil davon«, gab ich ohne nachzudenken zu.

»Du wirkst, als wärest du rundum glücklich.«

»Weil ich das bin. Ich meine, es gibt noch Luft nach oben«, ich wedelte mit der Hand und Jakob lachte leise. »Die gibt es immer, oder? Aber im Großen und Ganzen bin ich sehr zufrieden.«

Jakob nickte nachdenklich.

»Im Gegensatz zu dir, kann das sein?«, fragte ich etwas leiser.

Er seufzte. »Ich habe gerade im Job viel um die Ohren.«

»Wäre das nicht ein Grund, sich abends mal wieder mit Freunden zu treffen und einen Ausgleich zu suchen?«, fragte ich und hoffte, dass es nicht bettelnd klang.

»Das mache ich.« Er stutzte und verzog seinen Mund zu einem entschuldigenden Lächeln. »Aber du hast recht, ich war lange nicht mehr in St. Hope. Die Fahrerei, weißt du. Besonders, wenn man sich ein oder zwei Pints gönnen will.«

»Ich finde es schade«, gab ich zu. »Es war immer lustig mit dir.«

»Ja, ich sollte demnächst mal wieder in die Mermaid kommen«, überlegte Jakob, aber es klang nur halb motiviert.

»Liegt es an Joanna?«, fragte ich spontan und hielt die Luft an.

»Was?«

»Nun ja, daran, dass sie jetzt mit Gavin zusammen ist.« Ich biss mir auf die Unterlippe, aber ich hatte A gesagt und musste nun auch B sagen. »Weil sie sich für ihn entschieden hat?«

Jakob zögerte. »Hat sie das gesagt?«

»Sie hat gar nichts gesagt, sonst würde ich dich nicht fragen. Um ehrlich zu sein, haben wir nicht über dich gesprochen.« Ich zuckte mit den Achseln und grinste frech. Der Jakob, den ich kannte, hatte ausreichend Selbstbewusstsein und konnte diese Information wegstecken. »Wir reden nur noch darüber, wie glücklich sie mit dem wunderbaren Gavin ist. Aber ich bin nun mal ein furchtbar neugieriger Mensch und stelle deshalb manchmal Fragen, die man sich eigentlich verkneifen sollte.«

Jakob nahm einen Schluck Kaffee. »Sie hat nichts gesagt«, murmelte er wie zu sich selbst und schien sich darüber zu wundern.

»Was hätte sie denn sagen sollen?«

»Du bist wirklich zu neugierig, Donna.«

Ich feixte einmal mehr und tat unbekümmert. Aber ich spürte, dass Jakob sich endlich locker machte und wieder mehr zu dem Mann wurde, den wir kennengelernt hatten.

»Ja, ich gebe es zu. Ich habe mein Glück bei ihr versucht und bin abgeblitzt.«

»Wusste ich es doch.« Das rutschte mir heraus und selbst ich erkannte, dass es etwas falsch klang. »Sorry. Es tut mir leid. Auch wenn ich ehrlich sagen muss, dass es in Joannas Fall die richtige Entscheidung war.«

Jakob brummte.

»Aber ist das ein Grund, sich gar nicht mehr blicken zu lassen? Im Ernst, ich hätte dir mehr Sportsgeist zugetraut.«

»Sportsgeist?«

»Komm schon, du weißt, was ich meine. Du bist nicht der Typ, der sich von so etwas lange runterziehen lässt. Zumindest erzählt man sich das über dich.«

»Jakob, der Frauenheld, der sich jeden Tag ein anderes Blümchen pflückt?«, fragte er sarkastisch und wieder musste ich grinsen.

»Hm, eher ein Gärtner, der sich ungern festlegt und mit Freuden neue Züchtungen ausprobiert.«

Jakob ignorierte das. »Dann geht es also allen gut?«, fragte er stattdessen.

»Ja. Unsere beiden Turteltäubchen strahlen nur so voller Glück, Betty und Liz genießen das Leben und Harry hat einen Bestseller geschrieben und ist jetzt ein erfolgreicher Autor.«

»Harry? Erzähl mir mehr.«

Das tat ich nur zu gerne. Harrys Erfolg war nach dem Umbau mein zweitliebstes Thema und so brachte ich Jakob auch auf diesem Gebiet umfassend auf Stand.

»Und was ist mit dir?«, wollte er schließlich wissen, als ich mit meinen begeisterten Ausführungen über Harrys Buch geendet hatte.

»Was soll mit mir sein?«

»Geht es dir auch gut, Donna?«

»Klar. Habe ich das nicht schon ausreichend betont? Soll ich noch ein wenig von meinen Plänen für das B&B berichten?« Ich zwinkerte ihm zu.

»Ich meinte nicht den Job. Ich meinte ansonsten. Geht es dir gut?«

Ich kniff ein Auge zu und dachte kurz nach. »Ja«, gestand ich dann ehrlich. »Im Moment geht es mir gut.«

Wieder nickte Jakob, während er mich musterte. Dann verzogen sich seine Lippen zu diesem Lächeln, das er früher immer Joanna geschenkt hatte.

»Was für eine dumme Frage. Man sieht es dir an. Du siehst blendend aus.«

»Danke.« Obwohl ich das doch hatte hören wollen, wurde ich jetzt prompt rot.

»Oh, ich muss so langsam.« Jakob schüttelte leicht den Kopf. »Wie schnell die Zeit vergeht, wenn man sie in so angenehmer Gesellschaft verbringt.«

»Schleimer. Ich wette, du verbringst dein ganzes Leben in angenehmer Gesellschaft.«

»Einen Großteil«, gab er zu und wir lachten. »Aber es war cool, dich zu treffen. Das war eine sehr unerwartete Freude und keine Gesellschaft wird das heute noch toppen.«

»Du wieder«, sagte ich und stand auf. »Aber ich fand es auch nett. Vielleicht können wir das bald wiederholen? Du weißt ja, wo du uns findest.«

Jakob nickte ein letztes Mal und zog mich dann zu meiner Freude in eine Umarmung, bei der ich seinen Bart an meiner Wange spüren konnte.

»Wir werden sehen. Danke, Donna.«

Kapitel 17

»Weißt du, wen ich heute getroffen habe? Jakob«, berichtete ich einige Stunden später.

»Jakob?« Harry runzelte leicht die Stirn. »Wo denn?«

»Drüben in Penzance, nachdem ich beim Zahnarzt war.«

»Okay«, meinte Harry.

»Wir haben einen Kaffee zusammen getrunken.«

Wieder runzelte sich seine Stirn.

»Und es war richtig schön.« Ich sah einen Moment versonnen aus dem Fenster in den dämmrigen Garten, während ich wieder und wieder mit dem Schwamm über die Pfanne wischte.

Harry überkreuzte die Arme vor der Brust. Das karierte Geschirrtuch wedelte dabei vor seinem Bauch hin und her.

»Weißt du, was ich glaube?«

Harry brummte. »Du wirst es mir ohne Zweifel anvertrauen.«

»Ich glaube, dass er wirklich in Joanna verliebt war. Als ich ihn auf sie angesprochen habe, wurde er ganz einsilbig und beinahe nervös.«

»Du hast ihn gefragt, ob er in sie verliebt war?«

»Ein wenig subtiler war ich schon. Hoffe ich.« Ich ergötzte mich einen Moment an Harrys entsetztem Blick. »Und wenn schon, wäre es so schlimm? Weshalb sollte man nicht darüber reden? Und eigentlich hat sogar er damit angefangen. Also mit Joanna. Und ich glaube, dass sie uns nicht alles erzählt hat. Er hat doch ernsthafter versucht, sie rumzukriegen, und sie hat ihn abblitzen lassen, das ist meine Meinung. Und deshalb taucht er nicht mehr im Pub auf. Seltsam, oder? Hättest du gedacht, dass Jakob das peinlich ist?«

Harry schüttelte den Kopf. »Nein. Ich dachte, dem ist so schnell gar nichts peinlich.«

»Ich auch. Tja, und dann zeigt er wieder eine andere Facette und schon denkt man ein weiteres Mal, was für ein geheimnisvoller und interessanter Mann er doch ist.«

Ich ließ endlich von der Pfanne ab, legte sie auf das Abtropfgitter und zog den Stöpsel, um das Spülwasser abzulassen. Harry trocknete die Pfanne mit mehr Elan ab, als es nötig war, und packte sie dann in die entsprechende Schublade, während ich das Spülbecken ausrieb und mich zufrieden in der Küche umsah.

»Fertig für heute. Wie sieht es aus? Wollen wir es ausnutzen, dass der Sommer uns dieses Jahr so warme Nächte beschert, und noch ein bisschen im Garten sitzen?«

»Wenn du Zeit hast«, murmelte Harry.

»Die habe ich. Nick war heute schon nachmittags da und sonst gibt es keinen, der sich nach meiner Gegenwart verzehrt. Zumindest jetzt gerade nicht. Von daher würde ich mich freuen, wenn du so tust als ob.«

Harrys resigniertes Kopfschütteln ließ meine Laune noch etwas mehr ansteigen. Ich schnappte mir den leichten Weißwein aus dem Kühlschrank und reichte ihn Harry, damit er sich um den Korken kümmern konnte, während ich zwei Gläser aus dem Schrank holte und einmal mehr dieses Gefühl genoss, dass mein Leben gerade ziemlich gut lief.

Als wir es uns im Garten gemütlich gemacht hatten, stieß ich einen zufriedenen Seufzer aus. Mein Lieblingstisch stand etwas vom Haus entfernt und bot einen wunderschönen Ausblick auf das Meer, das im schwachen Licht verführerisch glitzerte. An diesen Anblick würde ich mich nie gewöhnen, dachte ich glücklich.

Harry hatte unterdessen den Wein eingeschenkt und drehte sein Glas nun gedankenverloren in der Hand.

»Woran denkst du?«, fragte ich neugierig.

Wie so oft schüttelte er den Kopf. »Nichts Besonderes.«

»Du denkst meist an etwas Besonderes. Ist es deine neue Geschichte?«

Nun wiegte er sein Haupt nachdenklich.

»Kann ich dir helfen? Willst du darüber reden? So was kann hilfreich sein, weißt du? Wenn man gedanklich feststeckt und sich nicht sicher ist, dann ist es oft förderlich, einfach mal darüber zu reden, das kannst du mir glauben.«

Harry lachte leise. »Ja, das habe ich bereits gemerkt, dass das deine Lieblingsstrategie ist.«

»Eben. Und du hörst mir so oft zu. Lass mich dasselbe für dich tun. Also, was beschäftigt dich? Weißt du nicht, wen du umbringen sollst?«

»Das weiß ich immer. Ich weiß nur nicht …« Er nahm einen Schluck Wein und sah einen Moment nachdenklich auf das Meer hinab, das im jetzt schnell schwindenden Licht nur noch zu erahnen war. »Ich weiß nicht, wie es ansonsten weitergehen soll.«

»Mit Dave?«

»Hm«, machte Harry.

»Ich dachte, du willst ihm eine Freundin andichten?«

»Darüber denke ich nach, ja.«

»Und jetzt weißt du nicht, wie du es anstellen sollst?«

Wieder brummte Harry nur.

Für einen Moment schoss mir der Gedanke durch den Kopf, ob Harry sich deshalb so schwer damit tat, weil er selbst Single war und auch kein Interesse hatte, das zu ändern. Ob er überhaupt schon einmal …? Ich merkte überrascht, dass ich rot wurde, als ich mir Harry in einer romantischen Situation mit einer Frau vorstellte. Bestimmt hatte er Erfahrung. Auch wenn er ruhig war und flirten nicht gerade seine Spezialdisziplin darstellte, musste es doch bereits Frauen gegeben haben, die sich zu ihm hingezogen fühlten. Und zu denen er sich hingezogen fühlte. Ruhige Frauen, die ihn nicht den ganzen Tag über den Haufen quatschten und die wie er eher etwas zurückhaltender waren.

»Dein Kommissar ist doch ein recht smarter Typ«, plapperte ich los, weil mich die Gedanken an einen Harry, der tatsächlich die Leidenschaft entdeckte, einigermaßen verstörten. Nein, nicht verstörten. Es schien mir einfach falsch, mir meinen Freund in dieser Situation vorzustellen, mir auszumalen, wie seine Stimme klang, wenn er liebevolle Worte in das Ohr einer Frau flüsterte und sein Blick eine Intensität bekam, die alles in den Schatten stellte, was ich bisher bei ihm zu sehen bekommen hatte. Harrys Augen waren unglaublich beredt und ich hatte keine Zweifel, dass er damit alles sagen könnte, was er nicht aussprechen wollte. Oh ja, seine Augen waren der Hammer. Ich nahm einen raschen Schluck, ehe ich mich zwang, meinen Fokus wieder auf anderes zu lenken. »Echt, Dave ist ein toller Kerl, in den sich Frauen bestimmt reihenweise verlieben.«

»Im Ernst?«

»Äh, klar. Wieso auch nicht?«

»Weil er zu langweilig ist?«

»Er ist gar nicht langweilig. Er ist ein Held, der Verbrechen aufklärt und die Unschuldigen beschützt. Und er hat einen tollen, trockenen Humor. Und er sieht gut aus.«

»Tut er das? Wo steht das?«

Ich dachte nach. »Hm, in meiner Vorstellung tut er das. Vielleicht, weil ich ihn mag? In ihm steckt ein bisschen Harry, wenn man dich kennt. Und einiges andere, was ihn sehr interessant macht.«

»Die bessere Version von mir«, fasste Harry zusammen.

»Das habe ich nicht gesagt. Aber er spricht deutlich mehr als du. Und er zeigt seine Emotionen, zumindest, wenn es um den Job geht. Und nun musst du ihm beibringen, das auch im Privatleben zu tun. Wenn du Inspirationen brauchst …« Ich zwinkerte ihm zu, was er leider nicht sehen konnte, weil wir die Solarlampe noch nicht eingeschaltet hatten.

»Dann halte ich mich an dich«, ergänzte Harry dennoch.

»Wenn es nach mir geht, gerne. Ich würde dir mit dem größten Vergnügen ein bisschen Stoff liefern.« Ich seufzte leise.

»Mit diesem Jakob?«

Ich hob überrascht den Kopf und legte dann die Hand auf die Tischlampe, um den Sensor zu aktivieren. Sanftes Licht leuchtete auf und zeigte mir Harrys interessiert blickendes Gesicht.

»Vielleicht. Komm schon, schau mich nicht so an. Jakob hat was, das musst selbst du zugeben.«

»Was ist das für ein Ding, dass Frauen immer wieder auf diesen Typ abfahren? Er wechselt seine Freundinnen im Wochentakt, wie man hört. Ist das reizvoll? Eine unter vielen zu sein?«

»Nicht, wenn man das nicht selbst sucht. Aber wenn man einfach nur eine gute Zeit haben will?« Ich neigte mich näher zu Harry und feixte. »Und Jakob hat es drauf, was Sprüche angeht. Ich könnte mich also etwas umgarnen lassen und dir dann alles klammheimlich zuschieben. Einen Abend mit Jakob, und du hättest vermutlich ausreichend Stoff, um deinen Kommissar ganz fix an die Frau zu bringen. Drei Abende, und die nächsten fünf Bände waren geritzt – zumindest, was die privateren Szenen angeht.«

Wieder brummte Harry nur in seiner typischen Mischung aus Erheiterung und Entsetzen.

»Oder du schickst ihn zum Speeddating. Ich kann dir genügend Stoff liefern, was man da so alles erlebt.«

»Richtig«, sagte Harry.

»Wir werden den Kerl schon unter die Haube bringen.« Ich tätschelte die Hand meines Freundes und grinste. Dieses Mal, weil in meinem Kopf schon wieder jede Menge verrückter Gedanken herumwirbelte. »Und damit das klappt, werde ich mich in nächster Zeit mit noch mehr Energie auf mein eigenes Projekt werfen. Ach, Harry, ich hab es einfach im Gespür, dass da draußen etwas Aufregendes auf mich wartet. Und ich bin so was von bereit, mich darauf einzulassen. Und unter uns, noch nie waren meine Chancen so groß. Irgendeiner dieser ganzen Kerle, die in letzter Zeit in mein Leben getreten sind, muss doch ebenfalls Lust haben auf ein paar vergnügliche Stunden. Ich habe so ein Verlangen, einfach mal nicht vernünftig zu sein und mir Spaß zu gönnen, ohne mir hinterher die Augen aus dem Kopf heulen zu müssen, weil er sich nicht mehr meldet. Stattdessen wäre ich mal gerne diejenige, die das nicht tut. Jetzt schau mich nicht so entsetzt an. Ich werde schon nicht der halben Grafschaft das Herz brechen. Ich bin realistisch genug, um zu wissen, dass ich das nicht kann. Aber ich möchte jetzt einfach diesen einen Sommer erleben, der für immer das Highlight meines Lebens bleibt.« Noch einmal seufzte ich leise. Dann zuckte ich ein letztes Mal mit der Schulter. »Und da der Sommer langsam seinem Ende entgegenstrebt, muss ich jetzt doch Gas geben, oder? Sonst ist er vorbei und mit ihm meine Chance.«

KAPITEL 18

Tatsächlich überkam mich manchmal die Angst, dass genau das geschehen könnte: Der Sommer verstrich und Donna war zwar verrückt geworden, aber am Ende leider ohne Erfolg. Denn auch wenn ich mich anstrengte, passierte in den nächsten Tagen wieder mal nichts Aufregendes. Der Umbau ging weiterhin gut voran. Meine wenigen Gäste beklagten sich nicht, wenn es auf den Treppen gelegentlich ein bisschen schmutziger war als sonst, und das Ehepaar, das sich doch etwas echauffieren wollte, ließ sich mit einem Rabatt auf den Zimmerpreis sehr schnell besänftigen. Abends nahm ich mir die Zeit, den beiden eine gut gekühlte Flasche Wein in den Garten zu bringen – natürlich aufs Haus – und mich ein bisschen zu ihnen zu setzen und zu plaudern. Dabei erzählte ich ihnen, was hier vonstattenging, und zeigte ihnen sogar die ersten beiden Zimmer, die fast fertig waren. Am Ende des Tages waren wir beinahe Freunde und sie versicherten, dass sie nach dem Umbau auf alle Fälle noch einmal kommen und sich alles ansehen würden.

Nick kam nach wie vor täglich vorbei, um die Baustelle in Augenschein zu nehmen und danach mit mir zu plaudern, aber irgendwie hatten wir uns festgefahren. Er war verlässlich charmant und gab mir zu verstehen, dass ich eine besondere Kundin wäre, aber in meinem unruhig erwartungsvollen Zustand reichte mir das nicht mehr. Meine Zappeligkeit stieg beinahe täglich und machte mir ziemlich zu schaffen. Ich wollte jetzt endlich etwas erleben, und zwar sofort.

Ich tat mein Bestes, um dieser Stimmung nicht nachzugeben. Und leider hieß das in meiner aktuellen Verfassung, dass ich noch ein bisschen mehr aufdrehte.

»Wisst ihr, wen ich die Tage getroffen habe? Jakob. Ich soll euch alle von ihm grüßen«, verkündigte ich bei unserem nächsten Dinner-Treffen freudig.

»Den habe ich schon ewig nicht mehr gesehen? Wie geht es ihm?«, wollte Betty wissen.

»Gut. Wir haben zusammen einen Kaffee getrunken«, gestand ich zufrieden. »Er hat wohl viel zu tun.«

»Jakob?« Betty wieherte. »Das ist vermutlich die charmante Umschreibung dafür, dass er wieder einmal eine am Haken hat.«

Ich lachte und erhaschte einen Blick auf Joanna. Sie lachte nicht und ihr Mund sah seltsam schmal aus. Sie bemerkte meinen Blick und zwang sich ein Lächeln auf die Lippen.

»Auf alle Fälle keine aus St. Hope«, warf Liz ein. »Er war schon ewig nicht mehr hier.«

»Vermutlich sind wir ihm zu langweilig«, ätzte Joanna halblaut.

»Vermutlich gibt es hier einfach nichts mehr, was ihn interessiert, seitdem du vom Markt bist«, hielt Betty dagegen. »Ich habe ihn selten so hartnäckig erlebt wie bei dir.«

Wieder wurde Joannas Miene düster. Sie schluckte, als wolle sie verhindern, spontan etwas zu sagen, und rieb sich dann mit der flachen Hand über die Stirn.

»Ich glaube, ich gehe mal kurz vor die Tür. Tut mir leid, aber ich kämpfe schon den ganzen Tag gegen diese üblen Kopfschmerzen.« Sie lächelte schwach und schob den Stuhl zurück.

Ich sah Gavins besorgten Blick und die Spannung in seinem Körper, die signalisierte, dass auch er im Begriff war, aufzustehen. Schnell erhob ich mich und sah Gavin an.

»Bleib sitzen. Ich werde mit ihr hinausgehen. Ich könnte selbst etwas frische Luft vertragen.«

»Es tut mir leid. Ich hätte das nicht erzählen sollen.« Ich hatte beschlossen, nicht lange um den heißen Brei herumzureden. Es war zu offensichtlich, dass ich der Grund für ihre plötzlichen Kopfschmerzen war.

»Schon gut.« Joanna lehnte sich an die Mauer des Pubs und schloss die Augen.

»Ich wusste nicht, dass er zur Persona non grata geworden ist. Er war schlagartig nicht mehr da, aber niemand hat etwas gesagt, weil er ja nie wirklich dazugehörte. Ich dachte einfach, dass sich alle freuen würden, wieder einmal von ihm zu hören.«

»Schon gut«, versicherte Joanna erneut und klang jetzt eindeutig genervter.

»Was ist passiert?«, fragte ich vorsichtig. »Hat er es dir übel genommen, dass du ein bisschen mit ihm geflirtet hast, um Gavin eifersüchtig zu machen?«

»Ich habe nicht mit ihm geflirtet, um Gavin …«, brauste Joanna auf.

Ich zuckte unwillkürlich zurück. So hatte ich meine Freundin noch nie erlebt. Wieder legte sie eine Hand auf die Stirn.

»Es tut mir leid, Donna. Siehst du, das ist Jakob! Jetzt fahre ich dich an, nur weil du ihn getroffen hast.«

»Ich denke, dass es nicht nur unser Treffen war. Da gibt es etwas, das du mir nicht erzählen willst oder kannst, richtig?«

Joanna starrte mich einen langen Augenblick an, ehe sie fast unmerklich nickte.

»Das dachte ich mir, weil auch er sehr vorsichtig reagiert hat, als wir uns getroffen haben. So als ob er Angst hätte, dass ich etwas wüsste …«, sinnierte ich leise.

»Was hat er dir erzählt?«, wollte Joanna wissen.

»Nicht viel. Dass er eine Menge Arbeit hat und kaum Zeit …«

»Über mich«, präzisierte sie angespannt.

Ich holte tief Luft. »Dass er sich mehr erhofft hat.«

Joanna schnaubte leise.

»Dass er sich um dich bemüht hat und dass Gavin das Rennen machte. Es klang so, als ob es ihm zugesetzt hat und als ob er sich deshalb etwas rarmacht.«

»Und das nimmst du ihm ab?«

»Keine Ahnung.« Ich musterte meine Freundin nachdenklich. »Soll ich dir abnehmen, dass du einfach keine Lust mehr auf seine Schmeicheleien hattest? Joanna, wenn der Kerl dir zu nahegetreten ist …«

»Das ist er nicht.« Die Worte kamen schnell und klangen absolut aufrichtig.

»Dann ist alles klar zwischen euch?«

Joanna nickte knapp.

»Und du bereust es nicht, ihn …«

»Absolut nicht«, fuhr sie resolut dazwischen.

»Gut. Ich bin froh, das zu hören.«

»Und weshalb?«, fragte Joanna misstrauisch. »Donna?«

»Nun ja, weil ich nach wie vor der Meinung bin, dass er seine Qualitäten hat.«

»Donna! Das ist nicht dein Ernst!«

»Warum nicht? Du stehst nicht auf ihn, gut. Und du hast Gavin, was noch besser ist. Aber ich habe nichts und ich hätte nichts dagegen, zur Abwechslung mal im Fokus seiner Aufmerksamkeit zu stehen. Du kannst nicht abstreiten, dass du deinen Spaß hattest und es genossen hast. Nun ja«, ich verschränkte die Arme vor der Brust und hob das Kinn an. »Genau das könnte ich jetzt auch ganz gut gebrauchen. Und selbst wenn er offiziell nicht dein Ex ist, weil er nie dein Freund war, wollte ich irgendwie, dass du es weißt und mir sagst, dass es für dich okay ist.«

Joanna sah mich immer noch mit diesem seltsamen Ausdruck an, den ich bei ihr überhaupt nicht kannte und auch nicht einordnen konnte.

»Will er es? Hat er dich angemacht?«

»Keine Ahnung«, gab ich zu und spürte, wie die Anspannung endlich nachließ und mein Körper seine verkrampften Muskeln lockerließ. »Du kennst ihn doch, das weiß man nie. Aber falls es sich ergibt und wir uns wiedersehen und er es tut, dann möchte ich nicht ständig im Hinterkopf haben, dass ich das besser schon geklärt hätte.«

Noch einmal ließ mich Joanna auf eine Antwort warten. Als sie schließlich sprach, klang ihre Stimme nicht mehr so erregt. Dafür hatte sie einen fast resignierten Unterton.

»Wenn du meinen Rat willst, dann such dir einen anderen. Es mag sich verlockend anfühlen, in seinen Dunstkreis zu geraten. Aber es ist die Sache nicht wert. Er ist es nicht wert. Also tu dir einen Gefallen und such dir einen anderen.«

KAPITEL 19

Es war klar, dass Joanna nicht mehr zu diesem Thema sagen würde. Also nickte ich nur stumm und lehnte mich neben sie an die Mauer. Ich war mir zwar sicher, dass sie mir etwas verheimlichte, aber ich wusste auch, dass sie einen guten Grund dafür haben musste. Und ich würde nicht zulassen, dass der sich zwischen unsere Freundschaft schob. Deshalb würde ich mich in Zukunft davor hüten, das Thema noch einmal anzusprechen. Stattdessen gab ich uns etwas Zeit, um die Gemüter abkühlen zu lassen, ehe ich auf den Eingang deutete.

»Auch wenn es so eine schöne Nacht ist, sollten wir langsam wieder reingehen, oder?«, begann ich in heiterem Ton. »Es sei denn, deine Kopfschmerzen sind immer noch nicht besser.«

»Es geht schon wieder.«

»Gut. Dann sollten wir uns beeilen. Ich bin mir ziemlich sicher, dass ich vorhin Claire gesehen habe, wie sie in größter Eile in den Pub gestürmt ist. Und ich würde zu gerne den zweiten Teil der Show mitbekommen.«

Wie erwartet lachte Joanna auf, wenn auch nicht so entspannt wie üblich.

»Geht es in deinem Kopf nur noch um Liebeswirren und Romanzen?«

Ich seufzte theatralisch. »Ja, leider. Und ich will das endlich aus dem Gehirn bekommen – und das am allerliebsten dadurch, dass ich es einfach mal im Real Life erlebe. Und jetzt los. Ich will sehen, wie sich Harry schlägt auf dem großen rutschigen Parkett der zwischenmenschlichen Gefühle.«

Ich hatte recht gehabt. Es war Claire gewesen, die vorhin eilig in die Mermaid gestürmt war. Jetzt saß sie neben Harry und redete schon wieder mit vollem Körpereinsatz auf ihn ein.

Wir winkten ihr fröhlich zu und nahmen unsere Plätze am anderen Ende des Tisches ein. Vorher hatte ich neben Harry gesessen, aber nun fand ich ein bisschen Abstand besser.

Ich konnte dennoch hören, dass Claire einmal mehr von Kommissar Dave Donovan schwärmte. Natürlich versuchte sie auch, ihm Insiderinformationen zum zweiten Band aus der Nase zu ziehen. Harry zog sich galant aus der Affäre, indem er ihr versicherte, dass er in dieser Hinsicht abergläubisch sei und nie im Vorfeld über eine Geschichte sprechen würde. Erst wenn sie auf Papier gebannt war und er sich sicher war, dass sie seine Ansprüche erfüllte, würde er mehr dazu sagen.

»Stimmt. Er hat uns die ganze Zeit nicht gesagt, dass er an einem Buch arbeitet«, kam ihm Gavin zu Hilfe. Er saß einmal mehr bei den beiden, wie ein viktorianisches Anstandsmädchen, dachte ich grinsend.

»Das muss ich wohl respektieren«, seufzte Claire.

»Richtig.« Harry lächelte und sah sich dann zu uns um.

Ich blinzelte ihm zu. Das war immer seine Standardantwort und ich fühlte mich geschmeichelt, dass er und ich uns durchaus schon über seine aktuelle Geschichte unterhalten hatten. Als ob er meine Gedanken lesen konnte, schloss er kurz die Augen. Es war, als ob er sich damit bedanken wollte, eine stumme Botschaft senden, wie sie nur Menschen austauschten, die sich ohne Worte verstanden. Ich grinste noch breiter. Sich ohne Worte verstehen hatte bei Harry eine ganz eigene Qualität. Harry stützte das Kinn auf und nun umrahmten diese kleinen Fältchen seine

Augen. Auch ich stützte das Kinn ab und machte ein paar Grimassen. Seltsam, dachte ich dabei. Wie gut das tut. Meine Laune, die durch Joannas unerwartet heftige Reaktion mehr gelitten hatte, als ich zugeben wollte, wurde mit jeder Sekunde besser. Endlich kehrte wieder Ruhe in meinem Herzen ein und seltsamerweise auch das altbekannte Kribbeln. Es war, als wäre Harry meine persönliche Kraftquelle. Mein Fels, der immer zu mir hielt und der zwar ruhig wirkte, aber jede Menge Energie hatte und diese auch großzügig teilte. Das Gefühl, scheitern zu können oder sich etwas in den Kopf gesetzt zu haben, das sich nicht umsetzen ließ, gab es schlicht nicht in seiner Gegenwart. Vermutlich, weil er uns so anschaulich vorgelebt hatte, was man erreichen konnte, wenn man es wirklich wollte. Und dass man dafür auch mal volles Risiko gehen und alles andere über Bord schmeißen musste. Ich überlegte gerade, ob ich aufstehen und mich zu den beiden setzen sollte, als sich Claire wieder seine Aufmerksamkeit sicherte.

»Ich hatte übrigens eine Idee«, begann sie und legte ihre Hand auf Harrys. Sie wartete, bis er sie ansah, dann fuhr sie fort. »Also, ich habe meiner Chefin dein Buch gezeigt und sie bequatscht, bis sie es gelesen hat.«

Harrys Ohren wurden lang. »Und?«

»Na, was denkst du? Sie hat es geliebt! Und sie findet es toll, weil es hier in der Gegend spielt. Sie denkt, dass es dafür jede Menge Leser gäbe. Einheimische, aber auch Touristen, die sich hier mit Lesestoff versorgen. Und«, Claire machte eine effekthaschende Pause, »sie möchte es ins Sortiment nehmen!«

Harry stieß einen überraschten Laut aus. »Im Ernst?«

»Ja. Ist das nicht toll?«

»Doch. Doch, das ist es.« Harry war tatsächlich etwas neben der Spur. Er strich sich die Haare zurück. »Soll ich ein paar Exemplare vorbeibringen?«

»Nein, sie wird sie selbst bestellen. Zum Glück bist du gelistet, das habe ich als Erstes nachgesehen. Aber das ist noch nicht alles.« Claires Augen begannen zu leuchten. »Sie lässt dich fragen, ob du Lust hast, eine Lesung zu halten.« Claire hielt den Atem an und presste ihre ineinander verschlungenen Hände vor die Brust.

»Eine Lesung? Mit Menschen?«

»Natürlich.« Claire lachte auf. »Himmel, ich liebe deinen Humor.«

Na, wenn das Humor war, dachte ich spontan und musterte Harrys Gesicht. Er rang mit sich, ohne Zweifel. Und er wollte es tun, erkannte ich überrascht. Mein ruhiger, sich immer im Hintergrund haltender Freund wollte eine Lesung machen.

»Hab ich das richtig gehört?«, brachte ich mich frech in das Gespräch ein. »Du könntest eine Lesung halten? Wie großartig wäre das denn?«

Harrys Kopf flog zu mir herüber. Er runzelte kurz die Stirn und ich nickte nachdrücklich.

»Es wäre wirklich toll. Und wir wären alle dabei und würden dich unterstützen.«

Harrys Stirn glättete sich endlich. Er lächelte mir kurz zu, dann drehte er sich wieder zu Claire um.

»Weißt du schon Genaueres? Wie lange soll die Lesung dauern? Wann soll sie stattfinden? Und wie viele Besucher kommen in der Regel zu solchen Veranstaltungen?«

Für den restlichen Abend war Harry für uns nicht mehr verfügbar. Er und Claire steckten die Köpfe zusammen und als es ihnen bei uns zu laut wurde, standen sie sogar auf, um sich in einer ruhigeren Ecke niederzulassen. Ich sah mit Freuden, wie die beiden aufgeregt diskutierten und sich besprachen. Claires Hand legte sich noch einige Male auf den Arm meines Freundes, als sie etwas sagte, und er unternahm nichts, um das zu verhindern, wie er das früher immer getan hatte. Entweder bemerkte er es vor lauter Eifer nicht oder aber es störte ihn nicht. Ich hoffte auf Letzteres und hätte Claire gerne gratuliert. Um mit Harry ins Gespräch zu kommen, gab es keinen besseren Weg als seine Arbeit. Und ihm eine Lesung zu vermitteln war der Jackpot, der vermutlich direkt zu seinem Herzen führte.

Erst auf dem Nachhauseweg hatte ich wieder Gelegenheit, mit ihm zu reden. Seine Wangen glühten und in seinen Augen glomm ein ganz neues Feuer.

»Gratuliere, Harry. Läuft bei dir, oder?«, begann ich das Gespräch.

»Danke. Ja, das ist unfassbar. Einfach so eine Lesung angeboten zu bekommen …«

»Na ja, einfach so war das ja nicht.« Ich beschloss, Claires Verdienst an dieser Sache in das rechte Licht zu rücken. »Claire hat sich für dich eingesetzt. Das war supernett von ihr, oder?«

»Sehr nett, in der Tat.«

»Sie ist aber auch eine sympathische Frau.«

»Das ist sie.«

»Das wird bestimmt ein Erfolg.«

»Ich hoffe es.« Harrys Schritte wurden etwas langsamer. »Der Gedanke, dass keiner kommt oder die Menschen sich langweilen …«

»Quatsch. Niemand langweilt sich und es werden genügend kommen. Und wir werden da sein.«

Harrys Hand griff nach meinen Fingern, umfasste und drückte sie. »Das bedeutet mir sehr viel, Donna.«

Ich erwiderte den Druck seiner Hand und ein paar Schritte gingen wir so weiter. Es war überraschend schön, seine warme Haut in meiner zu spüren. Und es war ein wertvoller Moment, weil ich zu gut wusste, dass mein Freund mit solchen Gesten sehr sparsam umging.

»Warte nur mal ab. Das ist erst der Anfang. Bald machst du eine Lesereise durch Cornwall und ich sehe dich kaum noch.«

Harry lachte. »Eher nicht. Ich muss erst einmal diese hinter mich bringen. Ich war noch nie gerne im Rampenlicht.«

»Und trotzdem wirst du es rocken. Ich glaube an dich, Harry. Also sieh zu, dass du mich nicht enttäuschst.«

Mein Freund lachte leise. »Das hilft mir natürlich ungemein. Aber im Ernst, Donna. Ich brauche deine Unterstützung, wenn ich das tue.« Harry blieb stehen und auch ich stoppte. Seine Finger zuckten kurz in meiner Hand, dann spürte ich seinen Daumen, der sanft über meinen strich, hinunter zum Handgelenk glitt und sich dann wieder nach oben arbeitete. »Hilfst du mir bei der Vorbereitung?«, fragte er und ich hatte plötzlich das Gefühl, dass seine Stimme noch nie so warm und tief und männlich geklungen hatte. Sein Daumen streichelte immer noch meine Haut und hinderte mich daran, einfach lachend zu versichern, dass ich das gerne täte. Stattdessen schluckte ich erst und nickte dann. Harrys rastloser Daumen begann, kleine Kreise zu malen, was mich ebenfalls von dem ablenkte, was ich eigentlich hatte sagen wollen.

»Danke, Donna. Ohne dich würde ich das nicht durchziehen«, versicherte Harry noch einmal und endlich hatte mein Gehirn das Stichwort, nach dem ich so lange gesucht hatte.

»Kein Ding, Harry. Klar helfe ich, wenn ich kann. Und Claire wird dich doch auch unterstützen, oder?«, besann ich mich mühsam, das Thema wieder in ihre Richtung zu lenken. »Sie kennt sich mit solchen Veranstaltungen aus und hat bestimmt jede Menge toller Tricks und Tipps auf Lager. Du musst sie unbedingt danach fragen.«

»Richtig«, sagte Harry und atmete tief durch. »Wie soll ich das nur überleben? Ich bin jetzt schon nervös.«

Noch einmal schnaufte er tief und ich drückte aufmunternd seine Hand. Harrys Finger zuckten, dann huschten seine Augen zu seiner Hand, als hätte er eben erst wieder bemerkt, dass sie zu ihm gehörte. Keine zwei Sekunden später hatte er sie aus meiner gelöst und wie zur Sicherheit in der Hosentasche begraben. Und dort blieb sie auch, bis wir uns in Penrose Cottage trennten, um jeder für sich weiter über diesen denkwürdigen Abend nachzusinnen.

KAPITEL 20

Ich hätte mir nie vorstellen können, dass etwas den guten Harry so aus dem Gleichgewicht bringen könnte wie die Aussicht, öffentlich aus seinem Buch zu lesen. In den nächsten Tagen sah ich ihn ständig mit dem Tablet in der Hand, den Blick konzentriert auf das Display, die Lippen stumm vor sich hin murmelnd.

»Kribbelt es?«, wollte ich wissen.

»Was?«

»In dir? Kribbelt es und bist du rastlos und fühlst du so ein Flattern, genau hier?«, fragte ich neugierig und legte eine Hand auf das Herz.

»Ja«, gab er vorsichtig zu.

»Und ist es ein gutes Gefühl?«

Er nickte langsam. »Ja und nein.«

»Ich weiß, was du meinst. Ich fühle mich genauso. Schon seit Wochen.«

»Wegen meiner Lesung?«

»Natürlich nicht. Aber wegen des Gefühls, dass Veränderungen ins Haus stehen. Dass eine neue und aufregende Zeit anbricht. Dass das Leben jetzt loslegt und es richtig toll wird.« Ich holte tief Luft, weil ich so schnell gesprochen hatte. »Und weil man ein bisschen Angst vor seinem eigenen Mut hat und man auf der anderen Seite sogar noch weiter und höher will.«

»Und das alles fühlst du seit Wochen?«

»Ja«, gab ich zu und nickte eifrig.

»Und wie schaffst du es, dabei nicht verrückt zu werden?«

Ich lachte.

»Okay, wie schaffst du es, nicht noch verrückter zu werden?«

»Keine Ahnung.« Ich hob beide Hände und drehte mich im Kreis.

»Du schaffst es nicht«, brummte Harry und ich musste wieder lachen.

»Ich will es gar nicht schaffen. Ein bisschen verrückt zu sein schadet nicht.«

»Du willst das unbedingt, was?« Harry war plötzlich ziemlich ernst. »Du willst um jeden Preis ein Abenteuer erleben.«

»Du nicht? Mal ganz ohne Spaß, kennst du das? Wenn du deinen Freunden zuhörst, wie sie erzählen? Und jeder, wirklich jeder hat diese eine Geschichte auf Lager. Der beste Sommer meines Lebens … Diese Zeit, in der alles perfekt war und man selbst …« Ich stieß die Luft aus.

»Die Sonne war, um die das Universum kreist?«, fragte Harry leise.

»Das klingt so arrogant! Aber ja, am Ende ist es das. Dieser Augenblick, in dem du hinter keinem zurückstehen musst. In dem du einmal nicht in der zweiten Reihe positioniert wirst.«

»Du stehst nie in der zweiten Reihe, Donna«, versicherte Harry warm.

»Ich stand da mein ganzes Leben. Und es war okay. Aber jetzt möchte ich ein einziges Mal mehr.«

»Das Rampenlicht.«

»Denkst du, dass es mich verbrennen wird?«, fragte ich und plötzlich war mir ein wenig bang.

»Nein. Und wenn, dann schmeiße ich den Scheinwerfer um und rette dich.«

Ach, Harry! Zum ersten Mal gab ich meinem Impuls nach, diesen Mann einfach in den Arm zu nehmen. Ich zog ihn an mich und atmete den dezenten Duft ein, der von ihm ausging und den ich schon so oft gerochen hatte. Unaufdringlich, sanft und dennoch männlich.

»Du bist der beste Freund, den ich mir hätte wünschen können«, sagte ich dann und musste tatsächlich einmal schniefen, weil ich es plötzlich so ergreifend fand, dass er das war. »Weißt du was? Wir beide, wir legen jetzt los. Wir verwirklichen jetzt unsere Träume und holen uns unsere fünf Minuten Ruhm.«

Während Harry weiter stumm murmelnd durch das Haus tigerte und seinen Ruhm eher leise suchte, verlegte ich mich auf einen flotten Flirt mit Fred im Messenger. Ich hätte einen echten vorgezogen, aber auf meine Anfrage, ob wir uns auf einen Drink treffen könnten, hatte er zurückgeschrieben, dass das prima wäre – ich müsste dafür nur nach London kommen, wo er sich gerade herumtrieb. Aber auch das Schreiben war nett, zumal es so noch leichter war, ein wenig frivol zu werden. Eigentlich eine perfekte Übung für den Ernstfall, dachte ich und hielt die Konversation munter am Laufen.

»Schöne Nachrichten?«, wollte Harry wissen, als ich wieder einmal debil grinsend las, was Fred getextet hatte.

»Sehr schöne. So was zum Kribbeligwerden«, gab ich zurück und Harrys Stirn legte sich einmal mehr in Falten.

»Na dann«, sagte er und lenkte sein Augenmerk wieder auf seinen Text.

»Und bei dir? Kommst du voran?«

»Hm«, überlegte er. »Ich habe jetzt die Auswahl auf zwei Stellen reduziert. Aber ich weiß nicht …«

Ich sah seinen bittenden Blick und tat frech so, als könne ich ihn nicht deuten.

»Dann frag jemanden, der sich auskennt. Triff dich mit Claire und lies ihr beide Passagen vor. Sie wird wissen, was am besten passt.«

Harry musterte mich aufmerksam. »Du denkst, ich soll mich mit Claire treffen?«

»Unbedingt!« Ich stützte beide Hände in die Hüften und tat mein Möglichstes, überzeugend zu wirken. »Niemand könnte dir besser Rat geben als sie.«

»Dann werde ich das wohl tun«, beschloss Harry nachdenklich.

»Genau. Und ich mach hier weiter.« Ich wedelte mit dem Handy und zwinkerte Harry zu. »Ich weiß jetzt, weshalb du so verrückt danach bist, zu schreiben. Das gibt einem so viel zurück!«

Neben Harrys Murmeln und meinen immer frecher werdenden Textnachrichten nahm in diesen Tagen noch etwas anderes Fahrt auf. Die Zimmer im Dachgeschoss waren fertig und damit war auch mein neues Reich bezugsfertig. Ich packte meine Sachen und siedelte voller Freude aus dem kleinen Gästezimmer, in dem ich seit meinem Einzug gewohnt hatte, nach oben um. Nick hatte einmal mehr seine Kontakte genutzt und dafür gesorgt, dass meine neuen Möbel pünktlich angeliefert und aufgebaut wurden, und stand nun mit einem breiten Lächeln an der Tür.

»Bereit?«, wollte er wissen.

Ich nickte und hatte vor Aufregung einen so trockenen Hals, dass ich nicht mehr sprechen konnte.

»Na dann …« Mit einer ausholenden Geste öffnete er die Tür und machte einen Schritt zur Seite, um den Blick freizugeben.

Einen Moment stand ich einfach da und schaute. Dann trat ich langsam über die Schwelle und in mein neues Zimmer. Ich hatte den Raum in jedem Stadium des Umbaus gesehen, hatte miterlebt, wie er sich verwandelte und meinen Stempel bekam. Aber jetzt war es, als sähe ich alles zum ersten Mal. Der warme, dunkle Fußboden. Die auffällige Tapete an der gegenüberliegenden Wand. Das verlockende Polsterbett, das erst heute Nachmittag eingetroffen war. Der edle Schrank aus Kirschbaum, auch ein Teil, das ich mir ohne Nicks Resterampe nie hätte leisten können und dessen rotbraun schimmernde Türen so perfekt in das Ambiente passten. Ich bewunderte den kleinen Schreibtisch in der hinteren Ecke, den einladenden Sessel, in dem ich mich von den Strapazen des Tages erholen konnte, und die verführerischen Sitzkissen, die auf der Fensterbank lagen. Sogar die Vorhänge hatten Nicks Jungs aufgehängt. Dann drehte ich mich um und mein Blick fiel auf die offene Badezimmertür. Die rote Badewanne lenkte sofort die Aufmerksamkeit auf sich und die bunte Wandverkleidung ließ mich vor Freude seufzen.

»Nick, das ist … wunderschön. So viel schöner, als ich es mir vorstellen konnte.«

Er machte eine kleine Geste, eine Art Zucken mit dem Kopf, als wolle er fragen, ob ich an ihm gezweifelt hatte.

»Im Ernst, das ist unglaublich.« Ich ging langsam ins Bad, strich über die Wanne, die Armaturen, den Waschtisch mit der breiten Holzplatte, auf der ich ohne Mühe alle meine Töpfchen und Tiegelchen unterbringen konnte.

»Wenn du mal eine Weile hier wohnst und bemerkt hast, was noch fehlt, dann melde dich. Ich empfehle das immer, dass man erst einzieht und sich Zeit lässt, um festzustellen, ob und wo ein Regal oder ein Möbelstück fehlen. Die meisten dübeln gleich alles an die Wand, nur um später zu merken, dass ein Regal an einer anderen Stelle passender gewesen wäre.«

Ich nickte nur dankbar und trat wieder in mein Schlafzimmer. Als wäre es ein Traum, ging ich zu meinem neuen Bett und strich über den weichen, dicken Stoff der Polster. Ich hätte mich am liebsten direkt darauf geworfen, aber das traute ich mich vor Nick dann doch nicht. Der stand noch immer in der Tür zum Bad und sah mir zufrieden zu, wie ich mich an seiner Arbeit ergötzte.

Ich wusste nicht, wie ich meine Freude und mein Lob noch ausdrücken sollte. Ich hatte den Eindruck, dass es keine Worte gab, die ausreichen würden, um zu beschreiben, was ich gerade fühlte. Diese Kraft, die mich plötzlich zu fluten schien. Die Macht der Farben, der Mut, den dieses Zimmer ausstrahlte. Das Gefühl, an einem Ort zu sein, an dem alles möglich war. Und das Wissen, dass ich diesen Ort miterschaffen hatte, dass diese ganze Kraft Teil von mir war und aus mir kam – wie hätte ich das in Worte fassen können, ohne dabei völlig gaga oder größenwahnsinnig zu wirken? Also lächelte ich nur und legte in diese Mimik all das hinein, was ich nicht aussprechen konnte.

Nick schien es dennoch zu begreifen. Er kam langsam auf mich zu und auch sein Lächeln wurde anders. Seine Augen streiften einmal über meine ganze Gestalt, vom Kopf bis zu den Zehen und wieder zurück.

»Es ist perfekt. Das ist genau der Raum, in dem ich dich seit unserer ersten Begegnung gesehen habe.«

Kapitel 21

Ja, das Kribbeln bekam mächtigen Aufschwung bei diesen Worten. Zumindest so lange, bis sich Nick räusperte und weitersprach.

»Dann sollten wir uns jetzt noch die beiden Gästezimmer ansehen.«

»Was? Ja, klar.« Ich verdrängte geschäftsmäßig jegliche Gedanken an das, was ich in diesem Zimmer alles erleben wollte, und nickte eifrig.

Auch diese beiden Räume waren schlicht überwältigend. Nick hatte wieder einmal recht behalten; die Badewannen unter den Gaubenfenstern sahen überhaupt nicht nach einer Notlösung aus, sondern einladend und ziemlich sinnlich. Vor allem, wenn man sich wie ich vorstellte, dass man sich darin aalte, während ein Kerl auf dem Bett lag und sehnsüchtig darauf wartete, dass man wieder herauskletterte. Ich räusperte mich und zwang mich einmal mehr, mein Kopfkino unter Kontrolle zu bringen.

»Wenn du jemals ein begeistertes Empfehlungsschreiben brauchst … ruf mich an.«

»Ich werde es mir merken.«

Einmal mehr blitzte kurz etwas auf und einmal mehr machte Nick sich sofort daran, es zu untergraben.

»Vielleicht erlaubst du uns auch, ein paar Bilder als Referenzen auf unserer Homepage einzubinden.«

»Klar. Ich bin noch in Verhandlungen mit den Fotografen, aber das bekomme ich hin.«

»Gut. Es eilt ja auch nicht. Wir werden uns noch oft genug sehen, ehe hier alles fertig ist.«

»Ja«, sagte ich zufrieden. »Das werden wir.«

»Dann sind wir für heute durch. Ich werde jetzt verschwinden, damit du dein neues Zimmer genießen kannst.«

Ich nickte wieder.

»Und morgen werden wir die Arbeiten im Anbau fertigstellen.«

»Perfekt. Mabel kommt ja auch schon bald zurück.«

»Ich weiß. Dann verabschiede ich mich nun. Nein, bemühe dich nicht. Ich finde alleine hinaus.« Damit drehte er sich um und verschwand.

»Mach die Augen zu.« Ich hatte es versucht, aber ich konnte jetzt nicht alleine in meinem Zimmer sitzen. Ich musste es jemandem zeigen und da sonst niemand da war, hatte ich Harry aus seinem Raum geklopft. Ich nahm seinen Arm und öffnete die Tür, dann schob ich ihn sachte hinein. »Jetzt kannst du sie aufmachen.«

Ich beobachtete ihn aufmerksam, als er gehorchte und sich langsam und gründlich umsah.

»Donna«, sagte er und ließ seinen Blick weiter über die Wände gleiten. »Das ist, als ob … Es passt so gut zu dir.«

»Findest du?«

»Natürlich.« Er sah mich fragend an. »Du etwa nicht?«

»Obwohl es so laut und bunt ist?«

Harry lachte. »Ich sag es ja: Es ist perfekt.«

Ich schüttelte verlegen den Kopf. »Ich meinte damit, dass es so mutig bunt ist und dass es so selbstbewusst wirkt und …«

»All das tut es, Donna. Und eben deswegen passt es. Es ist gewagt und einzigartig. Es ist überwältigend. Und es ist wunderschön.«

Ich biss mir vor Freude auf die Unterlippe. »Danke, Harry. Du sagst immer so nette Dinge.«

»Ich sage nur, was ich denke«, gab er erstaunt zurück.

»Und weißt du was? Hier drin«, ich drehte mich im Kreis, »hier wird das Kribbeln noch stärker. Die perfekten Räumlichkeiten für alles, was ich mir erhoffe, oder?«

Harry nickte ein wenig steif, wie immer, wenn ihm das Gespräch zu persönlich wurde. Nun gut, er war Autor und musste daher über einiges an Fantasie verfügen. Vielleicht wollte er die Bilder einfach nicht sehen, die ihm dabei in den Kopf schossen.

»Magst du auch die beiden Gästezimmer bestaunen?«, fragte ich deshalb flink.

Harry nickte erleichtert.

»Du wirst ständig ausgebucht sein, wenn das bekannt wird«, prophezeite er kurz darauf.

»Das hoffe ich doch. Ich muss jetzt schließlich wieder Geld in die Kassen bringen. Wenn nur dieser Fotograf endlich ein wenig nachgeben würde. Ich weiß ja, dass gute Arbeit gut entlohnt werden sollte, aber seine Forderungen sprengen einfach mein Budget.«

»Was verlangt er denn?«

Ich nannte die Summe und Harrys Stirn furchte sich so tief wie noch nie. »Der will dich über den Tisch ziehen.«

»Das fürchte ich auch. Aber wusstest du, wie schwer es ist, einen zu finden, der kurzfristig Zeit hat? Anscheinend sind alle ausgebucht für die letzten Sommerhochzeiten.«

»Nun«, meinte Harry und rieb sich mit der Hand über den Nacken. »Ich habe eine hochwertige Ausrüstung. Ich bin zwar kein ausgebildeter Fotograf, aber ich betreibe das schon seit Längerem als Hobby. Wenn du willst, könnte ich es einmal versuchen. Und wenn es dir nicht gefällt oder wenn es nicht professionell genug wirkt, dann kannst du immer noch weiterverhandeln.«

»Du kannst fotografieren? Das wäre ja der Wahnsinn. Du wirst natürlich bezahlt …«

Harry hob die Hand. »Eins nach dem anderen. Wie wäre es, wenn ich mich morgen einfach mal in diesen beiden Räumen austobe und sehe, was ich hinbekomme?«

»Du bist der Beste, Harry.« Ich seufzte vor Erleichterung, dann drückte ich ihm einen Kuss auf die Wange. »Echt jetzt, Harry. Was würde ich ohne dich nur tun?«

In den nächsten beiden Tagen hantierte Harry also mit einer sehr teuer aussehenden Spiegelreflexkamera und einem Stativ herum, während ich mich in meine Aufgaben stürzte. Der Anbau war wie versprochen ebenfalls fertig und einmal mehr stand ich mit klopfendem Herzen und Schmetterlingen im Bauch in einem Raum und sah mich begeistert um. Meine Tante hatte diesen Umbau zwar selbst und nach ihren Wünschen geplant und daher war das Ambiente auch nicht mit dem zu vergleichen, was ich in Auftrag gegeben hatte, aber die Verwandlung dieser bisher als Rumpelkammer genutzten Fläche war dennoch unglaublich. Jetzt war in dem einstöckigen Anbau mit Flachdach eine richtig schicke Miniwohnung entstanden, mit Schlaf- und Wohnzimmer, einer recht kleinen, aber sehr geschickt eingebauten Küche und einem Bad, das vorsorglich rollstuhlgerecht geplant worden war. Hier herrschte überall das klassische englische Landhausflair und ich wusste, dass sich Mabel maximal wohlfühlen würde.

»Genau der Raum, in dem ich meine Tante sehe«, sagte ich verschmitzt zu Nick, der daraufhin auflachte. »Und super im Zeitplan. Am Wochenende kommt sie heim. Ich freue mich so darauf.«

»Schön, dass es dir gefällt«, war sein schlichter Kommentar, aber ich sah an seinen Augen, dass ihn mein überschwängliches Lob freute.

»Ich kann Harry bitten, auch hier Bilder zu machen. Für deine Referenzen. Ich werde das mit Mabel absprechen, aber ich denke nicht, dass sie etwas dagegen hat.«

»Das wäre toll. Ich habe selbst welche gemacht, bevor wir begonnen haben. Vorher-nachher-Vergleiche sind immer gut.«

Kurz darauf traf ich im Treppenhaus auf Harry, wo er mit seinem Stativ hantierte.

»Ich dachte, hier kann ich auch schon mal Bilder machen. Im Treppenhaus wird ja nichts mehr geändert, oder?«

»Nein. Wir haben beschlossen, es so zu belassen. Meine Tante hat die Flurwände erst vorletztes Jahr neu streichen lassen.«

Harry nickte und sah prüfend durch den Sucher seiner Kamera. »Das hast du erwähnt. Ich werde nur ein paar besondere Ecken aufnehmen, wie den Sessel oben im Flur oder diese Treppennische mit den Fensterbänken und dem kleinen Tisch. Die Blumen sind wunderschön und das Licht ist in dieser Jahreszeit ideal.«

Ich nickte zustimmend. Wie bezeichnend für Harry, dass er auf solche Details achtete. Ich hatte erst heute Morgen die Vase auf dem Tischchen neu befüllt, mit späten Rosen aus dem Garten.

»Ich würde auch gerne den Außenbereich fotografieren. Wenn wir es gegen Abend machen, haben wir tolles Licht. Und ehe der Sommer sich verabschiedet, sollten wir das ausnutzen.«

Einen Moment spürte ich ein dumpfes Gefühl im Magen. Ehe der Sommer sich verabschiedete … Ja, dieser Moment rückte immer näher und verstärkte täglich den Drang, vorher noch etwas zu erleben. Als ob es nicht auch im Herbst schön sein könnte, versuchte ich dagegenzuhalten, aber mein Kopf hatte sich nun mal darauf versteift, dass es bald sein müsste. Rasch lenkte ich meine Gedanken in ruhigere Bahnen.

»Gut, dass du es ansprichst. Dann werde ich auch dort die Dekoration überprüfen und frische Blumen arrangieren.«

»Mach das. Und vielleicht planen wir für morgen den Wintergarten ein? Ich hätte gerne verschiedene Bilder. Vom eingedeckten Frühstückstisch und von den offenen Türen.

Und eventuell ein paar, wenn es dunkel ist und die Kerzen brennen …«

»Oh ja. Das wird bestimmt toll!«

»Und natürlich auch von der Küche. Aber das gehen wir dann hinterher an.«

»Hast du denn so viel Zeit? Neben dem Schreiben und der Planung deiner Lesung?«

»Das geht schon. Ich kann beim Fotografieren meine Gedanken schweifen lassen. Manchmal kommen die besten Ideen, wenn man gar nicht merkt, dass man nach ihnen sucht.«

»Dann helfe ich dir sogar damit, wenn ich dich hier Bilder machen lasse?«

»Du hilfst mir immer, Donna. Ich hatte zwar einige Ideen im Kopf, als ich nach St. Hope kam, aber mir fehlten der Mut und auch ein paar neue Ansätze. Und die habe ich hier gefunden. Von daher gebe ich jetzt einfach ein bisschen was zurück.«

KAPITEL 22

»Das Licht ist perfekt.« Harry richtete seine Kamera aus und schoss ein paar Bilder. Dann änderte er den Winkel und knipste weiter. »Genau so hatte ich mir das erhofft.«

»Sieht man im Hintergrund das Meer glitzern?«

»Natürlich. Auf einigen zumindest. Wobei ich die Aussicht noch einmal separat aufgenommen habe.« Er nahm die Kamera vom Stativ und betrachtete mit konzentriertem Ausdruck die Aufnahmen auf dem kleinen Display. »Ich denke, ich habe, was ich wollte.« Dann sah er mich an. »Jetzt würde ich gerne noch ein paar machen, auf denen du mit drauf bist.«

»Ich?« Ich schnappte vor Überraschung nach Luft. »Jetzt?«

»Das Licht ist gerade toll.«

»Das Licht mag ja vielleicht gerade toll sein. Aber ich nicht! Ich brauche da etwas Vorlauf! Ich muss mich schminken und herrichten und schön anziehen und …«

»Donna«, unterbrach mich Harry sanft. »Du siehst wunderschön aus. Du musst gar nichts verbessern.«

Seine Stimme, die einen leichten Touch an Verwunderung mitschwingen ließ und die gleichzeitig so überzeugend seine Meinung unterstrich, trieb mir beinahe ein paar Tränen in die Augen.

»Ehrlich?«

»Natürlich.«

Wie schaffte der Mann es nur, in ein einzelnes Wort, das er so nachlässig aussprach, so viel zu legen? Mir völlig die Bedenken zu nehmen, dass es nur so dahergesagt war oder er es sagte, damit wir das Licht nicht verpassten oder weil es ihm zu anstrengend war, wenn ich jetzt wie eine Bekloppte mit tausend Outfits hier auftauchen würde, die er dann beurteilen müsste. Stattdessen nickte ich einfach und strich mir schnell die Haare zurecht. Ich hatte sie wie meist zu einem hohen Pferdeschwanz gebunden und den mit einer Schleife geschmückt – heute eine grüne, passend zu meinem grünen Sommerkleid. Ich zupfte also die Ponysträhnen zurecht und strich über die abstehenden Härchen, die sich immer wie ein Heiligenschein um meinen Oberkopf ringelten, und holte dann tief Luft.

»So. Fertig.«

Harry schenkte mir ein Lächeln und zeigte auf meine Lieblingssitzecke hinten im Garten.

»Da würde ich gerne anfangen. Vielleicht kannst du so tun, als würdest du mit den Blumen hantieren.«

Ich nickte und machte mich sofort daran, seine Wünsche umzusetzen. Ein wenig seltsam kam ich mir schon vor, an den Rosen herumzuzupfen und dabei zu wissen, dass Harrys Auge durch den Sucher der Kamera auf mich gerichtet war.

»War ich gut?«, fragte ich auch sofort, als er sich aufrichtete und mich wieder auf die gewohnte Weise betrachtete.

»Ich denke schon«, sagte er und lachte. »Du hast das toll gemacht. Aber ich würde gerne noch weitere Motive ausprobieren.« Er sah sich im Garten um, eine Hand lässig in der Hosentasche, die andere wie die einer besorgten Mutter auf der Kamera ruhend. »Mal sehen, wo es passen könnte.«

Ich ließ die armen Blumen in Ruhe und stützte mich auf die Lehne des Stuhls, in dem ich so oft gesessen hatte, wenn wir uns abends noch ein wenig zum Quatschen trafen.

»Vielleicht da hinten?«, schlug ich vor und deutete auf eine Stelle, von der aus man das Meer gut sehen konnte. »Unter dem alten Apfelbaum?«

Ich hatte mich noch nie besonders gerne fotografieren lassen. Selbst ich hatte dann damit zu kämpfen, dass ich meine Spontanität verlor und stumpf versuchte, gut auszusehen, meine Rundungen nicht zu voluminös aussehen zu lassen und es dem Fotografen recht zu machen. Deswegen liebte ich auch Selfies, da hatte ich weniger das Gefühl, ausgeliefert zu sein. Mit Harry war es anders. Als ich mich unter dem Apfelbaum positionierte und erst ein bisschen verloren dastand, gab er mir Tipps, was ich tun sollte. Und er redete die ganze Zeit mit mir. Im Ernst, er schien gewillt, für diese Sache sein gesamtes Wortkontingent der nächsten Tage aufzubrauchen. Ich zupfte also ein wenig an den Ästen herum und lehnte mich sogar einmal malerisch an den Stamm, bis er sich endlich aufrichtete und die Kamera auf ihrem Stativ ihre Bedrohung verlor.

»Es ist jedes Mal so ein schöner Anblick, wenn das Meer in der Abendsonne funkelt«, sagte er und blickte auf das Wasser.

»Absolut«, stimmte ich ihm zu und richtete den Blick ebenfalls hinaus auf die Wellen. »Was sind wir für Glückspilze, hier zu wohnen.«

»Und genau das werden wir deinen Gästen vermitteln. Wie glücklich sie sich schätzen können, wenn sie das für eine Weile auch erleben dürfen.«

Ich schlang die Arme um die Brust und nickte dankbar. Ja, genau das würden wir mit diesen Bildern sagen. Ich drehte den Kopf wieder zu Harry und betrachtete ihn einen Augenblick voller Dank dafür, dass er in mein Leben geschneit war.

»Und vielleicht machst du auch noch ein paar nur vom Baum und ohne mich. Damit ich diese Idylle nicht störe und wir im Notfall eine Alternative haben, die wir zeigen können«, sagte ich und feixte wie so oft.

»Die werden wir nicht brauchen. Ich habe ein paar tolle Schüsse.«

Ich spürte, wie sich meine Mundwinkel noch mehr anhoben. Wenn Harry irgendwann die Ideen für seine Bücher ausgehen sollten, könnte er aus dem Stand als Motivationscoach reich werden.

»Darf ich sie sehen?«, fragte ich und ging aufgeregt auf ihn zu.

»Nein. Noch nicht. Ich will sie mir erst in Ruhe ansehen und eine Vorauswahl treffen.«

»Und ein paar gnädige Filter darüberlegen und meinem Doppelkinn mit einem Bildbearbeitungsprogramm zu Leibe rücken und dabei gleich meine Taille etwas minimieren?«

»Bestimmt nicht.« Jetzt klang er aufrichtig entrüstet. »Weil du nichts davon brauchst. Wie oft muss man dir das sagen, bis du es endlich begreifst?«

Harry stellte meine Geduld lange auf die Probe. Er weigerte sich auch in den nächsten Tagen, mich die Ergebnisse sehen zu lassen. Dafür kam er plötzlich zu den unmöglichsten Zeiten mit der Kamera in der Hand um die Ecke, um ein paar Bilder zu schießen. Ich gewöhnte mir an, dass ich noch mehr Sorgfalt auf mein Erscheinungsbild legte. Ich kleidete mich eigentlich immer mit Bedacht, weil ich einfach gelernt hatte, dass ich mich besser fühlte, wenn ich mich maximal wohlfühlte in meinen Klamotten. Nun achtete ich aber darauf, dass ich nicht jeden Tag einen Zopf trug, sondern auch mal eine andere Frisur ausprobierte und dass ich immer den Lippenstift zum Einsatz brachte. Und ich spürte, dass ich vor der Linse tatsächlich lockerer wurde. Das hätte ich mir niemals leisten können, dachte ich versonnen. Einen Fotografen zu engagieren, der sich so viel Zeit mit mir nahm. Der mich ansah und dann befand, dass mein heutiger Look sich hervorragend im Garten machte und wir einfach noch einmal eine Serie schießen könnten. Oder dass ich in meinem aktuellen Aufzug perfekt zum Wintergarten passte und wir doch mal eben dort ein wenig testen sollten, was uns gefallen würde. Harry gestand, dass er mir durchaus zutraute, sehr wählerisch zu sein, was die Ergebnisse anging, und gab freimütig zu, in diesem Fall einfach genügend Auswahl haben zu wollen.

Dafür überfiel er mich drei Tage am Stück, als ich in der Küche das Frühstück vorbereitete. Er machte auch hier Fotos, knipste dann den eingedeckten Tisch und war zudem schlau genug, mich zu bitten, die komplette Tafel einzudecken und nicht nur die sechs Gedecke, die wir für unsere aktuellen Gäste brauchten. Im Gegensatz zu anderen Unterkünften hatten wir nämlich keine kleinen Tische, an denen man sich getrennt niederließ, sondern eine einzige lange Tafel, an der alle miteinander speisten.

»Das ist doch der Sinn eines B&Bs«, hatte Mabel achselzuckend gemeint, als ich sie für diese Idee lobte. »Dass es familiärer ist als ein Hotel. Bei mir sitzen alle zusammen und ich sitze mittendrin. Hier hat man Kontakt und kommt ins Gespräch. Und wer das gar nicht will, kann sich im Sommer in den Garten verziehen.« Sie überlegte und deutete dann auf eine der beiden Sesselgruppen, die an jeder der schmalen Seiten an den Fensterfronten standen. »Ich hatte auch schon Gäste, die sich dorthin verzogen haben und sich mit dem winzigen Beistelltisch begnügten. Auch das ist in Ordnung. Aber die meisten mögen es, dass sie beieinandersitzen und Kontakt haben.«

Ich musste ihr zustimmen und ich würde das bestimmt nicht ändern. Der Wintergarten war die Seele des Hauses. Mit dem langen Tisch war er für ein geselliges Beisammensein perfekt. Die beiden Sitzgelegenheiten, die am Rande platziert waren, boten etwas Privatsphäre und luden auch abends ein, sich zu setzen und zu plaudern. Wer wollte, durfte sich am Bücherregal bedienen, das hier ebenfalls seinen Platz gefunden hatte. Die großzügig verteilten Topfpflanzen ließen den Raum auch im Winter sehr gemütlich wirken. Vermutlich hatte ich meine Vorliebe für die Inneneinrichtung von meiner Tante geerbt, überlegte ich. Auch sie hatte einen guten Blick dafür und ein Gespür, was einen Raum behaglich machte. Tatsächlich hatte ich beschlossen, hier nur kleine Veränderungen vorzunehmen, ein wenig neue Dekoration vielleicht, aber den Kern so zu belassen, wie er war. Hier fühlte man sich wohl und die Möglichkeit, den Sommer hereinzulassen, war einfach grandios. Und doch hatte ich einen Moment Sehnsucht nach dem Winter. Ich stellte mir vor, wie es sein müsste, hier zu sitzen, wenn draußen der Wind tobte und der Regen peitschte. Wenn dann der Schwedenofen munter prasselte und Lichterketten an den oberen Kanten der Fensterfront hingen. Und wenn in der einen Ecke der Weihnachtsbaum stand und festlich strahlte.

»Wir müssen unbedingt das ganze Jahr über Bilder machen«, überlegte ich laut. »Das geht doch, oder? Dass ich dann nach und nach die Seite aktualisiere und weitere Fotos hochlade? Ich stelle mir nämlich gerade vor, wie hier ein Weihnachtsbaum steht und draußen liegt idealerweise Schnee …« Ich seufzte glücklich.

Harry lächelte mal wieder. »Und du stehst in einem roten Kleid daneben und strahlst noch viel mehr als der Baum.«

»So in der Art«, gab ich lachend zu. »Und du bist bei mir und hältst den Moment fest.«

Er brauchte eine Weile, in der er mich wieder einmal einfach nur ansah. Nicht so, dass ich dachte, er grüble über meinen Geisteszustand nach oder schüttle innerlich den Kopf über meine Ideen. Aber auch nicht so, dass ich mich gemustert fühlte und ein ungutes Gefühl verspürte. Es war einfach dieser Harry-Blick, der schön war und voller Empathie und Zuneigung und Verständnis.

»Das müssen wir unbedingt tun«, stimmte er dann zu und ließ noch einmal den Auslöser klicken, um mein freudig strahlendes Gesicht auf die Speicherkarte zu bannen.

Kapitel 23

»Wann darf ich die Bilder endlich sehen? Dauert es so lange, bis du sie ausreichend bearbeitet hast?«, fragte ich ein paar Tage später, als Harry schon wieder mit seiner Kamera zugange war.

»Wenn ich so weit bin«, gab er kryptisch zurück. »Es tut dir gut, wenn du dich mal ein wenig in Geduld üben musst.«

»Pft«, machte ich und verzog den Mund. »Dazu brauche ich dich nicht. Momentan muss ich das in allen Bereichen tun.«

»Gibt es Probleme mit dem Umbau?«

»Was? Nein, der läuft wie am Schnürchen. Aber Nick ist derzeit so eingespannt, dass er kaum Zeit hat. Und wenn er kommt, dann ist er schon wieder auf dem Sprung, ehe er das Haus betreten hat.«

Harry runzelte die Stirn. »Er macht seinen Job doch weiterhin gut?«

»Den Job schon.« Aber mich vernachlässigte er gerade ein bisschen. Die gemeinsamen Stunden, die wir zu Beginn miteinander verbracht hatten, waren jetzt auf wenige Minuten zusammengeschrumpft. Klar, es gab nicht mehr so vieles zu besprechen und die vereinzelten Fragen konnten wir fix klären, aber es war halt schön gewesen, dazusitzen und seine Gesellschaft zu genießen.

Ich sah an Harrys Miene, dass er erraten hatte, was mir durch den Kopf ging, und fuhr schnell fort.

»Tja, und Jakob hat zwar versprochen, sich zu melden, hat es aber nicht getan. Und Fred treibt sich weiterhin beruflich in London herum und hat angeblich jede Menge zu tun. Seine Rückkehr wird sich daher verzögern.«

»Ich dachte, der kommt für dich sowieso nicht infrage?«

»Pft«, machte ich wieder. »Eventuell ändere ich meine Meinung. Es scheint irgendwie keine vernünftigen Optionen zu geben und Fred ist immerhin nett.«

Jetzt wurden Harrys Augenbrauen wieder zu einem Strich. »Hast du das nötig?«

»Vielleicht.« Ich straffte mich und sah ihn herausfordernd an. »Nicht alle sind wie du. Du reichst dir selbst völlig. Aber ich will nicht länger alleine sein. Ich will endlich mal wieder dieses Gefühl erleben. Ich will mal wieder einen Kerl, da kannst du deine Augen noch so zusammenkneifen.«

»Einfach den Erstbesten, der willig ist?«, fragte Harry leise.

»Und wenn? Ihr Kerle macht das doch auch.« Ich wusste nicht, weshalb ich auf seine Fragen so emotional reagierte. Er machte mir keine Vorwürfe, schien nur von meinen Plänen überrascht zu sein. Aber dass er sie nicht guthieß, konnte ich spüren und irgendwie wollte ich nicht, dass er schlecht von mir dachte. »Okay, du vielleicht nicht. Aber in der Hinsicht bist du auch kein Kerl.«

»Richtig«, sagte er wie so oft und hatte dabei seine Miene überraschend gut im Griff. »Klar, ich bin nicht der Maßstab.«

»Versteh mich doch nicht falsch. Du bist der Beste überhaupt. Aber sind wir mal ehrlich: Du wärst kein Mann für eine Sommerromanze.«

»Da hast du recht.« Harrys Stimme klang nüchtern. »Das wäre ich ganz sicher nicht.«

»Und weißt du, das ist doch auch gut. Die meisten Frauen suchen nach einem Kerl wie dir. Ich bin mir sicher, Claire zum Beispiel wünscht sich eine solide Beziehung.« Beinahe hätte ich langweilig gesagt, konnte mich aber gerade noch bremsen.

»Und was hat das mit mir zu tun?«

»Harry! Echt jetzt?«

»Ich brauche niemanden, der mich verkuppelt, Donna.« Zum ersten Mal klang seine Stimme beinahe scharf. »Wenn ich das anstrebe, dann bekomme ich das alleine hin.«

»Schon gut. Ich dachte ja nur, falls du etwas Mut brauchst … Ich bin mir sicher, dass dir bei ihr alle Türen offenstehen.«

»Wenn dem so ist, dann werde ich das merken. Falls ich es bemerken will.« Er holte tief Luft, dann fuhr er fort. »Zum Beispiel morgen Abend. Wir treffen uns, um eine Stelle auszuwählen, die ich lesen werde.«

»Echt? Das ist ja toll! Herzlichen Glückwunsch!«

Ich freute mich wirklich über diese Nachricht. Weshalb mich der kleine Stich auch sehr irritierte, den ich bei seinem Lächeln spürte. Hm, dachte ich. Ich wünsche dir wirklich alles Glück dieser Welt. Aber wenn du es findest, ehe ich das meine habe, dann könnte mich das doch ein wenig deprimieren.

»Wir werden nur die Lesung planen, nicht unsere Hochzeit«, konterte er recht schnippisch.

»Ach, Harry«, seufzte ich und schüttelte den Kopf. »Das ist dein Problem. Du bist so ernst und nüchtern. Wo warst du, als man die Romantik verteilt hat?«

»Das ist es also, was du suchst? Romantik? Sorry, ich dachte, dir geht es einfach nur darum, einen Kerl ins Bett zu bekommen.«

Ich sah ihn verblüfft an. »Ähm«, machte ich dann und war einen weiteren Moment sprachlos. Dann aber begann ich zu grinsen, weil mir just in dem Augenblick wieder Kandidat Nummer sechs einfiel und seine Interpretation von Romantik.

»Ich weiß nicht, was ich suche, Harry. Die eierlegende Wollmilchsau vermutlich. Himmel, die halbe weibliche Bevölkerung jammert, dass die Kerle nichts Ernstes wollen und sich nicht mehr binden möchten. Aber wenn man dann mal nach so einem Exemplar sucht, dann ist nirgends eines zu entdecken. Oder es liegt eben doch an mir. Vielleicht bin ich einfach nicht der Typ, auf den solche Männer abfahren.«

»Ach, Donna.« Harry seufzte schwer. »Das kann ich mir beim besten Willen nicht vorstellen. Und das weißt du. Wie oft muss ich dir noch sagen, dass du eine wunderschöne und anziehende Frau bist? Hast du es wirklich nötig, so hartnäckig nach Komplimenten zu fischen?« Er packte sein Stativ, das er auch heute wieder bei sich trug. »Und jetzt genug davon. Wir wollten doch für Nick noch Fotos vom Anbau machen. Lass uns das angehen, sonst ist deine Tante zurück und wir haben unsere Chance vertan.«

In der folgenden Stunde durfte ich zur Abwechslung einmal entspannt neben Harry stehen, während er geduldig ein Bild nach dem anderen knipste. Da wir hier für Nicks Website fotografierten, gab es keinen Grund, dass ich in der Szene auftauchte. Also machte ich es mir bequem und beobachtete meinen Freund, wie er systematisch alles ablichtete, dabei verschiedene Winkel ausprobierte und Details vor die Linse nahm. Er ließ sich Zeit, aber das störte mich nicht. Obwohl wir gerade beinahe aneinandergeraten waren, herrschte jetzt wieder dieser Frieden, den ich stets verspürte, wenn ich mit Harry zusammen war. Sogar das unruhige Kribbeln, das mich dieser Tage ständig vorantrieb und dafür sorgte, dass ich mich immerzu nach Dingen sehnte, die ich nicht haben konnte, schwächte sich ab und wurde zu einem sanften, wohltuenden Vibrieren. Und obwohl ich es genoss, dass es da etwas in mir gab, das wie eine immerwährende Batterie wirkte und mich stets mit einer freudigen Erwartung durch den Tag gehen ließ, genoss ich jetzt die seltene Ruhe, die sich in mir breitmachte. Für diesen Moment vergaß ich Nick und Jakob und Fred und auch mein neues Schlafzimmer, das endlich fertig war und drauf wartete, dass ich es richtig einweihte.

Und noch seltsamer war, dass mich genau jetzt wieder diese Zuversicht überkam, dass ich das noch tun würde. Mein guter Harry schaffte es immer, mich an mich selbst glauben zu lassen. Und daran, dass ich alles erreichen konnte, wenn ich nur wollte – und endlich lernte, ein wenig Geduld zu haben.

KAPITEL 24

Bereits am nächsten Abend zeigte sich, dass es ein frommer Wunsch gewesen war, mal eben geduldig zu werden. Harry hatte sich mit seinem Buch und einem etwas angespannten Lächeln davongemacht, um Claire zu treffen, und ich hatte ihm so lange Viel Spaß hinterhergebrüllt, bis ich fürchtete, er würde umkehren und mich übers Knie legen.

Aber bereits eine Stunde später fand ich den Gedanken, dass er sich jetzt amüsieren könnte, nicht mehr so witzig, denn mir war so ganz alleine überraschend langweilig. Ich hatte mich wohl schon zu sehr daran gewöhnt, ihn zur Hand zu haben und ein bisschen zu quatschen, wenn mir der Sinn danach stand. Harry war eigentlich immer hier, zumindest abends. Tagsüber arbeitete er oder trieb sich in der Gegend herum, aber da hatte ich selbst genug zu tun, putzte die Zimmer, bezog Betten neu oder kaufte ein. Zudem musste ich den Handwerkern Kaffee kochen und konnte ab und an ein wenig mit ihnen scherzen. Jetzt aber hatte ich alles erledigt und strich ruhelos durch das Haus. Heute hatte ich die ersten Gäste in den neuen Zimmern im Dachgeschoss einquartiert und mich riesig darüber gefreut, wie sehr ihnen die Einrichtung zusagte. Ich hatte es genau gesehen, wie die Augen der Frau überrascht aufgeblitzt hatten, als sie die Badewanne im roten Zimmer entdeckten, dann zum opulenten Bett wanderten, zurück zur Wanne und schließlich zu ihrem Mann. Die beiden waren in ihren Vierzigern, schätzte ich, und ich konnte förmlich sehen, dass in ihnen Gedanken aufstiegen, die sie sonst nicht mehr jeden Tag hatten. Der Mann hatte seiner Frau sogar frech auf den Hintern geklopft, als sie in den Raum gingen, und am Erröten der Dame konnte ich ablesen, dass sie das nicht nur überraschte, sondern auch erfreute.

Dann wird wenigstens ein Zimmer gebührend eingeweiht, dachte ich missmutig und schüttelte sofort den Kopf. Jetzt nur nicht den Glauben daran verlieren, dass dies dein Sommer ist, Donna, mahnte ich mich selbst. Kurz entschlossen zog ich das Handy aus der Gesäßtasche meiner Hose und tippte eine Nachricht an Fred. Ich wartete ewig, aber die Balken wurden nicht blau. Und jetzt? Ich überlegte, ob ich Joanna anrufen sollte, ein Blick auf die Uhr ließ mich den Gedanken jedoch verwerfen. Es war schon spät und sie als Konditorin hatte einen unchristlich frühen Arbeitsbeginn. Also nahm ich meine Wanderung wieder auf, ging noch einmal hinüber in den Anbau, um mich zu versichern, dass die Blumen, die ich dort auf dem Tisch platziert hatte, keine Beine bekommen hatten und jetzt weg waren. Ich strich ein letztes Mal über die Decke, die auf dem Bett lag, und überprüfte, ob auch die Lebensmittel, die ich heute eingeräumt hatte, noch im Kühlschrank waren. Morgen war es endlich so weit. Nach all den Wochen würde meine Tante heimkehren und damit einen weiteren Abschnitt in meinem Leben einläuten. Bis zu ihrer Abreise war sie noch die Herrin im B&B gewesen. Seltsam, was in den wenigen Wochen alles passiert war. Ich fühlte mich mittlerweile wirklich wie die Leiterin der Pension. Und ich konnte nur hoffen, dass Mabel sich ebenso schnell in der Rolle der Nicht-mehr-Chefin einfinden würde.

Als Harry endlich von seinem Treffen zurückkam, saß ich mit einem Buch in der Hand im Wintergarten. Ich war müde und gleichzeitig seltsam nervös und um ehrlich zu sein, hatte ich nur ein paar Sätze gelesen und selbst an die konnte ich mich nicht erinnern. Ich schob meine Nervosität auf Mabels morgige Ankunft und das seltsame Gefühl in meinem Magen gleich mit. Was, wenn sie es doch nicht hinbekam, sich nicht mehr um alles zu kümmern? Was würde ich dann tun? Gehen? Nein, ganz sicher nicht. Ich könnte jederzeit zurück in meine Position als ihre Angestellte, redete ich mir ein. Ich wusste nicht, wo diese Ängste herkamen, schließlich hatte Mabel sehr deutlich gemacht, dass sie es ernst meinte mit der Übergabe. Auf alle Fälle war ich nicht in bester Laune, als ich endlich Harrys Wagen hörte und er kurz darauf zur Tür hereinkam. Er blieb überrascht stehen, als er mich sah, und kam nach einem Zögern zu mir herüber.

»Bist du denn nie müde?«, fragte er sanft.

»Müde schon, aber noch zu aufgedreht. Weil Mabel morgen kommt«, schob ich nach.

Er nickte verstehend.

»Und? Wie war es bei euch? Seid ihr euch einig geworden?« Weil er schon wieder begann, seine arme Stirn zu runzeln, präzisierte ich meine Frage. »Konntet ihr euch auf eine Stelle einigen?«

»Ja und nein. Ich werde nicht nur eine vortragen, sondern eine Auswahl. Verschiedene Passagen, die mehr vom Buch zeigen und richtig Lust machen, die Geschichte zu lesen.« Er klang sehr zufrieden und ich spitzte die Lippen.

»Das klingt gut. Magst du mir davon erzählen? Ich hätte zufällig ein unbenutztes Glas hier stehen und in der Flasche ist noch ein Rest Wein.«

Harry nahm lachend Platz und schlug entspannt die Beine über, während ich ihm eingoss.

»Du hast es dir also gut gehen lassen«, bemerkte er, als ich mein eigenes Glas erhob, um mit ihm anzustoßen.

»Nein, den habe ich eben geholt. Ich muss gespürt haben, dass du bald kommst. Und jetzt erzähl. Ihr habt also etwas ausgesucht.«

»Wir haben mehrere kurze Stellen ausgewählt. Das war Claires Idee. Sie denkt, dass auf diese Art viel mehr von der Geschichte und meinem Schreibstil rüberkommt. Und ich muss sagen, sie hat das gut gemacht. Sie hat die Stellen ausgesucht, die auch meine Lieblingspassagen sind.«

»Claire hat die Texte ausgesucht?«

»Ja. Sie hatte eine ganze Liste mit Textstellen, die sie für geeignet hielt. Sie hat das Buch extra noch einmal gelesen. Und ich muss sagen, sie hat einen guten Blick und ein Gespür für den Text.«

Ich nickte. Gut gemacht, dachte ich beeindruckt.

»Und sie hat mir ein paar Tipps gegeben, wie ich am besten lese. Ich habe ihr sozusagen probevorgelesen.«

Jetzt waren es meine Augenbrauen, die sich überrascht hoben. Das hatte ich nicht erwartet. Ich hatte mich ebenfalls angeboten, mir vorlesen zu lassen, aber er hatte das recht bestimmt abgelehnt und gemeint, dass er erst einmal für sich üben wollte.

»Du hast ihr vorgelesen«, sagte ich dann und kniff die Augen zu. »Du gehst ja voll ran.«

»Es ist ihr Job.«

»Sich vorlesen zu lassen?«

»Solche Events zu organisieren. In Buchhandlungen sind oft Lesungen. Daher hat sie ausreichend Erfahrung und weiß, welche Fehler Neuautoren gerne machen.«

»Und sie will dich davor bewahren. Wie nett von ihr.«

»Claire ist sehr nett«, verkündete Harry ruhig. »Es war ein angenehmer Abend.«

»Und habt ihr nur über die Lesung gesprochen?«

»Nein. Wir haben auch über den zweiten Band geredet. Es gab da eine Stelle, an der ich mir unsicher war.«

»Und das hast du mit ihr besprochen?« Jetzt war ich doch etwas pikiert. »Ich dachte, ich bin deine Muse.«

Harry lachte leise. »Das bist du, Donna. Aber Claire hat einen guten Zugang so solchen Themen. Und sie hat mich auf eine Idee gebracht.«

»Hat sie? Ich hoffe, dass die nicht nur etwas mit deiner Arbeit zu tun hat«, gab ich frech zurück.

Harry ignorierte es.

»Und um was genau geht es? Wie du deinen nächsten Mord planst?«

»Nein. Und die Frage ist geklärt. Du musst dir nicht auch noch Gedanken dazu machen.«

»Aber ich würde es gerne tun. Dann wäre ich wenigstens beschäftigt. Mein Kopf hat sich heute furchtbar gelangweilt, so ganz alleine.«

»Hatte keiner deiner Freunde Zeit, dich zu unterhalten?«

»Nein, die waren wie du alle mit etwas Besserem beschäftigt. Nun ja, wenigstens du hast dich amüsiert. Das hast du doch, oder?«

»Ja, das habe ich.«

Ich sah das entspannte Lächeln und spürte erneut, wie mich Unmut überwältigen wollte. Zum Glück brummte in dem Moment meine Hosentasche. Ich angelte das Handy heraus und sah, dass Fred endlich wieder online war.

Hey Donna,
sorry, war unterwegs und hatte das Ding nicht dabei. Alles klar bei dir? Liegst du schon in deinem neuen Bett und denkst an mich?

Sofort war meine Laune wieder besser und ein Grinsen machte sich auf meinem Gesicht breit.

Erwartest du im Ernst, dass du mich den ganzen Abend ignorierst und ich dir dann diese Frage beantworte?

Klar. Am liebsten mit einem Fotobeweis!

Zufrieden sah ich auf mein Handy und dachte daran, dass ich in der nächsten halben Stunde zwar nicht das bekommen würde, was ich im Endeffekt wollte, aber immerhin einen ganz guten Ersatz. Rasch trank ich mein Glas leer und stand auf.

»Wie schön, dass du einen netten Abend hattest und deine Lesung steht. Ich freue mich darauf. Aber jetzt entschuldige mich, Harry. Ich sollte wirklich langsam ins Bett gehen. Schließlich muss ich morgen fit sein.«

KAPITEL 25

Ein wenig plagte mich das schlechte Gewissen, weil ich nicht ganz ehrlich gewesen war. Anstatt brav ins Bett zu gehen und zu schlafen, tauschte ich nämlich noch eine Stunde lang kleine frivole und auch witzige Nachrichten mit Fred. Aber sie taten mir gut und sie sorgten dafür, dass mein Prickeln wieder etwas Aufwind bekam, und das würde auch Harry guttun, weil ich dann am nächsten Tag munter und voller Elan aufwachen würde.

Trotz der recht kurzen Nacht stand ich sogar noch früher auf als üblich. Ich freute mich von Herzen auf die Rückkehr meiner Tante, konnte aber nicht leugnen, dass ich auch mächtig nervös war. Ich wollte, dass sie hier ein gut gehendes Unternehmen vorfand, und vor allem, dass sie positiv überrascht war von den Veränderungen. Ich fühlte mich wie ein kleines Kind kurz vor der Zeugnisübergabe, das hoffte, dass die Noten gut ausfielen und man ein Lob für das Betragen und die Mitarbeit bekam.

Dann war es endlich so weit und das Taxi mit meiner Tante an Bord hielt in der Auffahrt. Ich hatte mich schon seit einer halben Stunde in der Nähe der Haustür herumgetrieben und eilte sofort in den sonnigen Spätsommertag hinaus, um sie zu begrüßen.

»Donna«, rief meine Tante, kaum dass sie aus dem Wagen gestiegen war. »Du kannst dir nicht vorstellen, wie sehr ich mich freue, wieder hier zu sein.«

»Und ich erst«, gab ich zu und umarmte sie fest. Dann trat ich einen Schritt zurück und musterte sie. »Du siehst gut aus. Richtig erholt.«

Das war kein einfach so dahergesagtes Kompliment. Meine Tante hatte immer gut ausgesehen, aber in den letzten Wochen vor ihrer Kur hatte man ihr das Alter deutlich ablesen können. Mabel war Anfang siebzig und da durfte man ein paar Falten haben, fand ich. Ich hatte mir ehrlicherweise nie Gedanken deswegen gemacht – sie sah halt aus wie meine Tante Mabel. Nun erkannte ich, dass sie zwar immer noch ein paar Fältchen hatte, aber trotzdem jünger aussah. Nicht, weil sie etwas hatte machen lassen, sondern weil ich sie zum ersten Mal erholt sah. Sie war zudem ein bisschen schmäler geworden – wie alle Frauen in der Familie neigte auch sie zu Rundungen. Die hatte sie noch immer, aber eben etwas definierter. Sie sah aus wie meine Tante in einer fitteren und gesünderen Version.

»Das bin ich auch. Ich habe erst gemerkt, wie nötig ich eine Auszeit hatte, als ihr mich dazu gezwungen habt, sie einzulegen.«

»Weil wir dich lieben und nur dein Bestes wollen.« Ich hängte mich übermütig bei ihr ein. »Ach, ich freu mich, dass du wieder da bist. Und ich bin so gespannt, was du gleich sagen wirst.« Ich ließ meinen Blick zum Anbau schweifen.

»Ich auch. Ich kann es kaum erwarten, zu sehen, was hier passiert ist.« Sie tätschelte meine Hand, aber anstatt loszugehen, wanderten ihre Augen zum Meer. Sie atmete tief und lang ein, schloss dabei kurz die Lider und nahm sich Zeit. Zeit, die sie früher nicht gehabt hatte, dachte ich spontan. Dann seufzte sie glücklich, als sie das Wasser betrachtete, das wie zu ihren Ehren heute besonders schön glitzerte. »Wie habe ich diesen Anblick vermisst«, bekannte sie leise.

Einen Moment standen wir schweigend da, Hüfte an Hüfte, und ließen die Ruhe des Wassers auf uns wirken.

»Und jetzt«, verkündete Mabel und klang schon wieder deutlich unternehmungslustiger, »jetzt bin ich bereit, mir anzusehen, was hier passiert ist.«

Beinahe hätte ich angefangen, an meinen Fingernägeln zu knabbern, als wir schließlich vor der Tür zu Mabels neuen Wohnräumen standen und sie entschlossen nickte, dass ich jetzt endlich die Klinke niederdrücken sollte. Irgendwie hatte ich es nie richtig realisiert, dass für die alte Dame ein kompletter Umbruch anstand. Mit klopfendem Herzen öffnete ich die Tür, ließ das Türblatt weit nach innen schwingen und wartete, dass Mabel über die Schwelle trat.

Sie ließ mich nur ein paar Sekunden im Ungewissen, aber diese Zeit war eine echte Gefahr für meine Nägel. Dann aber hatte sie einmal alles abgescannt und ihre Augen trafen meine. Sofort rutschte mir eine Zentnerlast von der Seele – es war ihr anzusehen, dass es ihr gefiel.

»Das ist wunderschön geworden«, sagte sie schlicht und blinzelte. Überrascht sah ich, dass ihre Augen feucht glitzerten. »Noch schöner, als ich erwartet hatte.« Endlich ging sie weiter in den Raum hinein, strich über den Esstisch, die Fronten der kleinen Küche, die es ihr ermöglichen sollte, hier völlig autark zu sein, wenn sie das wollte. Dann schlenderte sie in das Schlafzimmer und betrachtete die dünnen weißen Vorhänge, die vor der gekippten Terrassentür leicht flatterten. Die Tür ins angrenzende Bad stand weit offen. Das Badezimmer meiner Tante war tatsächlich in einem schlichten Design gehalten, wie sie es sich ausgesucht hatte. Ich hatte mir die Freiheit genommen, neue Handtücher zu besorgen und aufzuhängen, und so leuchteten jetzt an den Haltern und auf dem Heizkörper die fröhlich weiß-pink gestreiften Textilien und verbreiteten gute Laune. Die breite, bodenebene Dusche und die Anordnung der restlichen Sanitärobjekte, die ausreichend Platz ließen, um hier sogar mit einem Rollator rangieren zu können, verliehen dem Raum Weite und auch den Hauch von Luxus. Der Art Luxus, hier so lange wie möglich leben zu können, dachte ich und schluckte. Himmel, was hatte ich denn heute für Gedanken!

»Hier werde ich mich wohlfühlen«, meinte Mabel versonnen. »Kannst du dir vorstellen, dass ich all die Jahre mit meinem kleinen Bad vorliebnehmen musste? Klar kannst du, denn das ist jetzt dein kleines Bad.«

»Öhm«, räusperte ich mich umständlich. »Nicht ganz.«

Mabel hob überrascht die Augenbrauen.

»Nick hatte da eine tolle Idee«, sagte ich rasch und schämte mich ein wenig, so feige zu sein und die Sache auf ihn zu schieben. »Und ich fand sie gut und habe sie abgenickt«, fügte ich deshalb an. »Wir haben im Dachgeschoss ein bisschen gezaubert und ganz neue Lösungen gefunden.«

»Da bin ich aber gespannt.« Meine Tante klang nicht vorsichtig, sondern recht munter. »Willst du es mir zeigen?«

»Unbedingt. Soll ich dir erst beim Auspacken helfen? Oder möchtest du dich eine Stunde hinlegen?«

Mabel lachte amüsiert. Als ich dieses Geräusch hörte, entspannte ich mich unwillkürlich. Das laute, etwas raue Lachen meiner Tante war unverkennbar und ein fester Bestandteil von ihr. Und es zeigte mir, dass trotz allem die Frau wieder hier war, die ich kannte und die hierhergehörte. Und die mir freie Hand gegeben hatte und dabei wollte, dass ich das ernst nahm.

»So alt bin ich noch nicht. Und ich bin viel zu aufgeregt. Klar will ich es sehen, und zwar sofort.«

»Das ist unglaublich. Wenn ich mir vorstelle, wie es hier ausgesehen hat, als ich in diesem Raum wohnte …« Mabel sah sich mit großen Augen in ihrem ehemaligen Schlafzimmer um. Dann begann sie plötzlich wie ein Schulmädchen zu kichern. »Nun ja, für mich alte Schachtel wäre das nichts. Stell dir das mal vor, ich hier in diesem Zimmer.« Sie gab mir einen Stoß in die Rippen. »Aber zu dir passt es. Ich wusste, dass Nick dir guttut.«

Ich errötete prompt. »Tja, du hast es richtig erkannt. Er hat mich dazu überredet, mutig zu sein.«

»Ich hoffe, nicht nur, was die Einrichtung deines neuen Zimmers angeht.« Wieder kicherte sie wissend.

»Nein, auch was die Renovierung der Gästezimmer anlangt«, gab ich zu. Ich wusste gerade nicht, was ich schwieriger finden würde. Ihr endlich zu zeigen, was für farbenfrohe Unikate ich aus den einzelnen Räumen gemacht hatte, oder die Anspielung zu verstehen und zugeben zu müssen, dass wir ein bisschen geflirtet hatten. Letzteres wäre mir leichter gefallen, wenn sich der Flirt nicht so festgefahren hätte, dachte ich, ehe ich beschloss, dass ich erst mal mit dem Wichtigsten anfangen sollte. »Eines der fertigen Zimmer ist bewohnt, das andere ist heute Morgen frei geworden und wird nachher wieder bezogen. Das kannst du dir ansehen.«

»Gut«, murmelte meine Tante gedankenverloren und starrte dabei in mein neues Badezimmer. »Du hast das Etagenbad integriert?«

Ich nickte eifrig. »Ja, auch das war Nicks Idee.«

»Und wie hat er es geschafft, in die Zimmer ein vollwertiges Bad zu bekommen?« Sie klang ehrlich neugierig und ich musste noch einmal tief Luft holen.

»Gar nicht. Also kein klassisches Bad. Aber …«

Mabel hob die Hand. »Sag nichts. Überrasche mich einfach.«

Ich nickte und ging eilig voraus zur Tür. Und sprach dabei im Stillen ein sehr inbrünstiges Gebet, dass sie mich nicht gleich für verrückt erklären würde.

»Das ist … genial.« Wieder einmal hatte mich meine Tante ein paar ewig andauernde Sekunden auf die Folter gespannt und erst gründlich die Badewanne angestarrt, die mitten unter dem Fenster des roten Zimmers stand. Dann hatte sie sehr aufmerksam die Wände, das Bett und den ganzen Rest betrachtet, ehe sie sich wieder mit einem absolut gemeinen Pokerface der Wanne zugewandt hatte. Erst jetzt erlaubte sie sich, breit zu lächeln und mich damit zu erlösen. »Wirklich, das ist so clever! Dass mir das nie eingefallen ist.«

»Dann gefällt es dir?«

»Ob es mir gefällt? Es ist besser als alles, was ich mir vorstellen konnte. Werden alle Zimmer so rot sein?«, fragte sie neugierig. Ihr Tonfall hatte dabei einen anderen Klang und erinnerte mich, dass sie eine altgediente Geschäftsfrau war, die sich immer gerne ausgetauscht hatte. Auch diese Frage war völlig wertneutral und keine dezente Drohung, dass ein komplettes Haus voll mit rotem Plüsch dann doch zu viel wäre.

»Nein, wir haben uns überlegt, völlig verschiedene Räume zu machen.« Endlich konnte ich ihr berichten, was wir uns ausgedacht hatten, und ich tat es sehr ausführlich. Sie hörte konzentriert zu, stellte Zwischenfragen und zeigte genau die Begeisterung, die auch mich gepackt hatte. Ich schleppte sie einen Stock tiefer, wo die Arbeiten an zwei der drei Räume beinahe fertig waren und man schon sehr gut sehen konnte, wie das Ergebnis ausfallen würde.

»Das dritte Zimmer hier auf der Etage war noch vermietet, da geht es jetzt erst los. Aber die Arbeiter sind so schnell, das kannst du dir gar nicht vorstellen. Wenn wir hier fertig sind, machen wir im Erdgeschoss weiter. Wir liegen gut im Zeitplan und sollten das Ganze reibungslos über die Bühne bringen. Es reicht immer gerade so, dass wir alle Gäste unterbringen, weil wir zum Glück nie mehr als drei Belegungen gleichzeitig haben. Und sobald diese Etage abgeschlossen ist, wird es noch entspannter. Und ehe wir uns versehen, ist alles fertig.«

Mabel lachte. »Das klingt, als ob es ein einziger Spaß wäre.«

Ich verzog den Mund. »Das ist es natürlich nicht. Ich putze jeden Abend die Treppen. Und es tut mir weh, dass ich so viele Anfragen abweisen muss.« Ich wurde zur Abwechslung ernst. »Aber es wird sich lohnen.«

»Das denke ich auch.« Meine Tante sah mich an und plötzlich glühte ich unter ihrem Blick vor Stolz. »Ich wusste, ich kann dir das zutrauen.«

»Danke. Ich hatte solche Angst, dich zu enttäuschen.«

»Papperlapapp«, entgegnete meine resolute Tante heiter. »Das hättest du nur dann gemacht, wenn es hier so ausgesehen hätte wir früher, nur mit neuen Blümchen an der Wand.«

Kapitel 26

Einmal angefixt, war meine Tante nur zu bereit, sich auch die Pläne für die restlichen Zimmer anzusehen. Nick hatte mir Screenshots seiner Simulationen geschickt, die ich nun meiner Tante zeigte. Dabei überraschte uns Nick, als er zur täglichen Inspektion vorbeikam.

»Nick. Es ist unglaublich, was ihr hier geleistet habt.«

»Mabel. Wie schön, dich zu sehen. Gut schaust du aus.« Er schenkte ihr ein charmantes Lächeln. »Was haben die mit dir gemacht? In einen Jungbrunnen gesteckt?«

Mabel kicherte wie ein pubertierender Teenager. »Ich hätte dich warnen sollen, Donna. Er ist ein Schmeichler.«

»Aber ein guter«, sagte ich großmütig und spürte doch einen kleinen Dämpfer, weil Nick seinen Charme so großzügig versprühte. »Zumindest, was seinen Job angeht.«

Die beiden lachten amüsiert.

»Keine Sorge, sie hat immer in den höchsten Tönen von dir gesprochen«, versicherte meine Tante unserem Handwerker mit einem Zwinkern. »Du hast deine Sache also nicht allzu schlecht gemacht.«

»Ich kann es nur zu gut verstehen, dass eine so hübsche junge Dame wie Donna ein bisschen darüber lächelt, wenn ein alter Kerl wie ich ihr Komplimente macht«, versuchte Nick die Situation zu retten.

Ich fand das nett, denn zumindest klang er so, als meine er das ehrlich. Und ich freute mich über das jung, denn uns beide trennten vielleicht zehn Jahre und kein halbes Jahrhundert.

»Er hat sich bemüht und es recht gut hinbekommen, den Umbau möglichst angenehm zu gestalten«, gab ich deshalb zu und stimmte in das allgemeine Gelächter ein.

»Du warst schon im Anbau?«, fragte Nick jetzt und sah Mabel interessiert an.

Die beiden begannen, sich über die neu gestalteten Räume zu unterhalten, und ich ließ meine Gedanken ein bisschen schweifen. Was nicht gut war, weil sie sofort wieder zu der Frage zurückkehrten, ob ich mich selbst überschätzt hatte und mein Gefühl, dass ich jetzt dran war und das Glück zur Abwechslung mal auf mich wartete, tatsächlich so falsch gewesen war. Nach wie vor weigerte ich mich, das zu glauben, und einmal mehr beschloss ich, dass ich diesen Traum erst dann begraben würde, wenn die ersten Herbststürme über das Land fegten. Und wenn Nick dauerhaft nicht in die Gänge kam, hatte ich ja immer noch Fred, der zumindest in seinen Textnachrichten recht willig klang. Den Gedanken, dass meine spontane Antwort auf ein intimeres Kennenlernen ein Nein gewesen war, schob ich resolut zur Seite.

Wieder einmal war es Harry, der im genau richtigen Moment auftauchte und mich davor rettete, mich dauerhaft diesen unliebsamen Überlegungen zu stellen. Er kam eben zur Tür herein und sah uns im Wintergarten sitzen. Freudestrahlend kam er auf uns zu.

»Mabel! Wie schön, dass du wieder hier bist. Du siehst großartig aus.«

Meine Tante sprang auf und nahm ihn ohne viel Federlesens in die Arme.

»Harry. Wie geht es dir? Hier, setz dich zu uns und erzähl.«

Nick nutzte die Gelegenheit, um aufzustehen und sich zu entschuldigen. »Ich sehe oben nach dem Rechten und bin dann weg, wenn es keine Fragen gibt. Wir sehen uns morgen, Mabel. Donna.« Er machte tatsächlich so eine Art

Verbeugung und schenkte uns nacheinander sein ansprechendes Lächeln, ehe er die Treppen emporstieg.

Meine Tante sah ihm zufrieden nach, dann fasste sie Harry ins Auge. »Was hört man von dir Interessantes? Eine Lesung?«

Harry sah mich überrascht an.

»Was? Sie ist auch ein Fan. Und sie hat jeden Tag nach dir gefragt«, versicherte ich rasch.

Harry nickte erfreut.

»Gratuliere. Ich werde natürlich auch kommen.« Mabel strahlte Harry an. »Wo wirst du eigentlich wohnen, wenn die Renovierung abgeschlossen ist?«, erkundigte sie sich unvermittelt.

Jetzt zuckte Harry ein bisschen zusammen. »Hier?«, fragte er vorsichtig.

»Natürlich hier. Aber in welchem Zimmer? Hast du dir schon eines ausgesucht?«

»Ich dachte, ich werde eines zugewiesen bekommen«, erklärte er bescheiden.

»Er wird das hier bewohnen«, bestimmte ich und zeigte auf das Erdgeschosszimmer, welches er auch bisher hatte. Ich hatte sogar an ihn gedacht, als wir die Innenausstattung planten. Es war das perfekte Zimmer für ihn, ohne Blümchen an den Wänden oder zu viel Plüsch an den Betten. Stattdessen ein ruhiges Konzept aus Grau und hellen Sandtönen, mit einem geradlinigen Bett aus schwerem Holz und einem Badezimmer, das ebenfalls in hellen, neutralen Farben gehalten war und durch die Bambuswandelemente eine ganz eigene Behaglichkeit erhielt.

»Ihr müsst dann natürlich den Preis anheben«, versicherte Harry sofort.

»Wir müssen gar nichts. Stattdessen sollte er auf unserer Gehaltsliste stehen. Er hat mir so viel geholfen und aktuell macht er Fotos für die Buchungsseiten, damit wir unsere neue Pracht bestmöglich präsentieren können.«

Wie erwartet, winkte Harry bescheiden ab. »Das ist keine Arbeit. Es macht Spaß. Zumal die Motive wirklich hübsch sind.«

»Das will ich doch meinen. Obwohl es mir nach wie vor zu denken gibt, dass ich bisher nichts gesehen habe.«

»Das wirst du bald. Morgen bin ich so weit.«

Entzückt klatschte ich in die Hände. »Ich kann es kaum erwarten.«

Den restlichen Abend verbrachten Mabel und ich damit, uns gegenseitig zu erzählen, was wir in den letzten Wochen erlebt hatten. Nun ja, eigentlich redete ich die meiste Zeit und jetzt, da sie endlich Einblick in die Renovierungspläne hatte, auch nahezu nur über dieses Thema. Wir hatten ja regelmäßig telefoniert und wussten somit gut Bescheid, wie es der jeweils anderen ergangen war. Und leider hatte ich nichts zu berichten, was abseits des Umbaus geschehen und bisher noch nicht zur Sprache gekommen war.

»Du machst das gut, Donna. Aber es wurde auch Zeit, dass ich wieder hier bin und dich ab und zu vertrete. Nein, widersprich mir nicht gleich. Ich habe versprochen, mich nicht einzumischen, und daran werde ich mich halten. Aber du bist momentan an die Pension gefesselt. Du solltest dir endlich einen freien Tag gönnen. Ihr habt doch früher regelmäßig Ausflüge gemacht? Das solltest du wieder aufnehmen. Glaub mir, ich weiß, wie schnell dich das B&B komplett vereinnahmt. Irgendwann denkst du, das ist normal. Und noch ein bisschen später merkst du, dass das Leben an dir vorbeigezogen ist und du nicht alles erlebt hast, was du wolltest.«

Nachdenklich sah ich sie an. »Bereust du es? Dass du dich ganz Penrose Cottage verschrieben hast?«

Sie legte die Fingerspitzen aneinander. »Es war meine Entscheidung. Aber es gab Zeiten, da hätte ich mir auch vorstellen können, eine eigene Familie zu haben. Nun ja, es war nicht nur die Pension. Ich war dumm, wählerisch und blind. Ich hatte meine Chance und ich habe sie nicht genutzt.«

Überrascht horchte ich auf. »Das wusste ich nicht.«

Sie lachte leise. »Das wusste keiner. Es gab da einen Mann …« Sie sah einen Moment verträumt in die Ferne. »Aber ich habe zu lange gezögert.« Wieder ließ sie eine Pause entstehen, ehe sie weitersprach. »Tja, vermutlich war er der Falsche, sonst hätte er gewartet. Und ich bedauere es auch nur manchmal. Im Großen und Ganzen bin ich trotzdem auf meine Kosten gekommen.«

Jetzt war ich nicht nur überrascht, sondern richtig baff. Und ein wenig angezählt. Hatte meine Tante mir eben gestanden, dass sie früher ein recht aktives Liebesleben gehabt hatte?

»Es gab da diesen Sommer«, begann Tante Mabel und jetzt wusste ich sicher, dass ich mich gleich ziemlich als Versagerin fühlen würde.

»Meine Tante hatte mehr Männer im Bett als ich«, begann ich ohne Umschweife, als Joanna das Gespräch endlich angenommen hatte.

»Donna?«

»Natürlich ich. Hast du noch mehr Freundinnen, die weniger Abenteuer erlebt haben als ihre Tanten?«

»Sie hat auch ein paar Jahre Vorsprung«, wandte Joanna milde ein.

»Sie hatte ebenfalls einen Sommer!«, entfuhr es mir. »Nur ich habe keinen. Weshalb?«

»Vielleicht, weil du zu verbissen danach suchst?« Joannas Stimme klang sanft. »Im Ernst, Donna. So etwas kann man nicht erzwingen.«

»Du hast gut reden. Du hast Gavin.«

Joanna seufzte und ich tat es ihr nach.

»Und ich gönne ihn dir von Herzen, echt. Es ist nur so, dass ich das selbst auch gerne haben würde.«

»Ich weiß.«

»Liegt es an mir? Bin ich zu viel?«

Ich hörte, wie Joanna scharf die Luft einzog. »Nein, das bist du nicht. Und wehe, du lässt dir so etwas einreden. Wie kommst du auf diesen Gedanken?«

Ich zuckte die Schultern, auch wenn meine Freundin das nicht sehen konnte. »Keine Ahnung. Irgendwie habe ich gerade ein kleines mentales Tief, fürchte ich.«

»Und was kann ich tun, um dich da rauszuholen?«

Ich musste unwillkürlich lächeln. Joannas Stimme klang ehrlich besorgt und voller Empathie.

»Das hast du schon getan, einfach nur, weil du gefragt hast. Du hast recht, ich werde mich jetzt nicht wieder kleinmachen und mir einreden, dass mich kein Mann je wollen wird. Es macht mich nur verrückt, dass ich so lange warten muss.«

»Wie wäre es, wenn wir die Wartezeit überbrücken? Hast du Zeit? Dann komme ich jetzt einfach bei dir vorbei und wir setzen uns eine Weile in den Garten und quatschen.«

»Um diese Zeit? Musst du morgen nicht arbeiten?«

»Doch, aber das ist kein Grund. Wir haben uns viel zu lange nicht mehr gesehen. Hol schon mal die Gläser, ich mache mich sofort auf den Weg.«

KAPITEL 27

Wer braucht schon einen Kerl, wenn er so eine Freundin hat?, dachte ich ein paar Stunden später. Joannas Besuch hatte mir gutgetan und es hatte nicht lange gedauert, bis wir laut lachend im Garten saßen. Vor allem aber hatte ich meine positive Einstellung zurück und beschlossen, dass ich mich wieder ein bisschen aus meiner Komfortzone herauswagen würde. Schließlich hatte ich mir versprochen, nicht länger still abzuwarten, und mit dem Speeddating einen ganz guten Start hingelegt, selbst wenn es am Ende nicht wirklich zielführend gewesen war. Aber dann war ich einmal mehr in die Rolle der Wartenden gerutscht. Das würde ich ändern und vor allem weiterhin mit offenen Augen durch die Welt gehen. Und schließlich hatte der Wetterdienst erst heute versichert, dass wir dieses Jahr einen sehr langen Sommer haben würden und der Herbst in absehbarer Zeit keine Chance hatte. Wenn das kein Omen war, dachte ich rebellisch und krempelte meine metaphorischen Hemdsärmel auf. Und schrieb sicherheitshalber eine Nachricht an Jakob, dass nächste Woche Harrys Lesung anstand und wir uns freuen würden, wenn auch er Zeit hätte, um unseren Freund zu unterstützen.

Ich sah den nächsten Tagen daher gut gelaunt und motiviert entgegen. Man muss sich einfach manchmal selbst den Kopf zurechtrücken und nach links und rechts sehen. Klar, es gab meistens etwas, das man in seinem Leben optimieren könnte oder sich anders wünschte. Aber ich hatte eigentlich keinen Grund zum Klagen. Mabels Rückkehr gestern hatte mir das einmal mehr deutlich gemacht. Im Ernst, was war ich für ein Glückskind? Mit solch einer Tante gesegnet zu sein, die mir einfach mal vertraute, mich machen ließ, mir ihr Lebenswerk in die Hände legte. Und dann Joanna, die einen netten Abend mit Gavin gegen ein Treffen mit mir eingetauscht hatte, nur um mich aufzumuntern. Ich hatte so viel Liebe und Freude in meinem Leben, einen Job, den ich mit Herzblut machte, ein Zuhause, das traumhafter nicht sein könnte. Nein, ich hatte absolut nichts zu klagen und deshalb würde ich auch nicht damit anfangen, nur weil ich nicht innerhalb weniger Wochen einen Mann gefunden hatte. Und wenn es ganz dumm lief, dann gab es nächstes Jahr erneut einen Sommer, dachte ich trotzig und machte mich an das Tagwerk.

Ein paar Stunden später überfiel mich ein richtig schlechtes Gewissen, weil ich in meiner Aufzählung, was ich in meinem Leben alles hatte, einen ganz entscheidenden Menschen vergessen hatte: Harry. Mein stiller Freund, der sich immer so zurücknahm und nie in den Mittelpunkt spielte, gehörte nicht nur ebenfalls dazu, sondern ganz an die Spitze, wie mir gerade wieder klar wurde. Er hatte sich tagsüber etwas rargemacht, was absolut in Ordnung ging, schließlich hatte er einen Job und übte immer noch, wie er seinen Text am besten vorlas. Seltsamerweise vermisste ich ihn und seine Kamera beinahe, weil beides in den letzten Tagen irgendwie zu einem Bestandteil meines Lebens geworden war. Harry hatte seinen Job mehr als ernst genommen und mittlerweile dürfte es kaum eine Tätigkeit geben, bei der er mich nicht fotografiert hatte. Ich hatte sicherheitshalber direkt ein Veto eingelegt, dass ich keine Bilder im Internet sehen wollte, auf denen ich die Treppe wischte oder ein Badezimmer schrubbte. Harry hatte dies natürlich sofort versprochen und mir dann versichert, dass er diese Aufnahmen nur gemacht hatte, um mich an die Kamera zu gewöhnen. Ich wusste, was er meinte – ich neigte leider dazu, mich in die seltsamsten Posen zu verrenken, wenn er durch den Sucher blickte. Es mag zwar bei den ganzen Promis toll aussehen, wenn sie mit überkreuzten Beinen und seltsam verdrehten Hüften in die Linse lachen, aber bei mir sah es leider meist nach schiefgegangener Gymnastik aus. Irgendwann hatte ich es aufgeben, weil man kein Gästehaus führen konnte, solange man ständig bemüht lächelnd seine Knochen verdrehte und den Kopf wie eine Schildkröte nach vorne reckte, um möglichst wenig Speck am Kinn zu haben, und Harry hatte zufrieden versichert, dass er jetzt endlich die Bilder bekommen würde, die er brauchte.

An diesem Abend sollte es schließlich so weit sein, dass ich diese Aufnahmen zu Gesicht bekam. Ich war seltsam nervös, weil er so lange eine so große Sache daraus gemacht hatte, was ich ihm aber nicht gestand. Stattdessen nickte ich cool, als er fragte, ob wir uns zusammensetzen und seine Arbeit begutachten wollten. Ich stellte sicherheitshalber eine Flasche Wein neben die Wasserkaraffe und sah ihn neugierig an, als er mit dem Laptop unter dem Arm zu mir trat.

»Jetzt bin ich aber gespannt«, gestand ich und verzog den Mund. »Ich hoffe, du hast schon alles gelöscht, was ganz gruselig war.«

»Was sollte denn gruselig gewesen sein? Ich habe nur das Haus und dich fotografiert.«

»Eben«, feixte ich und rückte meinen Stuhl etwas dichter neben ihn. »Es tut meinem Selbstwertgefühl nicht gut, wenn ich auf den Bildern zu dick aussehe. Ich will das lieber nicht sehen und mir weiterhin vorstellen, dass ich jederzeit so aussehe wie in dem Moment vor dem Spiegel, wenn ich den Bauch einziehe.«

»Ich weiß zwar nicht, wie du dich selbst im Spiegel siehst«, begann Harry vorsichtig. »Aber auf den Bildern kommst du super rüber.«

»Dein Wort in Gottes Ohr. Und jetzt zeig her.«

Harry zögerte. »Zuvor muss ich dir etwas gestehen«, begann er.

»Ich hab es doch gewusst! Du musstest drei Viertel der Aufnahmen löschen und den Rest retuschieren!«

»Himmel, Donna! Wieso hackst du ständig darauf herum? Wieso traust du mir nicht, wenn ich sage, dass du auf jeder einzelnen toll aussiehst?«

Ich schluckte und nickte dann stumm, um ihn endlich sein Anliegen vorbringen zu lassen. Und um ein Tränchen wegzublinzeln, als er nicht hinsah, weil er einfach zu gut war und ich ihn wirklich mochte für seine unaufgeregte Art, mit der er immer wieder mein Selbstwertgefühl polierte.

»Also«, begann Harry erneut und dieses Mal zwang ich mich, die Klappe zu halten und nur zu lächeln. »Ich habe die Bilder vorsortiert. Und sie direkt mal eingebaut. Also nur probeweise. Das ist natürlich noch nicht fertig und wenn es dir nicht gefällt, dann sag es ruhig. Es ist einfach ein Konzept und …« Er rieb sich nervös über den Nacken.

»Du hast sie eingebaut? Wo denn? Auf den Seiten, bei denen unsere Pension gelistet ist?«

»Nein. Das würde ich nie tun ohne deine Erlaubnis. Aber wir haben doch bereits über eine eigene Website gesprochen. Ich denke, dass das wirklich wichtig ist.«

»Aber ich habe keine Website. Ich weiß, ich wollte das angehen, aber …«

»Deshalb habe ich einfach mal eine gebastelt.«

»Du hast eine Website gemacht? Einfach so nebenher?«

Er zuckte die Achseln. »Ich war in der IT. Das ist kein Hexenwerk. Und wie gesagt, du musst das nicht nehmen. Aber ich hatte eine Idee und wollte sehen, wie es wirkt.«

Erneut nickte ich und stieß die Luft aus. »Du bist echt unglaublich. Dann zeig mal her. Jetzt bin ich wirklich gespannt.«

»Er hat einfach mal so eine Website gebastelt«, flüsterte ich kurz darauf. Ich schwankte gerade zwischen Fassungslosigkeit und Ausflippen. Und zwar nicht, weil ich es anmaßend oder übergriffig fand, dass er das getan hatte, sondern weil das Ergebnis so unfassbar war. Das hier war nichts, was ich als zusammengebastelt tituliert hätte. Und ja, ein wenig war ich auch überrascht, wie cool das Design war. Ich hatte immer gedacht, ich wäre die Bunte, Moderne und – nun ja – Coole unter uns. Und jetzt kam Harry daher und präsentierte mit einem scheuen Lächeln eine Website, wie sie eine teure Agentur nicht besser hätte machen können. Und das mit einem Gesicht, auf dem deutlich abzulesen war, dass er jederzeit mit Kritik rechnete.

»Ich habe versucht, mich in dich zu versetzen«, versicherte er eifrig. »Ich habe mir überlegt, was zu dir passt und wie du das machen würdest. Damit meine ich die Farben und den Aufbau«, erklärte er mir. »Und dann habe ich darüber nachgedacht, was wir vermitteln wollen. Und ich denke, dass wir dabei bleiben sollten, dass es sich um ein B&B handelt. Deshalb wollte ich herausstreichen, dass man hier nicht so anonym wie in einem Hotel lebt.«

Ich nickte, noch immer sprachlos.

»Das ist auch der Grund, weshalb ich Bilder von dir haben wollte. Du bist die Seele des Hauses und jemand, bei dem man sich einfach wohlfühlt. Mehr Gast kann man nirgends sein als bei dir.«

Ich schluckte und griff nach seiner Hand, um sie zu drücken. »Danke«, sagte ich leise.

»Tja, und das ist das Ergebnis. Damit können wir arbeiten, wenn du willst. Ich kann das Design ändern und die Farben anpassen. Ich kann auch die Bilder tauschen und …«

Jetzt musste ich ihm doch wieder ins Wort fahren.

»Ich hätte nie gedacht, dass ich das mal zu dir sage, aber: Sei einfach still und lass mich das ansehen.«

Harry gluckste leise, dann schob er mir die Maus zu.

»Dann los. Klick dich durch. Ich werde mich in Schweigen üben.«

Grinsend gab ich ihm einen Stoß in die Seite und griff nach der Maus. Aber anstatt gleich durch die einzelnen Unterseiten zu scrollen, nahm ich mir die Zeit, die Startseite in Ruhe zu bestaunen. Da war Penrose Cottage, im strahlenden Sonnenschein bildhübsch anzusehen. Da war der Garten, der Blick auf das Meer. Ich war fasziniert, weil er die Schönheit und die Atmosphäre so perfekt eingefangen hatte. Da war unser Lieblingstisch und dort ein Blick in den Wintergarten. Man bekam direkt eine Übersicht über die schönsten Stellen, und das eingebettet in kurze, aber wunderschön formulierte Sätze. Nichts daran war reißerisch oder übertrieben anbiedernd. Es klang einfach nur wahr und schön und ehrlich, wie Harry das Haus und den Garten beschrieben hatte.

Dann kam die Unterkategorie Zimmer, die noch recht mager war. Und doch bekam ich Herzklopfen, weil die Fotos, die dort zu sehen waren, unsere neuen Zimmer noch schöner, außergewöhnlicher und attraktiver präsentierten, als ich das erhofft hatte. Dennoch war es nicht so, dass man später eintraf und ernüchtert feststellte, dass die Perspektive auf den Internetbildern sehr vorteilhaft gewesen war und das großzügige Zimmer in Wahrheit einem besseren Besenschrank glich. Es sah echt aus, und das begeisterte mich. Und ja, auch die Badewannen setzten mich in Verzückung, denn sie sahen so modern und verlockend aus, dass niemand auf die Idee kommen würde, dass sie in Wirklichkeit ein Notbehelf gewesen waren.

»Harry, das ist unglaublich toll«, lobte ich endlich leise.

»Danke.« Ich konnte hören, dass er sich aufrichtig freute, und sah kurz zu ihm rüber. Sein Gesicht strahlte und seine Augen leuchteten. Ich lächelte ihn spontan an, ehe ich mich wieder auf den Computer konzentrierte.

Dann kam die Rubrik Frühstück, in der nicht nur Bilder des Essens zu sehen waren, sondern auch der Wintergarten mit seinen weit geöffneten Türen und dem Blick in den Garten. Die kleine Bibliothek war ebenso zu finden wie die beiden Sesselgruppen, die als Rückzugsort dienten. Natürlich gab es ein tolles Foto des großen, schön eingedeckten Tisches, der auf die Gäste wartete. Und zum ersten Mal auch ein Bild von mir. Ich stand hinter der Kücheninsel, vor mir der frische Obstsalat, den ich morgens schnippelte. Man sah, dass ich eben erst mit der Arbeit fertig geworden war und überrascht den Kopf angehoben hatte. Auf meinem Gesicht lag ein breites Lachen. Ich erinnerte mich, dass Harry etwas gesagt hatte, worüber ich mich erheiterte. Und ich erkannte selbst, was Harry mir immer wieder versichert hatte, nämlich dass ich aussah wie ich selbst, fröhlich und strahlend und ein wenig rundlich, aber auf eine eher nebensächliche Art.

Auch auf den Bildern im Wintergarten war ich ab und an zu sehen und auch hier gefiel mir jedes auf Anhieb. Es hatte sich also gelohnt, so viele Aufnahmen zu machen und ihm zu vertrauen.

Zuletzt gab es noch eine Sparte, die Ihre Gastgeber hieß. Das hatte ich mir aufgespart, weil ich hier die meisten Bilder von mir vermutete. Und ich hatte recht. Da war noch eines in der Küche, dieses Mal stand ich mit einem Korb frischer Brötchen da. Dann war da eines, das mich beim Arrangieren der Blumen auf dem Treppenabsatz zeigte, und ein weiteres im Garten, wo ich gerade eine Lampe auf dem Tisch abgestellt hatte. Jedes einzelne war toll und sah aus, als wäre es von einem Profi gemacht worden. Aber am besten gefiel mir das Bild, das ganz oben war und mich vorstellte. Es musste eines der ersten gewesen sein, die er aufgenommen hatte. Damals im Garten, unter dem Apfelbaum. Das Licht war beinahe magisch, weich und warm. Orange und golden umhüllte es mich und ließ mein Haar glänzen. Ich weiß nicht mehr, was ich in diesem Moment gedacht hatte, aber es musste etwas wirklich Schönes gewesen sein, denn mein Lächeln war so echt und glücklich, meine Augen strahlten so, dass es mir einen Moment die Sprache verschlug.

»Aber hier hast du mit einem Filter getrickst«, sagte ich endlich. »Meine Haut strahlt sonst nicht so und ich habe ja kaum Falten und …«

»Donna, ich habe nicht getrickst. Das hier bist du, wie ich dich jeden Tag sehe. Wie dich deine Gäste erleben. Also hör endlich auf, ständig an dir herumzunörgeln. Sag mir lieber, wie dir mein Entwurf gefällt und ob du dir vorstellen kannst, dass wir diese Seite irgendwann online stellen.«

KAPITEL 28

Ob wir die irgendwann online stellen würden, fragte er. Ich unterdrückte ein Seufzen und ebenso die erneute Bekundung, dass es keinen besseren Freund als Harry geben konnte. Im Ernst, wir waren so langsam in einem Stadium angekommen, in dem ich mir mein Leben ohne diesen Mann nicht mehr vorstellen konnte. Ich besprach mich mit ihm, bekam von ihm Rat, Trost und auch immer wieder Zuspruch. Wir frühstückten gemeinsam, aßen zusammen zu Abend, da ich es stets etwas schade gefunden hatte, nur für mich zu kochen, und er hier ja nur ein Zimmer ohne Kochgelegenheit hatte. Es war doch nur natürlich, dass wir uns unter diesen Umständen zusammentaten. Wir saßen abends beieinander und wir hatten denselben Freundeskreis. Er war wie ein Ehemann ohne die Extravergnügen, die ein solcher normalerweise mitbrachte. Wieder einmal schoss mir der Gedanke durch den Kopf, dass Harry ein Hauptgewinn sein könnte – wenn er nicht Harry wäre. Noch nie hatte ich einen Menschen gekannt, der so stark den Eindruck vermittelte, dass er für ein Techtelmechtel nicht infrage kam. Anfangs war es seiner Distanz geschuldet gewesen, überlegte ich. Er hatte eine ungeheure Scheu, sich auf jemanden einzulassen, und baute durch sein ganzes Auftreten immer wieder Mauern auf, die dafür sorgten, dass ihm unbekümmerte Menschen wie ich nicht zu dicht auf die Pelle rückten. Wobei es in meinem Fall nicht geklappt hatte, wie man wusste. Zudem war Harry der einzige Mann, den ich kannte, der sich noch nie über eine Frau geäußert hatte. Kein Die sieht aber gut aus oder

Na, der würde ich auch gerne mal einen Drink ausgeben. Er war so mit sich selbst zufrieden und strahlte immer irgendwie den Wunsch aus, alleine zu sein. Und dazu kam, dass er sich auch sonst nie in den Vordergrund drängte. Mit seinen Jeans und schlichten Hemden, die man unbesorgt zehn Jahre lang tragen konnte, weil weiße oder hellblaue Hemden ja nie aus der Mode kamen, war er das genaue Gegenteil zu meinen farbenfrohen Looks. Jetzt allerdings saß ich hier und hatte plötzlich das Gefühl, ihn zum ersten Mal zu sehen. Ja, ich hatte ihm Unrecht getan, wenn ich dachte, Harry wäre eine so alltägliche, langweilige Erscheinung, dass er einfach mit dem Hintergrund verschmolz. Seine Augen, das Einzige an ihm, das mich immer schon fasziniert hatte, schauten wieder so geheimnisvoll und gleichzeitig intensiv, dass ich beinahe rot wurde unter seinem Blick. Mit voller Wucht traf mich die Erkenntnis, dass ich zwar immer noch nicht die große oder zumindest die kleine, aber aufregende Liebe gefunden hatte, dafür allerdings etwas, was vielleicht noch kostbarer war: einen Freund, den ich unglaublich schätzte und auf den ich mich blind verlassen würde.

»Du bist der beste Freund, den man sich wünschen kann«, rutschte es mir jetzt doch heraus. Ich war erstaunt, wie rau meine Stimme klang. »Wirklich, Harry, ich will, dass du das weißt. Ich bin echt dankbar, dass du mir solch ein guter Freund bist.«

Er nickte, wie stets, wenn es ihm zu gefühlsduselig wurde.

»Versprich mir, dass du das bleibst. Egal, was in unserem Leben noch passiert und wen wir kennenlernen. Wir werden das, was wir haben, bewahren und schützen, ja?«

»Natürlich«, versicherte er ruhig.

»Danke.« Ich konnte mich nicht bremsen und tätschelte einmal mehr seine Hand. Dann straffte ich mich und blickte wieder zum Bildschirm, auf dem noch immer mein

Bild prangte. Daneben stand der Text, den Harry hinterlegt hatte.

Donna Penrose leitet das Penrose B&B in zweiter Generation. Ihre ganze Leidenschaft gilt dem Familienunternehmen, in dem seit vierzig Jahren aus Gästen Freunde werden. Sie ist die Seele des Hauses und eine Meisterin in der Kunst, aus einem Zimmer ein Zuhause zu machen.

Ich las die Zeilen noch einmal und schüttelte den Kopf.

»Das bleibt aber nicht so stehen, oder? Ist das nicht ein wenig übertrieben?«

»Es ist deine Entscheidung.«

»Wie kommst du nur auf solche Formulierungen?«, fragte ich kopfschüttelnd. »Das ist ja fast poetisch und geht mächtig ans Herz.«

»Es ist einfach das, was ich empfunden habe, als ich hier ankam. Und ich bin mir sicher, dass ich nicht der Einzige bin, der das so erlebt.«

»Das ist das schönste Kompliment, das ich je bekommen habe.« Ich war schon wieder kurz davor, rührselig zu werden, und beschloss, dass es für heute damit genug war. »Das ist der Hammer und ich werde dich natürlich dafür entlohnen und dir auf ewig dankbar sein. Wir werden dann also nach und nach die anderen Bilder hinzufügen, sobald die Zimmer fertig sind?«

Harry nickte.

»Und dann kann ich das einfach online stellen und bei Bedarf etwas ergänzen oder rausnehmen?«

Wieder nickte Harry. »Ich würde warten, bis alles fertig ist. Wenn wir von allen Zimmern Bilder haben, können wir sie hochladen. Und ich mag die Idee immer noch, einen ganzen Jahreszyklus zu machen. Hier ist es auch im Winter schön, und das werden wir zeigen.«

Jetzt war es an mir, zu nicken. »Und ich bekomme einen Crashkurs, wie ich das dann mache?«

»Natürlich. Ich werde dich zudem darüber aufklären, welche Kosten auf dich zukommen. Was das Rechtliche angeht, muss man ebenfalls einiges beachten, aber auch da kann ich dir alles sagen, was du wissen musst. Und ich bin ja nicht aus der Welt. Ich kann vorerst die Pflege der Seite übernehmen, ich mache das gerne.«

»Ich sag es ja, du bist einfach der Beste. Ganz lieben Dank.« Ich feixte ein wenig, um die Stimmung endgültig etwas leichter zu machen. »Tja, dann wäre es jetzt an der Zeit, mir auch die restlichen Bilder zu zeigen. Du hast es versprochen, dass ich die sehen darf, und gerade geht es mir so gut, dass ich auch ein paar weniger vorteilhafte Schnappschüsse locker wegstecken kann.«

Überraschenderweise musste ich so gut wie nichts wegstecken. Auf den Bildern der Räume sowieso nicht, aber auch die, die mich zeigten, waren gelungen. Staunend betrachtete ich eines nach dem anderen und mit jedem stieg meine gute Laune. Natürlich war mir klar, dass Harry clever genug gewesen war, die wirklich schlechten vorher auszusortieren, aber es erstaunte mich, wie viele am Ende übrig waren. Dann kam eine Serie, die mich gleichermaßen begeisterte und berührte. Es waren die Bilder aus dem Garten mit dem magischen Licht und dem glitzernden Meer im Hintergrund. Auf diesen jedoch hingen meine Arme locker an mir herab und ich stand lässig unter den Zweigen. Am meisten überraschte mich aber mein Gesicht. Da war nicht das breite, durchaus ansprechende Grinsen, das ich automatisch aufsetzte, wenn ich eine Kamera auf mir spürte. Stattdessen lag ein leichtes Lächeln auf meinen Lippen und meine Augen sahen schräg über die Kamera hinweg. Was ich ansah, wusste ich nicht, aber ich schien es zu mögen. Man sah es wirklich in meinen Augen, dass ich in diesem Moment ganz gelöst, zufrieden und glücklich war.

»Wie hast du die denn gemacht? Das habe ich gar nicht mitbekommen.«

Harry lachte verlegen. »Mit dem Funkauslöser in der Hosentasche. Als wir uns unterhalten haben, wie schön es hier ist und dass der Ausblick auf das Meer einfach wohltuend ist.«

»Du hast mich reingelegt«, stellte ich lachend fest.

»Es war zu verlockend. Das Licht war so grandios und du hast so schön ausgesehen, als du da standest.«

Einmal mehr musste ich schlucken. »So kenne ich mich gar nicht«, stellte ich dann fest. »Ich sehe so leise aus auf diesen Bildern.«

Harrys Schmunzeln zeigte mir, dass er mich verstand.

»Ich wollte unbedingt auch diese Seite deines Wesens einfangen. Du bist zwar die verrückteste Person, die ich kenne, aber du bist außerdem voller Empathie, Mitgefühl und Zuneigung. Deshalb sind das meine Lieblingsbilder. Weil sie die Donna zeigen, die nicht zu jedem und allem einen lockeren Spruch auf den Lippen hat. So siehst du aus, wenn du mich anschaust und dabei auch wirklich siehst.«

Jetzt hatte Harry es doch geschafft, die Stimmung zu kippen.

»Klar sehe ich dich. Wie auch nicht, du lebst praktisch mit mir zusammen.«

»Richtig.«

»Komm schon, Harry. Wir sind fast wie ein altes Ehepaar. Vielleicht sogar ohne das fast, denn bei den meisten läuft vermutlich auch nichts mehr.« Ich zwinkerte ein wenig zu übertrieben. Ich wusste nicht, weshalb ich plötzlich so bemüht war, dass wir nicht zu rührselig wurden. Normalerweise hatte ich nichts dagegen, auch mal ernst zu sein. Aber gerade jetzt schien es mir kein guter Moment dafür zu sein. Seine Dankbarkeit war mir peinlich und irgendwie tat es mir auch weh, dass er sich wieder einmal so kleinmachte. Wie konnte dieser Mann auf der einen Seite so stark sein und auf der anderen ständig denken, dass ihn jeder übersah, dass niemand besonderen Wert auf seine Gegenwart legte? Es war höchste Zeit, dass man ihm das Gegenteil bewies, fuhr es mir durch den Sinn. Dass er endlich mal mitbekam, dass die Leute sich darüber freuten, ihn zu kennen, und dass sie ihn als Menschen schätzten. Andere Leute als ich, ich sagte ihm das ja oft genug. Ja, es war höchste Zeit, dass Harry aus dem Schatten trat und erfuhr, was das Leben ihm zu bieten hatte, wenn er es endlich mal zuließ. Und ein letztes Ja, ich wollte plötzlich unbedingt, dass das passierte. Dass dieser letzte Zweifel aus seinen Augen radiert wurde. Ich wollte, dass er glücklich war, und ich würde mein Möglichstes tun, um ihm dabei zu helfen.

Kapitel 29

In den nächsten Tagen geisterte Harry erstaunlich hartnäckig durch meine Gedanken. Wie vielschichtig dieser Mann und unsere Freundschaft waren. Jetzt kannte ich ihn schon so lange und dennoch schaffte er es immer noch, mich zu überraschen. Seltsamerweise nicht mit coolen Sprüchen, sondern einzig mit seiner Mimik, mit seinen Augen, die so viel mehr sagten als der schweigsame Kerl selbst mit seinen spärlichen Kommentaren. Ich genoss es noch bewusster, wenn wir miteinander plauderten. Sogar seine Unterweisungsstunden, die er sofort angesetzt hatte und in denen er mir alles Mögliche über Websites, Hosting, Domains und Datenschutz erklärte und von dem ich teilweise nur so tat, als hätte ich es kapiert, machten mir Spaß. Ich wusste, dass er im Zweifelsfall für Rückfragen da sein würde, und ich vertraute ihm blind, dass er den jeweils besten Anbieter auswählen würde.

»Kommst du überhaupt noch zum Schreiben?«, fragte ich, als er sich eine Notiz machte, dass er sich um einen Preis-Leistungs-Vergleich kümmern wollte.

»Natürlich.«

»Und? Hat Kommissar Dave schon eine Frau kennengelernt?«

Harry hüstelte. »In der Tat, das hat er.«

»Echt? Und? Wer ist sie? Wo haben sie sich getroffen? Wie sieht sie aus?«

»Das wirst du dann lesen«, wich er aus und sah angestrengt auf den Bildschirm.

»Ich will es aber jetzt wissen. Es ist doch irgendwie, als wären es Freunde von uns, oder? Da würde man es auch sofort wissen wollen.«

»Du ganz sicher«, kommentierte er lax.

»Weil es doch toll ist, wenn sich im Leben eines Freundes etwas Schönes ereignet. Ich freue mich dann mit und bin vielleicht ein ganz klein wenig neidisch, weil es nicht mir passiert.« Ich feixte vielsagend zu den letzten Worten, damit klar war, dass ich das als Scherz gemeint hatte. »Deshalb bin ich auch so neugierig, wie es bei dir läuft. Weil ich mich da besonders mitfreue«, plapperte ich, ehe ich darüber nachdenken konnte. Ich überlegte kurz, ob mir das jetzt wirklich peinlich war oder aus welchem Grund meine Wangen plötzlich so warm wurden. Vor Aufregung, entschied ich, weil es der Knaller wäre, wenn Harry nicht nur beruflich sein Glück fände. »Von daher …, wenn es etwas Neues gibt, dann halte mich auf dem Laufenden. Es ist für uns beide einfacher, wenn du es freiwillig berichtest und ich nicht tausendmal nachfragen muss. Außerdem ist es nur fair. Ich erzähle dir schließlich auch, wie es bei mir läuft.«

»Leider«, murmelte Harry, aber nicht leise genug, dass ich es nicht verstehen würde.

»Wieso leider?« Ich stemmte meine Hände in die Hüften und funkelte ihn an. »Willst du nicht, dass ich glücklich bin?«

»Doch. Ich wünsche dir sogar alles Glück der Welt.«

»Aber?«

»Aber ich weiß nicht, ob du auf dem richtigen Weg bist«, gestand er und sah endlich vom Bildschirm auf. »Du wirkst in letzter Zeit etwas getrieben, wenn ich das sagen darf.«

»Und was soll das heißen? Ich habe nun mal einiges zu tun und Pläne, die ich umsetzen will.«

»Um jeden Preis, wie es scheint.«

»Harry …«, begann ich warnend, aber zum ersten Mal war er es, der mir einfach ins Wort fiel.

»Es geht mich nichts an, aber bist du dir nicht zu schade dafür, hinter all diesen Kerlen herzulaufen?«

»Was?«

»Im Ernst, Donna. Kaum taucht ein neuer Typ auf, bist du Feuer und Flamme. Und du beginnst sofort, dir alles Mögliche auszumalen und …«

»Und was? Was ist daran denn plötzlich so schlimm? Ich bin ungebunden und niemandem Rechenschaft schuldig. Ich kann so vielen Typen hinterherrennen, wie ich will. Und ich male mir nicht alles Mögliche aus. Ich bin nur offen für alles, was passieren könnte. Im Gegensatz zu dir! Nur weil für dich jede persönliche Beziehung eine Herausforderung darstellt. Ja, es ist so. Ich will etwas erleben. Andere gehen jede Woche mit einem neuen Typen ins Bett, nur weil sie Lust dazu haben.« Plötzlich waren das ganze Wohlwollen und all meine freundschaftlichen Gefühle weg. Stattdessen fühlte ich mich beinahe schmutzig, obwohl ich rein gar nichts getan hatte, was diese Empfindung rechtfertigen könnte. Seltsam, denn auch früher schon hatte Harry angedeutet, dass er einen leichten Lebenswandel nicht toll fand, aber da hatte ich easy darüber lachen können.

»Und deshalb willst du es ebenfalls tun? Weißt du, was ich immer an dir bewundert habe? Dass du nichts darauf gibst, was andere sagen und denken. Dass du dein Ding gemacht hast und nur du selbst sein wolltest.«

»Und das bin ich jetzt nicht mehr? Wieso kann ich nicht einfach auch mal eine unverbindliche Nacht haben wollen? Weil du mich dann nicht mehr bewundern kannst? Oder weil ich dann nicht mehr die fröhliche, immer verfügbare Donna bin, die sonst niemanden hat und froh ist, wenn sie mit dir abends ein Glas Wein trinken darf und dich dafür bespaßt?«

Die Worte waren noch nicht heraus, als ich mich bereits dafür schämte. Was war nur plötzlich mit mir los? Der Sommer meines Lebens, diese fixe Idee, war beinahe zu Ende und ich hatte immer noch nichts getan, nichts erlebt, was ich nicht auch in jedem blöden Sommer davor erlebt hatte. Das zerrte an meinen Nerven und an meinem Selbstbewusstsein, aber das war kein Grund, so gemein zu Harry zu sein.

»Du musst mich nicht bespaßen«, antwortete Harry tonlos. »Es tut mir leid, wenn ich den Eindruck vermittelt habe, das zu erwarten.«

»Nein!« Ich sah ihn flehend an. »Das kam jetzt ganz falsch an. Es tut mir leid, Harry. Das war gemein und blöd. Ich bin gerne mit dir zusammen, das weißt du. Du bist …«

»Dein bester Freund, der dir immer hilft«, ergänzte er sachlich. »Und das werde ich bleiben. Aber das heißt nicht, dass ich alles toll finde, was du tust.«

»Okay«, sagte ich lahm. Sein Blick machte mich gerade fertig. Seine Augen, die mich schon immer so gefesselt hatten, waren auch jetzt sehr mitteilsam. Aber zum ersten Mal fand ich darin nicht unabdingbare Zuneigung und Verständnis, sondern eine Distanz, die dort nie gewesen war.

»Denk einfach mal drüber nach, was dir wirklich wichtig ist«, riet mir Harry und tat etwas, was er sonst kaum machte. Er legte mir eine Hand auf meinen Arm und sah mir dann in die Augen. »Das ist alles, was ich dir eigentlich sagen wollte.«

Auch wenn Harry sich bemühte, einen versöhnlichen Schlusspunkt zu setzen, fühlte es sich nicht so an. Ich war verletzt, weil er mich kritisiert hatte, und eingeschnappt, weil er mir zu verstehen gegeben hatte, dass er nicht mochte, was ich tat. Diese Rückmeldung bekam ich auch sonst gelegentlich und in diesen Fällen reagierte ich nie so krass. Harry hatte recht, normalerweise gab ich nicht viel auf das, was andere denken könnten oder tatsächlich dachten. Ich hatte mir das hart erarbeitet. Und jetzt? War ich plötzlich dermaßen sensibel geworden? Ich versuchte, alles abzuschütteln und zu meiner gewohnten Gelassenheit zurückzufinden, auch wenn mir das nicht leichtfiel und mir seine Worte beständig im Ohr waren. Zum Beispiel, als ich Fred schrieb, der in den nächsten Tagen wieder nach Cornwall kommen würde, und fragte, ob ich Lust auf ein Treffen hätte. Oder als ich Jakobs Nachricht las, der versicherte, dass er gerne zu Harrys Auftritt kommen würde, aber erst noch abklären musste, ob sich ein überschneidender Termin verschieben ließ. Hatte ich an einem der beiden echtes Interesse? Ja, befand ich trotzig. Ein sehr spezielles, aber dazu stand ich. Vor allem hatte ich Interesse, dass sie mit mir scherzten und lachten und flirteten, ohne mir zu sagen, dass ich mich doch ein wenig zu verrückt aufführte.

Trotzdem war ich nervös, als die Lesung endlich anstand. Obwohl ich nichts zu tun hatte als dazusitzen und zuzuhören, hatte ich den ganzen Tag ein Flattern im Magen, als müsste ich zum Zahnarzt. Harry ging es wohl ähnlich, denn er war recht schweigsam, sogar für seine Verhältnisse. Ich hatte mich in den letzten beiden Tagen mehrfach angeboten, Publikum zu spielen und mir seine Performance anzuhören, aber er hatte abgelehnt und war stattdessen am Vorabend zu Claire gefahren, um mit ihr zu üben. Nun gut, dachte ich und versuchte, nicht eingeschnappt zu sein. Dann hat das alles wenigstens für ihn etwas Gutes. Wenn er sich jetzt freiwillig zu Claire aufmachte, weil zwischen uns gerade eine fragile Stimmung herrschte, dann hatte unser erster Streit sogar einen Sinn.

Ich hatte auch meine Tante gefragt, ob sie mitkommen würde, und natürlich eine Zusage bekommen. Mabel mochte Harry beinahe so gerne wie ich. Auch unseren Gästen hatten wir von der Veranstaltung erzählt und ihnen

Einladungen überreicht, was Harry peinlich fand. Aber ich wollte nun mal, dass der Abend für ihn ein Erfolg wurde, und versicherte, dass ich es nur gut gemeint hatte und zumindest eines der beiden Paare spontan zugesagt hatte. Und ganz ehrlich, jeder besetzte Platz war ein guter Platz, oder? So sah ich das jedenfalls, auch wenn ich es Harry gegenüber anders formulierte.

Ich war auf alle Fälle mächtig aufgeregt, als ich mich an diesem Abend schick machte. Auch wenn ich nur dasitzen und zuhören würde, wollte ich bestmöglich aussehen und Harry damit vermitteln, dass es mir der Anlass wert war, mir besondere Mühe zu geben. Nur die Shapewear ließ ich dieses Mal im Schrank – ich wollte den Abend ja genießen und hatte zudem zumindest in dieser Sache etwas gelernt: Wenn ich die Wahl hatte, eine Nummer schlanker auszusehen oder etwas ohne die lästige Ablenkung quetschender Miederhosen zu erleben, dann sah ich lieber aus wie ich selbst.

KAPITEL 30

Wir fuhren mit Tante Mabels altem Kleinwagen und nahmen das nette Paar mit, das gerade bei uns Urlaub machte. Harry hatte sich schon vor einer Stunde auf den Weg gemacht; er wollte sich mit Claire treffen und rechtzeitig vor Ort sein, hatte er gesagt. Als er so vor mir stand, in einem weißen Hemd samt Jeans, und damit aussah, wie er es immer tat und als wäre das kein besonderer Tag, da konnte ich mich nicht zurückhalten.

»Ich wünsche dir ganz viel Glück«, hatte ich versichert und ihn fest umarmt. »Du wirst das super machen.« Ich musterte sein angestrengtes Lächeln und legte spontan eine Hand auf seine Brust. Sein Herz schlug schnell und hart hinter dem unaufgeregten weißen Hemd.

»Wusste ich es doch. Auch wenn du so tust, als wäre es ein völlig gewöhnlicher Tag, bist selbst du nervös.«

Harry nickte. »Das ist für mich eine neue Erfahrung. Nicht, dass ich nervös bin, sondern die Lesung.«

»Du wirst das toll machen«, versicherte ich fest. »Ich glaube an dich.«

Endlich schenkte er mir wieder sein feines Harry-Lächeln. »Danke. Ach, Donna, ich war dumm. Ich hätte dein Angebot annehmen und dich zum Testhören verpflichten sollen. Dann hätte ich dir alle Stellen eingebläut, die witzig sein sollen, und dich darauf trainiert, dort zu lachen. Jetzt kann ich nur hoffen und beten, dass es auch spontan klappt.«

Er zwinkerte und ehe ich meinen Mund wieder zubekommen hatte, weil Harry etwas Cooles gesagt hatte, war er schon verschwunden.

Auch wenn ich vorher selbst gespürt hatte, wie aufgeregt Harrys Herz pochte, sah man ihm das nicht an, als wir kurze Zeit später die Buchhandlung betraten. Dort stand er, neben Claire und einer älteren Frau, mit der er sich anscheinend recht gut unterhielt. Nun ja, Claire schien die meiste Zeit zu reden, ihr Mund plapperte ohne Pause. Ihre Wangen waren vor Aufregung gerötet und sie sah bezaubernd aus, fand ich. Jetzt strahlte sie Harry an, der daraufhin nickte und lächelte, und plötzlich war es mein Herz, das schneller klopfte. Was für eine coole Socke, dachte ich spontan und betrachtete Harry. Er wirkte total abgeklärt und professionell. In diesem Augenblick drehte er den Kopf und sah zu uns herüber. Ich winkte aufgeregt und lächelnd hob er die Hand zu einem lässigen Gruß. Dann zwinkerte er auf seine ganz eigene Art, ehe er sich wieder der unbekannten Dame widmete, die ihm eben etwas zuflüsterte.

Wir waren extra früh losgefahren und Mabel hatte bereits frech die erste Reihe in Beschlag genommen. Unsere Gäste saßen neben ihr und nun eilte auch ich hinzu und setzte mich. Joanna und Gavin erschienen genau in dem Moment, als ich zum ersten Mal jemandem sagen musste, dass die gesamte Reihe leider schon besetzt war. Auch meine Freundin war aufgeregt, wie sie gestand, als sie neben mir Platz nahm und die Aufgabe, die restlichen beiden Stühle für Liz und Betty freizuhalten, an ihren Freund übertrug.

Dann saßen wir da und tuschelten aufgedreht, während der Raum sich langsam füllte. Ich freute mich wie verrückt über jeden Einzelnen, der hereinkam, und schon eine gute Weile vor Beginn waren mehr als die Hälfte der Sitzmöglichkeiten belegt. Aus den Augenwinkeln beobachtete ich, wie Harry einem Mann vorgestellt wurde. Er nickte immer wieder und lachte dann auf, worauf der Fremde ihm jovial auf die Schulter schlug. Parallel dazu füllte sich der Raum erfreulich rasch. Wenn das so weiterging, dann würden manche stehen müssen, dachte ich zufrieden.

»Was macht er denn hier?«, zischte Joanna plötzlich und ich folgte ihrem Blick zur Tür.

»Jakob«, entfuhr es mir. »Ich habe ihn eingeladen.«

»Du hast ihn eingeladen?«, fragte Joanna scharf. »Warum?«

»Weil ich dachte, dass Harry ein volles Haus verdient hat und ich jeden eingeladen habe, den ich in letzter Zeit getroffen habe«, log ich gar nicht mal wirklich. Ich hatte tatsächlich jedem im Ort von der Veranstaltung erzählt und auch Nick vorgeschlagen, zu kommen. Dass ich die Gelegenheit zudem nutzen wollte, um die Bekanntschaft mit Jakob wieder ein bisschen anzukurbeln, musste ich Joanna ja nicht auf die Nase binden. Irgendwie war sie, was dieses Thema anging, in letzter Zeit etwas sensibel.

»Hm«, machte meine Freundin nur und ich sah, wie Gavin seine Hand beruhigend auf ihren Schenkel legte und sie aufmerksam musterte.

Mein Blick glitt zurück zur Tür und zu Jakob. Er sah mich und winkte und ich tat es ihm gleich und sprang auf, als er sich gemächlich auf den Weg zu uns machte.

»Donna«, begrüßte er mich und beugte sich vor, um mir ein Küsschen auf die Wange zu geben. Er klang ein wenig verlegen und dieser Eindruck verstärkte sich noch, als er sich an meine Freundin wandte.

»Joanna. Geht es dir gut?«

»Danke, bestens«, gab sie zurück und blieb sitzen.

Gavin hingegen stand auf und reichte Jakob die Hand. »Lange nicht gesehen«, sagte er und rieb sich verlegen das Kinn. »Alles klar?«

Jakob nickte und sah sich betont interessiert im Raum um. »Einiges los hier.«

»Ja, oder?«, schaltete ich mich wieder ein. »Wenn du gesagt hättest, dass du kommst, dann hätte ich dir einen Platz freigehalten. Die beiden sind leider schon vergeben.«

»Ich setz mich da hinten hin«, versicherte Jakob sofort. »Gar kein Problem.«

»Dann viel Spaß«, wünschte ich, weil er bereits losmarschieren wollte. »Und vielleicht gehen wir nachher alle zusammen in den Pub und feiern Harry?« Ich hörte selbst, wie eifrig ich klang, aber jetzt traf ich ihn endlich mal wieder und dann herrschte hier so eine blöde Stimmung. Jakob machte eine unverbindliche Geste, die ja und nein heißen konnte, und sich dann vom Acker. Joanna sagte so offensichtlich nichts, dass ich seufzte. Na bravo.

Zum Glück eilten nun Betty und Liz in den Raum, wie stets auf den letzten Drücker und wie immer voller guter Laune. Sie umarmten uns und berichteten aufgeregt, dass sie beinahe den Bus verpasst hatten – auch wie immer. Nur dass ich es heute noch mehr schätzte, mit welch unbekümmerter Art sie zu unserer Runde stießen und so lange durcheinanderquatschten, bis sogar Joanna wieder lachte.

Als es endlich so weit war und die unbekannte Dame sich als Inhaberin der Buchhandlung vorstellte, wurde mein Magen wieder unruhig. Ich schielte zu Harry hinüber, der mit Claire abseits stand und konzentriert den einführenden Worten lauschte, ehe die Dame ihn zu sich bat. Claire drückte noch einmal Harrys Arm und neigte sich dann vor, um ihn flüchtig auf die Wange zu küssen. Ich starrte sie einen Moment perplex an. Na, die traute sich was. Nicht mal Joanna gab Harry zur Begrüßung ein Küsschen. Dann konzertierte ich mich auf meinen Freund, der mittlerweile Platz genommen hatte und sich räusperte. Er saß auf einem schlichten Stuhl, neben sich ein Tischchen, auf dem ein Glas Wasser stand. Dort lag auch sein Buch, das er jetzt in die Hand nahm. Er betrachtete es einen Moment, dann sah er auf und begann zu reden.

Ich lauschte gebannt, wie er uns freundlich begrüßte und dann mitteilte, dass er jetzt aus seinem Debütroman lesen würde. Ich schmunzelte wie die anderen, als er uns bat, ihm nachzusehen, wenn es etwas langweilig werden würde, weil das dann am Text und nicht an ihm liegen würde. Ich lächelte ihm wie alle aufmunternd zu, als er gestand, dass er nervös war, und lachte laut auf, als er schließlich darum bat, einfach nicht einzuschlafen während seines Vortrags, weil das für den Anfang schon Lob genug wäre.

Dann räusperte er sich ein weiteres Mal, schlug das Buch auf und begann, uns alle in seine Fans zu verwandeln.

Ich hätte es nie zugegeben, aber ein wenig war meine Nervosität wie die einer Mutter, die Angst hat, dass sich ihr Kind auf der Bühne blamieren könnte. Nicht, dass ich Harrys Buch nicht großartig fand oder so. Aber ich hatte ein paar Bedenken gehabt, ob er seine Schüchternheit in den Griff bekam, sich nicht unter Wert verkaufte. Und dann legte der Kerl los und machte mich schlicht sprachlos.

Harry las nicht nur, er lebte die Geschichte. Er unterschied die einzelnen Sprecher, las an manchen Stellen schnell und atemlos, an anderen langsam, sanft und fast poetisch. Er schaffte es, auf den Punkt zu betonen, einen Hauch Ironie oder eine subtile Anspielung in einen Satz zu legen, der dem Ganzen noch mehr Tiefe gab. Saß er anfangs noch hoch aufgerichtet und steif da, lehnte er sich jetzt etwas zurück, hatte ein Bein übergeschlagen und sah so cool aus, dass ich manche Textstellen gar nicht richtig mitbekam, weil ich voll damit ausgelastet war, ihn zu bestaunen. Wer war dieser Mann nur, dachte ich versonnen? Harry wirkte mit einem Mal so eloquent, selbstsicher und – schon wieder dieses Wort, das ich doch nie mit ihm in Verbindung gebracht hatte – cool. Er war mittlerweile dabei, die Hälfte des weiblichen Publikums in seinen Kommissar verliebt zu machen. Mindestens. Oder verliebten wir uns gerade in die Stimme, die er diesem Kommissar verlieh? In den sanften Ton, mit dem er die Umgebung beschrieb, den energischen Klang, mit dem er ermittelte und Verhöre führte? Ich hatte keine Ahnung. Vermutlich war es alles zusammen, aber ich spürte regelrecht, wie sich die Stimmung änderte, sah, wie die Augen der Zuhörerinnen glänzten, und wusste, dass ich nicht die Einzige war, die ihm gerade total verfallen war. Harry, mein lieber, ruhiger, schüchterner Harry, hatte plötzlich eine Strahlkraft, die mich komplett umhaute. Er sah sogar anders aus, nicht mehr langweilig, sondern richtig ansprechend und interessant. Da schau einer an, dachte ich noch einmal, dann stellte ich das Denken ein und gab mich ganz dem Genuss seines Vortrags hin.

KAPITEL 31

Erst als Harry das Buch zuklappte und nach einer kurzen Stille begeisterter Applaus aufbrandete, blinzelte ich wieder und kehrte in die Wirklichkeit zurück. Himmel, dieser Mann hatte noch mehr Geheimnisse, als wir anfangs dachten. Wie konnte er so lässig einen ganzen Raum Menschen um den Finger wickeln, Frauen dazu bringen, dass sie unruhig auf dem Stuhl herumrutschten, wenn er seiner Hauptfigur die Stimme lieh, und im echten Leben nie die Klappe aufmachen?

Ich warf einen Blick zu Claire hinüber, die mit leuchtenden Augen dastand, die zusammengepressten Hände vor der Brust, und die so strahlte, als wäre es ihr Beifall, der nicht aufhören wollte.

Harry machte uns noch mehr zu Fans, weil er jetzt verlegen die Hände hob und tatsächlich ein bisschen rot wurde, was absolut hinreißend aussah und vor allem super sympathisch rüberkam. Ich wäre am liebsten aufgesprungen und hätte ihn umarmt, weil er es so toll gemacht und uns eine so schöne Zeit geschenkt hatte, aber ich hielt mich natürlich zurück und klatschte nur begeistert. Endlich bemerkte er meinen Blick, und seine minimal nach oben zuckende Augenbraue war mir Aufforderung genug. Ich presste mir wie Claire die Hände auf Herz, um dann einen Daumen zu recken und ihm zu signalisieren, wie super er es gemacht hatte. Wieder antwortete er mit minimalen Gesten, die ich ohne Probleme deuten konnte. Ich hatte schon so oft gesehen, wie sich seine Schultermuskulatur entspannte, wie sein Mund locker wurde, wie seine Augen dieses ganz eigene Funkeln bekamen. Ich war drauf und dran, ihm einfach eine Kusshand zuzuwerfen, als die Inhaberin der Buchhandlung neben ihn trat und seine Aufmerksamkeit beanspruchte. Sie bedankte sich überschwänglich und sah dann ins Publikum, dem sie nun die Erlaubnis erteilte, etwaige Fragen zu stellen. Sofort schnellten vier Hände in die Höhe.

Ich hörte auch bei diesem Teil gebannt zu, wie Harry geduldig Auskunft gab. Ja, ein zweiter Roman war in Planung und würde zeitnah erscheinen. Ja, er hatte vor, die Reihe in den kommenden Jahren auszubauen. Nein, er würde zum jetzigen Zeitpunkt noch nichts verraten, was den nächsten Fall betraf. Und ja, er könne gerne ein wenig darüber berichten, wie das erste Buch entstanden war. Er räusperte sich und setzte sich bequemer hin, dann begann er zu erzählen. Dass er extra nach Cornwall gezogen war, um das Land und die Menschen kennenzulernen. Dass er zwar einen fiktiven Ort erschaffen hatte, um all die Morde auszuführen, aber die Gegend ringsum so wahrheitsgetreu wie möglich dargestellt hatte. Und er gestand, dass er ursprünglich den Plan verfolgte, seinen Kommissar in jedem Band in eine andere Grafschaft zu schicken wie einen modernen Nomaden.

»Und weshalb sind Sie davon abgekommen? Weil Sie dann selbst jedes Mal umziehen müssten?«

Harry lachte. »Das hätte ich überlebt. Aber ich denke, dass es einfach wichtig ist, Wurzeln schlagen zu können. Und diese Chance wollte ich Dave Donovan nicht nehmen. Und außerdem hatte ich nicht damit gerechnet, was hier auf mich wartete. Wer sich nicht in Cornwall verliebt, mit dem stimmt was nicht, oder?«

Die Gäste, überwiegend Einheimische, lachten entzückt.

»Wer sich nicht in Cornwall verliebt oder wer sich in Cornwall nicht verliebt?«, fragte eine vorwitzige Frau Ende dreißig frech nach.

Harry lachte leise. »Beides vermutlich«, sagte er dann und brachte wieder ein paar Frauenhintern dazu, unruhig auf den Sitzflächen herumzurutschen. Ich spürte, dass meiner dazugehörte, und warf einen schnellen Blick zu Claire. Ihre Augen klebten förmlich auf Harry und ihre Wangen glühten unnatürlich rot. Mein Kopf fuhr herum und ich sah gerade noch, wie mein Freund ihr ein sanftes Lächeln schenkte, ehe er sich wieder dem Publikum widmete.

Hm, dachte ich. Läuft ja bei dir, Harry. Genau das, was ich mir von dieser Aktion erhofft hatte, schien einzutreffen, nämlich dass er und Claire sich näherkamen. Und es war ein überaus netter Bonus, dass Harry heute auch irgendwie den Knoten zum Platzen gebracht hatte und plötzlich so viel gesprächiger war. Warum nur war dann plötzlich dieses dumpfe Gefühl in meinem Magen? Hatte ich ernsthaft Angst, meinen schweigsamen Freund zu verlieren, wenn er jetzt unvermittelt smarter wurde oder sich selbst Freunde suchte, ohne meine Hilfe? War ich so eine schlechte Freundin, dass ich ihm sein Glück zwar gönnte, aber bitte erst, nachdem ich meines gefunden hatte? Denn das war es doch, was mich wurmte, oder? Dass er aus dem Stand das bekam, hinter dem ich so lange herrannte. Dass er nur aufwachen und seinen Charme anknipsen musste, um augenblicklich Erfolg zu haben.

Nachdenklich und ein ganz klein wenig aufmüpfig lauschte ich den restlichen Fragen. Schließlich beschied die Dame des Hauses, dass ab jetzt noch drei Wortmeldungen zugelassen wurden, und als Harry auch die witzig und eloquent beantwortet hatte, dankte sie ihm erneut für seinen Besuch. Dann winkte sie Claire zu sich und stellte sie als die Mitarbeiterin vor, die Harrys Buch entdeckt und so lange nicht nachgegeben hatte, bis sie, die Chefin, es gelesen hatte.

»Es muss Schicksal gewesen sein, das dafür sorgte, dass Claire Harry Hammet kennenlernte und sie somit in der

Lage war, ihn für diese Veranstaltung zu gewinnen. Ich hoffe, dass es nicht die letzte Lesung gewesen ist. Sobald das neue Buch erschienen ist, will ich Sie wiederhaben, Harry.« Sie sah ihn beinahe flirtend an und hob einen Zeigefinger. Dann huschte ihr Blick zu Claire. »Ich verlasse mich auf dich, Claire.«

Ich war mir sicher, dass sie dabei meinte, rechtzeitig über die Neuerscheinung informiert zu werden. Aber Claire hängte sich frech bei Harry ein, schmiegte sich auf eine doch ziemlich vertraute Weise an ihn und himmelte ihn mit einem neckischen Augenaufschlag an.

»Keine Angst. Ich werde ihn nicht mehr gehen lassen«, sagte sie zweideutig und erntete Lachen, Johlen und einige Seufzer.

Ich seufzte ebenfalls, aber nicht ganz so begeistert. Mir war das jetzt doch ein wenig zu viel und so langsam könnte sie Harry auch wieder loslassen. Musste sie ihn so zu ihrem Äffchen machen? Aber wer war ich, das zu kritisieren? Ihm schien es durchaus zu gefallen, und das war ja die Hauptsache. Und in ein paar Minuten, wenn das hier fertig war, würde ich mich ebenfalls an ihn schmeißen und ihn mal richtig an mich drücken.

Ich würde mich allerdings noch etwas gedulden müssen, denn jetzt zeigte Claire auf den Bücherstapel, der ansprechend auf einem Tisch weiter vorne arrangiert war, und gab bekannt, dass nun die Chance bestand, ein Exemplar zu erwerben und signieren zu lassen. Immerhin ließ sie dazu meinen Freund los, der mit einem verlegenen Lächeln nickte und einen Stift aus der Hemdtasche kramte. Sofort kam Leben ins Publikum. Die Leute sprangen auf und fast alle eilten nach vorne, um sich ein Exemplar zu sichern und sich folgsam in einer Schlange aufzustellen. Auch unsere Pensionsgäste reihten sich ein, was mich besonders freute, weil sie das Buch noch nicht gekannt hatten. Claire schob Harrys Stuhl hinter den Tisch und machte eine einladende Geste, dass er sich setzen sollte.

Dann baute sie sich neben ihm auf und winkte die erste Frau in der Schlange heran.

Auch wir standen auf und streckten uns. Ich umarmte Mabel, die gleich mit unseren Gästen zurückfahren würde, während ich noch bei den anderen bleiben wollte. Mit denen steckte ich dann den Kopf zusammen, damit wir uns gegenseitig versichern konnten, wie gut Harry das gerockt hatte. Ich freute mich riesig, dass auch die übrigen gespürt hatten, welche Verwandlung Harry heute durchlebt hatte. Dabei war ich mit einem Ohr immer vorne bei ihm. Ich hörte, wie eine Frau gleich drei Exemplare unterschreiben ließ und atemlos versicherte, dass ihre Freundinnen ebenfalls Riesenfans wären und es so bedauert hatten, heute nicht anwesend sein zu können.

»Bitte für meine Schwiegermutter Sophie«, sagte eine andere. »Sie liebt das Buch und ich will es ihr zum Geburtstag schenken.«

So ging es weiter, bis der Stapel komplett weg war. Tja, und ich hatte gedacht, dass wir uns heute ebenfalls ein Exemplar mitnehmen würden, einfach um Harry zu zeigen, dass wir fest hinter ihm standen. Ich hatte mir sogar bereits überlegt, was ich gerne als Widmung hätte. Für meine Freundin Donna, als Erinnerung an die erste Lesung. Mögen ihr noch sehr viele folgen. Das hätte mir gefallen und es wäre toll gewesen, jetzt auch ein Buch in der Hand zu haben und zu ihm an sein Tischchen zu treten, um ihm mit einem Zwinkern meinen Namen zu verraten. Aber egal. Ich hatte daheim eine Ausgabe und würde ihn einfach morgen bitten, die Sache mit der Widmung nachzuholen.

Wir hatten uns bereits darauf geeinigt, den Abend in der Mermaid zu beschließen und dort auf und mit Harry anzustoßen, als er sich endlich erhob. Er hatte seine Fans auch damit begeistert, dass er für jeden ein Wort übrig hatte, sich erzählen ließ, kleine Gespräche führte und sich artig für den Besuch bedankte. Ich winkte Harry zu, der nun mit der Inhaberin, Claire und dem Mann zusammenstand, der ihn bereits vor der Lesung angesprochen hatte. Seiner konzentrierten Miene nach war das ein interessantes Gespräch, aber ich zappelte dennoch ein wenig herum, bis Harry mich ansah. Ich deutete nach draußen und gab ihm zu verstehen, dass wir dort auf ihn warten würden. Harry nickte und sah wieder zu dem Mann, der daraufhin weitersprach. Also schnappte ich mir vorerst Joannas Arm, um mit ihr hinauszugehen und nachzusehen, wo sich Gavin herumtrieb.

Ich spürte, wie Joanna einen Moment erstarrte, als sie ihren Freund entdeckte, der im Gespräch mit Jakob vor der Buchhandlung stand. Richtig, Jakob! Den hatte ich ja zwischenzeitlich völlig vergessen. Ich ließ Joannas Arm los und eilte zu den Männern.

»Wir haben eben beschlossen, in der Mermaid auf Harry anzustoßen.« Ich deutete zu Joanna, die mit Liz und Betty langsam näher kam. »Wir müssen nur warten, bis Harry endlich frei ist. Und Claire natürlich«, setzte ich rasch hinzu. »Du kommst doch auch mit, Jakob?«

Sein Blick huschte zu Joanna, die jetzt neben Gavin trat.

»Das würde ich gerne, aber ich kann nicht.«

»Was? Früher warst du kein so Langweiler«, rutschte es mir empört heraus.

Jakob lachte leise. »Wir sehen uns, Donna. Ich werde mich melden.« Er beugte sich vor und küsste flüchtig meine Wange. »Nicht böse sein.«

Dann winkte er in die Runde und ging. Betty hob überrascht eine Augenbraue, aber ehe sie etwas sagen konnte, hatte ich eine Bewegung an der Ladentür erspäht und begann wie wild zu winken.

»Harry! Endlich! Du warst sa-gen-haft!« Ich betonte jede Silbe nachdrücklich. »Du hast den Laden gerockt und verdammt … du kannst ja wirklich witzig und charmant sein.« Ich lachte überdreht und drückte ihm den überfälligen Kuss auf die Wange. »Ich bin so stolz auf dich. Und jetzt müssen wir feiern!«

Harry sah mich mit einem seltsamen Blick an.

»Danke, Donna. Danke euch allen, dass ihr hier wart. Das hat mir sehr viel bedeutet«, setzte er dann hinzu. »Und ich hoffe, dass ihr mir das nachseht, aber dieser Mann«, er deutete dezent Richtung Laden, wo sein Gesprächspartner stand und mit Claire plauderte. »Miles ist ein Bekannter von Claires Chefin und der Inhaber einer recht beachtlichen Buchhandlungskette. Er war vor Kurzem zufällig hier und Claire hat ihn so lange bequatscht, heute zu kommen, bis er endlich zusagte. Sie hat ihm wohl versichert, dass er es nicht bereuen würde, und er war wirklich angetan von meinem Buch. Stellt euch vor, er will es nicht nur ins Sortiment nehmen, sondern auch weitere Lesungen arrangieren, in all seinen Filialen. Das ist eine tolle Chance. Und er hat mich gebeten, die näheren Details jetzt bei einem Essen zu besprechen. Wir haben natürlich zugesagt. Seid mir also bitte nicht böse, wenn ich nicht mit euch feiern kann.«

KAPITEL 32

»Auf Harry!« Betty und Liz hoben die Gläser und sahen uns erwartungsvoll an.

Auch wir griffen nach den Getränken und stießen an – nicht zum ersten Mal heute Abend. Die Stimmung war gut und wir wurden es immer noch nicht müde, darüber zu staunen, wie lässig Harry gewesen war.

»Ihr werdet sehen, der geht jetzt richtig ab«, versicherte Betty zum wiederholten Male. »Bald ist der berühmt und dann können wir damit prahlen, mit ihm befreundet zu sein.«

Ich nickte, spürte aber, dass ich nicht ganz so gut drauf war wie sonst. Ich fand es schade, dass wir diesen besonderen Abend nicht mit Harry verbringen konnten, auch wenn ich mich total für ihn freute, dass sich dieses Angebot aufgetan hatte. Natürlich sagte man das nicht mit dem Hinweis ab, dass Freunde warteten. Und natürlich nahm er nur Claire mit, die sich irgendwie zu seiner Managerin aufgeschwungen hatte. Und sich dabei an ihn hängte, was mich nicht wunderte. Überrascht hatte mich eher, dass Harry das so hinnahm und ziemlich vertraut mit ihr wirkte. Das musste etwas ganz Großes sein zwischen den beiden. Wie oft hatten sie sich alleine getroffen? Zweimal? Dreimal? Dann war Claire wirklich gut, wenn ihr das ausgereicht hatte, um so eng mit ihm zu werden. Mein erster Eindruck hatte mich nicht getrogen, dass die beiden gut zueinander passen würden. Ich sollte jetzt also glücklich sein und mich freuen, dass der Abend so endete. Und doch war ich angeschlagen, weil ich mal wieder alleine herumsaß. Mein Plan für Harry war zwar aufgegangen, aber der für mich selbst nicht. Sonst würde ich jetzt hier sitzen und mit Jakob flirten. Ich sah zu Joanna, die munter mit den anderen lachte, und runzelte die Stirn. Er wäre jetzt dabei, wenn sie ein wenig freundlicher gewesen wäre. Auch der unempathischste Mensch hätte mitbekommen, dass ihre Reaktion maßgeblich zu seiner Absage beigetragen hatte. Das wurmte mich, wenn ich ehrlich war. Sie saß nun hier und lachte und war wieder fidel. Gavins Augen klebten förmlich an ihr und so, wie er ständig seine Hand an ihrem Haar spielen ließ oder sie wie nebenbei berührte, würde sie später noch eine ziemlich gute Zeit haben. Das war auch sonst so und normalerweise betrachtete ich das Schauspiel voller Freude. Ich gönnte es ihr und doch fand ich es jetzt zu übertrieben.

Als ob sie spüren konnte, dass ich über sie nachsann, löste Joanna den Blick von Gavin und sah mich forschend an.

»Donna, alles klar? So ruhig kennen wir dich gar nicht.«

»Alles bestens«, gab ich zurück.

Joanna runzelte die Stirn und flüsterte Gavin etwas zu. Der nahm den Arm von ihr, aber nicht, ohne sie ein letztes Mal zu küssen. Dann stand sie auf und schnappte sich ihren Stuhl, um ihn neben meinem zu platzieren.

»Donna?« Ihre Stimme klang jetzt nicht mehr heiter und jovial, sondern ruhig und mit dem Unterton, der sie und unsere Freundschaft auszeichnete. »Was ist los? Ist es, weil Harry nicht hier ist? Oder weil er mit Claire nicht hier ist?«

Ich erstarrte einen Moment. »Nein! Natürlich ist es nicht, weil er mit Claire zusammen …« Irritiert brach ich ab. Weil er mit Claire zusammen ist? Mit ihr den Abend verbrachte? Das war gut. Nicht gut war nur, dass ich gerade das Gefühl hatte, alle außer mir würden mit jemandem den Abend verbringen. Dass auch Betty und Liz alleine mit am Tisch saßen, ignorierte ich geflissentlich.

»Dann ist ja gut«, meinte Joanna sanft.

»Nun ja, es ist beinahe gut. Ich finde es toll, dass Harry und Claire sich näherkommen«, behauptete ich einfach mal. »Aber ich finde es ehrlich gesagt gerade etwas blöd, dass ich alleine hier sitzen muss.«

Joannas Gesicht wurde vorsichtig.

»Ich hätte einfach gerne auch mit jemandem hier gesessen«, machte ich weiter, obwohl in meinem Kopf eine Alarmglocke anschlug. »Zum Beispiel mit Jakob.«

Joanna versteifte sich merklich. Sie sah mich einen Moment an, dann schüttelte sie den Kopf.

»Das würdest du nicht wollen«, flüsterte sie.

»Nein? Wie willst du das wissen?«

»Glaub mir, ich weiß es.«

»Ach ja? Noch vor ein paar Wochen hast du aber ganz anders gedacht.«

Sie zuckte zurück. Spätestens jetzt hätte ich aufhören sollen. Stattdessen platzte es aus mir heraus.

»Damals hast du es sehr genossen, wenn er mit dir geflirtet hat. Und du hattest absolut nichts dagegen, wenn er zu unserer Runde stieß. Du fandest ihn heiß und du hast selbst gesagt, dass er deinem Ego guttut.«

»Das hat er nicht, glaube mir.«

»Nein? Seltsam, dabei ist dein Ego heute so groß wie nie. Nun ja, kein Wunder, der hinreißende Gavin liebt dich und Jakob frisst dir noch immer aus der Hand. Ein Blick von dir, und er kuscht. Warum? Und warum stört es dich, wenn ich jetzt das von ihm bekomme, was du so lange hattest, nämlich ein bisschen Aufmerksamkeit? Reicht dir Gavin nicht? Oder gönnst du es mir nicht?«

»Donna!« Joanna wirkte, als ob ich sie geschlagen hätte.

»Echt, wir sind Freundinnen. Ich liebe dich, Joanna, das weißt du. Aber ich verstehe dich nicht. Weshalb tust du das? Glaubst du, ich weiß nicht, dass Jakob ein Windhund ist, was Frauen angeht? Dass er kein ernsthaftes Interesse an mir hätte? Du weißt, dass es mir nicht darum geht. Ich hätte mich nur einfach gerne mit ihm amüsiert. So wie du früher.«

Wieder schüttelte Joanna nur den Kopf. Ich holte tief Luft und tat es ihr nach. Mittlerweile sah nicht nur Gavin alarmiert herüber, auch Betty und Liz beäugten uns vorsichtig.

»Ich dachte wirklich, dass wir Freundinnen sind. Aber jetzt habe ich Angst, dass du mich anlügst. Dass du mich die ganze Zeit belogen hast. Was war zwischen dir und Jakob? Du hattest was mit ihm, ist es das? Oder stehst du am Ende immer noch auf ihn? Gönnst du es mir deswegen nicht?«

»Du weißt, dass ich dir alles Glück gönne«, begann Joanna, aber ich schnitt ihr das Wort ab.

»Ja, das weiß ich. Das hast du heute Abend sehr nachdrücklich bewiesen.«

Dieses Mal war es nicht zu übersehen, dass Joanna zurückzuckte. Ich sah aus dem Augenwinkel, dass sich Gavin aufrichtete, bereit, aufzuspringen und ihr beizustehen. Klar würde er das tun. So wie alle nach Joannas Pfeife tanzten. In meinem Kopf dröhnte es und ich legte beide Hände an meine Schläfen, um nicht komplett durchzudrehen und noch mehr Dinge zu sagen, die ich nicht meinte. Die ich nicht fühlte. Die ich noch nie gedacht hatte und die jetzt plötzlich aus meinem Mund sprudelten, als würde sie mir ein anderer, gemeinerer Mensch einflüstern. Ich sah das Entsetzen in Joannas Augen und spürte dieselben Empfindungen in meiner Brust. Was war mit mir los? Ich war eigentlich ein umgänglicher Mensch und ich war immer positiv gestimmt. Ich war weder neidisch noch gemein und ich ließ mich nicht so schnell vom Leben ins Bockshorn jagen. Diese Donna, die ich jetzt war, machte mir Angst. Zum zweiten Mal innerhalb kürzester Zeit hatte ich mich mit einem meiner besten Freunde gestritten. Erschrocken sprang ich auf. Ich musste hier weg. Weg von Joannas Augen, in denen Tränen schimmerten. Weg von den neugierigen Blicken, die Betty und Liz tauschten. Und weg von mir, von diesem Wesen, das in meinem Körper steckte und mir absolut fremd war.

Kapitel 33

Am nächsten Morgen hatte ich einen gewaltigen Kater. Allerdings weniger im Kopf und aufgrund des Alkohols, weil ich kaum Zeit gehabt hatte, welchen zu trinken. Stattdessen hatte ich einen Seelenkater, und das war noch schlimmer und schmerzhafter. Ich schämte mich zutiefst für jedes Wort, das ich Joanna an den Kopf geknallt hatte. Das war es nicht wert, dachte ich. Kein Kerl wäre es wert, dass ich mich deswegen mit ihr zerstritt, und Jakob schon gar nicht. Himmel, ich wollte nicht mal ernsthaft etwas von ihm. Ich hatte mich gestern einfach nur wieder in die Idee verrannt, eine andere zu sein als die, die ich nun mal war. Und ich wurde langsam wirklich verrückt, weil ich mich so sehr nach Zuneigung und Liebe sehnte. Nach einer Hand, die meine Haut berührte, sie streichelte und zum Glühen brachte. Nach einem Mund, der mir zuflüsterte, dass ich alles sei, was man begehren könne, und wie wunderschön ich war. Und ja, nach einem Kerl, der mich endlich davon erlöste, dass es beständig in mir kribbelte und ich anscheinend dauerhaft an der Schwelle zum Wahnsinn balancierte. Einen Moment überlegte ich sogar, ob ich hier und jetzt zugeben sollte, dass ich mich verrannt hatte, dass ich vielleicht auf dem falschen Trip war. Dann schüttelte ich den Kopf. Das eine hatte mit dem anderen nichts zu tun. Ich war gestern emotional sehr gefordert gewesen, hatte mich natürlich wegen Harry verrückt gemacht. Und irgendwie war es dann eben passiert. Auch Joanna hatte nicht reagiert, wie sie es hätte tun sollen. Vor allem war ich mir mittlerweile beinahe sicher, dass sie mir etwas verschwieg. Vermutlich war sie doch nicht so standhaft geblieben, wie sie behauptete. Und obwohl sie nun mit Gavin zusammen war, ließ Jakob sie immer noch nicht kalt, dessen war ich mir sicher. Wenn ich es genau betrachtete, dann war die kühle, schnippische Art exakt der Umgang, den sie anfangs mit Gavin gepflegt hatte. Ob der nur ein Ersatz war? Nein. Sie liebte ihn aufrichtig, das war nicht abzustreiten. Und doch ... Ich schlug energisch die Bettdecke zurück und nahm mir selbst das Versprechen ab, nicht länger solchen Blödsinn zu denken. Stattdessen würde ich Joanna später anrufen. Ja, gleich heute Abend würde ich zum Telefon greifen, sie anrufen und mich dafür entschuldigen, dass ich gestern so ausgeflippt war.

Dann eilte ich ins Bad, um mich lange unter die Dusche zu stellen und mich für den Tag zu wappnen. Wir hatten zwar nur zwei belegte Zimmer, aber die Gäste wollten dennoch bald ein Frühstück vorfinden.

In der Küche traf ich auf meine Tante, die eben eine Tasse mit Kaffee befüllte und sie mir lächelnd entgegenstreckte. Dankbar nahm ich sie ihr ab.

»Oh, es war wohl ein langer Abend«, bemerkte sie mit einem amüsierten Lächeln.

»Ging so«, sagte ich und ließ mich auf einen Stuhl sinken.

»Ist etwas vorgefallen?«

»Nein«, wiegelte ich ab und lächelte bemüht. »Es war nur schade, dass Harry nicht dabei war. Wann ist der wohl heimgekommen?«

Meine Tante spitzte die Lippen zu einer neckischen Geste. »Noch gar nicht. Sein Wagen steht nicht draußen.«

Vor Schreck hätte ich beinahe den Kaffee fallen lassen. »Er war gar nicht hier?«

Mabel nickte vielsagend. »Wie es aussieht, lässt diese Claire ihn wirklich nicht mehr los. Ein sympathisches Ding«, verkündete sie und sah mich plötzlich lauernd an.

»Absolut«, rang ich mir ab und nahm noch einen Schluck Kaffee. »Und sie versteht was von Büchern und Lesungen und all dem Kram. Besser geht es nicht.«

»Da bin ich aber froh, dass du das sagst. Ich hatte schon Angst, dass es dir etwas ausmacht.«

»Mir? Dass Harry und Claire …? Mabel!« Ich hob entrüstet die Hände. »Komm schon, er ist Harry.«

»Das ist er. Und ich war schon immer der Meinung, dass er ein toller Kerl ist. Aber gestern hat er eine Seite an sich gezeigt, die neu war.«

Ich nickte nachdenklich. »Dann ist dir das auch aufgefallen? Dass er plötzlich nicht nur so redselig war, sondern ein ganz anderes Auftreten hatte?«

»Vielleicht hat er gestern zum ersten Mal seine Bühne bekommen. Ohne dass jemand für ihn agiert.«

Ich zog die Unterlippe zwischen die Zähne und kaute darauf herum. »Meinst du, dass wir das getan haben? Für ihn agiert? Oder besser gesagt, dass wir ihm einfach eine Nebenrolle zugeteilt haben und davon ausgingen, dass er gar keinen Text haben möchte?«

Mabel legte in einer nachdenklichen Geste die Fingerspitzen aneinander. »Wer weiß? Man neigt durchaus dazu, die Menschen zu klassifizieren und sie dann strikt so zu behandeln, wie man sie einmal einsortiert hat.«

»Aber er hatte doch tausendfach die Möglichkeit, zu beweisen, dass er anders ist. Dennoch ist er meist stumm geblieben. Vermutlich liegt es eher daran, dass er bei uns nicht reden wollte.«

»Mach dich nicht lächerlich, Donna. Er mag dich sehr. Und du ihn auch.«

Ich nickte. Dann sprang ich auf und krempelte die Ärmel hoch.

»Wir sitzen hier rum, als ob es nichts zu tun gäbe. Ich kümmere mich jetzt um das Frühstück. Und ich muss die Brötchen holen gehen. Bisher hat Harry das immer gemacht, aber heute fällt der Service wohl aus.«

Ich hatte unter den nachdenklichen Augen meiner Tante bereits den Obstsalat geschnippelt und den Porridge angerührt, als draußen eine Wagentür zuschlug. Sofort hoben wir beide den Kopf und starrten zur Tür, in der kurz darauf Harry auftauchte. Unter dem Arm hatte er eine Tüte mit dem ikonischen Jam first-Aufdruck, aus der es verführerisch nach frischen Brötchen duftete.

»Harry«, rief ich im selben Moment, in dem er »Guten Morgen« sagte. Wenn ich beim Anblick der Tüte einen Augenblick die Hoffnung gehabt hatte, dass er einfach schon unterwegs gewesen war, als Mabel nach dem Auto sah, und aus irgendeinem Grund länger als sonst gebraucht hatte für die Besorgung, dann endete der, als ich seinen Gruß hörte. Es klang definitiv ein schlechtes Gewissen mit und eine unterschwellige … Freude? Ich musste gar nicht mehr seine Klamotten checken, die definitiv dieselben waren wie gestern Abend, um zu wissen, dass er die Nacht wirklich außer Haus verbracht hatte.

»Tja«, begann ich noch einmal und fühlte mich plötzlich schrecklich verlegen. Himmel, normalerweise war er es doch, der so verklemmt tat, wenn ich mal ein bisschen davon träumte, eben das zu erleben, was er offensichtlich hinter sich hatte.

»War ein toller Abend gestern«, plapperte ich los. »Und du warst umwerfend. Du hast unglaublich faszinierend gelesen. Wir haben alle an deinen Lippen gehangen und …« Ich brach verwirrt ab, weil mir das völlig unpassende Bild in den Kopf schoss, wie Claire an seinen Lippen hing – in einem gänzlich anderen Sinn.

»Danke, Donna.«

»Tja, und offensichtlich war es auch hinterher ein voller Erfolg. Toll. Gut gemacht!« Ich zwang mich dazu, ihm zuzuzwinkern, und lachte ein bisschen zu überdreht.

Harry wurde rot. Er wurde rot!

»Ähm, ja. Das war in jeder Hinsicht ein umwerfender Abend«, gab er zu.

»Toll«, rief ich und hätte mich am liebsten geohrfeigt. Wieso stellte ich mich so dämlich an?

»Ja, nicht wahr? Ich habe tatsächlich die Möglichkeit, in den nächsten Wochen noch einige Lesungen abzuhalten. Und meine Bücher werden in jeder von Miles' Buchhandlung ausliegen. Das sind immerhin fünfzehn Filialen in Cornwall. Und er will mich weiterempfehlen. Donna, damit würde sich ein Traum erfüllen! Ich meine, ein Buch zu schreiben war schon toll. Und es im Internet anzubieten ist ebenfalls toll. Aber wenn ich nun den Schritt schaffe, in den örtlichen Buchhandlungen zu stehen …« Seine Augen glänzten begeistert.

»Das ist wirklich toll«, stimmte ich zu. »Ich gratuliere dir von Herzen.«

»Miles war unglaublich offen. Ich dachte, ohne Verlag ist man nichts wert. Und oft genug ist das so. Aber Miles sagt, dass da langsam ein Umdenken stattfindet. Und dass ein Verlag keine Garantie für Qualität ist, ebenso wenig wie ein Selbstverlag ein Merkmal dafür ist, dass es eben minderwertig ist.«

»Toll«, sagte ich wieder und hätte am liebsten aufgeschrien. Ja, das war toll und alles, aber nicht das, was mich brennend interessierte. Nämlich, wo er die Nacht verbracht hatte und was geschah, nachdem der tolle Miles sich endlich verabschiedet hatte.

»Wir haben direkt alles in trockene Tücher gepackt. Und darauf angestoßen. Mit Whisky«, gestand er. »Zu viel Whisky.«

Endlich kamen wir zu den interessanten Themen.

»So viel, dass du nicht mehr fahren konntest?«

Harry nickte eifrig. »Richtig. Es wäre verantwortungslos gewesen.«

Auch ich nickte. »Klar. Also hast du …?« Ich sah ihn fragend an.

»Claire hat mir das Sofa angeboten.«

»Oh.« Ich nickte verstehend. »Supernett von ihr.«

»Ja, das ist sie«, versicherte Harry.

»Cool.«

»Weißt du, ohne Claire wäre das nie passiert. Ich wäre in meiner Komfortzone geblieben und hätte mich nie um eine Lesung gekümmert. Dabei hat es so viel Spaß gemacht. Und es hat mir eine Menge gegeben. Ich fühle mich wie verwandelt. Wie eine bessere Version von mir. Als wäre ich aus einem langen Schlaf erwacht.«

Ich sah, wie sich sein Gesicht bei diesen Worten verklärte. Glück pur schien plötzlich aus jeder Pore zu strahlen. Noch nie hatte Harry so schön ausgesehen, so liebenswert, so faszinierend. Genau so sollte er immer aussehen, dachte ich. Eigentlich war ich die ganze Zeit davon überzeugt gewesen, dass er glücklich war. Dass er hier in St. Hope seine Berufung gefunden hatte und auch sein Leben, das er mit uns teilte. Und dass ich es gewesen war, die ihn erweckt hatte und die ihn zum Strahlen brachte. Denn das hatte ich getan, da war ich mir sicher. Ich hatte ihn auf seinen ersten Schritten aus seiner Zurückgezogenheit begleitet und unterstützt. Aber das echte, das endgültige Strahlen hatte ich nicht entzünden können. Plötzlich tat mir mein ganzer Brustkorb weh, so sehr berührte es mich und so groß war meine Zuneigung zu ihm.

»Das hat man gemerkt, Harry. Du warst gestern Abend wirklich charismatisch. Wir alle haben es gespürt und waren komplett in deinem Bann.«

»Verrückt, oder?«, sinnierte er nachdenklich. »Mein Leben scheint plötzlich … Wie sagst du immer? Endlich Fahrt aufzunehmen? Und gleichzeitig verändert sich so vieles, mit dem ich gar nicht gerechnet hatte. Donna, ich glaube, ich stehe an einem Wendepunkt. Ich muss dir noch etwas anderes erzählen. Da ist gestern noch etwas passiert …«

Plötzlich wollte ich gar nicht mehr so genau wissen, was Harry erlebt hatte. Mich überkam die Angst, dass ich wieder zu der Donna wurde, die ich gestern gewesen war, die nicht voller Freude, sondern neidisch auf das Glück anderer reagierte. Und im Endeffekt musste er es auch gar nicht sagen. Er hatte die Nacht bei Claire verbracht und wir waren keine Kinder mehr. Wir wussten, was das bedeutete. Aber ich könnte jetzt meine Freude darüber, dass die beiden zusammen waren, nicht so ausdrücken, wie ich das wollte. Deshalb fiel ich ihm wie so oft einfach ins Wort.

»Noch mehr gute Nachrichten? Harry, du überforderst mich echt. Und du wirst schuld sein, wenn ich gleich enttäuschte Gäste habe, weil es nichts zu essen gibt. Also lass uns nachher weiterreden, ja? Aber glaub mir, ich freue mich für dich. Du hast das verdient. Den Erfolg und dass deine Bücher in den Buchhandlungen stehen werden. Und Claire, die das alles angestoßen hat. Wirklich, Harry, ich freue mich total für dich.«

KAPITEL 34

Ich war froh, dass Harry mit einem gemurmelten »Ich gehe mal schnell duschen« verschwand und mir so die Gelegenheit gab, meine verwirrten Gedanken zu sortieren und die Tatsache, dass er wahrhaftig bei Claire genächtigt hatte, zu verdauen. Ich wiederholte im Stillen so lange, dass das eine gute Nachricht war, bis sie nicht mehr ganz so schockierend klang, und schüttelte gleichzeitig verwundert den Kopf über mich selbst, weil ich es doch wirklich gut fand. Als er mit feuchten Haaren wieder in der Küche auftauchte und, als wäre nichts vorgefallen, beim Abräumen half, verlegten wir uns völlig untypisch auf gefahrlosen Small Talk über das anhaltende Sommerwetter. Erst als wir uns zu einem späten Frühstück niederließen, kamen wir auf den gestrigen Abend zurück.

»Und wie war es bei euch?«, wollte Harry wissen.

»Nett«, sagte ich und lächelte etwas steif. »Wir haben auf dich angestoßen und dich mächtig gefeiert. Alle sind superstolz. Betty plant schon, in nächster Zeit damit anzugeben, den berühmten Bestsellerautor Harry Hammet zu kennen.«

Er lachte. »Ich werde sie auf der ganzen Linie enttäuschen.«

»Du könntest uns niemals enttäuschen.« Ich biss mir auf die Unterlippe und sah ihn an. »Du wirst immer unser guter alter Harry bleiben.«

»Richtig«, sagte er wie so oft und schwieg kurz. Dann holte er Luft und fragte: »Und sonst? Gab es etwas Spannendes gestern Abend?«

»Nein«, log ich und zog das Wort dabei ein bisschen zu lang.

Harrys Blick wurde aufmerksam. »Und wer war alles mit von der Partie?«

»Die üblichen Verdächtigen halt.«

»Auch Jakob? Es hat mich gefreut, dass er gekommen ist. Ich hatte leider keine Gelegenheit, mich bei ihm zu bedanken.«

»Tja, die hättest du auch nicht gehabt, wenn du in der Mermaid gewesen wärst«, informierte ich ihn knapp.

Sofort war er in Habachtstellung. »Er war nicht dabei? Weshalb?«

Ich zögerte nur kurz. Ich hatte mir angewöhnt, mit Harry alles zu besprechen, und ich schätzte seine Meinung. Er sah sehr viel und bemerkte oft Dinge, die anderen entgingen.

»Vermutlich dank Joanna.«

Harry runzelte die Stirn.

»Ich habe Jakob eingeladen. Aber er hat abgelehnt. Nachdem ihm Joanna einen Blick zugeworfen hat, der töten könnte.«

»Weshalb sollte sie das tun? Die beiden haben sich doch blendend verstanden.«

»Ich weiß es nicht. Außer …«

Harry hob die Augenbrauen.

»Außer sie hat etwas dagegen, dass ich mich jetzt …« Ich verstummte peinlich berührt. Ich mich was? In ihn verliebt hatte? An seinen Hals warf?

»Du dich was?«, fragte Harry mit seltsamem Unterton.

»Keine Ahnung. Mich zu ihm hingezogen fühle? Gerne mal im Mittelpunkt seines Interesses stünde?«

»Jakob?«, fragte Harry, als wäre das nicht klar. »Ernsthaft?«

»Und wenn? Wieso tun plötzlich alle so, als wäre das so schlimm? Und weshalb verhält sich jeder, als wolle ich eine Bank ausrauben oder Ähnliches? Ich will einfach nur ein bisschen Spaß haben! Alle um mich herum haben Sex. Betty hat ständig einen anderen Typ am Haken. Liz trifft sich neuerdings mit einem Mann. Joanna und Gavin haben definitiv jede Menge Spaß. Sogar du und Claire habt ihn! Anscheinend gibt es für jeden den passenden Deckel. Nur für mich nicht. Und auch wenn Jakob nicht das passende Modell ist, wäre er wenigstens mal ein Anfang.«

»Richtig.« Harrys Stimme hatte den tonlosen Klang angenommen, zu dem er griff, wenn er sich bewusst einer Wertung enthalten wollte.

»Tja, aber es ist müßig, darüber zu reden, ob Jakob mein Ersatzdeckel ist oder nicht, weil Joanna ihn ausgeladen hat.« Plötzlich war der Zorn von gestern wieder da.

Harry hörte natürlich, wie bitter meine Stimme mit einem Mal klang.

»Du bist wütend«, stellte er überrascht fest.

»Ja«, gab ich zu und funkelte ihn an. »Weil sie meine Freundin ist und mir doch gönnen sollte, dass ich auch mal im Mittelpunkt stehe. Ich verstehe sie einfach nicht. Wenn es einen Grund gibt, mich vor ihm zu warnen, dann soll sie mir das sagen. Und wenn sie es bloß nicht mit ansehen will, dass er jetzt mit mir …« Ich schnaubte. »Nun, dann soll sie halt woanders hinsehen.«

»Donna.« Harrys Stimme klang vorsichtig. »Du und Joanna, ihr versteht euch doch?«

»Das dachte ich auch. Aber gestern Abend … Wir haben uns gestritten«, gestand ich endlich. »Und es war schrecklich. Ich will mich nicht mit Joanna zanken, aber ich verstehe sie nicht mehr. Und sie tut nichts, um das zu ändern.«

»Ist es das wert? Dass du dich wegen Jakob mit deiner besten Freundin überwirfst?«, wollte Harry leise wissen.

Ich kaute an meiner Lippe und starrte vor mich hin. »Keine Ahnung. Aber ist sie überhaupt meine beste Freundin, wenn sie mir nicht die Wahrheit sagt?«

Harry schwieg nachdenklich. Auch ich wusste nicht, was ich sagen sollte. Natürlich war Joanna meine beste Freundin und ich mochte sie wirklich. Und Harrys Einwand, dass Jakob diesen Streit nicht wert war, musste ich ebenfalls gelten lassen. Dennoch war in meiner Brust ein Aufruhr, den ich selbst nicht verstand. Und den ich dort nicht haben wollte. Ich wollte das Kribbeln zurück, das mich jeden Tag leicht und fröhlich gemacht hatte. Ich wollte nicht zurückgleiten in den Gemütszustand, der mich so viele Jahre klein und unsicher gehalten hatte. Und ich wollte noch immer diesen Sommer herumreißen und zu einem machen, den man nie vergaß. Und zwar deshalb nicht, weil man etwas richtig Großes erlebt hatte – und nicht, weil man feststellen musste, dass die besten Freunde das am Ende gar nicht gewesen waren.

Um mich abzulenken, stürzte ich mich wie so oft in die Arbeit. Ich mochte mich selbst nicht leiden, wenn ich so bitter wurde, und ich hatte nicht vor, diesen Zustand länger zu ertragen. Gestern war überraschend schon eines der Zimmer im ersten Stock fertig geworden, die beiden anderen sollten heute so weit sein. Das war toll, denn laut Zeitplan hätten die Handwerker noch ein paar Tage gebraucht. Das hieß, dass ich sie für die ersten Gäste vorbereiten konnte und wir dann das Erdgeschoss und damit die letzte Phase in Angriff nehmen konnten. Hm, vielleicht konnte Harry früher nach oben umziehen, überlegte ich, als ich mit meinem Bauleiter die Fortschritte bestaunte.

»Wenn das so weitergeht, dann bist du uns schneller los als erwartet«, versprach Nick und wirkte nicht unglücklich darüber. »Aber ich vermute mal, dass das für dich okay ist.«

»Es ist absolut okay, wenn wir früher fertig sind. Aber abgesehen von den Umständen, dem Dreck und Lärm und der Tatsache, dass ich Anfragen abweisen muss, werde ich euch eventuell vermissen.«

Nick lachte. »Im Ernst?«

»Nun ja, wir hatten doch eine nette Zeit, oder?« Ich grinste frech.

»Dann sollten wir uns vielleicht vornehmen, dass wir in Kontakt bleiben. Ich meine, wenn ich nicht mehr für dich arbeite, dann …« Er zuckte mit der Achsel und schien nach den richtigen Worten zu suchen. »Tja, dann könnten wir uns ja vielleicht mal einfach so treffen?«

»Klar«, sagte ich sofort.

Dann überlegte ich, was das hieß. Wenn er nicht mehr für mich arbeitete? War das ein versteckter Hinweis, dass das der Grund war, weshalb er zwar immer nett und charmant war, aber dabei so unverbindlich blieb? Und hieß das, dass hinterher die Chance bestand, dass wir mehr werden würden? Oder gab ich mich schon wieder Hoffnungen hin, die sich nicht erfüllen würden?

KAPITEL 35

Wie so oft, wenn es mir nicht gut ging, suchte ich Harrys Nähe. Er hatte sich heute in den Garten gesetzt, um zu arbeiten, und normalerweise ließ ich ihn dabei in Ruhe. Nun jedoch schlenderte ich zu ihm hinüber. Ich hatte ihn in der schräg stehenden Sonne ein paar Minuten beobachtet und festgestellt, dass seine Finger nicht wie sonst über die Tasten flogen. Stattdessen starrte er den Bildschirm an, tippte ein bisschen, strich sich dann über den Nacken und starrte erneut. Ob er zu abgelenkt war? Ob er in den Erinnerungen der letzten Nacht schwelgte? Ich würde es tun, wenn ich endlich mal eine letzte Nacht hätte, dachte ich. Aber ich würde dabei hoffentlich grinsen, weil es unfassbar gut gewesen war, und nicht so nachdenklich dreinblicken wie Harry. Ob es nicht wie erhofft gelaufen war? Bereute er es, sich mit Claire eingelassen zu haben? Oder hatte er tatsächlich auf dem Sofa geschlafen? Hatte er sich nicht getraut, weiter zu gehen? Ich schüttelte den Kopf. Auch wenn mich jede dieser Fragen brennend interessierte, wollte ich die Antwort gerade nicht wissen. Morgen würde reichen, wenn ich mental wieder etwas stabiler war. Deshalb lenkte ich das Gespräch auch sofort auf anderes.

»Störe ich?«, begann ich höflich und deutete auf den freien Stuhl.

»Nein«, antwortete er gedehnt und lehnte sich zurück.

»Wie kommst du voran mit deinem Buch?«

»Hm«, machte Harry und rieb sich erneut über den Nacken. »Ich weiß es nicht.«

»Hast du eine Schreibblockade?«, fragte ich, weil ich davon einmal gelesen hatte und es sehr professionell klang.

»Nein. Ich hatte da so eine Idee und jetzt weiß ich nicht mehr, ob sie gut war. Oder ob ich alles umschreiben sollte.«

»Willst du mir davon erzählen? Vielleicht kann ich dir helfen?«

»Das ist nett, aber ich würde es lieber nicht tun.« Er lächelte entschuldigend. »Ich habe mit Claire darüber gesprochen. Sie hat mir geraten, auf mein Gefühl zu hören«, sagte er wie zu sich selbst. »Und ich fürchte, das war der schlechteste Rat, den ich mir hätte wünschen können.«

Ich schluckte und blieb stumm. Er hatte mit Claire gesprochen. Nun ja, sie war eine Fachfrau und verstand deutlich mehr von Büchern als ich. Und sie war … offensichtlich etwas Besonderes für ihn.

»Was, wenn deine Gefühle dir genau das Falsche raten? Wenn du genau weißt, dass du in einer Sackgasse landen wirst, wenn du ihnen folgst?« Plötzlich klang Harry überraschend energisch. »Du tust es, oder? Du folgst deinen Gefühlen. Und du stehst zu ihnen. Du läufst entspannt herum und gibst ohne Scheu zu, dass du den einen und den anderen toll findest. Du stehst dazu, dass du sowohl Nick als auch Fred oder Jakob in dein Bett holen würdest, einfach weil dir danach ist.«

»Pst«, machte ich und sah mich unwillkürlich um. »Das muss ja nicht jeder hören. Sonst denken meine Gäste, dass hier ein Flittchen das Kommando hat.«

Harry lachte auf. Er hatte sich wirklich verändert, denn auch das Lachen war nicht so sanft wie sonst.

»Als ob dich das kümmert.«

»Stimmt, eigentlich kümmert mich das nicht. Und ja, du hast recht, ich würde vermutlich keinen der drei von der Bettkante stoßen«, versicherte ich rebellisch.

Harry nickte und war schon wieder deutlich schweigsamer.

»Geht es bei deinen Gefühlen auch darum, jemanden von der Bettkante zu stoßen?«, erkundigte ich mich spontan.

Harry wiegte den Kopf. »Das wäre möglich«, gab er zu. »Im weitesten Sinne, versteht sich.«

»Klar«, sagte ich, obwohl ich es nicht verstand. Wenn ich Harry eines nicht unterstellte, dann, dass er es sich nicht sehr genau überlegen würde, wen er in sein Bett ließ. Und dass er im Gegensatz zu anderen damit mehr versprach als eine einzige Nacht. Dann sah ich, wie er wieder sein Manuskript musterte, und lachte erleichtert auf.

»Geht es um deinen Kommissar? Will er ein amouröses Abenteuer und du weißt jetzt nicht, was du tun sollst?«

Harrys Mimik zeigte mir, dass ich ziemlich nah an sein Problem herangekommen war.

»Mein Rat wäre: Gönne es ihm. Frauen stehen darauf, wenn Männer Gefühle zeigen und leidenschaftlich auftreten. Und ganz heimlich mögen wir es auch, wenn sie dabei einfach mal ihren Trieben nachgeben. Weil wir dann hoffen können, dass uns so etwas auch einmal passiert. Dass wir irgendwann diese Frau sein werden, die den harten Hund dazu bringt, weich zu werden und zu gestehen, dass er noch nie etwas Vergleichbares empfunden hat. Das würde die Bücher noch grandioser machen und deinen Dave noch anziehender.« Ich seufzte glücklich. Am Ende lief es doch immer auf das eine hinaus: Man wollte zumindest für einen Menschen etwas Besonderes sein. Der Mensch, der alles änderte. Dann sah ich Harrys Blick und fügte hastig hinzu: »Und die männlichen Leser finden es auch cool, wenn der Typ eine Frau abbekommt. Auch Männer träumen doch von der Liebe, oder nicht?« Ich überlegte kurz. »Die meisten zumindest. Ja, ich glaube, darauf können wir uns einigen. Und die, die das nicht tun, finden es toll, dass er einfach eine rumgekriegt hat und sich etwas gönnt«, setzte ich dann nach und unterstrich den Satz mit einer lässigen Geste.

Wieder wiegte Harry sein Haupt. »Hm«, machte er unentschlossen.

»Brauchst du Ideen, wie er das anstellen könnte?« Ich verzog keck den Mund. »Zumindest in meiner Fantasie hätte ich da einige Einfälle. Und ein paar davon würde ich dir vielleicht sogar verraten.«

»Deine Fantasien mit Jakob? Lieber nicht.« Im Gegensatz zu früheren Gesprächen dieser Art klang er recht rigoros. Vermutlich, weil wir damals einfach so herumgealbert hatten, es jetzt aber um seine Arbeit ging. Und die war Harry heilig.

»Sorry, tut mir leid. Hast du denn schon eine Idee, was passieren könnte?«

Zu meiner Überraschung nickte er. »Die habe ich. Ich bin mir allerdings nicht mehr sicher, ob es eine gute Idee war. Vielleicht ist da etwas mit mir durchgegangen, als ich mich auf diesen Handlungsstrang einließ.«

Ich starrte ihn an. Der Gedanke, dass in seinem Kopf etwas durchging und er seinen Helden in eine gefühlstechnische Verwicklung schickte, die nicht absolut klar vorgezeichnet war, überraschte mich komplett. Oder war es eine so verbotene Sache, dass Harry jetzt ins Zweifeln kam? Sicher nicht. Ich meine, dazu musste man doch irgendwie selbst davon träumen, oder nicht? Man musste sich zumindest vorstellen können, das ebenfalls zu wollen. Und bei Harry war ich mir so sicher gewesen, dass er das nicht tat und er einer dieser Menschen war, die alleine glücklicher waren. Ich hätte bis gestern meinen Hintern darauf verwettet, dass es so war, dachte ich. Und dann geht er hin und übernachtet bei Claire, fuhr es mir in den Sinn. Ich schob das zur Seite. Darüber würden wir zu einem späteren Zeitpunkt reden. Stattdessen stellte ich eine andere Frage, die mich spontan beschäftigte.

»Kann man das trennen? Ich meine, das, was sich die Figuren wünschen und denken, und das, was man selbst möchte?«

»Wie bitte?«

»Wenn du schreibst ... Sind das dann Dinge, die du dir selbst vorstellen kannst? Oder kann man da völlig rational rangehen und sagen: Ich würde das zwar nie wollen oder tun, aber ich kann das dennoch so beschreiben und erzählen, dass mir jeder abnimmt, dass es mein sehnlichster Wunsch ist?«

Harry starrte mich einen Moment an. Er setzte zu einer Antwort an, dann schloss sich sein Mund. Seine Pupillen machten kleine Bewegungen, wie immer, wenn er nachdachte und sie dabei kurz zur Seite oder schräg nach oben huschten. Schließlich nahmen sie wieder mich in den Fokus und Harry hob die Augenbrauen, als wunderte er sich über meine Frage, die ihn doch so lange beschäftigt hatte.

»Ich schreibe Krimis. Ich bringe Menschen um. Ist das Antwort genug?«

Ich nickte brav, auch wenn ich dachte, dass es das nicht war. Natürlich war mir klar, dass er nicht den Wunsch hatte, jemanden umzubringen. Aber das hieß doch nicht, dass man sich nicht dennoch heimlich wünschte, so cool und lässig wie seine Hauptfigur zu sein. Wobei er das ja war, sonst könnte er sie nicht so treffend erschaffen. Wer kein Gespür für Gefühle hatte, konnte auch nicht darüber schreiben. Und wer nicht witzig war, konnte keine witzigen Dialoge verfassen. Woraus folgte, dass man doch offen für die Liebe sein musste, wenn man drüber schrieb, oder?

Verwirrt strich ich mir die Haare aus dem Gesicht. Früher hätte ich Harry frech ins Gesicht gesagt, dass er mir auswich und dass er die Frage nicht beantwortet hatte, und hätte einfach noch ein bisschen nachgebohrt. Aber bei diesem neuen Harry war ich mir unsicher, ob ich wirklich hören wollte, was er verschwieg. Irgendwie sagte und tat er gerade zu viele Dinge, die ich nicht von ihm erwartet hätte und die mich schon genug beschäftigten.

»Wenn du noch ein wenig Zeit hast, würde ich gerne etwas anderes mit dir besprechen«, bat Harry zögernd. Nicht gut, fuhr es mir durch den Kopf. Er klang viel zu ernst, als dass es nur die Frage war, ob er sich einen neuen Haarschnitt zulegen oder ob er seinem Kommissar eine fröhliche Nacht gönnen sollte.

Zu meinem Glück machte sich just in dem Moment das Handy bemerkbar. Ich sah auf das Display. Eine unbekannte Festnetznummer aus London.

»Das könnte geschäftlich sein. Da muss ich rangehen.«

Harry nickte und ich nahm den Anruf an.

»Penrose Cottage, guten Tag.«

»Gott sei Dank, Sie sind da. Ich hatte Angst, dass keiner ans Telefon geht«, begrüßte mich eine atemlose und erleichtert klingende Stimme. »Bitte, bitte, bitte, sagen Sie mir, dass Sie für heute noch ein freies Zimmer haben.«

»Es tut mir leid, wir renovieren aktuell«, gab ich automatisch zurück. »Wir können leider keine spontanen Buchungen annehmen.«

»Gut! Das heißt nicht nein«, erkannte die Stimme.

Hm, ein schlaues Mädchen, dachte ich.

»Aber es bedeutet leider dasselbe«, erklärte ich dann bedauernd. »Wir sind hier mitten im …«

»Bitte. Falls Sie ein Zimmer haben«, unterbrach mich die Stimme erneut. Sie klang dabei überraschend ruhig, beinahe resigniert. Und es schwang etwas mit, das mir deutlich machte, dass dies hier keine gewöhnliche Urlaubsbuchung war. Nach einem tiefen Atemzug begann sie wieder und jetzt klang sie noch eindrücklicher. »Falls Sie ein Zimmer haben, das über ein Bett und eine Tür und idealerweise ein kleines Bad verfügt und keine absolute Baustelle ist, und falls man in diesem Zimmer eine Nacht zubringen kann, dann geben Sie es mir. Bitte.«

»Sie klingen wirklich verzweifelt«, stellte ich fest.

Am anderen Ende der Leitung war ein hysterisches Lachen zu hören.

»Sie haben keine Ahnung, wie verzweifelt ich bin. Verlangen Sie, was Sie wollen. Soll ich Ihnen etwas vorsingen? Ein Gedicht aufsagen? Ihnen den doppelten Preis bezahlen? Egal, ich tu es. Wobei Sie mir im Falle des Zimmerpreises versprechen müssten, dass Sie den Aufschlag nicht auf die offizielle Rechnung dazuschlagen, sondern mich den privat bezahlen lassen.«

»Privat?«

Wieder war ein tiefes Einatmen zu hören. Dann sprudelte die Stimme los.

»Ich bin verzweifelt und ich bin echt am Arsch ...« Sie stockte kurz und machte dann weiter. »Am Anschlag. Sorry, tut mir leid. Hören Sie zu, dieses Zimmer ist wirklich wichtig. Es ist für meinen Chef, der jetzt gerade stocksauer auf mich in einem wichtigen Meeting sitzt und genau weiß, dass er heute Abend kein Hotelzimmer hat.«

»Und das ist Ihre Schuld?«, fragte ich vorsichtig.

»Natürlich. Weil ich zu blöd bin.«

»Na, na«, sagte ich sanft.

»Klar bin ich das. Zu blöd, um ein Zimmer zu buchen. Obwohl, nein, das stimmt nicht. Ich habe ein Zimmer gebucht. Ein tolles Zimmer in einem tollen, überteuerten Hotel.«

»Und wo liegt dann das Problem?«

»Dass ich zu doof war, um zu wissen, dass solche Hotels nicht so kurzfristig zu haben sind. Ich habe das Zimmer vor zwei Wochen gebucht und mein Chef hat mich noch dafür gelobt, dass ich das hinbekommen habe. Ich dachte, er ist wieder sarkastisch, aber er meinte es ernst. Nur dass er nicht gesagt hat, weshalb. Nämlich dass die eigentlich nie so kurzfristig freie Zimmer haben.«

»Aber sie hatten es doch. Haben Sie nicht gesagt, Sie haben gebucht? Dann müssen Sie doch eine Bestätigung bekommen haben?« So langsam fand ich richtig Gefallen an dem Gespräch. Ich war etwas näher zu Harry getreten, der ohne Schwierigkeiten mithören konnte, und feixte ihm jetzt zu.

»Ja, das habe ich.« Wieder ein tiefes Luftholen. »Und ich war zu blöd, auf das Datum zu schauen. Ich habe ein Zimmer gebucht, und zwar genau für heute in einem Jahr, wie man meinem Chef freundlich mitgeteilt hat, als er vor seiner Konferenz schnell einchecken wollte.«

»Shit«, entfuhr es mir. Jetzt sah ich Harry betreten an.

»Natürlich hat mein Chef dann umgehend mir mitgeteilt, dass er kein Zimmer hat.« Der Ton machte deutlich, dass er dabei nicht freundlich gewesen war. »Und jetzt«, ein letztes Atemholen, »sitze ich seit Stunden hier und versuche, ein Zimmer zu bekommen. Was läuft denn falsch bei euch in Cornwall, dass alle Hotels ausgebucht sind?«

»Keine Ahnung«, gab ich ehrlich zurück. »Es ist Nachsaison und da sind immer noch viele Urlauber hier. Und natürlich ist gerade das große Beachfestival drüben in …«, überlegte ich, nur um erneut unterbrochen zu werden.

»Ich kann nicht mehr«, flüsterte die Stimme und erschrocken hörte ich, dass sie mit den Tränen kämpfte. »Ehrlich, ich gebe auf. Wenn Sie mir nicht helfen, dann war es das. Dann werde ich gefeuert und lass mich gleich in Grund und Boden brüllen, wenn ich zugeben muss, dass ich tatsächlich zu blöd bin, um ein einfaches Zimmer zu organisieren.«

»Das hat doch nichts mit Blödheit zu tun. Und er kann Sie nicht feuern, nur weil Sie einen Fehler gemacht haben.«

»Oh doch. Weil ich noch bis Ende des Monats in der Probezeit bin.«

Wieder sah ich Harry an. Der zuckte mit den Achseln, was nicht half, auch wenn ich sah, dass er damit eigentlich *Gib dir einen Ruck* meinte.

»Wäre das denn so schlimm? Ich meine, Ihr Chef klingt nicht wie der ideale Arbeitgeber.«

»Ich brauch den Job. Und er hat auch gute Seiten. Er kann auch nett sein, wissen Sie? Er zahlt wirklich gut, aber dafür will er saubere Arbeit.« Wieder hörte ich, dass sie jetzt seine Worte wiederholte. »Und ich bekomme eine private Altersvorsorge und vor allem flexible Arbeitszeiten, wenn etwas mit meiner Kleinen ist. Wer will schon eine alleinerziehende Mutter mit einem Kleinkind?«

Ich biss mir auf die Unterlippe und suchte erneut Harrys Blick. Jetzt hieß seine Mimik eindeutig Denk nach und finde eine Lösung. Das blaue Zimmer kam mir in den Sinn. Das, welches einen Tag früher fertig geworden war und das ich heute geputzt und mit frischer Bettwäsche ausgestattet hatte. Es war erst ab morgen verplant, es wäre also möglich …

»Hm. Für eine Nacht, sagten Sie?«, hakte ich vorsichtig nach.

»Ja. Sein Termin dauert nur bis morgen Abend.«

»Wird er mit mir ebenso harsch umspringen, wenn er sieht, dass wir nur ein kleines B&B sind und nicht das, was er offensichtlich gewohnt ist?«

»Nein! Ich versichere Ihnen, er ist eigentlich nett. Nun ja, er ist nicht immer so. Und bei Fremden weiß er sich zu beherrschen.«

Ich lachte laut auf. »Das will ich ihm auch geraten haben. Also gut. Wenn ich Ihnen ein Zimmer gebe, werden Sie dann den Job behalten?«

»Ich hoffe es.«

»Ich auch. Denn das ist die Bedingung.«

»Was?«

Ich verdrehte schmunzelnd die Augen. »Schon gut. Er kann eine Nacht hier unterkommen. Und ich werde ihm sagen, dass er das nur darf, weil seine fantastische Assistentin nicht nachgelassen hat, bis ich breitgeschlagen war.«

»Danke! Oh mein Gott, Sie wissen gar nicht, was Sie da für mich tun. Dann werde ich ihm die Adresse schicken.«

»Tun Sie das. Und alles Gute. Ach, und lassen Sie sich nie mehr einreden, dass Sie zu dämlich für etwas sind. Das war nämlich mein Ernst. Ich nehme seit Wochen keine spontane Buchung an und ich hätte auch Ihre abgelehnt, wenn Sie nicht so verdammt gut in Ihrem Job wären.«

KAPITEL 36

»Tja, wie es aussieht, muss ich los. Ich bekomme einen spontanen Gast und irgendwie habe ich das Gefühl, dass es kein gewöhnlicher sein wird. Ich kontrolliere lieber noch einmal, ob nicht irgendwo ein vergessener Hammer herumliegt und alles sauber und adrett ist.«

Harry schmunzelte. »Das war nett von dir.«

»Hat sie dir nicht auch leidgetan?«

»Sehr.«

»Puh, stell dir vor, du hast so einen Chef. Was sind wir für Glückskinder, oder? Wir sind unsere eigenen Herren.«

Harry nickte und ich erhob mich endgültig. »Dann mache ich mich an die Arbeit. Ach, wolltest du noch etwas fragen?«

Harry schüttelte den Kopf. »Nichts Wichtiges. Wir reden irgendwann in Ruhe. Geh du jetzt und mach alles bereit, um diesen anspruchsvollen Gast zufriedenzustellen.«

»Weißt du, was mein Ausbilder früher immer sagte? Die kritischen Gäste sind die besten. Wenn du es schaffst, die zu überzeugen, dann weißt du, dass du deinen Job wirklich beherrschst.«

»Dann wirst du keine Probleme mit ihm haben.«

Ich grinste zufrieden. »Das denke ich auch. Wobei ich in diesem Fall nicht weiß, ob ich ihn gut machen will. So wie der sich anhört, weiß ich nicht, ob ich den ein zweites Mal hier haben will.«

Die Stimme hatte sich mir mittlerweile per Mail als Poppy vorgestellt und eine ganze Reihe Nachrichten geschickt, die ich jetzt noch einmal durchlas. Sie hatte sich sehr ausführlich dafür bedankt, dass ich ihren Hintern gerettet hatte, und dann vorsichtig nachgefragt, ob B&B hieß, dass wir kein Essen anboten. Ich seufzte, weil ich wusste, was das bedeutete. Dann schrieb ich zurück, dass wir das in der Tat nicht machten, aber besondere Gäste gerne an unserem privaten Abendessen teilnehmen durften. Das entsprach nicht wirklich der Wahrheit. Teilweise gab es diese Arrangements, wenn die Chemie stimmte und das im Vorfeld so besprochen war, aber ich wollte Poppys Stelle nicht wieder ins Wanken bringen. Da ich nicht wusste, wann der Herr eintraf, und keine verkochten Erbsen auftischen wollte, plante ich rasch um und entschied mich für eine Pastete, der es nichts ausmachen würde, etwas länger im Ofen zu sein. Dazu würde es Kartoffelgratin geben, was ebenfalls gut warmgehalten werden konnte. Als gesunde Beilage musste ein Salat ausreichen, den konnte ich vorbereiten und die Soße erst dann zugeben, wenn alle am Tisch saßen. Anschließend informierte ich Mabel, dass wir einen Gast zum Essen haben würden, und erzählte ihr die ganze Geschichte. Es war schon fast sieben Uhr, als ich wieder in mein Postfach sah und eine noch ausführlichere Dankesmail und die Versicherung, dass Poppy damit auf ewig in meiner Schuld stünde und eine etwaige zweite Tochter nach mir benennen würde, vorfand. Ich las diese Nachricht in dem Moment, als draußen ein Wagen hielt.

»Das ist ein B&B! Ich dachte, das wäre eine Pension.«

Ich horchte auf. Wenn da nicht endlich Mister Bartlett der Charmante angekommen war.

»Natürlich versichern sie, dass es ein Abendessen gibt. Vermutlich Bohnen aus der Dose zum Wucherpreis.«

Ich verzog den Mund und stützte die Hände in die Hüften. Charmant traf es wirklich.

»Hier stehen kaum Autos. Haben die offen?«

Ich lauschte gespannt. Irgendwie kam mir diese Stimme bekannt vor. Vielleicht, weil er wie ein bekannter Schauspieler klang, auf den ich gerade nicht kam?

»Was soll das heißen, die renovieren? Sie haben mir ein Zimmer auf einer Baustelle gebucht?«

Ich überlegte, ob ich hinausgehen und die arme Poppy erlösen sollte, da wurde auch schon die Tür aufgestoßen.

»Wir sprechen morgen. Ich habe offensichtlich keine Wahl.«

Richtig, dachte ich, als der Kerl endlich in das Haus trat. Ich hatte bereits mein schönstes Lächeln aufgesetzt, was gut war, denn sonst hätte ich jetzt den Mund aufgesperrt. Deshalb war mir der Name so bekannt vorgekommen, fuhr es mir durch den Kopf. Und natürlich hatte ich diese Stimme noch immer im Hinterkopf abgespeichert. Ebenso wie das Gesicht, das mich jetzt kritisch musterte.

»Paul? Paul Bartlett?«

Der Blick des Kerls wurde misstrauisch.

»Donna. Donna Penrose.« Ich breitete beide Arme aus, um mich zu präsentieren – und auch, um meine Überraschung zu kaschieren. »Du warst für ein Jahr in der Stufe über mir. In der Secondary School in Whitby. Ihr seid dann schnell wieder weggezogen und vermutlich erinnerst du dich gar nicht mehr an mich.«

Er hängte seinen Kleidersack über die Stange des winzigen Trolleys, den er neben sich hereingerollt hatte, und kniff überrascht die Augen zusammen.

»Donna? Donna …« Dann weiteten sich seine Augen. »Donna«, überlegte er noch immer und streckte einen Zeigefinger aus, um auf mich zu deuten. »Die Donna, die allergisch auf Pollen reagiert? Das Grunzmädchen?«

Ups! Ich zeigte ein breites Lächeln und nickte langsam. Stimmt, das hatte ich vergessen. Wir hatten nur ein einziges Mal wirklich miteinander geredet und ich war dabei so aufgeregt gewesen, dass ich einen Niesanfall bekam. Und der war so schlimm und vor allem so überraschend, dass dabei eine Ladung Spucke auf seinem Hemd landete. Er hatte mich entsetzt angesehen und ich hatte gedacht, sterben zu müssen. In meiner Not hatte ich nicht nur wie eine Bekloppte davon zu plappern begonnen, dass ich superallergisch auf diese blöden Pollen sei, sondern gleichzeitig versucht, mit meiner rasch ausgezogenen Strickjacke die peinlichen Tropfen von seiner Brust zu tupfen. Und verliebt, wie ich in den Kerl gewesen war, flashte es mich so, ihn zu berühren, dass ich hysterisch zu kichern begann, was darin endete, dass das Kichern zu einem Grunzen wurde. Im Ernst, ich hatte den Kerl angespuckt, ihn dann betatscht und dabei so hysterisch gelacht, dass am Ende ein Grunzlaut stand, der jedem Borstentier zur Ehre gereicht hätte.

»Ähm, ja. Genau die«, gestand ich mit einem angestrengten Grinsen.

»Du warst ziemlich strange.«

»Das bin ich immer noch.« Ich zuckte die Achseln und beschloss, zu mir und meiner Vergangenheit zu stehen. »Strange und ziemlich stolz darauf.«

»Und du arbeitest jetzt hier?« Er sah sich um.

»Mir gehört das B&B«, entgegnete ich mit aller Würde, die man aufbringen konnte, wenn man das Grunzmädchen war.

»Und du hast dafür gesorgt, dass ich heute Nacht nicht im Auto schlafen muss.« Er lächelte und plötzlich wusste ich wieder, weshalb ich damals in ihn verliebt gewesen war. Er war ziemlich süß gewesen und zumindest optisch war er es auch heute noch.

»Richtig. Also sei netter zu mir als zu Poppy.«

Sofort runzelte er die Stirn. »Hat sie sich beklagt?«

Mist! Das klappte ja bestens, dem armen Ding den Arsch retten zu wollen.

»Sie ist wirklich gut in ihrem Job. Sie hat mich so lange bequatscht, bis ich zugesagt habe. Wir renovieren gerade, wie du weißt, und nehmen deshalb keine Buchungen an.

Aber sie hat sehr deutlich gemacht, wie unglücklich sie wäre, wenn du heute Nacht dein Haupt nicht bequem betten kannst.«

Er kniff nachdenklich ein Auge zu.

»Im Ernst, sie hat mir erzählt, wie leid es ihr tut, weil es zu diesem Missverständnis gekommen ist. Und wie sehr es sie träfe, wenn sie deshalb dein Vertrauen verloren hat, weil du sie trotz des Kindes eingestellt hast und sie immer unterstützt, wenn sie ungeplant Zeit für das Mädchen braucht.«

Pauls Gesicht entspannte sich und ich dankte Poppy im Stillen, dass sie so eine Plaudertasche war.

»Wirklich, Paul. Es war ihr ein Anliegen, den Fehler auszumerzen. Und ich werde dafür sorgen, dass du dich hier wohlfühlst. Versprochen.«

»Ist das nicht ein irrer Zufall? Ich meine, eigentlich kennen wir uns gar nicht richtig, aber dennoch ist es doch verrückt, dass Paul ausgerechnet bei uns unterkommt.« Ich sah zu Mabel und dann zu Harry, die nickten und lächelten und vermutlich dachten, dass ich jetzt lange genug auf der losen Bekanntschaft herumgeritten war, die Paul und mich verband. Wir standen wartend im Wintergarten, eben mit den letzten Vorbereitungen fertig. Kritisch nahm ich noch einmal alles unter die Lupe. Der Tisch war einladend gedeckt. Die Terrassentüren waren offen und ließen die Abendluft herein. Die Pastete war perfekt, die Kartoffeln nur ein ganz klein wenig zu braun und der Salat tadellos. Und ich war bestens gelaunt. Ich hatte Paul das Zimmer gezeigt und mich unter seinem überraschten Blick wohlig geräkelt. Er musste nicht sagen, dass er etwas anderes erwartet hatte, und ich schickte Nick ein stilles, aber inbrünstiges Dankgebet, dass der Raum fertig war und dass er und seine Jungs so vortreffliche Arbeit geleistet hatten. Dieses Zimmer mit seinen in einem dunklen Blauton gestrichenen Wänden hatte ihm sichtlich imponiert.

Hinter dem Bett war die alte halbhohe Wandverkleidung aus Paneelen erhalten geblieben, was dem Ganzen Struktur gab und ziemlich edel wirkte mit der tiefblauen Lasur. Das Bad war ebenfalls total schick geworden. Die Wandverkleidung hatte ein Rautenmuster in Blau und Beige, perfekt passend zu der hellen Holzplatte, in die das Waschbecken eingelassen war. Es war ein schmaler Raum, der aber lang genug war, um an einem Ende eine Dusche einzubauen, die über die gesamte Breite ging und ebenfalls dazu beitrug, dass der Raum sehr viel hochwertiger wirkte. Dabei war es sogar günstiger gewesen, weil ich auf die Art nur eine halbe Glaswand als Spritzschutz einbauen musste, die weit weniger gekostet hatte als eine normale Schwingtür. Und einfacher zu reinigen war sie auch, nebenbei bemerkt. Stolz überkam mich, als ich dieses Zimmer mit Pauls Augen betrachtete. Nein, ich musste mich hinter keinem Hotel verstecken.

Bis Paul endlich zum Essen auftauchte, hatte ich also Harry und Mabel im Schnelldurchgang erzählt, dass ich unseren Überraschungsgast kannte, und dabei das Spucken, die Pollen und das Grunzen einfach ausgelassen. Es gab auch keinen Grund zu erwähnen, dass ich als Teenager in ihn verliebt gewesen war und er mich außer an diesem denkwürdigen Tag keines zweiten Blickes gewürdigt und als das Grunzmädchen in den Tiefen seines Hinterkopfs abgelegt hatte.

»War er damals schon so?«, wollte Harry wissen und bezog sich vermutlich auf die Art, wie er mit Poppy umging.

»Keine Ahnung, so gut kannte ich ihn nicht«, wich ich aus.

»Ich mag ihn immer noch nicht. So behandelt man keine Mitarbeiter.«

Ich nickte, war aber bereits abgelenkt von den Schritten, die jetzt zu hören waren. Paul hatte sich nicht umgezogen und trug noch die schwarze Anzughose zu seinem dunkelgrauen Hemd. Nur die Krawatte und das Sakko waren gewichen. Ja, ich wusste wieder, weshalb mich der Kerl so fasziniert hatte.

»Also, das ist meine Tante Mabel und dies hier ist Harry«, stellte ich schnell vor.

»Es freut mich, dass Sie Ihren Tisch mit mir teilen«, sagte Paul höflich und reichte Mabel die Hand.

»Fühlen Sie sich wie zu Hause«, entgegnete meine Tante, ganz die Profi-Gastgeberin.

»Und das ist dein Mann?«, fragte Paul und sah mich an, während er Harry eine Hand hinstreckte.

»Was? Nein.« Ich lachte auf. »Das ist Harry. Er ist so eine Art Faktotum hier.«

Ich sah, wie Harrys Augen kurz zuckten, und lachte nervös. »Im allerbesten Sinne. Harry ist in erster Linie ein Freund des Hauses und hat sich zu einem unverzichtbaren Helfer gemausert.«

»Freut mich«, versicherte Paul und drückte Harrys Hand.

Während wir aßen, erzählten wir uns, was in unseren Leben passiert war. Nun ja, er erzählte, wie flott seine Karriere verlaufen war, und ich lauschte und warf ab und zu eine freche Bemerkung ein und war überhaupt wieder ganz die Alte. Ich bemühte mich, auch Harry ins Gespräch einzubinden, aber der verfiel heute wieder in sein altes Schweigen, ab und an unterbrochen von einem höflichen Kommentar oder einem Nicken. Also ließ ich Paul berichten und heuchelte mehr Interesse an seinen ausführlichen Erklärungen, als ich hatte. Himmel, wie konnte man freiwillig einen Job machen, bei dem man den ganzen Tag nur Zahlen und Tabellen bewertete?

»Ist das nicht unglaublich anstrengend, den ganzen Tag auf Tabellen zu starren?«

Paul zuckte die Achseln. »Ich kenne nichts anderes. Und ich werde auch heute Abend noch ein paar anstarren müssen.«

»Aber du bist in Cornwall. Das Meer ist direkt vor unserer Nase. Nimmst du das überhaupt zur Kenntnis?«

»Ich habe es auf der Herfahrt ausgiebig bewundert.«

Ich schüttelte fassungslos den Kopf. »Weißt du was? Nimm deinen Laptop mit in den Garten. Ich bringe dir eine Lampe, damit du deine Tabellen anstarren kannst. Aber dann kannst du das Meer wenigstens hören und riechen. Und du kommst mal an die frische Luft.«

Er lachte. »Das ist verrückt. Ich bin nicht im Urlaub.«

»Das ist es nicht. Verrückt ist es, nach Cornwall zu fahren, in einem Büro zu sitzen, dann in einem Schlafzimmer, bis man wieder ins Büro muss, und schließlich heimzufahren, ohne die Natur genossen zu haben.«

Paul sah mich einen Moment nachdenklich an. Dann kräuselten sich seine Lippen zu einem amüsierten Lächeln.

»Also gut, Grunzmädchen. Ich werde deinem Rat folgen. Wo kann ich mich hinsetzen?«

Ich ignorierte tapfer Mabels Zucken und Harrys Augenbrauen, die sich wie der Blitz zusammenzogen. Stattdessen lachte ich, um zu zeigen, dass ich mit diesem alten Insiderwitz bestens klarkam.

»Ich zeig es dir. Du bekommst unseren schönsten Tisch, mit Blick auf das Meer. Und dort hast du auch Ruhe vor Geräuschen jeder Art und bist völlig ungestört.«

KAPITEL 37

»Wie verrückt ist das denn? Ist das nicht irre, dass dieser Kerl ausgerechnet bei uns Unterschlupf gesucht hat?«, fragte ich überdreht ein weiteres Mal, während ich mit Harry das Geschirr vom Abendessen in die Spülmaschine räumte.

»Doch«, gab er zu.

»Und dass wir uns direkt erkannt haben! Er hat sich an mich erinnert. Damit hätte ich nie gerechnet.«

»Hm«, machte Harry.

»Er sieht noch fast genauso aus wie früher. Nur reifer. Aber gut gereift«, sinnierte ich lächelnd.

»Du doch auch. Ich weiß zwar nicht, wie du mit sechzehn ausgesehen hast, aber dass du heute gut aussiehst …«

»Und er ist ziemlich erfolgreich«, überlegte ich weiter. »Er hat echt etwas erreicht. Das habe ich immer vermutet, dass aus Paul mal was wird.«

Harry brummte erneut.

»Und er ist noch genauso charmant wie früher.«

Jetzt ließ Harry das Geschirrtuch sinken und starrte mich an.

»Charmant? Wie er mit dieser Poppy umgesprungen ist?«

»Das war der Stress. Stell dir das vor, du sitzt irgendwo in einer Besprechung und kannst selbst nichts tun. Und du weißt, dass du diese Nacht kein Bett hast. Da kann man schon mal überreagieren.«

»Überreagieren. Vorher klang das etwas anders.«

»Vorher wusste ich ja nicht, wer das ist. Echt verrückt, dieser Zufall. Und er hat sich noch an mich erinnert«, freute ich mich ein zweites Mal.

Harry räusperte sich. »Er erinnert sich an das Grunzmädchen«, wandte er ein.

»Weil ich gegrunzt hatte.« Ich sah ihn streng an. »Magst du ihn nicht?«

Harry zuckte mit den Achseln. »Nicht besonders. Ich finde immer noch, dass er sich Poppy gegenüber wie ein Arsch verhalten hat. Als Vorgesetzter hat man auch Pflichten und sollte sich nicht aufführen wie ein verzogenes Kind.«

»Er hat einen Fehler gemacht, gut. Das passiert doch jedem mal, dass die Nerven durchgehen.«

»Klang Poppy so, als wäre das ein Einzelfall?«

»Was ist denn heute mit dir los, Harry?« Ich legte die Pfanne auf das Abtropfbrett und funkelte ihn an.

Er holte tief Luft und ließ dann ein schwaches Lächeln aufblitzen.

»Keine Ahnung. Ich mag den Kerl einfach nicht. Nenn es Bauchgefühl, aber mit dem stimmt was nicht.«

»Und selbst wenn. Er wird morgen wieder abreisen und nie mehr wiederkommen, weil Poppy in Zukunft sehr genau darauf achten wird, dass die Hotelbuchung tadellos ist. Also kannst du mir nicht einfach die Freude lassen, dass ich ihn noch einmal getroffen habe und feststellen durfte, dass er sich an mich erinnert – wenn auch als das Grunzmädchen? Das ist vermutlich mehr, als viele andere aus meiner Schule von sich behaupten dürfen.«

»Stehst du auf den Kerl?«, fragte Harry misstrauisch.

Ich lachte etwas zu laut. »Auf Paul? Lieber Harry, selbst ich bin realistisch genug, um zu wissen, dass das vergeblich wäre.«

Harry runzelte die Stirn und starrte mich weiter an.

»Aber ja, gut. Ich stand früher auf ihn. Die halbe Schule stand auf ihn. Und irgendwie ist das jetzt ein versöhnliches

Ende, weil ich immer dachte … Nun ja, du weißt schon. Und nun haben wir plötzlich die Gelegenheit bekommen, zu zeigen, dass aus uns etwas geworden ist. Dass wir cool geworden sind und nicht mehr grunzen.« Ich stupste Harry an. »Und in Zukunft weiß er vielleicht sogar meinen Namen, wenn er an mich denkt. Kannst du mir das nicht einfach gönnen?«

Wieder nickte Harry, dieses Mal sanfter.

»Gut«, beendete ich das Thema. »Danke fürs Helfen. Ich werde jetzt noch die Vorbereitungen fürs Frühstück angehen und dann bin ich hier fertig.«

»Brauchst du dabei Hilfe?« Harry hatte sein Handy aus der Hosentasche gezogen und starrte auf das Display. »Sonst würde ich mich jetzt an meine Nachrichten machen. Da ist heute einiges von Miles eingetrudelt, das ich gerne zeitnah beantworten würde.«

»Klar, mach das, ich schaff den Rest alleine. Vielleicht trinken wir später noch einen Absacker? Falls du Lust hast, dann weißt du ja, wo du mich findest.«

Zufrieden summend machte ich mich an die Arbeit. Paul war genau im richtigen Moment hier aufgetaucht, sinnierte ich. Sein Auftritt hatte meine gute Laune zurückgebracht und war eine willkommene Abwechslung im täglichen Trott. Und entgegen Harrys Unken hatte er sich sehr bemüht, den ersten Eindruck auszumerzen, und war gesprächig und witzig gewesen. Er hatte entspannt geplaudert und sich sehr interessiert an meinen Umbauplänen gezeigt und dabei auch nicht vergessen, sein Zimmer in den höchsten Tönen zu loben und zu versichern, dass ich mich damit wirklich nicht verstecken müsste. Vielleicht sollte ich ihm noch etwas zu trinken bringen? Er war es schließlich gewohnt, abends an der Hotelbar einen Drink nehmen zu können. Und zufällig hatte ich eine gute Flasche Weißwein im Kühlschrank, die ich für eine besondere Gelegenheit gekauft hatte. Nun, das wäre jetzt eine. Ich schnappte mir die Flasche und vorsichtshalber auch zwei Gläser und machte mich auf in den Garten.

Paul sah auf, als ich zu ihm trat. Ich hatte ihm einen Tisch nicht allzu weit in den jetzt dunklen Tiefen des Gartens empfohlen, weil er so noch etwas vom Licht des Wintergartens profitierte, aber dennoch ungestört war. Auf seinem Tisch standen zwei der aufladbaren Leuchten, die wir dieses Jahr angeschafft hatten und die man recht hell einstellen konnte. Ich konnte ihn also einen Moment beobachten, wie er mit einem zufriedenen Ausdruck auf seinen PC blickte und nickte, als hätte er eben eine erfreuliche Erkenntnis gehabt. Dann hob er den Blick und sah in meine Richtung und ich machte mich auf den Weg.

»Ich dachte, vielleicht magst du ein Glas Wein«, sagte ich und hielt ihm die Flasche entgegen. »Als Abschluss eines langen Arbeitstages? Oder musst du noch weitermachen?«

»Nein, du kommst genau im richtigen Moment. Ich bin eben fertig geworden.«

»Alle Zahlen gecheckt?«

»Ja. Und vor allem habe ich eine Strategie, wie ich morgen zum gewünschten Ziel komme.« Er lächelte zufrieden.

»Na dann …« Ich wedelte mit der Flasche. »Ich hoffe, Weißwein ist in Ordnung. Wir sind hier leider nicht so gut ausgestattet, was das klassische Barsortiment angeht.«

»Weißwein ist perfekt. Aber nur, wenn du dich zu mir setzt und mir Gesellschaft leistest.«

Breit grinsend zog ich meine zweite Hand hinter dem Rücken hervor und wedelte mit den beiden Gläsern, die ich dort versteckt hatte. »Das gehört zum Service.«

»Hast du noch Kontakt zu irgendjemandem?«, begann ich das Gespräch.

»Nein. Du weißt ja, dass ich nur ein Jahr dort zur Schule gegangen bin.«

»Klar.«

»Um ehrlich zu sein, an die meisten erinnere ich mich gar nicht mehr.«

»Dann sollte ich stolz sein, dass du dich an mich erinnern konntest«, gab ich frech zurück und dachte an all die Mädchen, die damals das Glück gehabt hatten, für kurze Zeit Teil seines Lebens zu sein. Paul hatte nicht umsonst einen gewissen Ruf gehabt – was uns andere nicht davon abhielt, zu hoffen, dass wir uns ebenfalls in die Riege seiner schnell wechselnden Favoritinnen einreihen dürften.

Er lachte. »Du warst einfach nicht zu übersehen.«

»Das bin ich heute immer noch nicht«, konterte ich und beschloss, seine Aussage einmal mehr auf den peinlichen Auftritt zu schieben und nicht als Anspielung auf meine etwas breitere Erscheinung zu werten. »Und peinlich kann ich immer noch.«

Wieder lachte er. »Und du bist deutlich schlagfertiger geworden. Übrigens scheinst du deine Pollenallergie in den Griff bekommen zu haben. Oder bist du nur auf Frühblüher allergisch?«

»Ich hatte so eine Sensibilisierung«, log ich frech und wedelte lässig mit der Hand. »Hat mein Leben deutlich vereinfacht.«

Paul nickte und ließ sich entspannt in seinen Stuhl zurücksinken. »Du hast es gut getroffen, wie es aussieht. Dieses B&B und das Grundstück hier direkt an Meer … Wenn du nicht mehr arbeiten willst, dann musst du das alles nur verkaufen und hast für den Rest deines Lebens ausgesorgt.«

»Niemals«, entfuhr es mir spontan. »Ich würde Penrose Cottage nie verkaufen. Nicht einmal, wenn mir das Wasser bis zum Hals steht. Außerdem gehört das Haus noch immer meiner Tante. Ich bin nur die Geschäftsführerin.«

»Was sich irgendwann ändern wird.«

»Ja. Und das wird hoffentlich noch sehr lange hin sein.«

Wieder nickte Paul und ließ seine perfekten Zähne aufblitzen. »Du hast deutlich mehr Temperament als früher, kann das sein?«

»Nein. Du hast es früher einfach nicht bemerkt«, gab ich zufrieden zurück.

Eine kurze Stille legte sich über uns, in der wir uns ansahen und verstehend nickend den anderen ganz neu einordneten. Himmel, hätte mir früher jemand gesagt, dass ich jetzt, dreißig Jahre später, entspannt mit Paul in einer recht frischen, aber dennoch wunderschönen Spätsommernacht sitzen würde und lässig ein Glas Wein trank, dann hätte ich auf der Stelle einen ganz üblen Anfall von Stresspickeln bekommen. Ich war daher ziemlich mit mir zufrieden, wie relaxt ich die Situation wuppte und dass er gerade seine Meinung von mir änderte. Ich leerte mein Glas, schenkte uns beiden nach und tat es ihm gleich. Entspannt schmiegte ich mich an die hohe Lehne des Stuhls und sah ihn dann an.

»Du bist noch wie früher. Du warst viel zu cool für uns.«

Sein Kopf neigte sich in einer spöttisch-dankbaren Geste. »War ich das? Ich habe keine Ahnung.«

Klar hast du die, dachte ich.

»Klar hast du die«, kam es prompt aus meinem Mund. Ich verzog ihn entschuldigend und zuckte mit den Achseln. »Und wie lief es sonst?«, erkundigte ich mich, um ihm eine Antwort zu ersparen. »Du hast bestimmt eine reizende Ehefrau und zwei oder drei nicht minder entzückende Kinder?«

Er sah mich einen Moment nachdenklich an. »Theoretisch ja.«

»Und praktisch? Ich meine, kann man theoretische Kinder haben? Oder rechnest du damit, Sprösslinge zu haben, von denen du nichts weißt?«

»Das lässt sich nie ausschließen«, sinnierte er lässig, ehe er frech zwinkerte. »Die Kinder, die du vermutlich meinst, sind allerdings durchaus echt.«

»Und die Ehefrau?«, hakte ich nach und hielt unwillkürlich den Atem an.

»Die ist ebenfalls echt. Nur ist sie nicht mehr meine Ehefrau.«

»Das tut mir leid«, versicherte ich prompt.

»Weshalb? Wir haben uns auseinandergelebt, aber wir zerfleischen uns nicht. Wir sind erwachsen und wissen beide, dass es eben manchmal schiefgeht.«

Jetzt war es an mir, nachdenklich zu nicken. Und dann zu lächeln, als er sein Glas hob und mir mit einem entzückenden Lächeln zuprostete.

»Lass uns über etwas anderes reden. Dieser Abend ist zu schade für schwere Gedanken. Stoßen wir stattdessen auf das Schicksal an, das uns beide nach so langer Zeit wieder zusammengeführt hat. Ich freue mich gerade wirklich darüber.«

KAPITEL 38

Eine halbe Stunde später musste ich mich ermahnen, nicht gar so laut zu lachen, um die anderen Gäste nicht zu stören. Paul war wirklich witzig und ich genoss seine Erzählungen. Und ich genoss es, dass er ebenfalls immer wieder erheitert lachte, wenn ich etwas sagte. Und dass seine Augen dabei zunehmend bewundernd funkelten.

»Und du hast dich doch verändert, Grunzmädchen«, bemerkte er schließlich und hob lachend beide Hände, als ich empört aufschnaufte. »Du wärst mir aufgefallen, wenn du damals bereits so witzig und unterhaltsam gewesen wärst.«

»Dann gewöhn dich daran, mich bei meinem Namen zu nennen. Oder hast du den schon wieder vergessen?«

»Ich? Nein!« Seine Hände beschrieben eine ausufernde Geste, legten sich kurz auf sein Herz und wurden dann abwehrend ausgefahren. »Was denkst du von mir? Klar weiß ich, dass du Doris heißt. Dodo! Nein, natürlich Donna«, sagte er endlich, als ich bei jedem Namen entrüstet meine Augenbrauen zusammengezogen hatte. »Und ich schwöre, ich werde ihn nicht mehr vergessen.«

»Dann ist ja gut.« Ich sah zur leeren Weinflasche und warf einen raschen Blick auf die Uhr. »Wie die Zeit vergeht, wenn man sich so angenehm unterhält.«

»Da stimme ich zu.«

»Wann möchtest du morgen frühstücken?«, wurde ich geschäftig und bereitete mich innerlich darauf vor, diesen Abend zu beenden.

»Ich muss um neun im Meeting sein. Bekomme ich um acht einen Kaffee?«

»Natürlich.« Ich lächelte mein professionelles Servicelächeln. »Kein Problem. Tja dann, du wirst müde sein.« Ich klopfte mit den Handflächen zweimal auf die Lehne meines Stuhls, um mich selbst zu motivieren, endlich aufzustehen. Da er nichts sagte, erhob ich mich und ignorierte den Gedanken, dass ich den Abend gerne noch etwas ausgedehnt hätte. »Ich sollte dich nicht länger vom Bett fernhalten.«

Auch Paul war aufgestanden. Einen Moment blieb er still, dann zuckte eines dieser Lächeln um seine Mundwinkel, mit denen er schon als Teenager die halbe Schule verrückt machen konnte.

»War das eine Einladung?«, fragte er und sah mir direkt in die Augen.

Einen Moment starrte ich einfach zurück. Einen Moment, den mein Gehirn dazu nutzte, direkt in einen emotionalen Amoklauf zu starten. Unterstützt wurde er dabei von meinem Körper, den ich den ganzen Sommer über darauf trainiert hatte, bei jeder sich bietenden Gelegenheit dieses fatale Kribbeln zu fabrizieren, das mich leichtsinnig, hoffnungsvoll und verrückt machte. Mein Mund dagegen nutzte die Chance, abgekoppelt von meinem Denkapparat das Nächstbeste zu sagen.

»Willst du austesten, ob du mich noch immer dazu bringen kannst, vor Überraschung zu grunzen?«

Paul lachte. Im Gegensatz zu den vorangegangenen Stunden klang es jetzt allerdings anders. Nicht mehr befreit und laut, sondern leise, zufrieden und gefährlich.

»Wenn das Ja heißt, dann darfst du auch gerne grunzen.«

Ehe ich zur Vernunft kommen konnte, hatte ich ihm bereits einen spielerischen Stups verpasst.

»Du weißt genau, wie man Frauen rumkriegt, was? Ich möchte bitte darauf hinweisen, dass wir die Grunzgeschichte heute Abend ad acta gelegt haben.«

»Und stattdessen eine neue schreiben?«, gab er nicht nach. »In der du andere Geräusche machst, die mich nachhaltig beeindrucken?«

Ich lachte. Vor allem, weil ich etwas Zeit gewinnen musste. Herrje, was sollte ich denn jetzt tun? Nicht, dass der mich hochnahm und ich mich gleich komplett zum Affen machte. Er kam lässig einen Schritt auf mich zu und mein Mund plapperte los.

»Das gehört im Gegensatz zum Frühstück eigentlich nicht zum Service«, sagte ich und hätte mir am liebsten eine Ohrfeige verpasst. Das war es dann wohl mit dem Kribbeln.

»Ich wäre bereit, dich angemessen zu entlohnen.« Er sah, wie mein Gesicht bei diesen Worten kurz jede Fassung verlor, und legte eine Hand auf meine Wange. »Indem ich dir ein paar Stunden schenke, die du nie vergessen wirst, und alles tue, um dich zufriedenzustellen.«

Ach du Schande. Das half mir gar nicht. Ich wusste, dass ich einfach ablehnen und gehen sollte, aber mein Kopf wollte das partout nicht einsehen.

Der Sommer ist beinahe vorbei, flüsterte er mir zu. Hast du den Wetterbericht nicht gehört? Das Wetter wird bald kippen und dann hast du deine Chance vertan. War es nicht das, worauf du die ganze Zeit hingearbeitet hast?

»Klar«, sagte ich und meinte meine innere Stimme. Dann sah ich Pauls überraschte Miene und lachte einmal mehr recht nervös.

»Äh, ich meine, klar würdest du das tun, das wäre ja das Mindeste.« Ich ignorierte lässig das amüsierte Zucken, das sich kurz auf seinen schönen Zügen zeigte, und räusperte mich. »Aber es kommt doch ein bisschen überraschend.«

»Tut es das?« Jetzt legte sich auch seine zweite Hand auf mein Gesicht. »Bin ich so schlecht darin, Signale zu senden? Habe ich dir nicht den ganzen Abend zu verstehen gegeben, dass ich überaus erfreut bin, dich getroffen und dabei eine völlig neue, sehr anziehende Donna entdeckt zu haben?«

»Nun ja, schon. Aber daraus gleich zu folgern …«

Pauls Finger legte sich auf meinen Mund und ich brach mitten im Satz ab. Ich hätte eh nicht gewusst, wie ich ihn beenden sollte – und ob ich das wollte.

»Dann werde ich es dir jetzt ganz deutlich sagen. Ich bin sehr davon angetan, was aus dir geworden ist. Du bist eine attraktive, witzige und kluge Frau. Und du würdest lügen, wenn du sagst, dass du nicht den schönen Seiten des Lebens zugewandt bist. Habe ich recht?«

Ich nickte und dachte dabei, dass ich ihnen zumindest zugewandt wäre, wenn sich die Chance bot. So wie jetzt, plärrte es in meinem Kopf. Also mach das nicht kaputt. Und vermassle es nicht, indem du ihm zeigst, was für ein naives Huhn du in Wahrheit bist.

»Weißt du, weshalb ich in meinem Job so erfolgreich bin?«, fragte Paul mit leiser, beinahe schnurrender Stimme. »Weil ich gelernt habe, mir das zu sichern, was ich will. Weil ich bereit bin, dafür zu kämpfen. Und weil ich alles gebe, um es zu bekommen.«

Seine Finger streichelten meine Haut und mit jedem Wort kam sein Mund etwas näher. Die letzten Worte waren nur noch gemurmelt, als er damit begann, seine Lippen den Fingern folgen zu lassen und eine brennende Spur auf meiner Wange zu ziehen. Automatisch schloss ich die Augen und hob ihm meinen Kopf entgegen.

Bingo, schrie es in mir und mein Gehirn begann, völlig zu eskalieren. Genau darauf hast du die ganze Zeit gewartet. Ein charmanter, erfolgreicher Kerl, der weiß, was er will, und der sich nicht scheut, das zu sagen. Wehe, du stellst dich jetzt blöd an.

Paul ließ ein zufriedenes Lachen hören, als er meine Reaktion spürte. Sein Kopf neigte sich und seine Lippen begannen, meinen Hals zu verbrennen, während seine Hände forsch nach unten glitten und sich um meine Brüste legten.

»Und dich wollte ich schon seit dem Hauptgang«, versicherte er. »Fuck, Donna, du bist so heiß!«

Ich erschauderte und war verloren. Ja, genau das hatte ich erleben wollen.

»Zufällig habe ich ein reizendes Zimmer, in das wir beide jetzt schnellstens verschwinden sollten«, knurrte er und drückte ein wenig fester zu.

Mir schoss mein eigenes Zimmer durch den Kopf, das nur darauf wartete, dass dort endlich etwas passierte. Nun ja, es würde vermutlich kein Problem darstellen, ihn eine Treppe weiter nach oben zu lotsen. Aber zuvor würde ich gerne noch ein wenig mehr darüber hören, wie heiß und toll ich war.

»Sie haben das Zimmer nur für eine Person gebucht, Mr. Bartlett«, erinnerte ich ihn kokett und entzog ihm für einen Moment meinen Hals. »Wir sind ein anständiges Haus.«

»Du bist ein Luder, das ist die Wahrheit. Ein reizendes, aufreizendes und heißes kleines Luder, das sehr erfolgreich das brave Mädchen spielt. Und ja, das gefällt mir durchaus«, versicherte er prompt und legte die Arme um meine Mitte, damit er mich fest an sich ziehen konnte.

Wieder kamen seine Lippen gefährlich nahe. Mir stockte der Atem, als er sie jetzt auf meine presste und mich leidenschaftlich küsste. Okay, das reichte mit den Versicherungen, dachte ich überrumpelt von dem, was in mir gerade tobte. Es war, als hätte sich jeder Gedanke, jeder Einwand, jeder Rest Vernunft von mir verabschiedet. Ich wollte nicht mehr denken oder ihn weiter hinhalten. Ich wollte nur das, was da gerade durch jede einzelne Zelle meines Körpers flutete. Ich wollte diesen Wahn, der mich zu einer Frau machte, wie ich sie noch nie gewesen war. Und das ließ ich ihn auch wissen, als ich mich auf das Spiel einließ, das seine Zunge mit meiner trieb.

»Wenn wir nicht augenblicklich verschwinden, dann kann ich für nichts mehr garantieren«, keuchte Paul zu meinem Entzücken.

Ich war ihm nah genug, um deutlich spüren zu können, dass er nicht übertrieb. Sieh her, Welt!, wollte ich am liebsten schreien. Das bin ich, die diesen Mann so in Ekstase versetzt. Übermütig drückte ich wie eine erschrockene Jungfrau beide Hände auf seine Brust und neigte den Kopf nach hinten, um mich ihm ein weiteres Mal zu entziehen.

»Ich habe ja völlig vergessen, dass ich noch den Tisch abräumen muss. Ich fürchte, ich muss mich jetzt um meinen Job kümmern«, säuselte ich kokett. »Hast du nicht gesagt, der Job kommt immer an erster Stelle?«

Paul knurrte anregend. »Dein einziger Job ist es gerade, mich glücklich zu machen. Die Gläser kann dein Faktotum abräumen.«

Seine Lippen brachen wieder über meine herein, noch eindringlicher, noch leidenschaftlicher, noch heißer als zuvor. Und doch fühlten sie sich anders an. Mein Körper fühlte sich anders an. Als hätte jemand einen Schalter umgelegt und die ewig sprudelnden Glücksperlen, die durch meine Adern rauschten, abrupt abgestellt.

»Nenn ihn nicht so«, murmelte ich, ohne nachzudenken.

»Wieso?« Paul lachte leise. »Sag jetzt nicht, dass er doch mehr ist und normalerweise meinen Job macht?« Wie zur Verdeutlichung drängte er einen Oberschenkel zwischen meine und begann, aufreizend langsame Bewegungen zu machen.

»Nein, das tut er nicht«, gab ich zu. Ich war zu verwirrt von der plötzlichen Leere, die sich in meinem Kopf breitgemacht hatte. Zu verwirrt, dass es gerade gar nicht mehr antörnend war, was sein Schenkel da tat. Und erschrocken darüber, wie sich seine Lippen mit einem Mal anfühlten. Hart und nass und falsch. Aber ganz besonders beunruhigte mich ein Geräusch, das es irgendwie geschafft hatte, durch all die verschiedenen Eindrücke zu dringen, und das mir eine ganz andere Gänsehaut bescherte. Erneut entzog ich mich diesen Lippen, die mich zu überzeugen versuchten, indem sie sich wieder an meinem Hals entlangarbeiteten und eben am Ausschnitt meines Sommerkleides angekommen waren. Ich drehte langsam den Kopf und sah Harrys erstarrte Silhouette auf der Terrasse. Ich zweifelte keine Sekunde daran, dass er selbst unter diesen Lichtbedingungen überdeutlich gesehen hatte, was ich hier trieb. Und auch wenn mein Gehirn sofort intervenierte und versicherte, dass das völlig unwichtig wäre und dass es ihn absolut nichts anging, wurde mir kalt. Ich sah trotz der Dunkelheit seinen Blick vor mir, sein Entsetzen darüber, dass ich mich hier von einem wildfremden Kerl begrapschen ließ, den wir noch vor einigen Stunden übereinstimmend als überaus unsympathisch und egoistisch bezeichnet hatten.

Und wenn?, unternahm die abenteuersüchtige Seite in mir einen letzten Versuch, mich bei Laune zu halten. Er hat keinen Grund, so zu schauen. Er tut es schließlich ebenfalls. Oder glaubst du wirklich an die Geschichte mit Claires Sofa?

»Das hätte mich auch gewundert. Der Kerl ist doch so leidenschaftlich wie eine Napfschnecke. Und ziemlich dämlich dazu, sonst wäre er längst an meiner Stelle«, murmelte Pauls raue Stimme an meinem Ohr. »Auch wenn ich das gerade sehr bedauern würde.«

Kapitel 39

Auf Pauls Leidenschaft hatten die kleinen Unterbrechungen definitiv eine anregende Wirkung. Er schien es zu genießen, dass ich mich kurzzeitig spröde zeigte und zurückzog, und war offensichtlich der Meinung, dass das eine Masche war, die uns beide in Wallung bringen sollte. Das bewies er mit aller Deutlichkeit, als er jetzt erneut loslegte. Verdammt, der Kerl toppte alles, was ich mir in meinen verruchtesten Träumen ausgemalt hatte. Wenn ich davon überzeugt werden wollte, dass ein Mann absolut verrückt nach mir war und nichts sehnlicher begehrte als meinen Körper, dann war ich gerade am richtigen Ort. Das Problem war nur, dass ich mir plötzlich nicht mehr sicher war, ob ich das wirklich wollte. Ich drehte den Kopf zur Seite, um mir Zeit zu verschaffen, und wieder ging er einfach dazu über, meinen Hals mit kleinen Bissen zu überziehen, seine Hände an Stellen wandern zu lassen, wo sie sich einfach nicht richtig anfühlten. Als sie sich plötzlich unter meinem Rock befanden und zielstrebig nach oben glitten, packte mich leichte Panik.

»Nein«, stieß ich hervor und stemmte wieder beide Hände gegen seine Brust.

»Hast du Angst davor, gesehen zu werden? Ich hatte den Verdacht, dass du es genau darauf anlegst. Dass du den besonderen Kick suchst, es gleich hier und jetzt zu treiben.«

»Nein«, versicherte ich wieder und machte mich von ihm los.

»Dann lass uns verschwinden.«

»Nein«, sagte ich ein drittes Mal und endlich registrierte Paul, dass etwas schieflief.

»Was?« Er lachte überrascht. »Was willst du dann?«

»Ich glaube, das hier nicht«, gestand ich und trat sicherheitshalber einen Schritt zurück.

Wieder entschlüpfte ihm ein ungläubiges Lachen. »Das ist jetzt nicht dein Ernst?«

»Es tut mir leid«, versicherte ich rasch. »Ich dachte, dass ich es will. Aber ich habe mich wohl getäuscht.«

»Du hast dich getäuscht? Ich kann dir versichern, dass du das nicht hast. Du hast dich gewunden und geschnurrt wie ein Kätzchen …«

»Und trotzdem«, beharrte ich wie ein bockiges Kind, dem kein Argument mehr einfiel. »Jetzt habe ich eben meine Meinung geändert.«

»Du kannst mich nicht heißmachen und dann einfach so stehen lassen …«, begann er einen neuen Versuch.

»Wir haben ausgezeichnete Duschen, wenn du eine Abkühlung brauchst«, rutschte es mir heraus.

»Was soll das, Donna? Ist das jetzt ein kindischer Racheakt, weil ich dich damals nie bemerkt habe und dich Grunzmädchen nannte?« Er bekam einen ähnlichen Tonfall wie vorhin, als er Poppy in der Leitung hatte.

Ich seufzte. »Nein.« Dann straffte ich mich und sah ihm in die Augen. »Ich dachte einen Moment, dass ich Lust auf dich hätte. Aber ich habe mich getäuscht. Ich möchte nicht mit dir in die Kiste hüpfen. Nimm es nicht persönlich, aber nimm es hin.«

Paul ließ ein ungläubiges Lachen hören. »Du bist noch genauso verrückt wie früher, was? Nimm es nicht persönlich?«

Noch einmal zuckte ich mit den Achseln. »Ich kann es mir selbst nicht besser erklären. Vielleicht hast du recht. Vielleicht werde ich jetzt komplett verrückt.«

Und wie um das zu beweisen, drehte ich mich um und marschierte davon. Ich schloss kurz die Augen, um dem

Aufjaulen in meinem Kopf etwas entgegenzusetzen, aber natürlich half es nicht. Schon klar, dachte ich missmutig. Ich bin dämlich und habe die Chance meines Lebens verschenkt. Aber zu dieser Sache gehörte eben auch, dass man es wirklich wollte, und nicht, dass man es einfach tat, um später vom besten Sommer seines Lebens schwärmen zu können. Tja, jetzt steckte ich so richtig in der Bredouille, fuhr es mir durch den Kopf, ehe ich den Gedanken schnell zur Seite fegte. Ich hatte gerade genug zu bedenken und brauchte nicht noch mehr Input, der sich nach zusätzlichen Scherereien anhörte.

Viel Schlaf bekam ich in dieser Nacht nicht. Aber anstatt mich mit einem heißen Typen in den Laken zu wälzen, warf ich mich alleine von links nach rechts, kaute mir die Unterlippe wund und versuchte herauszufinden, was mit mir falsch war. Ich hatte so oft genau von dieser Situation geträumt. Paul hatte agiert, als hätte er ein von mir verfasstes Drehbuch auswendig gelernt. Und er war heiß! Er war einer dieser Männer, die man sonst nur von Weitem anschmachtete. Er hatte mich auserwählt und mir eine unvergessliche Nacht versprochen. An welcher Stelle war mein Gehirn durchgebrannt und hatte mich so im Stich gelassen? Hatte ich mir all die Zeit etwas vorgemacht? War ich gar nicht die aufgeschlossene, moderne Frau, die sich einfach nahm, was sie wollte, und machte, worauf sie Lust hatte? Ich dachte wieder an Pauls Hände, seinen Mund, seine Worte. Und plötzlich fühlte ich mich besser. Doch, ich war genau die Donna, die ich sein wollte. Ich hatte mir genommen, was ich wollte, nämlich meine Freiheit, zu gehen und nicht weiterzumachen, als ich spürte, dass es eben doch nicht passte. Ich hatte meinen Moment gehabt, in dem ein wildfremder Kerl mir gestand, dass er gerade alles dafür tun würde, mich zu bekommen. Auch wenn ich am Ende gekniffen hatte. Weil ich endlich erkannt hatte, dass es die eine Sache war, zu behaupten, man würde einen Kerl nicht von der Bettkante stoßen, eine ganz andere aber, einen Kerl auf ebendiese Bettkante zu lassen.

Auch wenn ich am nächsten Morgen hundemüde war, fühlte ich mich erstaunlich gut. Es ist okay, dachte ich selbstsicher. Es ist okay, seine Meinung zu ändern. Es ist sogar gut, sie zu revidieren, wenn man spürte, dass man auf dem Holzweg gewesen war. Ich würde jetzt zwar meine Ziele überdenken müssen, aber das war halt so. Und ein Gutes hatte die Sache gehabt: Zumindest für den Moment war dieses Prickeln weg, das mich den ganzen Sommer dazu verleitet hatte, anders zu sein, als ich es jemals gewesen war. Ich kicherte, während ich mir die Haare föhnte, und überlegte, ob Paul es wohl geschafft hätte, mich so nachhaltig von diesem Zustand zu kurieren. Dann sah ich auf die Uhr und fluchte leise. Der würde schon bald unten auftauchen und nach einem Frühstück verlangen. Ich sollte mich jetzt lieber beeilen, damit sein Besuch in Penrose Cottage nicht zur Enttäuschung auf der ganzen Linie wurde.

Ich legte mich richtig ins Zeug. Paul würde auf frische Brötchen verzichten müssen, weil ich den Weg zum Jam first nicht mehr schaffen würde und Harry nicht zu sehen war. Harry! Dem schuldete ich vermutlich einiges, fiel mir ein. Sein mahnender Auftritt war es gewesen, der die ganzen Rädchen in meinem Kopf endlich wieder an die richtige Stelle rückte. Ich vermutete nach wie vor, dass sein Blick entsetzt gewesen war, weil er nun mal Harry und nicht eben ein Spezialist für spontan aufkeimende Leidenschaft war, selbst wenn es zu dunkel gewesen war, um wirklich eine Regung erkennen zu können. Auf alle Fälle hatte mein alter Freund mich gerade noch rechtzeitig vor mir selbst gerettet. So hatte ich zumindest einen echt coolen Abgang hinlegen können. Gott, ich wollte mir gar nicht vorstellen, dass wir schon mittendrin gewesen wären, ehe ich gecheckt hätte, dass ich das nicht wollte. Ja, mir wurde gerade mit jeder Minute klarer, dass ich sehr dankbar war, letzte Nacht keine wie auch immer gearteten Erfahrungen gemacht zu haben.

Summend schnitt ich drei Scheiben Toast ab. Zum Glück hatte Mabel gestern einen frischen Laib besorgt. Sie machte sich nichts aus Brötchen und beharrte darauf, dass zu einem echten englischen Frühstück nun mal Toast gehörte. Und zwar echter, von einem echten Toastbrotlaib, und nicht aus der Tüte und fertig geschnitten. Ich nahm eben die Rühreier vom Herd, als ich draußen Schritte hörte und Paul in den Wintergarten treten sah. Nun denn, dann mal los, dachte ich und ließ das Rührei in eine hübsche Schüssel gleiten. Mal sehen, wie peinlich das jetzt wird.

»Und? Gut geschlafen?«, fragte ich betont munter und trat mit dem frisch gerösteten Brot und den Eiern an den Tisch.

»Hm«, brummte Paul und langte nach der Kaffeekanne. »Das Bett ist durchaus bequem.«

»Ich weiß.« Ich lächelte unverbindlich und stellte meine Last ab.

»Und du? Ich hoffe, du hast dich die halbe Nacht hin und her gewälzt und dich verflucht, weil du plötzlich so prüde geworden bist.«

Ich spürte, wie sich meine Mundwinkel amüsiert hoben.

»Glaub mir, es war besser so. Vermutlich hätte ich im unpassendsten Moment gegrunzt und dann wäre ich für den Rest meines Lebens das Mädchen, das vor Verlangen grunzt anstatt stöhnt.«

Paul brauchte einen Moment, dann warf er den Kopf zurück und lachte.

»Wenn ich nicht einen dringenden Termin hätte und heute Abend in London erwartet werden würde … Ich würde wiederkommen und alles tun, um das zu erleben.«

Auch ich musste lachen und legte ihm eine Hand auf den Arm.

»Und so wird man zu einer Frau, von der die Männer für den Rest ihres Lebens träumen«, hauchte ich und schüttelte dann übermütig den Kopf. »Aber danke, dass du dein Angebot noch einmal erneuert hast. Das steht dir viel besser, als sauer zu sein.«

Er beugte sich vor und blinzelte. »Ich war auch gestern nicht sauer. Allerdings enttäuscht. Ich stand ziemlich unter Strom und hätte es genossen, ein wenig Dampf ablassen zu können. Du hast mich vorgeführt wie einen hormongesteuerten Teenager.«

Ich lachte zufrieden. Das nahm ich jetzt mal als echtes Kompliment, dass ich einen so weltgewandten Kerl wie Paul derart ins Schwitzen bringen konnte. Es war mir klar, dass ich keine Ausnahme war und er des Öfteren auf Geschäftsreisen Dampf abließ. Aber vermutlich erlebte er es nicht allzu oft, dass sich das Objekt seiner Begierde in der letzten Sekunde davonmachte.

»Es war mir ein Vergnügen«, verkündete ich und neigte mich spontan vor, um ihm einen Kuss auf die Wange zu hauchen. Dann schnappte ich mir einen Kaffeebecher und goss mir eine Tasse ein. Ich sollte zurück zu meinen Vorbereitungen, aber ich hatte bereits das meiste fertig und hoffte einfach, dass das Klappern in der Küche von Mabel verursacht wurde, die für mich einsprang. Ich gönnte mir jetzt den Luxus, zum Abschied dieses denkwürdigen Besuches eine Tasse Kaffee mit Paul zu trinken.

Ich hatte recht. Meine Tante stand in der Küche und werkelte munter vor sich hin.

»Du bist ein Schatz«, verkündete ich gut gelaunt und gab auch Mabel einen Kuss auf die Wange.

»Oha. Hatte da jemand einen guten Abend?«, wollte sie verschmitzt wissen.

»Einen ziemlich guten«, antwortete ich ehrlich und grinste. Dann versuchte ich, wieder professioneller zu werden. »Wenn es dir nichts ausmacht, hierzubleiben, dann mache ich die Rechnung für Paul fertig und werde im Anschluss gleich das Zimmer neu herrichten. Das ist ja ab heute gebucht und ...«

»Geh nur«, meinte sie mit einem Augenzwinkern. »Ich werde das Frühstück schon alleine hinbekommen, das habe ich schließlich jahrelang getan.«

Ich hatte die Rechnung eben ausgedruckt, als Paul mit seinem Koffer die Treppen herabkam. Ich reichte ihm den Ausdruck und mit einer lässigen Geste zückte er seine Kreditkarte.

»Mach gerne ein Trinkgeld obendrauf. Für den persönlichen Service.«

Ich lachte. »Den habe ich hier aufgeführt. Du sollst schließlich nicht denken, dass ich keine gewiefte Geschäftsfrau bin.«

Ich zeigte auf die Zeile, wo das Abendessen gelistet war. Tante Mabel hatte mir zu Beginn eine sehr ernste Ansprache gehalten, dass wir unsere Gäste zwar mochten und alles für sie taten, sie aber ganz bestimmt nicht kostenlos verköstigten.

Paul grinste und sah zu, wie ich seine Karte einlas und ihm schließlich zurückreichte.

»Es war mir ein Vergnügen. Beehren Sie uns bald wieder«, sagte ich, wie wir das damals im Hotel gelernt hatten. Nur dass wir damals nicht so frivol klangen.

Er beugte sich verschwörerisch vor. »Darauf könnte ich direkt zurückkommen, wenn ich wieder in der Gegend bin«, versprach er mit verheißungsvoller Stimme.

»Vergiss aber nicht, rechtzeitig zu buchen. Wir sind ziemlich beliebt und werden in gewissen Kreisen als Geheimtipp gehandelt.«

»Völlig zu Recht. Bei diesem Service.«

Ich lachte und gab ihm einen Klaps auf den Arm. »Der ist nicht buchbar. Zumindest nicht für jeden, wie ich dir bereits gestern versichert habe. Und jetzt verschwinde und mach deinen Deal klar.«

Ich stemmte die Hände in die Hüften und kam mir ziemlich lässig vor. Es war okay, noch ein bisschen zu flirten, und es fühlte sich genau richtig an. Weil er die richtigen Antworten gab und mir das Gefühl vermittelte, dass ich es nicht versemmelt hatte, sondern stattdessen wirklich zu der Art Frau geworden war, die ich so gerne sein wollte. Ich trat neben ihn und sah ihm keck in die Augen. Er ließ ein wunderschönes Lächeln aufblitzen und nahm mich noch einmal in die Arme.

»Danke, Donna. Danke, dass du mich spontan aufgenommen hast. Ich verspreche, ich werde deinen Namen nie mehr vergessen.«

»Dann ist ja gut. Und sag Poppy einen Gruß. Ach, und vielleicht zahlst du ihr einfach mal einen netten Bonus. Schließlich ist das alles am Ende eigentlich ihr Verdienst.«

Ich lächelte ihn unschuldig an und freute mich, weil er erheitert seinen Kopf schüttelte. Dann beugte er sich ein letztes Mal über mich und küsste meine Wange, eher er seinen Koffer schnappte und sich wieder in sein Leben stürzte. Ich ging ihm hinterher zur Tür und hob die Hand, als er aus der Ausfahrt fuhr. Dann drehte ich mich um, immer noch breit lächelnd, und entdeckte Harry, der am Fuß der Treppe stand und mich mit undefinierbarem Ausdruck musterte.

KAPITEL 40

»Harry!« Ich winkte ihm strahlend zu.

»Donna.« Er steckte beide Hände tief in die Taschen seiner Hose und räusperte sich. »Dir geht es gut?«

»Bestens. Ich habe mich schon lange nicht mehr so gut gefühlt.«

Er nickte verstehend.

»Und ich muss dir unbedingt etwas erzählen«, sprudelte ich los.

»Das dachte ich mir, aber jetzt ist es ganz schlecht. Ich habe einen Termin.«

»So früh?« Ich runzelte die Stirn.

»Die Brötchen habe ich natürlich geholt. Und Mabel hat versichert, dass sie an meiner Stelle hilft.«

»Oh. Klar. Aber darum geht es doch gar nicht. Es ist nur ungewöhnlich, dass du so früh schon aus dem Haus gehst.«

»Claire hat heute frei und wir haben etwas vor«, beschied er mit einem Achselzucken. »Wir sehen uns später, Donna.«

Nachdenklich sah ich ihm nach, wie er in sein Auto stieg und losfuhr. Mechanisch hob ich die Hand, um ihn wie Paul zu verabschieden, aber er war zu konzentriert auf das Fahren, um es zu bemerken. Ich starrte ihm hinterher, bis der Wagen um die Ecke verschwand, und drehte mich langsam um. Das Hochgefühl, das mich heute Morgen gepackt hatte, verlor gerade deutlich an Schwung. Seltsam, dachte ich. Was Harry wohl so Wichtiges vorhatte? Ich hätte ihm zu gerne erzählt, dass sein Auftritt Paul am Ende die Nummer vermasselt hatte. Bestimmt hätte er das mit Zufriedenheit gehört. Er hatte schließlich nicht verhehlt, dass er es nicht guthieß, was ich in seiner Vorstellung letzte Nacht mit unserem Gast getrieben hatte. Selbst wenn er ja dasselbe mit Claire tat. Das war kein guter Gedanke, der nun auch noch den Rest meines Hochgefühls killte. Danke dafür, murmelte ich missmutig, als ich mich auf den Weg nach oben machte, um Pauls Zimmer für die neuen Gäste vorzubereiten. Da bin ich endlich wieder in der Spur und dann kommt mein angeblich bester Freund daher und macht das wieder kaputt. Erschrocken hielt ich einen Moment inne, das Kopfkissen in der Hand, über das ich gerade einen neuen Bezug stülpen wollte. Was war in letzter Zeit nur mit mir los? Ich sollte mich freuen, dass Harry jetzt auf dem Weg zu Claire war. Ich sollte es ihm gönnen, dass er und Claire sich so gut verstanden. Es war doch nie meine Art gewesen, neidisch zu werden, nur weil es bei mir gerade ein paar Schwierigkeiten gab. Als sich Joanna und Gavin gefunden hatten, da hätte ich vor Freude am liebsten ein Tänzchen hingelegt. Auch damals war ich Single gewesen und auch damals hatte ich schon den Wunsch, diesen Zustand abzuändern oder mich zumindest wie Betty einfach ein wenig zu amüsieren. Nachdenklich ließ ich mich auf dem Rand des Bettes nieder, das Kopfkissen immer noch in der Hand. Joanna würde jetzt wissen, wie sie mir den Kopf zurechtrücken könnte, und danach würde sie mir versichern, dass meine Zeit bald kam. Sie würde mir so lange gut zureden, bis ich wieder normal wurde und mir etwas in den Sinn kam, das ich sagen konnte und worüber wir dann gemeinsam lachten. Aber im Moment lachten wir nicht zusammen, sondern stritten uns ständig. Ich hatte gestern vor lauter Paul völlig vergessen, mich bei ihr zu melden. Und sie hatte es auch nicht getan. Und jetzt? Ich konnte ja schlecht anrufen und so tun, als wäre nichts gewesen, nur um dann ein wenig darüber zu jammern, dass ich aktuell meine Emotionen nicht im Griff hatte und missgünstig wurde. Nein, ich musste das erst mit ihr klären und danach gestehen, dass ich mittlerweile schlauer war. Ja, das war ein Plan, der Hand und Fuß hatte. Entschlossen stand ich auf und griff nach dem Kissenbezug. Ich würde mich jetzt in die Arbeit stürzen, um diesen blöden Gedanken zu entkommen. Die beiden anderen Zimmer auf dieser Etage waren gestern Abend ebenfalls fertiggestellt worden – auch das war in Pauls Ankunft untergegangen. Ich hatte Nick erklärt, dass ich einen ungeplanten Gast angenommen hatte, und ihn nicht wie üblich auf ein Gläschen eingeladen, um einen weiteren Bauabschnitt zu feiern. Nick hatte sehr verständnisvoll reagiert. Zu verständnisvoll, um mir länger etwas vorzumachen. Es war einfach so, dass er mich zwar mochte und gerne mit mir lachte, sich aber nicht todtraurig aus dem Haus schleppte, wenn ich mal keine Zeit für ihn hatte. Noch so etwas, wo ich mich verrannt hatte, denn umgekehrt ging es mir doch ebenso. Ich war gerne in seiner Gesellschaft und ich mochte seine aufmerksame und dynamische Art, seine Leidenschaft für das gemeinsame Projekt. Seine Energie und seine ruhige Art, mit der er scheinbar jedes Problem löste, waren eine Wohltat und inspirierend. Aber darüber hinaus verband uns recht wenig, wenn ich ehrlich war.

Prüfend starrte ich auf das frisch bezogene Bett hinab und strich noch einmal gedankenverloren über die bereits glatte Decke. Ein letzter Blick durch den Raum überzeugte mich, dass hier alles einwandfrei war. Dann schnappte ich mir meine Utensilien und machte mich auf nach nebenan. Als ich die Tür öffnete und den neu gestalteten Raum sah, schlich sich doch wieder ein Lächeln auf mein Gesicht. Das hier war das Zimmer, das ein grünes Farbkonzept erhalten hatte. Nick hatte mir erläutert, dass diese Farbe für Glück und Hoffnung stand und von den Menschen unterbewusst als harmonisch und beruhigend empfunden wurde. Dem musste ich jetzt zustimmen, mich machte der Raum eindeutig glücklich. Mit neuem Schwung begann ich, die letzten Spuren der Bauarbeiter zu tilgen. Viel war das nicht, Nicks Männer verließen ihre Arbeitsplätze in tadellosem Zustand. Wenigstens dieser Bereich meines Lebens lief reibungslos, dachte ich mit neu aufkeimendem Mut. Gut, mein Liebesleben stagnierte nach wie vor, aber es wäre weit schlimmer, wenn sich die Umbauten zum Desaster entwickelt hätten. Ich wischte ein letztes Mal über das Waschbecken und platzierte dann die schönen Flakons mit Duschgel und Shampoo und den farblich abgestimmten Seifenspender auf den Ablagen. Einen Moment blieb ich stehen, um die Bilder über dem Bett zu betrachten. Selbst die hatten die Männer nach meinen Angaben aufgehängt. Sie hatten sogar wie versprochen die Kiste im Schrank deponiert, auf der grünes Zimmer stand und in der ich die passenden Accessoires lagerte, die ich bereits kurz nach Baubeginn besorgt hatte. Ich hatte mich nicht bremsen können und geshoppt wie eine Wilde, um für jedes Zimmer ein paar besonders schöne Stücke zu finden. Es sollte nicht zu viel sein, um den Gästen Platz für ihre persönlichen Dinge zu lassen, aber genug, um aus einem sterilen Gästezimmer einen gemütlichen Rückzugsort zu machen. Und wirklich gaben erst diese Sachen dem Raum die richtige Note. Ein letzter prüfender Blick versicherte mir, dass es hier nichts mehr zu tun gab. Wenn ich mich dranhielt, konnte ich auch noch das dritte Zimmer fertigstellen. Das würde zwar erst in einigen Tagen gebraucht werden, aber was erledigt war, war erledigt. Und vielleicht konnte Harry dann schon früher umziehen? Das Erdgeschoss, wo er sein Quartier hatte, war der letzte Abschnitt des Projekts und hätte eigentlich in zwei Tagen an die Reihe kommen sollen. Da wir jetzt aber bereits den ersten Stock fertig hatten, konnte ich die Belegung einfach umswitchen. Welches Zimmer soll ich Harry vorübergehend zuweisen, dachte ich und grinste, als ich die dritte Tür auf dieser Etage öffnete.

»Was denkst du, mein Freund«, murmelte ich halblaut. »Ist dieser Raum etwas für dich?« Ich blickte mit einem zufriedenen Gefühl im Bauch auf die Blümchentapete und das nostalgische Himmelbett. Da Nicks Firma nicht nur auf Malerarbeiten, sondern zudem auf Inneneinrichtung spezialisiert war, flatterten hier bereits die zarten, luftigen Vorhänge an den Fenstern und auch um die Pfosten des Himmelbetts wanden sich die hellen Stoffbahnen. Der weiße Korbsessel stand in der Ecke, der zierliche Schminktisch war montiert und an die Wand gerückt worden und im Bad hatten wir anstatt der kräftigen Farben eine rosaweiß gestreifte Verkleidung ausgewählt, die aus diesem Zimmer ein echtes Märchenparadies machte.

»Wohl eher nicht deins, Harry«, sinnierte ich amüsiert, während ich voller Vorfreude die letzten Handgriffe tat. Die zart rosafarbene Bettwäsche sah toll aus vor dem pastelligen Blütenmuster der Tapete und die in einem etwas kräftigeren Pink gehaltenen Zierkissen gaben dem Ganzem den richtigen Pfiff. Wie auch in den übrigen Räumen fand ich die entsprechende Kiste im Schrank und verteilte summend die darin enthaltenen Stücke. Die Zusatzdecke, ebenfalls in Pink, legte ich akkurat gefaltet über die Lehne des Sessels, auf den Schminktisch kamen eine Schmuckschale und ein Keramikbecher in Rosa mit Goldrand, in den man seine Pinsel, Bürsten oder Mascaras stellen konnte. Zufrieden drehte ich mich im Kreis. Ja, das war ein Raum, in dem ich selbst gerne übernachten würde. Einmal mehr war ich Nick von Herzen dankbar, dass er mir den Mut gegeben hatte, das Experiment zu wagen und nun über fünf einzigartige und jedes auf seine Weise beeindruckende Zimmer zu verfügen. Und bald wären auch die restlichen Räume fertig und dann hatte ich dieses Jahr wirklich etwas erreicht, worauf ich stolz sein durfte.

Ich konnte mich nicht zurückhalten und trat nacheinander noch einmal in alle Zimmer auf diesem Stockwerk. Nein, das mit den Blümchen kam für Harry nicht infrage und irgendwie hatte ich das Gefühl, dass das blaue ebenfalls nicht das richtige war. Es war aktuell noch zu sehr mit Paul verknüpft. Von daher würde Harry also in das glücklich machende grüne Zimmer umsiedeln, bis sein bisheriger Raum fertig war. Danach würde er wieder nach unten ziehen, weil er den Zugang zum Garten, den sein aktuelles Refugium bot, sehr mochte. Ich hatte bei den Planungen stets Harry vor mir gesehen, wie er sich in diesem Raum aufhielt und an seinen Büchern schrieb, im Sommer mit geöffneter Terrassentür. Nun, vielleicht klappte das noch, bisher hielt sich das gute Wetter mehr als wacker, auch wenn die ersten Meteorologen zu unken begannen, dass ein Umschwung bevorstand. Nix Umschwung, dachte ich optimistisch. Mein Sommer ist noch nicht ganz zu Ende. Noch bleibt etwas Zeit, um ihn wirklich einzigartig zu machen.

Als ich leise vor mich hin summend die leeren Kisten und meine Putzutensilien verräumte, spürte ich, dass mein angeborener Optimismus endlich zurück war. Es hatte also doch etwas gebracht, mich in den letzten Monaten und Jahren immer wieder darauf zu konzentrieren, gut zu mir selbst zu sein und mich darin zu bestärken, die positiven Dinge zu sehen, anstatt immer nur das Auge darauf zu richten, was gerade nicht lief. Deshalb verdrängte ich einfach, dass mir immer noch ein ernstes Gespräch mit Joanna bevorstand und dass Harry vielleicht irgendwann mit Claire in seinem neu renovierten Zimmer übernachten würde. Das waren Gedanken, die mir gerade nicht guttaten und zur Seite geschoben werden konnten. Und wer weiß, ob es tatsächlich so kommt, dachte ich trotzig. Es brachte nichts, sich jetzt schon die Laune zu vermiesen, und ändern würde es auch nichts. Nein, ich blieb schön im

Hier und Jetzt, wo es perfekt war und Harry und ich in Penrose Cottage unser ideales Leben lebten, immer füreinander da waren und gemeinsam jeder Herausforderung trotzten.

KAPITEL 41

Später hatte ich Einkäufe zu erledigen und schwatzte dabei mit jedem Dorfbewohner, der mir über den Weg lief, ehe ich mich eine Weile im Erdgeschoss bei den Arbeitern herumdrückte. Ich stand ihnen zwar mehr im Weg, als dass ich eine Hilfe war, aber ich bildete mir ein, dass sie sich tatsächlich nicht nur über die Kaffeelieferung freuten, sondern auch darüber, dass ich dabei einfach ein wenig quasselte, während sie ihren Job machten. Mittlerweile lief das wie im Schlaf und so hatten sie bereits die alten Möbel abgeschlagen und kümmerten sich darum, dass die dann entsorgt oder aber im Backsteinschuppen hinten im Garten zwischengelagert wurden, bis sie zurückkehren durften. Als Nick auftauchte, holte ich ihm ebenfalls einen Kaffee und dankte ihm zum tausendsten Mal dafür, dass alles wie am Schnürchen lief. Dann zeigte ich ihm die fertig hergerichteten Zimmer und freute mich, weil er mein Geschick für die kleinen Details in den höchsten Tönen lobte. Anders als früher flackerte dabei das Prickeln nicht auf, wie ich am Rande feststellte. Und ich war mir ziemlich sicher, dass es nicht daran lag, dass Mabel sich uns angeschlossen hatte und die Zweisamkeit störte. Ich hatte schlicht aufgehört, jedes seiner Worte dahingehend abzuchecken, ob das jetzt ein unverbindliches Lob war oder eine zweite, persönliche Botschaft enthielt. Ein bisschen wehmütig wurde mir dabei schon, weil ich es genossen hatte, mir einzubilden, dass er latent mit mir flirtete, wenn er so charmante Dinge sagte, aber es war eine gute Wehmut. Ich fand es überraschend schön, dass er mich einfach als Freundin schätzte, und nahm mir vor, Nick nach dem Abschluss des Projekts auch weiterhin ab und an zu treffen. Ich bin doch nicht etwa erwachsen geworden?, fragte ich mich grinsend, als ich zusah, wie Nick etwas später in seinen Wagen stieg, um zur nächsten Baustelle zu fahren, wo er sicherlich ebenfalls seinen Charme versprühte. Ich werde doch nicht mit Mitte vierzig plötzlich anfangen, vernünftig zu werden und meine Träume einzustellen? Nein, das würde ich nicht, versprach ich mir selbst. Aber ich würde vielleicht realistischer träumen. Und ich würde meine Zielsetzung überdenken. Vielleicht war die Idee mit den unverbindlichen Männergeschichten wirklich nicht mein Ding und auch nicht das, was am Ende dafür sorgte, dass man die vermeintlich beste Zeit seines Lebens hatte. Denn auch so war ich meinem persönlichen Sommer einen gewaltigen Schritt nähergekommen, oder nicht? Ich hätte es tun können, das war doch das Ding. Und auch wenn ich mir nach wie vor wünschte, endlich die komplette Glückseligkeit zu erleben, die aufregenden Stunden, die das Ganze krönten, wusste ich jetzt wenigstens, dass ich sie hätte haben können. Ja, so musste man die Dinge sehen.

Erst am Abend wurde ich wieder etwas unruhiger. Ich hatte heute fein alles verdrängt, was gerade nicht gut für meine Psyche war. Und dazu gehörte leider auch, dass Harry sich den ganzen Tag nicht blicken ließ. Ich wartete ungeduldig, dass er endlich auftauchte und ich ihm vom gestrigen Abend erzählen konnte. Dann verpasste er mir einen Dämpfer, als er in einer knappen Nachricht mitteilte, dass er es nicht zum Abendessen schaffen würde. Ich saß also mit Mabel alleine am Tisch und berichtete ihr zum wiederholten Male, wie beeindruckt und begeistert sich unsere neuen Gäste von den eben bezogenen Zimmern gezeigt hatten. Mabel hörte mir geduldig zu und warf immer mal wieder einen schnellen Blick auf Harrys leeren Platz.

»Es ist seltsam, wenn er nicht hier ist«, sagte sie irgendwann.

Ich nickte. »Allerdings. Ich fürchte, er wird erwachsen und wir müssen ihm mehr Freiraum gewähren.« Ich lachte etwas zu albern, aber Mabel stimmte nicht ein.

»Er scheint mir in letzter Zeit nicht allzu glücklich zu sein.«

»Was?« Ich sah sie erstaunt an. »Wie kommst du darauf?«

»Keine Ahnung. Er hat sich verändert. Mir ist bei meiner Rückkehr gleich aufgefallen, dass er nicht mehr wie früher ist.«

»Er ist erfolgreicher«, warf ich ein. »Und er wird selbstsicherer.«

»Und nachdenklicher«, ergänzte Mabel.

»Noch nachdenklicher?« Ich lachte wieder.

»Ich wollte nicht fragen, aber ich hatte Sorge, dass zwischen euch etwas vorgefallen ist.«

Jetzt war ich ehrlich erstaunt. »Nein. Und wie auch? Mit Harry kann man gar nicht streiten.« Dann fiel mir ein, dass wir genau das getan hatten, und ich runzelte die Stirn. »Auf alle Fälle war da nichts, was dir Sorgen bereiten muss.« Oder mir, fügte ich stumm an. »Aber nun ja, seine Karriere nimmt richtig Fahrt auf und da ist natürlich auch Claire …«

Mabel betrachtete mich sinnend. »Und dir macht das nichts aus?«

»Nein«, rief ich voller Inbrunst, was Mabel dazu brachte, die Stirn zu runzeln. »Ich gönne ihm das total. Ich meine, Harry ist toll, oder? Etwas langweilig und eher der Kumpeltyp, aber toll.«

Die Falten auf der Stirn meiner Tante gruben sich tiefer ein. Dann schüttelte sie den Kopf und griff sich die Schüssel mit den Karotten.

»Wenn du das sagst. Aber manchmal denke ich, dass du exakt die Fehler machst, die du anderen vorwirfst.«

»Und das wäre was genau?«

Sie schüttelte einmal mehr den Kopf. »Denk einfach ab und zu darüber nach, was alles aus deinem Mund kommt, Donna«, empfahl sie trocken und schaufelte sich einen Nachschlag auf den Teller.

Zwei Stunden später entschied ich, den Rat meiner Tante anzunehmen, und ließ unser Gespräch noch einmal Revue passieren. Ich hatte mit Mabels tatkräftiger Unterstützung den Abwasch erledigt und die üblichen Vorbereitungen für das Frühstück getroffen. Dann hatte ich mich in den Wintergarten zurückgezogen und lümmelte in meinem Lieblingssessel herum. Der war erstens superbequem und zweitens hatte man von hier den Vorraum im Blick. Falls also einer unserer Gäste etwas brauchte, würde ich ihn rechtzeitig sehen. Und wenn Harry endlich heimkam, würde ich das ebenfalls mitbekommen. So langsam wurde ich doch unruhig bei dem Gedanken, wo er sich so lange rumtrieb. Und als mir ein Bild in den Kopf schoss, was er dabei treiben könnte, wurde mir noch mal anders. Ob er gar nicht kam und erneut außer Haus schlief? Diese Vorstellung gefiel mir ganz und gar nicht, weil ich doch dringend mit ihm reden musste. Jetzt, wo ich mich mit nichts ablenken konnte, hatte ich nämlich wieder seinen morgendlichen Abschied vor Augen. Harry hatte es eilig gehabt, aber der unterschwellige Verdacht, dass er zudem distanzierter als üblich agiert hatte, machte mich unruhig. Vor allem, weil es nicht das erste Mal gewesen war, dass er mir das Gefühl vermittelt hatte, eine Barriere aufzubauen. Klar, er hatte immer ein bisschen abwehrend reagiert, wenn ich wieder einmal gefühlstechnisch eskalierte und mit zu vielen Informationen um die Ecke kam. In letzter Zeit jedoch benahm er sich fast wie eine alte Jungfer. Oder so, als wäre er eifersüchtig, fuhr es mir durch den Kopf. Ich wollte über diesen närrischen Gedanken lachen, aber stattdessen begann mein Herz, wie verrückt zu poltern. Harry hatte mich gestern mit Paul gesehen und im Gegensatz zu mir wusste er nicht, dass ich die ganze Chose recht rüde beendet hatte. Konnte es tatsächlich sein, dass er nicht nur aus Prüderie nicht gut fand, dass ich mich auf eine heiße Nacht einließ? War es wirklich möglich, dass es ihm auch aus anderen Gründen nicht gefiel? Plötzlich saß ich kerzengerade im Sessel. Harry hatte mir so oft gesagt, dass ich nett und hübsch war, dass ich es schon gar nicht mehr richtig hörte. Er hatte mir so oft geholfen, dass ich es als Selbstverständlichkeit hinnahm. Er war so zuverlässig für mich da, dass ich es einfach voraussetzte, jederzeit auf ihn bauen zu können. Ich sah plötzlich sein Gesicht vor mir, seine Augen, die mich so intensiv musterten, wie es kein anderer Mann je getan hatte. Wie er mich über den langen Tisch hinweg ansah, als wir beim letzten Dinner gesessen hatten. Wie sich sein Blick einen Moment in meinem verhakte und sich dann dieses ganz eigene Lächeln auf seinem Gesicht zeigte, das mich einfach nur glücklich machte. War es möglich, dass er mehr dabei empfand als das Glück, einen guten Freund gefunden zu haben? War es möglich, dass Harry, mein guter, ruhiger Harry, mehr in mir sah als ich in ihm? Dass er deshalb so abwehrend reagierte, wenn ich ihm vom Nick und Fred und Jakob vorschwärmte? Und dass Paul schlicht der Tropfen gewesen war, der sein Fass zum Überlaufen brachte?

Erschrocken ließ ich mich in den Sessel zurücksinken und versuchte, mein klopfendes Herz zu beruhigen. War es tatsächlich möglich, dass sich Harry in mich verliebt hatte? Das wäre gar nicht gut, dachte ich sofort. Schließlich will ich meinen besten Freund weder verlieren noch verletzen.

»Gar nicht gut«, murmelte ich aufgewühlt und presste mir eine Hand auf die Brust, in der es völlig unpassend nicht nur klopfte, sondern auch zischte. »Kein guter Moment für euch«, schob ich halblaut nach und versuchte, das in mir aufsteigende Kribbeln zu unterdrücken. »Gar kein guter Moment, um in mir zu blubbern und zu perlen und so zu tun, als wäre das etwas Tolles. Weil es nämlich die Totalkatastrophe wäre, also hört auf, mich verrückt zu machen.« Der Aufruhr in mir lachte gehässig und legte noch eine Schippe drauf. Und dann, als ich schon dachte, komplett durchzudrehen, hörte ich wieder Tante Mabels Worte in meinem Kopf. Denk einfach ab und zu darüber nach, was alles aus deinem Mund kommt, Donna. Dankbar stürzte ich mich darauf, froh um alles, was meine Gedanken in andere Bahnen lenken konnte. Was war aus meinem Mund gekommen? Nur gute Dinge, oder? Dann stöhnte ich auf. Nur gute Dinge und die ewige Versicherung, dass Harry ein Kumpeltyp war. Mal abgesehen davon, dass ich diese Aussage wirklich hasste, wenn sie in Bezug auf mich gemacht wurde, und ich schon von daher darauf verzichten sollte, war das auf die Dauer vermutlich für niemanden besonders angenehm. Und ganz besonders dann nicht, wenn man eben nicht der beste Kumpel sein wollte. Ach du Scheiße, dachte ich und fürchtete, dass das Prickeln mein Gehirn gleich zum Totalabsturz bringen würde. Das würde ja mal wieder perfekt passen, dass sich ausgerechnet der einzige Mann, hinter dem ich nicht her war, für mich erwärmt hatte. Hatte ich vor lauter Kerlen den einen nicht gesehen, der meinen Blick wirklich verdient gehabt hätte? Doch dann stutzte ich. Nein, Harry konnte nicht in mich verliebt sein. Bei meinen Überlegungen hatte ich ein wichtiges Detail vergessen, nämlich die unsägliche Claire, von der sich Harry heute anscheinend gar nicht trennen konnte. Wie passte die ins Bild? Wollte er mich mit ihr eifersüchtig machen? Nein, entschied ich sofort. Das war nicht Harrys Stil. Wenn er sich mit ihr einließ, dann, weil er echte Gefühle hatte. Gefühle, die früher mir galten und die ich erfolgreich abgetötet hatte, indem ich ihm immer wieder versichert hatte, dass er zwar so ein toller Kumpel war, aber niemals zu mehr taugte?

»Shit«, fluchte ich halblaut und versuchte, den finalen Gedanken in Schach zu halten, der lauernd bereitstand, um sich endlich zu zeigen. War es unter diesen Umständen gut oder schlecht, dass er sich mittlerweile Claire zugewandt hatte? Und hätte ich mich ihm gegenüber anders verhalten, wenn ich geahnt hätte, dass er nicht nur mein Kumpel sein wollte?

Ich wäre in diesem Moment sehr dankbar gewesen, wenn ich etwas zu tun gehabt hätte, aber ich war wie gelähmt. Gleichzeitig wusste ich, dass ich jetzt nicht wieder davonrennen konnte und mich dem stellen musste, was mich gerade wahnsinnig machte. Ich zog also eine Bilanz und versuchte, rational an die Sache zu gehen. Mochte ich Harry? Ja. Hatte ich Gefühle für ihn? Immer noch ja. Aber das hatte ich in letzter Zeit für einige Männer gehabt. Und ich hatte mich dabei jedes Mal vorschnell darauf gestürzt und alles getan, um diese Gefühle aufzubauschen, sie anzuheizen, mir zu versichern, dass da mehr war, als ich tatsächlich fühlte. Ich war seit Monaten in einem emotionalen Ausnahmezustand und hatte mir vermutlich selbst keinen Gefallen damit getan, ständig hinter diesem perfekten Sommer herzuhechten. Ich hatte jede kleine Nettigkeit sofort zu einem Flirt hochgebauscht und in jedem Kerl, der nicht schnell genug davonrannte, einen potenziellen Kandidaten gesehen – und mir umgehend eingeredet, voll auf ihn zu stehen. Bei all den anderen war es einfach nur peinlich, wenn ich etwas zu überschwänglich reagiert hatte. Aber bei Harry durfte ich es nicht vermasseln. Ich durfte mir jetzt nicht selbst einreden, dass auch ich mehr für ihn empfinden könnte. Zumal ich mich bei jedem meiner Sommermänner getäuscht hatte und ihnen mehr Interesse unterstellte, als sie hatten. War es daher nicht naheliegend, dass ich mich jetzt auch in Harrys Gefühlen täuschte? Dass ich schon wieder falschlag, schon wieder zu viel in alles interpretierte? Natürlich! Es musste so sein, weil es gerade die einzige Möglichkeit war, um mit alldem klarzukommen. Ich holte ein paar Mal tief und konzentriert Luft und stieß den Atem langsam wieder aus. Ruhig werden, Donna. Das Wichtigste war jetzt, runterzukommen, um dann in Ruhe herauszufinden, was zum Teufel mit uns beiden los war.

KAPITEL 42

Es wäre schlau gewesen, mich nun in mein Zimmer zurückzuziehen, aber stattdessen blieb ich so lange im Sessel sitzen, bis ich erschrocken hochfuhr und bemerkte, dass ich eingeschlafen war. Verwirrt sah ich mich um und mein Herz machte einen gewaltigen Satz, als ich Harry mit schuldbewusster Miene im Eingangsbereich stehen sah.

»Harry«, sagte ich und legte unwillkürlich eine Hand auf die Brust. »Hast du mich erschreckt.«

»Das wollte ich nicht. Hast du etwa geschlafen?«, erkundigte er sich mit seiner sanften, freundlichen Stimme.

Ich nickte eifrig. »Ich wollte auf dich warten und bin dabei einfach weggedämmert. Ich habe letzte Nacht nicht viel Schlaf bekommen.«

Sofort sah ich, wie sich sein Gesicht verdüsterte.

»Das dachte ich mir.«

»Hey! Ich bin gestern meinem persönlichen Sommer ein ganz gewaltiges Stück nähergekommen, weil …«, begann ich aufgeregt und wollte endlich erzählen, dass ich nur deshalb nicht geschlafen hatte, weil ich so überdreht und voller Gedanken gewesen war, aber er schnitt mir das Wort ab.

»Donna, das geht mich nichts an. Und ehrlicherweise will ich es auch nicht hören.«

»Oh«, sagte ich und knabberte kurz auf meiner Unterlippe herum. »Aber du hast es dir doch sonst immer angehört.«

»Das heißt nicht, dass ich es hören wollte«, gestand er leise.

Ich schluckte und versuchte, den Aufruhr zu ignorieren, der schon wieder in mir tobte. »Weshalb hast du dann nichts gesagt? Du hättest mich jederzeit bremsen können.«

Harry ließ ein schmales Lächeln aufblühen, das eher traurig als aufmunternd wirkte. »Jetzt weißt du es.«

»Dann willst du wirklich nicht wissen, was ich gestern Nacht erlebt habe?«, fragte ich verzagt. »Selbst wenn es eine richtig tolle Nachricht wäre?«

Er schüttelte den Kopf. »Nein, Donna, das will ich nicht. Ich würde zur Abwechslung lieber selbst etwas erzählen.«

Wieder musste ich schlucken. Nicht nur, weil ich einmal mehr das Gefühl hatte, ihm wirklich viel zu oft nicht zugehört zu haben, sondern auch, weil ich instinktiv spürte, dass ich ebenfalls nicht hören wollte, was er mir im Gegenzug zu sagen hatte. Wenn ich auch nur einen Moment ernsthaft daran geglaubt hatte, dass er meine Männerfantasien aus Eifersucht nicht mehr ertrug, dann endete der hier und jetzt. Ich sah schweigend zu, wie er sich in den zweiten Sessel setzte. Im Gegensatz zu sonst ließ er sich nicht gemütlich darin nieder, mit überschlagenem Bein und entspannt angelehnt. Er saß auf der vorderen Kante, die Beine leicht geöffnet, den Oberkörper nach vorne gebeugt, die Ellenbogen auf den Knien abgestützt. Dann sah er mich stumm an, und das gab mir den Rest. Er sah aus wie ein Arzt, der seinen Patienten betrachtet und sich überlegt, wie er dem jetzt die bittere Wahrheit beibringt.

Zum ersten Mal blieb ich stumm und wartete ab, bis Harry etwas sagte. Als er sich schließlich räusperte, fing ich schon wieder an, auf meiner Unterlippe herumzukauen. Und als er endlich den Mund aufmachte, wurde mir kalt.

»Donna«, begann er mit so sanfter Stimme, dass ich wusste, jetzt folgte ein Todesstoß. So sprach man nur, wenn die Nachricht so schrecklich war, dass man jedes Geschütz auffahren musste. »Es gibt da etwas, was ich dir schon seit einiger Zeit sagen will.«

Meine arme Unterlippe! Und mein armes Herz, das plötzlich schmerzte, so sehr polterte es. Unvermittelt lag wieder diese Wärme in seinen Augen, die ich so liebte. Die ihn so wunderschön machte.

»Du hast mein Leben in einer Weise verändert, die ich mir nie hätte vorstellen können. Seit ich hier in St. Hope bin, forderst du mich jeden Tag aufs Neue. Und das meine ich auf die beste Art. Du hast mir einen Weg gezeigt, um aus meiner selbst gewählten Einsamkeit zu entkommen. Du hast mich einfach angenommen, wie ich war, und du hast mich jeden Tag zum Lachen gebracht.«

Er schmunzelte leicht und auch ich spürte ein zaghaftes Heben meiner Mundwinkel. Ich nickte eifrig und hoffte, dass er noch sehr viele Worte dieser Art zu sagen hatte.

»Ich verdanke dir so viel. Du hast mich mitgenommen zu den Dinner-Abenden und mich einfach in deinen neuen Freundeskreis integriert. Du hast mir hier mehr als ein Zimmer gegeben. Du hast für mich ein Heim geschaffen, mich hier aufgenommen wie ein Familienmitglied. Und du hast mich in meiner Arbeit unterstützt, mich angefeuert, mich befeuert und immer an mich geglaubt.«

Mein Nicken intensivierte sich. Natürlich habe ich all das gemacht, hätte ich am liebsten gesagt. Weil ich dich so sehr mag. Weil ich dich liebe. Weil ich dich vielleicht sogar auf eine Weise liebe, die mir selbst nicht bewusst war? Erschrocken versuchte ich, diesen Gedanken zu unterdrücken.

»Für all das schätze ich dich. Wirklich, ich schätze dich sehr und ich …« Er stockte und suchte nach den richtigen Worten.

Liebe dich?, dachte ich spontan und holte scharf Luft. Hoffte ich wirklich, das von ihm zu hören? Oder fürchtete ich mich in Wahrheit nicht davor? Verwirrt senkte ich den

Blick und nagte jetzt so heftig auf meiner Lippe, dass er die Stirn runzelte und seine Hand auf meine legte.

»Donna, du solltest dir das endlich abgewöhnen. Hör auf«, sagte er so sanft wie eine Mutter, die ihr Kind davor schützen will, voller Trotz wieder und wieder gegen eine Wand zu laufen. »Es gibt auch keinen Grund, das zu tun. Ich werde nichts sagen, was du nicht hören willst«, setzte er leise hinzu. »Im Gegenteil, du wirst dich hoffentlich freuen über das, was ich dir mitzuteilen habe.«

Ich zwang mich, meine Unterlippe freizugeben und stattdessen zustimmend zu nicken.

»Du hast mir wieder und wieder gesagt, dass ich endlich aus mir herauskommen soll. Dass ich beginnen soll zu leben. Dass ich mein Leben angehen muss und dass ich es wert bin, mir meinen Platz darin zu erhoffen.«

»Weil es stimmt«, flüsterte ich und wagte ein schwaches Lächeln. »Ach, Harry.«

Wieder zog kurz eine nachdenkliche Wolke über sein Gesicht. Dann richtete er sich ein bisschen gerader auf und schien sich zu wappnen.

»Genau darüber wollte ich seit Tagen mit dir reden. Dass ich endlich bereit bin. Dass ich endlich tun muss, was mir mein Herz sagt. Und dass ich es dir sagen muss, weil es auch dich betrifft.«

Ich riss vor Überraschung die Augen auf und vergaß einfach zu atmen. Himmel, Harry, dachte ich und die Blubberbläschen begannen, sich warmzumachen. Du bist also tatsächlich verliebt. Und so wie es sich anfühlt, bin ich das ebenfalls.

»Donna, es ist an der Zeit. Ich werde nie vergessen, was du für mich getan hast, und du wirst immer meine beste Freundin bleiben. Aber ich denke, ich muss jetzt meinen eigenen Weg finden. Ich habe eine Wohnung angeboten bekommen und ich habe zugesagt. Ich werde ausziehen.«

Die Bläschen in meiner Brust zerplatzten lautlos und in Zeitlupe. Alles war plötzlich lautlos und in Zeitlupe. Ich saß da, starrte Harry an und hatte das Gefühl, dass eben die Zeit angehalten worden war und irgendjemand mein Leben packte wie einen dieser Modelleisenbahnzüge, die mein Opa an Weihnachten immer um den Weihnachtsbaum schnaufen ließ. Irgendjemand riss meine persönliche Lebens-Lok vom gewohnten Gleis, nur um sie danach ruppig auf ein anderes Gleis zu setzen, und zwar mit der Nase nach hinten. Und dann sah er hämisch kichernd dabei zu, wie die Lok in die falsche Richtung fuhr. Auf dem falschen Gleis und für den Rest ihres Lebens vergeblich nach der alten, vertrauten Strecke suchend.

Ich merkte, dass ich immer noch die Luft anhielt, und atmete japsend ein. Harry beugte sich vor und legte wieder eine Hand auf meine. Sein Blick glich jetzt mehr denn je einem besorgten Arzt.

»Donna? Alles gut?«

»Was? Nein! Natürlich ist nicht alles gut. Du willst … ausziehen?« Ich musste mich dazu zwingen, das Wort auszusprechen.

»Überrascht dich das wirklich?«

Spontan dachte ich an Claire, aber die fehlte mir gerade noch in diesem Kuddelmuddel.

»Natürlich. Ich dachte, dir gefällt es hier! Ich dachte, du bist hier glücklich! Ich dachte …« Ich verstummte. Ich hatte gedacht, dass er bis zum Ende unseres Lebens blieb. Einfach so.

»Du weißt, dass es mir hier gefällt. Und du weißt hoffentlich auch, dass ich mir diese Entscheidung nicht leicht gemacht habe. Aber Donna … Ich bin ein Mann, der auf die fünfzig zugeht, und ich lebe in einer Pension. Ich habe weder ein Büro noch eine Küche. Ich habe nichts außer zwei Koffern. Es war doch immer klar, dass es nur eine Übergangslösung sein kann.«

Ich nickte mechanisch. »Klar. Eine Übergangslösung.«

»Das heißt doch nicht, dass wir uns nicht mehr sehen. Ich ziehe nicht weit weg. Nur zwei Ortschaften weiter«, versuchte er mich zu trösten.

Zwei Ortschaften weiter. Was für ein Zufall. Ich kniff die Augen zusammen und sah ihn an.

»Wie bist du so schnell an eine Wohnung gekommen?«

»Claire hat mir geholfen. Bei ihr im Haus wurde kurzfristig etwas frei und sie hat ein gutes Wort für mich eingelegt. Ich bin froh, dass sie zur Dinner-Runde gestoßen ist. Sie ist wirklich unglaublich gut im Organisieren und sie ist ebenso uneigennützig wie du, wenn es darum geht, jemandem zu helfen.«

Klar, dachte ich bitter. Genau wie ich. Nur dass sie früher erkannt hat, was du wirklich wert bist, Harry. Welche Bereicherung du tatsächlich bist.

»War es nicht das, was du wolltest?«, fragte Harry leise. »Was du mir all die Zeit gepredigt hast? Dass ich endlich aufwachen muss und auch, dass ich ihr eine Chance gebe? Du warst als Kupplerin in etwa so subtil wie der berühmte Elefant im Porzellanladen«, bemerkte Harry leise.

Ich war drauf und dran, einfach aufzustampfen und laut Nein zu schreien. Oder auch zuzugeben, dass ich mich getäuscht hatte und ich nichts weniger wollte, als dass er auszog und bei ihr wieder ein. Aber in dem Moment, als ich endlich den Mund aufmachte, ließ mich ein gewaltiges Krachen erschrocken zusammenfahren. Zeitgleich hellte ein Blitz die Szenerie auf und wie auf Kommando setzte heftiger Regen ein. Ein scharfer Wind kam auf und peitschte das Nass durch die geöffneten Türen in den Wintergarten.

Gott sei Dank, dachte ich, als ich laut und herzhaft fluchend aus dem Sessel schnellte. Wenigstens habe ich jetzt einen guten Grund, um jedes Schimpfwort zu benutzen, das mir einfällt – und aus diesem Albtraum zu entkommen, ohne spontan eine Dummheit zu begehen, die ich später bereuen würde.

KAPITEL 43

Das Gewitter tobte die ganze Nacht und untermalte damit perfekt meine aktuelle Gefühlslage. Erst gegen Morgen schwächte sich das Donnern ab und als ich völlig fertig aus dem Bett kroch und die Vorhänge zur Seite schob, starrte ich in einen grauen Tag. Der peitschende Regen war in einen trüben, beinahe lautlosen Niederschlag übergegangen. Ich wusste, ohne das Fenster zu öffnen, dass auch die Temperaturen mächtig abgestürzt waren. Über Nacht hatte der Herbst Einzug gehalten.

Wie passend, dachte ich dumpf, während ich die Arme um meinen Oberkörper schlang und müde den Regentropfen zusah, die an der Scheibe hinabperlten. Der Sommer ist mit einem gewaltigen Radau zu Ende gegangen. Und was blieb, war eine graue Aussicht auf trübe Tage. Ich musste mich schließlich zwingen, den Blick abzuwenden und mich für den Tag bereit zu machen. Ich war nicht nur müde, ich war regelrecht antriebslos und vor allem hatte ich Angst. Ich fürchtete mich, nach unten zu gehen und auf Harry zu treffen. Der plötzliche Wetterumschwung hatte gestern dafür gesorgt, dass wir wie panische Hühner die Fenstertüren schließen und dann die Bescherung beseitigen mussten, die das Unwetter angerichtet hatte. Wir hatten Seite an Seite den Boden aufgewischt, die Blätter aufgesammelt, die hereingeweht worden waren, den Tisch überprüft, ob auch er etwas abbekommen hatte. Beim Kampf Wind gegen Terrassentüren waren wir beide nass geworden und hatten diese Ausrede gerne genutzt, um schnellstens in unseren Zimmern zu verschwinden, sobald wir den Wintergarten wieder in einem manierlichen Zustand hatten. Harry hatte noch einmal gefragt, ob bei mir alles gut war, und ich hatte genickt und klar gesagt und dass ich schon den ganzen Tag müde gewesen war und mir der Schrecken des Unwetters zusätzlich in den Knochen steckte. Heute Morgen jedoch musste ich mich der neuen Situation stellen, und das beunruhigte mich. Ich hatte immer noch keine Ahnung, was ich wirklich empfand oder mir wünschte. Meine Gefühle für ihn waren ein einziges Fragezeichen und ich versuchte krampfhaft, sie wieder unter Kontrolle zu bringen und herauszufinden, was davon echt und was einfach meiner überdrehten emotionalen Situation geschuldet war. Was ich definitiv nicht wollte, war, ihm in die Augen zu sehen und sagen, dass ich seine Pläne gut fand. Ich wollte ihm nicht bestätigen, dass es der richtige Schritt war, oder ihm gar dazu gratulieren. Und doch würde ich das tun müssen, weil es offensichtlich das war, was er wollte.

Als ich in die Küche trat, stand Harry schon mit Mabel an der Anrichte und bereitete das Frühstück vor, als wäre dies ein ganz gewöhnlicher Tag. Ich war zu spät und dankbar, dass die beiden eingesprungen waren, denn die ersten Gäste lärmten bereits auf der Treppe. Tja, ich war nicht nur eine schlechte Freundin, sondern auch eine schlechte Gastgeberin, die ihre persönlichen Sorgen über das leibliche Wohl der anderen stellte.

Ich nickte ihnen zu und sah den Blick, den sie tauschten. Offensichtlich war Mabel schon informiert, denn sie sah mich so mitleidig an, dass ich mich rasch wegdrehen musste. Ich schnappte mir den Obstsalat und den Korb mit den Brötchen und brachte beides nach nebenan, wo ich einen Moment stehen blieb und mich an der Kante des langen massiven Tisches festhielt. Dann hörte ich den fröhlichen Gutenmorgengruß des netten Paares, das gestern angekommen war, zementierte mir ein Lächeln ins Gesicht und drehte mich zu ihnen um.

Ich war dankbar, dass die beiden echte Plappertaschen waren, denn so konnte ich einfach stehen bleiben und ein wenig mit ihnen plaudern. Das war eigentlich meine Superkraft, aber heute fand ich es herausfordernd. Harry kam und brachte Kaffee und frischen Toast und auch ihn anzusehen war schwer. Er legte mir im Vorbeigehen eine Hand auf die Schulter, was richtig schlimm war, denn es spendete überhaupt keinen Trost.

Da wir nur drei Belegungen hatten, war das offizielle Frühstück schnell erledigt. Dann kamen Harry und Mabel, jeder mit ein paar Geschirrteilen, und deckten schweigend für uns ein. Normalerweise setzte sich meine Tante zu den Gästen, um ebenfalls ein wenig zu ratschen. Dass sie heute gewartet hatte, war ein sicheres Zeichen, dass mir die beiden gemeinsam gegenübertreten wollten.

»Du hast es also schon gehört?«, begann ich ohne Umschweife und sah Mabel an. »Dass Harry uns bald verlassen will?«

Sie nickte knapp und warf einen raschen Blick zu meinem Freund.

»Und seit wann weißt du es?«

Sie sagte nichts. Dafür sprang Harry in die Bresche.

»Ich habe mit ihr gesprochen, ob es in Ordnung ist. Du kannst das Haus nicht alleine führen und ich will dich nicht hängen lassen.«

Ich nickte verstehend.

»Und ich wollte sicher sein, dass Mabel einspringt, bis du eine Hilfskraft einstellen kannst.«

Das Wort Faktotum tauchte in meinem Kopf auf. Ich stieß die Luft aus.

»Und wann wirst du gehen?«

Jetzt war es Harry, der geräuschvoll ausatmete. »Heute.«

»Heute? Du willst heute gehen? Und das weißt du erst seit gestern?« Das wackelige Gefühl in meinem Magen, das mich schon den ganzen Morgen unsicher gemacht hatte, wandelte sich in blankes Entsetzen.

»Ich weiß es schon länger«, gab er zu. »Aber immer, wenn ich mit dir reden wollte, hattest du anderes im Kopf.«

»Richtig«, sagte ich und dachte an mein blödes Geplapper über Glück und Blubberblasen und den Sommer, der für ewig etwas Besonderes sein würde. Tja, den hatte ich nun. Nur dass er auf eine ganz schreckliche Weise besonders bleiben würde.

»Du kannst mich jederzeit anrufen, wenn du Hilfe brauchst. Wenn man eine Glühbirne austauschen muss oder du eine Vertretung benötigst, um neue Gäste zu empfangen …«

»Dann melde ich mich. Natürlich. Das ist sehr nett, Harry.«

»Ich hatte gehofft, dass du mich verstehst.« Harry verlegte sich wieder auf seine leise, warme Stimme. Mabel warf ihm einen Blick zu und stand auf. Sie griff nach ihrem Teller und verschwand damit in der Küche, wo es gleich darauf klapperte, als sie begann, das Geschirr in die Maschine zu räumen.

»Ich hatte gehofft, dass du dich für mich freust. Das hast du doch stets gesagt, dass ich endlich aufwachen soll.«

»Richtig«, sagte ich wieder und war mir bewusst, dass ich ihn imitierte. Ihn, wie er einmal gewesen war. »Und ich freue mich. Aber ich bin halt überrascht, weil es jetzt so schnell geht. Und ich bin traurig, weil du gehst. Was wäre ich für eine Freundin, wenn ich nicht traurig wäre?«

»Du bist eine tolle Freundin. Aber vielleicht brauchst auch du Freiraum. Platz für all die Kerle, die du in nächster Zeit um dich scharen wirst.«

Ich lachte matt. »Ach, Harry. Der Sommer ist vorbei. Ich werde niemanden um mich scharen.«

»Als ob dein Strahlen die Sonne braucht.« Für einen Moment war in Harrys Augen wieder der alte Glanz, das vertraute warme Leuchten, das nur mir zu gelten schien. Dann stand er auf und beugte sich über mich. Zum ersten Mal war er es, der sich zu einem Kuss vorneigte, der meine Wange küsste, leicht und zart und unendlich schön. Dann drehte er sich um und ging, um seine Koffer zu packen.

Ich saß noch immer regungslos am Tisch, als Mabel zurückkam.

»Wieso hast du mich nicht gewarnt?«, fragte ich dumpf, ohne sie anzusehen.

»Weil es nicht meine Angelegenheit ist«, gab sie zurück. »Und ich habe durchaus versucht, dich zu warnen.«

»Das hat nicht geklappt«, versetzte ich bitter. »Was soll ich denn jetzt ohne Harry machen?«

»Nun, du hast mich«, gab sie resolut zurück. »Ich kann dir beim Frühstück helfen und ich freue mich, wenn ich morgens wieder bei Enid im Jam first vorbeigehen kann, um die Brötchen zu holen. Ich kann dich vertreten, wenn du außer Haus bist, und ich bin bestens darin geübt, abends den Wintergarten herzurichten.« Sie zuckte mit den Achseln. »Ich kann alles, was Harry in den letzten Wochen übernommen hat. Ich sehe da kein Problem.«

Aber ich, fuhr es mir durch den Kopf. Kannst du mich alleine damit zum Lächeln bringen, weil du mich ansiehst? Kannst du mir das Gefühl geben, dass es ein guter Tag war, nur weil wir ihn gemeinsam bei einem Gespräch beschließen? Kannst du mir die Gewissheit geben, dass ich gut und richtig bin, auch wenn ich den Kopf voller verrückter Ideen habe? Aber anstatt einen dieser Punkte anzusprechen, griff ich auf Harrys Standardantwort zurück.

»Richtig.«

»Und wie Harry sagt, er ist ja nicht aus der Welt. Ihr werdet euch weiterhin bei euren Treffen sehen. Ihr könnt telefonieren oder euch diese Nachrichten schicken, die ihr jungen Leute so mögt. Und tagsüber hat jeder seine Arbeit, da habt ihr euch doch sowieso nicht gesehen.«

»Richtig.« Und dennoch war es anders. Allein schon, weil ich wusste, dass er nicht mehr im Haus war.

»Du hast doch ganz begeistert von Claire erzählt und gemeint, dass sie die Richtige ist. Jetzt freu dich, dass du recht hattest.«

Eine Stunde später war Harry kein Gast mehr. Einfach so. Er hatte seine Koffer und seinen Laptop im Handumdrehen in den Wagen gepackt, die Rechnung beglichen, und das war es. Unsere gemeinsam verbrachte Zeit war verladen und Geschichte. Ich fragte mich, ob seine neue Wohnung bereits möbliert war, scheute mich aber, Harry darauf anzusprechen. Vielleicht war das mit der Wohnung eine Notlüge und er zog direkt zu Claire? Oder hatten die beiden in den letzten Tagen eifrig Möbel geshoppt und gemeinsam aufgebaut? Der Gedanke tat weh, dass ich selbst dabei ausgeschlossen worden war.

Dann kam Harry verlegen auf mich zu, wie so oft beide Hände in den Hosentaschen.

»Nun ist es wohl so weit, Donna. Bis bald«, sagte er und lächelte zaghaft.

»Bis dann, Harry.«

»Du bist mir doch nicht böse, oder?«

Ich sah ihm in die Augen und meinte, darin das Glück aufblitzen zu sehen, das er sich für seine Zukunft erhoffte.

»Nein, ich bin nur traurig. Zurückzubleiben ist immer schwieriger als zu gehen. Und das Haus wird mir leer vorkommen ohne dich. Und leiser, selbst wenn das unsinnig ist, weil du ja nicht viel sagst. Und ich muss zukünftig mit mir selbst reden und alle werden denken, dass ich jetzt ganz verrückt werde.« Ich holte Luft, weil ich so atemlos geplappert hatte, und sah, dass sein Lächeln endlich die Augen erreicht hatte. »Aber ich freue mich für dich. Ich wünsche dir wirklich von Herzen alles Glück der Welt, Harry.«

KAPITEL 44

Ausgerechnet heute war kaum etwas zu tun, weil ich gestern so enthusiastisch gearbeitet hatte. Einzig Harrys Zimmer musste ausgeräumt werden, aber das war eine Aufgabe, der ich mich noch nicht stellen konnte. Stattdessen redete ich mir und meiner Tante ein, dass zwei beinahe schlaflose Nächte in Folge selbst mich aus dem Kurs brachten und ich deswegen so motivationslos durch das Haus streifte, eine Arbeit begann, nur um sie wieder wegzulegen, und ein Gesicht machte, das sogar dem Regen die Schau stahl.

Schließlich ließ ich mich von Mabel resolut ins Bett schicken und schlief tatsächlich ein. Aber selbst im Schlaf fand ich keine Ruhe, sondern träumte wirres Zeug. Von Harry, der mit einem Umzugswagen davonfuhr, und von Claire, die ihn in einer schnuckeligen Wohnung mit einer heimeligen Küche willkommen hieß, eine karierte Schürze um den Bauch und mit einem Teller voller Essen in der Hand. Dann träumte ich von Regen, der nie mehr aufhörte, von einsamen Tagen, an denen ich nichts tat, außer Zimmer zu putzen. Und schließlich vom Pub, wo ich wie gewohnt zu einem unserer Treffen hinging und plötzlich lauter Paaren gegenüberstand. Joanna und Gavin klebten aneinander. Deutlich schlimmer waren allerdings Harry und Claire, die schnäbelten, als gäbe es kein Morgen. Ich sah weg und suchte nach Liz und Betty, die wie ich alleine sein würden. Nur dass sie das nicht waren. Ich kannte weder Liz' neuen Freund noch Bettys aktuellen Verehrer, aber das war egal.

Mein durchgedrehtes Gehirn verkuppelte Liz kurzerhand mit Nick und Betty mit Jakob.

»Sie ist definitiv mehr mein Fall«, sagte Jakob zur Begrüßung und küsste Betty stürmisch. »Bei ihr hatte ich schon zurückgerufen, ehe sie sich richtig verabschieden konnte.«

»Liz hat mich einfach umgehauen. Ich dachte, dass ich nie mehr eine Frau kennenlerne, für die ich meine Freiheit aufgeben würde«, jubelte Nick und schmachtete Liz an, die sich auf seinem Schoß schamlos rekelte.

»Ich würde immer noch mit dir schlafen, auch wenn ich nichts von dir will«, sagte eine Stimme hinter mir und ich fuhr herum und sah Fred. »Im Ernst, ich steh auf Frauen, denen Gefühle egal sind.«

»Dann bist du bei ihr richtig«, versicherte Joanna mit trockener Stimme. »Donna schert sich recht wenig um die Gefühle anderer. Zumindest in diesen Tagen.« Sie sah mich mit traurigen Augen an. »Du hast nicht mal versucht, mich zu verstehen. Du vertraust mir nicht mehr, Donna. Dabei wollte ich dir nur eine gute Freundin sein.«

Als ich aus diesem Irrsinn erwachte, war ich kein bisschen erholt. Mein Körper schien sich tatsächlich irgendwie neue Kraft gezogen zu haben, aber in meinem Kopf tobte es noch schlimmer als zuvor. Ich warf einen Blick auf das Fenster. Es war den ganzen Tag trüb gewesen, aber nun schien es ernsthaft zu dämmern. Verschlafen griff ich nach meinem Handy und begriff, dass es schon auf den Abend zuging. Mühsam rappelte ich mich hoch und klatschte mir eine Ladung kaltes Wasser ins Gesicht. Dann starrte ich in den Spiegel, bereit, mich meinen Augenringen zu stellen. Aber mein Gesicht verschwamm und ich sah wieder Joanna vor mir, die mich traurig musterte und mir versicherte, dass sie nur helfen wollte. Joanna! Sie war die Erste gewesen, die mir in den Sinn gekommen war, als ich hilflos miterleben musste, dass Harry tatsächlich Knall auf

Fall auszog. Sie war diejenige, mit der ich das besprechen wollte. Und sie war die eine, die wusste, was mir das wirklich bedeutete, wie sehr ich Harrys Gegenwart schätzte.

Kurz entschlossen strich ich mir die Haare hinter die Ohren. Heute würde ich zur Abwechslung weder eine bunte Schleife noch einen auffälligen Haarreif brauchen. Ich brauchte Joanna, das war es.

Meine Tante war dankenswerterweise bereit, etwaige Gästesorgen zu lösen. Sie saß mit einem Buch im Wintergarten und hatte zwar einen Eintopf auf dem Herd, aber zum Glück nichts dagegen, dass ich nicht mit ihr speisen würde. Sie nickte nur, als ich ihr mitteilte, dass ich meine Freundin besuchen wollte, und hielt mir einen großen Schirm hin. Zum ersten Mal seit Langem musste ich auch in eine Jacke schlüpfen. Ja, der Sommer hatte sich definitiv verabschiedet.

Ich war noch nie eine besonders sportliche Person gewesen, aber heute eilte ich im Stechschritt Richtung Oceanview Cottage. Schon von Weitem sah ich mit Erleichterung, dass Joanna wie erhofft bereits Feierabend hatte und daheim war, denn hinter den Fenstern schimmerte behagliches Licht. Ich hatte die Strecke im Eiltempo zurückgelegt und dementsprechend musste ich aussehen. Meine Haare waren zerzaust, meine Wangen vom Rennen gerötet und ich selbst keuchte vor Anstrengung und Aufregung. Was, wenn sie mich fortschickte? Wir hatten unseren Streit noch immer nicht beigelegt und seitdem herrschte einfach Funkstille. Trotzdem hämmerte ich an die Tür. Als Joanna endlich öffnete, wurde ihr Gesicht einen Moment vorsichtig. Vielleicht hatte sie Angst, dass ich erneut eskalierte; mein Zustand hätte gepasst. Oder sie fürchtete, dass ich mittlerweile komplett übergeschnappt war. Auf alle Fälle sah sie mich mit ungewohnter Wachsamkeit an.

»Donna?«, fragte sie zögernd. »Ist etwas passiert?«

»Harry hat mich verlassen.« Ich hatte eigentlich sagen wollen, dass er ausgezogen war. Und ich hatte mich vorher entschuldigen und ihr versichern wollen, dass unser Streit meine Schuld gewesen war und dass ich jedes Wort bereute, das ich ihr an den Kopf geworfen hatte. Aber stattdessen kam dieser Satz heraus und er klang so winzig und hilflos, dass Joanna, ohne zu zögern, die Tür aufstieß und zur Seite trat, damit ich ins Trockene schlüpfen konnte.

»Harry ist heute ausgezogen«, sagte ich drinnen noch einmal und sah sie an.

Ihre Augen weiteten sich. Hilfe suchend drehte sie sich um und blickte zum Sofa, wo Gavin es sich gemütlich gemacht hatte.

»Donna, schön, dich zu sehen.« Er stand auf und lächelte freundlich. Dann klopfte er sich auf den Schenkel, was seine Hündin Molly dazu brachte, sich ebenfalls zu strecken und sich zu erheben. »Na komm schon, mein Mädchen. Es ist Zeit für unsere abendliche Runde. Ihr entschuldigt mich sicher?«

»Meinetwegen musst du nicht verschwinden«, warf ich schwach ein. »Und wenn ihr gemeinsam mit Molly raus wollt, dann komme ich ein anderes Mal …«

Gavin winkte mit einem beruhigenden Lächeln ab. »Das würde dir Joanna nie verzeihen. Sie ist im Gegenteil nämlich dankbar, dass sie bei dem Wetter nicht mitmuss. Und zudem«, er blieb neben mir stehen und drückte meinen Arm. »Zudem freut sie sich, dass du gekommen bist. Sie hat eben davon gesprochen, dass du ihr fehlst.«

Ich sah ihm nach, wie er die Tür hinter sich zuzog, dann schaute ich Joanna an.

»Es tut mir leid. Ich weiß nicht, was da mit mir los war, aber es tut mir so leid.«

Sie zog mich an sich und umarmte mich.

»Das weiß ich doch. Mir tut es auch leid. Es muss sich alles sehr seltsam für dich anhören.«

Ich nickte langsam, auch wenn es mir gerade herzlich egal war und ich im Übrigen komplett davon geheilt war, mir irgendetwas mit Jakob zu erträumen.

»Ich werde dir die Wahrheit sagen, weshalb ich nicht will, dass du dich mit ihm abgibst. Aber zuerst möchte ich wissen, was passiert ist. Wieso um alles in der Welt ist Harry ausgezogen?«

»Tja, und dann hat er gesagt, dass er eine Wohnung gefunden hat. Und heute Morgen hat er seine Koffer gepackt und ist gegangen.« Ich hatte Joanna einen kurzen Abriss des gestrigen Tages gegeben und starrte sie jetzt Hilfe suchend an. »Und ich verstehe es nicht. Vorher kein einziges Wort! Er hat nie auch nur erwähnt, dass er auf der Suche ist. Das macht man doch, oder? Unter Freunden erzählt man sich so etwas.«

»Eigentlich schon. Das passt so gar nicht zu Harry.«

»Oder? Ich weiß nicht, was in ihn gefahren ist.« Meinen kurzzeitigen Verdacht, dass es mit Paul und mir zusammenhängen könnte, verschwieg ich lieber. Ich kam mir eh schon reichlich blöd vor, so etwas auch nur in Erwägung gezogen zu haben. Zudem hatte ich Paul noch nicht zur Sprache gebracht, weil dieses Erlebnis neben Harrys Auszug komplett verblasst war.

»Hm«, machte Joanna nachdenklich. »Und die Wohnung ist in Claires Haus, sagst du? Wohnt Liz nicht ebenfalls dort?«

»Genau. Sollte ich sie anrufen?«

»Wäre es richtig, hinter ihm her zu spionieren?«

»Nein.« Ich seufzte. »Und ich will auch gar nicht wissen, was Liz sagt. Vermutlich gibt es gar keine Wohnung und er ist direkt bei ihr eingezogen.«

»Nein. Harry würde dich nicht so dreist belügen. Das käme doch heraus.«

»Hm«, machte ich jetzt.

»Donna. Ich weiß, dass du gerade ziemlich enttäuscht bist«, begann Joanna zaghaft. »Und ich kann es ebenso wenig verstehen wie du, dass Harry nicht früher darüber gesprochen hat. Aber ist es denn wirklich so schlimm? Hast du nicht die ganze Zeit gesagt, dass er endlich aufwachen muss und anfangen zu leben?«

»Aber muss er gleich so übertreiben?« Ich schnaubte. »Er kann doch einfach mal damit beginnen, mehr zu reden und ein wenig lockerer zu werden.«

»Das hat er getan.«

»Richtig«, sagte ich.

»Und du wolltest ihn doch unbedingt mit Claire zusammenbringen. Wenn er das jetzt also ist, dann solltest du dich freuen.«

»Richtig«, sagte ich wieder. Dieses Mal klang es grimmig.

»Es sei denn …«, begann Joanna.

»Es sei denn, diese Claire passt doch nicht so gut. Weil sie ihn jetzt lenkt und ihm bescheuerte Ideen in den Kopf setzt«, vervollständigte ich ihren Satz.

»Harry ist nicht dumm. Er lässt sich nicht lenken. Und er tut nichts, was er nicht möchte.«

Das stimmte leider. Wenn Harry etwas nicht wollte, dann sagte er das.

»Und du bist sicher, dass nicht irgendetwas war?«

»Nichts anderes als sonst«, wich ich aus. »Ich habe vielleicht ein wenig zu viel geredet und ihn damit genervt, was ich möchte und mir erträume.«

Augenblicklich wurde Joanna wachsam. »Du warst in letzter Zeit ganz schön verrückt, das ist dir klar, oder?«

Ich seufzte. »Ich weiß. Und nun komme ich mir total albern vor. Aber ich hatte wirklich das Gefühl, dass zur Abwechslung mal ich dran sein könnte. Dass ich das auch mal erlebe, dass sich die Männer um mich reißen. Oder mich zumindest nicht immer nur als den Kumpel sehen, der verlässlich für Unterhaltung sorgt. Irgendwie hat sich das in meinem Kopf festgesetzt und vermutlich habe ich mich deswegen auf Jakob fixiert. Mein Gott, Joanna, ich bin erbärmlich, oder? Renne hinter jedem Kerl her, der nett zu mir ist, und bilde mir ein, dass er etwas von mir will. Aber natürlich ist das nicht so. Nicht mal Jakob, von dem Betty behauptet, dass er die halbe Grafschaft beglückt hat.« Ich warf ihr einen vorsichtigen Blick zu. »Es tut mir leid, dass ich dir unterstellt habe, dass du ihn noch immer …«

Joanna wischte resolut mit der Hand. »Ich war nie in ihn verliebt und ich hatte auch nichts mit ihm.«

»Und trotzdem wolltest du nicht, dass ich mir bei ihm hole, wonach ich mich so sehnte«, versetzte ich leise.

Jetzt war es meine Freundin, die seufzte. »Weil ich ihm dich nie gegönnt hätte. Und weil ich Angst um dich hatte. Auch wenn er dich nie so verletzen könnte, wie er mich verletzt hat.«

Kapitel 45

Erschrocken starrte ich sie an.

»Aber«, begann ich und wusste nicht, wie ich weitermachen sollte. Ein schrecklicher Verdacht keimte in mir auf. »Hat er dich bedrängt? Hat er dir etwas angetan, an diesem Abend nach der Party, als wir alle gegangen sind und er alleine bei dir geblieben ist?«

Meine Freundin lachte kurz und trocken auf.

»Bedrängt ja, auch wenn er nie eine Grenze überschritten hat, die ich ihm gesetzt habe. Zumindest nicht körperlich.«

»Aber wie sonst? Der war doch völlig verrückt nach dir.«

»Jakob war nie hinter mir her«, widersprach Joanna hart.

Ich konnte hören, wie sehr es ihr zusetzte, das zuzugeben, und griff nach ihrer Hand.

»Du musst es mir nicht erzählen. Aber du kannst es tun. Du weißt, dass ich es niemandem verraten werde.«

Sie nickte leicht. »Er war nie hinter mir her«, wiederholte sie leise. »Was er wirklich wollte, war das Rezept für Trevors Schokoladenkuchen. Um es seinem Chef zu verkaufen, der dann eine Backmischung daraus machen könnte, um noch mehr Geld zu scheffeln.«

»Trevors Rezept für seine legendäre Torte, die in der ganzen Grafschaft bekannt ist?«, fragte ich entgeistert.

»Ja. Das Rezept, das er so dringend brauchte, um Karriere zu machen und endlich den Posten zu ergattern, den er wollte. Und dass er mich dabei nicht nur benutzte, sondern mir meine Zukunft geraubt hätte …« Sie holte tief Luft. »Das hat er einfach so in Kauf genommen. Dass sofort klar gewesen wäre, dass nur ein Mitarbeiter die Rezeptur kennt. Und dass ich die einzige Angestellte bin.«

»Uff«, sagte ich und starrte sie an. »Und da bist du dir sicher?«

»Er hat es zugegeben. Er hat behauptet, dass er sich nicht im Klaren war, was die Konsequenzen angeht, und dass er hoffte, vorher zu erkennen, was für einen Mist er gebaut hat und dass er das Rezept dann doch nicht weitergegeben hätte, aber …« Sie hob die Achseln. »Aber weißt du, was das für ein Scheißgefühl war? Zu wissen, dass du so ausgenutzt worden bist? So eiskalt über die Klinge hättest springen müssen?«

»Warum hast du das nie erzählt?«

»Weil er Gavins Freund ist. Und Gavin ist sich sicher, dass Jakob es nicht getan hätte. Deshalb habe ich versucht, mit ihm klarzukommen. Und ich war auf einem guten Weg. Dann hast du angefangen, ihn so anzuschmachten und dich ihm auf dem Präsentierteller anzubieten, und da dachte ich plötzlich, dass er dich nicht verdient hat. Dass du dir das nicht antun solltest. Jakob kann sehr charmant sein, aber auch eiskalt. Und du bist das nicht, egal was du sagst. Du hättest dich in ihn verliebt und er hätte dich fallen lassen.«

»Uff«, sagte ich erneut. Das war wirklich ein starkes Stück.

»Es fällt mir nicht leicht, ihm zu verzeihen. Und es ist noch schwerer, zuzusehen, wie du dich in etwas verrennst, was nur ins Unglück führen kann. Ich bin mir sicher, er hätte dir wehgetan. Weil du nicht wie Betty bist, auch wenn du das gerne wärst. Du gehst nicht einfach so mit einem Kerl ins Bett und sagst dann Danke und Tschüs.«

Ich verzog nachdenklich den Mund. »Da hast du leider recht.« Ich sah sie an und plötzlich wollte ich nichts mehr von Jakob wissen. »Denn sonst hätte ich das gestern Abend getan.«

Jetzt war sie es, die den Mund aufsperrte. »Was?«

Ich zuckte die Achseln. »Du hast recht. Ich kann das nicht. Ich hätte gestern Abend die Chance gehabt, es zu tun, und habe gekniffen.« Ich sah sie an und zum ersten Mal an diesem Tag glitt ein Lächeln über mein Gesicht. »Und es hat sich verdammt gut angefühlt, ihn im letzten Moment abblitzen zu lassen.«

Mir war klar gewesen, dass ich solch eine Ankündigung nicht hinaushauen konnte, ohne dann auch zu berichten, was vorgefallen war. Und ich erzählte es mit Genuss. Es tat so gut, den ganzen Mist zu vergessen und Joanna haarklein mein Abenteuer anzuvertrauen, angefangen vom Telefonat mit Poppy bis hin zu dem Moment, als ich lässig den Abflug machte.

»Donna«, stieß Joanna mehr als einmal hervor, was mich zum Kichern brachte. Ich gab die Wortgeplänkel wieder und Pauls Schmeicheleien und gestand sogar, dass ich für ihn das Grunzmädchen gewesen war. Als ich dann bei seinen Küssen ankam und seinem Drängen, wurden ihre Augen noch größer.

»Das ist nicht wahr«, quietschte sie.

»Ich schwöre dir, genauso war es. Der hätte in dem Moment alles getan.«

»Und weshalb habt ihr das nicht? Alles getan? Wenn es doch exakt das ist, was du so unbedingt wolltest.«

»Weil Harry uns erwischt hat«, gestand ich. »Er hat uns gesehen, wie wir es im Garten beinahe miteinander getrieben hätten. Und irgendwie war das voll der Abtörner.« Ich wurde nachdenklich. »Es war, als würde sich endlich der Nebel in meinem Kopf lichten. Irgendwie wusste ich plötzlich, dass ich eben nicht bis zum Ende gehen will. Blöd, oder? Das war meine Chance. Die einzige, die ich je bekommen werde, und ich habe sie weggeschmissen.«

»Du hast das Richtige getan. Du hast das getan, was du wirklich wolltest.«

»Hab ich das? Ich weiß es nicht, Joanna.«

»Aber ich weiß es. Ich wusste es immer, dass du nicht der Typ Frau bist. Und das meine ich als Kompliment«, fügte sie rasch hinzu. »Nicht, weil ich das verurteile. Aber weil ich weiß, dass du viel zu romantisch bist, um damit klarzukommen.«

»Tja, romantisch und alleine. Tolle Kombination.«

»Das wird nicht immer so bleiben.« Sie sah mich forschend an. »Wieso hast du mir nicht schon vorher erzählt, dass Harry dich in flagranti erwischt hat?«

»Weil es mir peinlich war«, gestand ich. »Weil er mir gesagt hat, dass er keine Lust mehr hat, sich meine Männergeschichten anzuhören. Und weil er mir den Eindruck vermittelt hat, dass ich mich dafür schämen müsste.«

»Okay«, sagte Joanna.

»Und weil ich Paul, ehrlich gesagt, völlig vergessen hatte, als Harry auszog. Paul ist mir egal. Aber Harry nicht. Er fehlt mir schon jetzt. Ist das nicht verrückt?«

»Okay«, sagte Joanna einmal mehr.

»Das hätte mein Sommer werden sollen. Und nun ist es meine Vollkatastrophe. Ich habe nicht nur keinen Kerl, sondern auch noch meinen besten Freund verloren.«

»Du hast ihn nicht verloren. Er ist nur aus deinem B&B in eine Wohnung gezogen.«

»Aber es fühlt sich so an. Er war so distanziert, als er ging. Es hat sich angefühlt, als ob er Abschied nimmt. Und das Haus ist so leer ohne ihn.«

»Donna«, begann Joanna vorsichtig. »Kann es sein, dass du mehr für ihn empfindest als für einen Freund?«

»Was? Natürlich nicht!«, dementierte ich automatisch, obwohl sich mein Herz schon wieder so seltsam verkrampfte.

Joanna sagte nichts und auch ich nahm mir ein wenig Zeit, um diesem Chaos in mir Gelegenheit zu geben, sich zu beruhigen. Was nicht passierte. Stattdessen schien es mit jeder Sekunde noch heftiger zu toben und mich völlig konfus zu machen.

»Und wenn, dann wäre das ganz schlimm, oder? Ich meine, er hat eine Freundin. Und ich bin definitiv gerade nicht zurechnungsfähig, was Männer angeht. Wenn ich mehr Gefühle für ihn hätte, als ich haben sollte, dann könnte ich ihnen nicht trauen, ob sie wirklich echt sind. Weil mein Herz im Moment definitiv nicht zuverlässig ist in diesen Dingen«, gestand ich endlich kleinlaut.

»Dann wirst du abwarten müssen, was dein Herz dir in ein paar Tagen sagt. Ob du einfach nur verletzt und enttäuscht bist, weil er so plötzlich den Abflug gemacht hat, oder ob du ihn wirklich vermisst und es ohne ihn kaum aushalten kannst.«

Ich grunzte dumpf. Das waren ja tolle Aussichten. Und ganz ehrlich, ich hätte in diesem Moment nicht sagen können, welcher Ausgang mir lieber wäre. Dass ich einfach nur durchgeknallt war und es meinem Freund krummnahm, dass er endlich begann zu leben, oder dass ich mich tatsächlich in einen Mann verliebt hatte, der mich schon verlassen hatte, ehe wir überhaupt zusammen waren.

Weil ich selbst wusste, dass meine Freundin mit allem recht hatte, nahm ich ihren Rat an und beschloss, jetzt erst einmal wieder klar im Kopf zu werden. Ich hatte ja ständig irgendwelchen Unsinn im Hirn, aber in den letzten Monaten war es sogar für meine Verhältnisse zu überdreht gewesen. Daher würde ich zur Abwechslung versuchen, in mich hineinzuhören, anstatt ständig so laut zu quatschen, dass ich damit jede innere Stimme übertönte.

Das Wetter tat sein Bestes, um mich zu unterstützen. Es war immer noch grau und kühl, die perfekte Witterung für meinen melancholischen Zustand. Weil ich nicht besonders gut darin war, einfach nur grübelnd herumzusitzen, suchte ich mir täglich neue Herausforderungen. Ich kochte den Arbeitern weiterhin Kaffee, aber die munteren Gespräche fielen mir nicht mehr so leicht. Da wir immer noch nicht voll belegt waren, hatte ich nicht so viel zu tun wie unter normalen Umständen. Ich nutzte die freie Zeit, um am Strand spazieren zu gehen und mir den Wind um die Nase wehen zu lassen. Wenn ich dann durchgepustet und mit roten Wangen zurückkam, nahm ich mir die Küche vor. Schrank um Schrank machte ich leer, putzte, sortierte aus und räumte zurück. Und während ich all diese Handgriffe tat, ließ ich meinen Geist schweifen. Es war mir schon immer leichter gefallen, neben einfachen Routineaufgaben etwas zu durchdenken oder mich gedanklich fallen zu lassen. Den ganzen Sommer über hatte ich mich in aufregenden Situationen und Gesprächen gesehen, während ich die Zimmer putzte oder kochte. Ich hatte mir Geschichten zusammengeträumt und oft genug waren in diesen Träumen die Kerle aufgetreten, die tatsächlich Teil meines Lebens waren. Nur dass sie dort dann andere Dinge sagten und taten oder dass ich deutlich mutiger agierte. Jetzt waren meine Gedanken nicht dazu geschaffen, um mich leicht wie eine Feder mit tausend Bläschen im Körper durch den Tag schweben zu lassen. Zumal seit Harrys Auszug eh akuter Mangel an jeglicher Art Blubberblasen herrschte. Stattdessen stellte ich mich in dieser Zeit anderen Überlegungen. Und was ich dabei feststellte, gefiel mir gar nicht. Ich war noch immer der Überzeugung, dass man positiv an das Leben und seine Herausforderungen gehen sollte. Ich war auch noch immer der Meinung, dass man zu sich selbst gut sein sollte und sich nicht ständig kleinmachen durfte. Und mein vorlautes Mundwerk und mein Hang, das zu sagen, was mir gerade in den Sinn kam, waren sowieso angeboren und konnten nicht so leicht abgestellt werden. Aber wenn ich jetzt die letzten Wochen Revue passieren ließ, dann gab es durchaus Momente, in denen ich über mich selbst den Kopf schüttelte. Ich musste zugeben, dass ich zu verliebt gewesen war in den Gedanken, mich zu verlieben. Ich hatte schon immer die Schwäche gehabt, jeden neuen Mann, der mein Leben kreuzte, erst einmal dahingehend abzuchecken, ob er ein möglicher Partner sein könnte. Und ich neigte dazu, jegliche Art der Nettigkeit dann gleich zu ernst zu nehmen und mich in den Gedanken zu verrennen, dass das mehr bedeuten könnte. So wie bei Nick, den ich immer noch mochte. Aber plötzlich sah ich ganz klar, dass ich nie in ihn verliebt gewesen war und ich mir das auch nicht ernsthaft wünschte. Harry hatte sich damals sehr verwundert gezeigt, als ich begann, ständig von Nick zu reden und mich über Gebühr für ihn zu erwärmen, weil wir außer dem Umbau keine Gemeinsamkeiten hatten. Ich arbeitete gerne, aber ich genoss auch mein Leben, traf mich mit Freunden, saß abends mit ihnen im Garten und quatschte. Nick hingegen lebte für die Arbeit. Wie oft wollten wir noch ein Glas zusammen trinken und immer scheiterte es an einem Projekt, das gerade drängte. Eigentlich hatte er nur dann Zeit erübrigen können, wenn wir neben dem Drink etwas Geschäftliches zu besprechen hatten. Oder Fred! Als wir uns bei diesem Speeddating kennenlernten und er den flapsigen Spruch mit der gemeinsamen Nacht klopfte, da war meine spontane Antwort Nein gewesen. Obwohl ich ihn durchaus anziehend und attraktiv fand. Fred hatte etwas, das war nicht abzustreiten – aber eben nicht das, was mich ansprach. Trotzdem hatte ich später versucht, mehr aus ihm zu machen als einen neuen Bekannten. Auch in diesem Fall hatte Harry zu Recht gefragt, wieso ich plötzlich meine Meinung geändert hatte und was mich derzeit ritt, dass ich meine Ansprüche so rapide senkte. Über Jakob wollte ich gar nicht erst nachdenken. Was Joanna mir erzählt hatte, war ein echter Schlag gewesen. Und auch wenn ich keinerlei geheime Rezepturen kannte und er daher nicht dahinter her sein konnte, verstand ich jetzt, weshalb der Gedanke für sie so schrecklich gewesen war. Und ich verstand, weshalb er nicht auf meine Avancen eingegangen war. Er versuchte wirklich, Joannas Wohlwollen zurückzuerlangen, und schien ernsthaft zu bedauern, was er ihr angetan hatte. Und das zeigte er ihr unter anderem darin, dass er den Abstand einhielt, den sie einforderte, und dass er sich von mir fernhielt, weil sie das wollte. Sogar meine Freundin musste das zugeben. Wir waren übereingekommen, dass wir dieses Kapitel auch weiterhin für uns behielten. So war Joanna eben; selbst wenn Jakob Mist gebaut hatte, bekam er noch eine Chance und wurde nicht vor seinem Bekanntenkreis bloßgestellt. Daher hatte auch Harry nicht wissen können, was Joanna antrieb, so zu sein, wie sie gewesen war. Dennoch hatte er mit seinem klaren Verstand gespürt, dass es einen guten Grund geben musste und dass der bei Jakob zu suchen war. Ach, Harry! Ich hätte viel öfter auf deinen Rat hören sollen, dachte ich. Und ich würde jetzt so gerne darauf hören. Was gäbe ich darum, wenn du in diesem Augenblick in diese Küche spazieren würdest, die Hände in den Hosentaschen und ein Lächeln im Gesicht.

Kapitel 46

Obwohl ich versuchte, Harry aus meinen Gedanken fernzuhalten, schaffte er es immer wieder, sich darunter zu mogeln. Selbst wenn ich gerade in einer Reflexionsphase steckte, wollte ich aktuell weder über ihn noch darüber, was ich für ihn empfand, nachdenken. Und vor allem fürchtete ich mich davor, was am Ende dieser Überlegungen rauskommen würde. Deshalb hielt ich mich auch schwer zurück, wenn er sich meldete. Was er zwar tat, aber nur in kurzen Nachrichten. Meist fragte er dann einfach, wie es mir ging, und ich schrieb zurück, dass es mir gut gehe. Manchmal ließ ich mich zu einem kleinen Zusatz verleiten, wie weit die Arbeiten im Haus gediehen waren oder dass Mabel mich großartig unterstützte, aber nie sagte ich die Wahrheit oder fragte ihn, ob er nicht endlich mal wieder hier auftauchen wollte. Es kam mir einfach falsch vor, dass wir uns jetzt seit Tagen nicht gesehen hatten oder zumindest am Telefon miteinander sprachen. Ein weiteres Zeichen, dass auch er Abstand suchte. Offiziell lag es an seiner Arbeit, denn er berichtete knapp, dass er gerade in einer Art Schreibrausch sei und sich völlig auf die Geschichte konzentrieren müsse, aber ich argwöhnte, dass er sich auf ganz anderes fokussieren wollte. Und das war ja auch in Ordnung, aber ich hätte gewollt, dass er es mir zumindest erzählte. So fühlte ich mich derart aus seinem Leben ausgeschlossen, dass ich manchmal kaum Luft bekam. Vor allem, weil in Penrose Cottage an jeder Ecke Erinnerungen lauerten. Wenn ich das Frühstück vorbereitete, dann lauschte ich immer nach seinen Schritten, seinem unaufgeregten Morgengruß. Wenn ich neue Blumen im Haus arrangierte, erwartete ich, aufzusehen und in seine Augen zu blicken, die Kamera einsatzbereit in der Hand. Wenn ich mich zum Abendessen setzte, musste ich mich zwingen, nicht ewig auf ihn zu warten, sondern einfach zu essen. Und wenn ich abends im Wintergarten saß, war es besonders schlimm. Ich starrte auf den Sessel, den er stets in Beschlag genommen hatte, und sehnte mich nach diesem Gefühl der Zufriedenheit zurück, das mich dabei überkommen hatte. War ich in seiner Gesellschaft jemals wirklich unglücklich oder traurig gewesen? Nein, dachte ich. Und wenn mich etwas plagte, dann hatte ich es mit ihm besprochen und er hatte mir versichert, dass wir eine Lösung finden würden.

In dieser für mich ungewohnten Stimmung verharrte ich lange. Joanna hatte es sich angewöhnt, abends vorbeizukommen und sich für eine Weile zu mir zu setzen und mir allerlei Klatsch aus dem Café zu erzählen. Sie berichtete auch, dass Gavin vorgeschlagen hatte, endlich wieder die Ausflüge aufzunehmen, die wir anfangs mit der Dinner-Gruppe unternommen hatten. Ich wehrte erschrocken ab und gab vor, dass es für mich sehr schwierig wäre, solange der Umbau noch andauerte. Natürlich durchschaute sie mich und spürte, dass ich aktuell einfach nicht einen ganzen Tag mit Harry und Claire durch die Gegend trotten und dabei zusehen wollte, wie sie sich amüsierten.

»Du weißt doch gar nicht, ob sie das tun. Auf alle Fälle wohnt er nicht bei ihr.«

»Und woher weißt du das?«

»Ich habe Liz gefragt«, antwortete Joanna lässig. Auf meinen erschrockenen Blick hin winkte sie ab. »Entspann dich. Wir haben uns zufällig getroffen und sie hat es selbst erwähnt, dass Harry nun in ihrem Haus wohnt. In der kleinen Dachwohnung, komplett möbliert. Er ist nur Untermieter, weil der eigentliche Mieter zwei Monate unterwegs ist und sich damit seine Reise finanziert.«

»Zwei Monate«, wiederholte ich nachdenklich. »Und dann?«

»Keine Ahnung. Vielleicht sucht er sich was Dauerhaftes. Oder er kommt zurück.«

»Oder er zieht zu Claire«, vermutete ich dumpf.

»Sind die beiden wirklich zusammen?«, wollte Joanna wissen. »Bei der Lesung hatte ich nicht den Eindruck.«

»Er ist in jener Nacht nicht heimgekommen«, sagte ich achselzuckend und versuchte, cool zu wirken und nicht wie eine empörte Ehefrau, die sich über ihren treulosen Gatten beklagt. »Und auf meine Nachfrage hat er bestätigt, bei ihr übernachtet zu haben. Weil er zu viel Whisky intus hatte.« Ich zog vieldeutig das linke Unterlid nach unten.

»Das kann doch sein. Harry würde nicht fahren, wenn er getrunken hat.«

»Er trinkt aber auch nie viel.«

»Ich kann mir das einfach nicht vorstellen. Harry, der zu viel pichelt und dann mit einer faktisch Unbekannten ins Bett hüpft?« Sie verzog den Mund.

Ich erinnerte mich, dass wir dieses Thema schon öfter gehabt hatten. Normalerweise war ich diejenige gewesen, die so etwas sagte, weil Harry nun mal nicht durch die Gegend lief und ständig flirtete und baggerte. Aber jetzt gerade sah ich seine Augen vor mir und das, was manchmal in ihnen aufglomm. Ich sah seine Hände, die langen, schlanken Finger, die über die Tastatur flogen und wie dafür gemacht schienen, etwas zu liebkosen. Ich sah ihn vor mir, wie er sich den nassen Pulli auszog, nachdem er heldenhaft die vergessenen Sitzkissen eingesammelt hatte, die der Gewittersturm über die Terrasse gejagt hatte. Sein Hemd hatte sich mit nach oben geschoben und einen Augenblick lang hatte ich auf den Bund seiner Jeans gestarrt, die schmale Haarspur, die dort verschwand und die dafür sorgte, dass ich plötzlich einen trockenen Hals hatte. Und ich sah seinen Mund, diese wunderschönen, vollen Lippen, die sich leicht öffneten und dann mit einer

Stimme Komplimente machten, die allein schon ausreichte, damit man eine Gänsehaut bekam, die sich gewaschen hatte.

Verwirrt schüttelte ich den Kopf. Herrje, wie oft war ich mit Harry am Strand gewesen? Ich hatte ihn tausendmal in seinen Badeshorts gesehen. Aber das war nicht hilfreich, denn nun tauchte sein Anblick in besagten Shorts glasklar vor meinem geistigen Auge auf und schien mich voller Verwunderung zu fragen, ob mir wirklich erst jetzt auffiel, wie gut er dabei schon immer ausgesehen hatte. Ich hörte in Gedanken, wie er mir einmal mehr versicherte, dass er mich für schön befand, und fragte mich, wie ich mir das so oft lachend hatte anhören können, ohne dabei vor Wonne zu erschaudern. Ich spürte plötzlich wieder seine Hand auf meiner, wenn er sich vorbeugte und mit dieser Geste seine Zuneigung ausdrückte oder mich beruhigen wollte, und fragte mich, wie ich es geschafft hatte, dabei nicht nach seinen Fingern zu greifen und sie nie mehr loszulassen. Was hatte ich vorher gedacht? Ich war nie traurig oder einsam gewesen, seitdem Harry hier gewohnt hatte. Nein, stattdessen war ich voller Energie und immer gut gelaunt und alles, was ich anpackte, schien zu klappen. Aber ich hatte mich getäuscht. Ich war nicht glücklich gewesen, als er hier war, ich war es gewesen, weil er hier war.

Joanna starrte mich immer noch an und wartete auf eine Antwort. Langsam wandte ich ihr mein Gesicht zu. Die Zeit des Verdrängens war definitiv vorbei und Leugnen hatte keinen Sinn mehr.

»Scheiße, doch. Ich kann mir das sehr gut vorstellen. Aber ich will es nicht tun, weil mich der Gedanke umbringt.«

Wenigstens kam Joanna jetzt nicht mit einem durchaus berechtigten *Wusste ich es doch!* um die Ecke. Stattdessen verzog sich ihr Mund mitleidig.

»Du steckst ganz schön im Schlamassel«, fasste sie meine Situation treffend zusammen.

Ich nickte dumpf. So langsam ging mir nämlich selbst auf, wie tief ich darin steckte.

»Ich kann doch nicht in ihn verliebt sein? Ich meine, wie oft habe ich zu ihm gesagt, dass er super ist, aber einfach nicht der Typ, in den man sich verliebt? Herrgott, bei jedem dahergelaufenen Kerl dreht mein Gehirn sofort durch und redet mir ein, dass der jetzt endlich der Richtige ist. Nur bei Harry nicht. Das muss doch was heißen.«

Ich klammerte mich ziemlich verzweifelt an diesen Gedanken, obwohl ich wusste, dass ich mir etwas vormachte. Ich hatte auch Harry sofort dahingehend abgecheckt, ob er Potenzial für mehr haben könnte. Aber seine zurückhaltende Art und sein offensichtliches Desinteresse an mehr als einer Freundschaft hatten mir schnell gezeigt, dass ich bei ihm auf nichts hoffen durfte. Und mein Kopf hatte daraufhin eine rasante Kehrtwende hingelegt und mir immer wieder eingeflüstert, dass ich ganz sicher keine amourösen Interessen an ihm hatte. Im Ernst, bei keinem anderen Kerl hatte ich so beharrlich darauf bestanden, dass ich nichts weiter wollte als Freundschaft.

»Offensichtlich kannst du das doch. Und wir waren uns schon immer einig, dass Harry etwas hat. Ich fand seine geheimnisvolle Art von Beginn an ziemlich cool«, überlegte Joanna nachdenklich. »Und dass er gut aussieht, haben wir ebenfalls schon oft festgestellt.«

»Aber er ist so zurückhaltend. Er ist das genaue Gegenteil von mir!«

»Und trotzdem hat es vom ersten Moment an gepasst zwischen euch«, erinnerte mich Joanna. »Beim ersten Treffen dachte ich, dass ihr euch bereits ewig kennt und bestimmt schon lange ein Paar seid. Nun ja, bis du mich aufgeklärt hast. Aber der erste Eindruck war, dass ihr einfach eine Einheit seid.«

»Tja, da hast du dich in mehrfacher Hinsicht getäuscht.«

»Ich glaube nicht. Und ich glaube auch nach wie vor, dass Harry dich mehr mag, als er zeigt.«

Ich lachte bitter. »Nachdem ich ihm ständig erzählt habe, dass er für mich so gar keinen Sexappeal hat? Selbst wenn es je so gewesen war, dann habe ich ihm das gründlich ausgetrieben. Mein Gott, ich war so dumm! Anstatt zu sehen, was ich hatte, habe ich mich wie einer dieser Fanatiker auf ihren Laufbändern immer weiter von ihm wegbewegt. Ich bin ständig in Bewegung geblieben und habe nach etwas gesucht, das ich direkt vor der Nase hatte. Und dann ist es zu spät und endlich merke ich es. Hätte ich doch nur früher einmal Luft geholt und nachgedacht, anstatt wie eine Irre hinter etwas herzulaufen, was ich gar nicht wollte.«

»Und was wirst du jetzt tun?«

»Ich? Mich selbst beschimpfen und versuchen, damit zu leben«, gab ich dumpf zurück.

»Oder mit ihm reden?«, schlug Joanna sanft vor.

»Was? Und ihm sagen, dass ich mich getäuscht habe und ihn doch ganz toll finde? Nein. Ich will nicht in seine Augen sehen, wenn er mir sagen muss, dass ich es verbockt habe. Er hat mir hinreichend oft zu verstehen gegeben, dass er es nicht gut findet, wie ich mich jedem an den Hals werfe, der nicht schnell genug wegrennen kann.«

»Donna, du bist zu streng mit dir. Du warst ein bisschen übereifrig und eventuell noch etwas direkter und durchgeknallter als gewöhnlich, aber so schlimm, wie du das hinstellst, warst du nicht. Immerhin hast du nicht jeden angesprungen, der dir vor die Beine lief.« Sie zwinkerte frech.

»Aber nahezu. Nein, Joanna, ich hab es gründlich vermasselt. Und in einer Sache sind wir uns einig: Harry macht nichts, ohne es sich gewissenhaft zu überlegen. Wenn er auszieht, dann will er wirklich Abstand zu mir.«

KAPITEL 47

Auch wenn ich jetzt wusste, weshalb ich gerade so niedergeschlagen war, half mir das nicht, um wieder fröhlicher zu werden. Ehrlicherweise musste ich zugeben, dass ich neben allem immer noch verletzt und enttäuscht war, weil Harry sich so schnell aus dem Staub gemacht hatte. Und er wusste das, denn normalerweise hätte ich mich nicht mit seinen kurzen, nichtssagenden Nachrichten begnügt. Die alte Donna hätte ihn spätestens am zweiten Tag angerufen und vollgelabert. Ich hätte ihn so lange bedrängt, bis er mir seine Wohnung zeigte. Und ich hätte mich mit kleinen Spitzen zu Claire, die zufällig im selben Haus wohnte, nicht zurückgehalten.

Erst mehr als eine Woche nach seinem Auszug kam eine Nachricht, die wieder eher zu unserem alten Umgang passte. Anstatt des üblichen, etwas oberflächlichen Tons und der recht einfachen Frage, ob alles in Ordnung war, schlug er dieses Mal eine privatere Note an.

Geht's dir gut, Donna? Und ich meine wirklich gut? Ich weiß, ich habe dich verletzt, weil ich nicht früher mit dir über meine Pläne gesprochen habe, und das tut mir unglaublich leid. Was auch immer ich wollte, das jedenfalls nie.

Ich starrte die Nachricht lange an. Dieser Mistkerl! Woher konnte er so gut wissen, dass gerade jetzt die Enttäuschung langsam von der Sehnsucht nach einem Wort, einem Blick, einem winzigen Zeichen, dass ich ihm noch etwas bedeutete, überlagert wurde? Ich überlegte, ob ich trotzdem bei meinem flapsig-kurzen Stil bleiben sollte, dann entschied ich mich spontan dagegen.

Ach, Harry, was denkst du? Nein, mir geht es nicht gut. Mir geht es sogar erstaunlich schlecht, weil ich tatsächlich verletzt bin, dass du einfach so verschwunden bist. Und ja, ich vermisse dich. Ich vermisse es, dich vollzuquatschen und mit dir zu lachen und dich um mich zu haben.

Ich starrte die Worte einen Moment nachdenklich an und mein Finger schwebte bereits über der Lösch-Taste. Dann überkam es mich. Ich schloss die Augen und tippte blind auf das Display. Wenn das Schicksal wollte, dass Harry die Nachricht bekam, dann war das seine Chance. Seine, wohlgemerkt, und nicht meine, denn ich war nicht unbedingt geschickt mit dem Ding und vertippte mich ständig, weil ich die Tasten nicht traf. Schon ehe ich die Augen aufmachte, hörte ich ein leises Pling, mit dem die Nachricht rausging.

Jetzt starrte ich natürlich noch mehr, denn sie wurde zwar sofort gelesen, aber danach ging Harry offline. Ich schnappte empört nach Luft. Schrieb der mich an und ließ mich dann verhungern! Kurz darauf war er wieder da und fing an zu tippen. Ich begann einmal mehr, meine leidgeprüfte Unterlippe zu bearbeiten. Harry tippte und tippte und tippte. Es entstand eine Pause, ehe er erneut tippte. Ich wurde ziemlich nervös und in meinem Bauch war plötzlich wieder dieses Flattern, das der Regen wohl doch nicht komplett weggewaschen hatte. Harry tippte noch immer und ich stellte mir vor, dass er sich jetzt endlich erklären würde und natürlich auch sagen, dass es ihm leidtat und er mich ebenfalls vermisste. Schließlich war Schreiben seine Welt, das geschriebene Wort sein Metier, in dem er sich weit besser ausdrücken konnte als in einem Gespräch. Dann entstand wieder eine Pause und ich hielt den Atem an. Schließlich tauchte erneut die Meldung auf, dass Harry schrieb, und endlich war die Nachricht da.

Das tut mir leid.

Fassungslos starrte ich auf die vier Wörter. Das war alles? Ich hätte mein Handy am liebsten geschüttelt, um all die anderen Buchstaben herauszurütteln, die er doch geschrieben haben musste. Aber natürlich blieb die Nachricht so knapp und frustriert warf ich es auf den Tisch. Da piepste es noch einmal und hastig griff ich danach.

Und ich vermisse dein Gequassel ebenfalls.

Ein glücklicher Seufzer entwischte meinem Mund. Harry war schon wieder offline, aber jetzt war es okay. Jetzt fühlte es sich gut an und mein Magen war leicht und ein bisschen wackelig. Ich drückte das Handy an meine Brust und strahlte einfach ein wenig die Wand an, ehe ich mich so beschwingt wie schon lange nicht mehr an die Arbeit machte.

Nachdem ich endlich zugegeben hatte, dass ich Harry vermisste, war es besser und zugleich schlechter zu ertragen, dass er weg war. Ich versuchte jetzt nicht mehr, sein Fehlen zu verdrängen und mir andere Gründe auszudenken, weshalb ich so mies drauf war. Ich ließ es zu, dass mir immer wieder Erinnerungen in den Sinn kamen, bei denen ich unwillkürlich lächeln musste, weil er darin die Hauptrolle spielte. Und dann war es erneut schrecklich, weil es keine neuen Situationen dieser Art gab. Wie unbedacht war ich gewesen, ihn als gegeben hinzunehmen, ihn nicht so zu schätzen, wie er das verdient hatte. Das war ein Fehler, den man viel zu oft machte, oder? Dass man das, was man hatte, nicht genug schätzte. Dass man immer dachte, das Gras in Nachbars Garten wäre grüner. Dass man Sachen als selbstverständlich hinnahm und Menschen nicht ausreichend zeigte, was sie einem bedeuteten. Dass man in seinem Bestreben, cool und lässig zu sein, vergaß, dass man manchmal einfach über das Ziel hinausschoss. Und dass man etwas erst verlieren musste, um zu merken, dass man es nicht ersetzen konnte.

Ich dachte viel über all das nach. Und ich hätte zu gerne mit Harry darüber geredet. Deshalb schickte ich ihm eine Nachricht.

Wann kommst du mal wieder vorbei? Wenn du zu lange wartest, dann hat sich so viel Geplapper in mir aufgestaut, dass ich dich damit vermutlich komplett überfordere.

Das tust du doch immer. Ich werde sehen, wann ich es einrichten kann. Ich bin gerade ein wenig unter Zeitdruck.

Ich schluckte, als ich die Zeilen las. Ich hatte mich extra bemüht, lässig und unverbindlich rüberzukommen, und seine vage Antwort war nicht das, was ich mir erhofft hatte. Aber ich beschloss, die Abfuhr mit Würde zu tragen. Stattdessen wagte ich mich an ein anderes Thema.

War ich zu viel? Zu laut? Hab ich zu oft für dich geredet?

Ich wartete hibbelig, bis eine Antwort kam. Himmel, dafür, dass er wie ein Wilder seine Bücher schrieb und das Zehnfingersystem beherrschte und alles, brauchte der Kerl ewig für eine blöde Textnachricht.

Du hast oft für mich geredet, ja. Und du hörst vor lauter Unsinn im Kopf häufig genug nicht, was andere sagen. Aber du bist nie zu viel. Zu viel Donna kann es gar nicht geben.

Ich konzentrierte mich auf den zweiten Teil und versuchte, mich für den ersten nicht allzu sehr zu schämen. Weil es ja stimmte, ich hatte oft genug für ihn geantwortet. Die Chancen standen gut, dass er es tatsächlich probiert hatte, über seine Pläne zu sprechen, und einfach nicht gegen meinen unsäglichen Redebedarf angekommen war. Das würde ich in Zukunft besser machen, nahm ich mir vor. Wenn wir uns das nächste Mal trafen, würde ich ihm zeigen, dass ich auch schweigen und abwarten konnte, und ihm damit die Gelegenheit bieten, mir etwas zu erzählen. Zum Beispiel, was er da so Zeitaufwendiges trieb. Und wie das jetzt mit Claire zu verstehen war und vor allem, ob er nach Ablauf seiner kurzen Mietzeit wieder in Penrose Cottage einziehen würde.

Die Gelegenheit, zu schweigen oder aber zu fragen, würden wir sehr bald bekommen, denn schon übermorgen stand wieder ein Dinner with future friends an. Wenigstens hatte es sich jetzt nicht direkt in ein Dinner with former friends verwandelt, machte ich mir Mut. Davor hatte es mir nämlich richtig gegraust, dass wir dort aufeinandertreffen würden und uns nichts mehr zu sagen hatten. Seltsam, oder? Eigentlich war er nur endlich aus dem B&B ausgezogen, in dem er viel zu lange hängen geblieben war, und hatte sich eine Wohnung genommen. Das war ein ganz normales Verhalten. Und dennoch zeigten sowohl meine als auch seine Reaktion und die darauffolgende Funkstille, dass es eben doch mehr war. Aber jetzt, nachdem wir wieder zaghafte Nachrichten austauschten, hatte ich neue Zuversicht und gab Joanna endlich recht. Ich würde nicht daheimbleiben und mich ausschließen, nur für den Fall, dass Harry mit Claire dort auftauchte. Nein, ich würde hingehen, mich ein wenig mit ihm unterhalten, ganz viel schweigen und bedächtig zuhören, was er zu sagen hatte, und alles dafür tun, wenigstens seine Freundschaft zu behalten.

KAPITEL 48

Ich glaube, ich war nicht mal vor unserem allerersten Dinner with future friends so nervös gewesen wie vor dem, das nun anstand. Tja, warum wohl, flüsterte mein ironisches Ich leise. Weil du da Harry an deiner Seite hattest. Schon damals, als er noch der unbekannte, schweigende und geheimnisvolle Kerl war, der einfach auftauchte und fragte, ob wir auch einen Dauermieter aufnehmen würden, hatte ich mich in seiner Gegenwart deutlich selbstbewusster und fröhlicher gefühlt. Ich war daher sehr entspannt gewesen, weil ich wusste, selbst wenn es nicht klappte, auf dieser Veranstaltung Kameraden zu finden, würde ich einen guten Abend haben, weil ich bereits mit einem Freund hinging. Das hatte ich damals nicht so klar benennen können, aber die Sicherheit, die er mir gab, war von Beginn an außergewöhnlich. Wenn ich dort auf lauter unsympathische Menschen treffen würde, hätte ich ihn. Oder wenn es zu diesen peinlichen Momenten voller Schweigen kam, weil man spürte, dass man mit den anderen gar nichts gemein hatte und sich nichts zu erzählen hatte, dann konnte ich einfach ihn vollquatschen.

Heute wusste ich, dass ich dort niemanden treffen würde, den ich nicht mochte. Und doch war ich ziemlich nervös, denn der eine Mensch, auf den ich mich so freute, hatte mich zum allerersten Mal ernsthaft kritisiert. Damit kam ich normalerweise klar, aber in seinem Fall machte es mich unruhig. Weil ich wusste, dass er recht hatte. Und weil ich wollte, dass er mich mochte und nicht langsam erkannte, dass ich vielleicht doch nicht die ideale Freundin für ihn war.

Von daher fand ich es ganz gut, dass Fred sich meldete und fragte, ob meine Einladung noch stünde. Er hatte von Anfang an Interesse an diesen Treffen gezeigt und war wie ich immer auf der Suche nach neuen Freunden. Und mit Fred an meiner Seite hätte ich einen Ersatz für Harry. Zumindest, was das Zuhören und mich Aushalten anging. Er war sogar perfekt für den Job. Freds entspannte Art machte ihn zum idealen Gefährten. Wenn ich spüren sollte, dass die Kluft zwischen Harry und mir zu groß geworden war, konnte ich mich mit ihm ablenken. Und ich konnte ihn ansehen und seinen Berichten lauschen, anstatt nur Harry anzustarren und mir zu wünschen, dass auch er zu mir herübersah und mir dieses Aufblitzen seiner dunklen Augen schenkte, das jedes Mal dafür sorgte, dass ich mich leicht und froh fühlte. Und falls – wovor mich der Himmel bewahren möge – Harry am Ende sogar mit Claire Händchen hielt oder sonst wie turtelte, dann konnte ich mich ebenfalls an Fred halten und wild drauflosreden, nur um nichts sehen zu müssen, was ich nicht sehen wollte.

Als wir endlich in das Hinterzimmer der Mermaid traten, wo unsere Treffen traditionell abgehalten wurden, waren schon alle da, sogar Betty und Liz. Das war nicht verwunderlich, weil Fred sich leider reichlich verspätet hatte. Andererseits war das gut, denn so konnte ich die Vorstellung in einem Abwasch erledigen.

»Hallo zusammen. Ich habe uns einen neuen Interessenten mitgebracht. Das ist Fred, ich habe euch schon von ihm erzählt«, sagte ich lässig. Zumindest dem weiblichen Anteil der Runde hatte ich nämlich ziemlich viel von ihm erzählt, inklusive des gesamten Gesprächs bei unserem Kennenlernen. »Fred, das hier sind meine Freunde. Joanna und Gavin, Betty und Liz, und das sind Claire und Harry.« Es kostete mich einige Mühe, Letzterem dabei lässig zuzuwinken und nicht direkt auf ihn loszustürmen. Er saß wieder einmal neben Claire, was mich nicht verwunderte, aber dennoch nicht freute.

»Fred!«, begrüßte ihn Betty stürmisch. »Na, auf dich war ich ja ziemlich gespannt. So wie Donna von dir erzählt, bist du ein Mann ganz nach unserem Geschmack.« Sie lachte dröhnend.

»Das ist er. Fred ist cool«, versicherte ich. »Und ein angenehmer Freund«, setzte ich dann gestelzt hinzu, als ich Harrys Blick sah. »Ja, ich denke, das könnte man so sagen, dass wir mittlerweile Freunde geworden sind.«

Fred sah mich mit heiterer Überraschung an.

»Yo«, kommentierte er lässig. »Weil sie mich ja nicht ranlässt, obwohl sie mich mag. Oder war es gerade deswegen?«

Ich gab ihm einen Stups und sah ihn böse an, was er mit einem berechtigten Stirnrunzeln quittierte. Ich war ja selbst schuld, ich hatte ihn quasi dazu erzogen, immer ein wenig zu flirty zu sein und Dinge zu sagen, die wir nicht so meinten.

»Ein Insiderscherz, der auf unsere erste Begegnung zurückgeht. Hört nicht auf ihn«, sagte ich rasch und lachte etwas zu laut. »Und du benimm dich, Fred. Sonst bringe ich dich schneller wieder nach Hause, als du Bitte nicht sagen kannst.«

Fred grinste entspannt und nahm bei Betty und Liz Platz, die ihn sofort in ein Gespräch verwickelten. Ich hatte geahnt, dass Freds Art bei den beiden gut ankommen würde. Auch Joanna und Gavin schmunzelten amüsiert. Nur Harry schien nicht für unsere Art Humor bereit zu sein.

»Auf alle Fälle ist Fred ebenfalls auf der Suche nach neuen Freunden und wollte sich unsere Runde ansehen. Er gehört also euch, aber macht ihn nicht kaputt«, sagte ich zu Betty und Liz und erntete dafür lautes Gelächter. Sogar Harry feixte spontan.

»Ich war ebenfalls bei einem Speeddating, aber leider gab es da nichts, was auch nur annähernd an dich herankommt«, verkündete Betty eben fröhlich. »Ich mag deinen Humor.«

Ich ließ mich auf meinem Stuhl zurücksinken und atmete durch. Der gefürchtete erste Moment des Zusammentreffens lag hinter uns und ein einziges freundliches Zucken von Harrys Mundwinkel hatte mich sofort entspannt und zuversichtlich gestimmt. Dass Claire nicht gelacht hatte, war mir hingegen ziemlich egal. Ich gab vor, dem Gespräch neben mir zu lauschen, während ich versuchte, Harry unauffällig zu mustern. Gut sah er aus. Viel zu gut, um meinem Seelenheil förderlich zu sein. Claire hingegen schien erstaunlich ernst, fast schon verkniffen. Das war seltsam, denn wir hatten sie als fröhliche und redselige Person kennengelernt. Ob sie schlauer war als ich und sich in Harrys Gegenwart ein wenig zurücknahm?

Ich warf einen neuerlichen Blick zu den beiden und begegnete prompt Harrys Augen, die mich musterten. Ich stellte mich ihnen einen Moment reglos, dann nickte ich ihm zu, als wolle ich sagen: Ach, du bist auch hier? Daraufhin schmunzelte er und ich konnte ihn endlich anstrahlen.

»Wie geht's?«, fragte ich ihn über Joanna und Gavin hinweg, die zwischen uns saßen.

»Gut. Dich muss ich wohl nicht fragen. Du siehst ausgezeichnet aus, Donna.«

Ich zuckte lässig mit den Schultern. Wenn du wüsstest, wie lange und sorgfältig ich mich heute zurechtgemacht habe, dachte ich. Nur um mich bestmöglich gerüstet zu fühlen für ein Treffen mit dir. Aber natürlich sagte ich das nicht, sondern bedankte mich einfach artig.

»Wie läuft es in Penrose Cottage?«, wollte Harry wissen.

»Super. Echt, ich kann es immer noch nicht glauben, wie gut es läuft. Wir sind sogar vor dem Zeitplan und die letzten Zimmer sind beinahe fertig. Du wirst deines nicht mehr erkennen«, plapperte ich aufgeregt. »Ähm, ich meine dein ehemaliges Zimmer.«

Er nickte. »Das freut mich zu hören.«

»Du musst es dir unbedingt ansehen, wenn es fertig ist. Ihr alle müsst euch das Ergebnis ansehen.« Ich ruderte mit den Armen, um die ganze Runde anzusprechen. »Ich habe ja bereits erzählt, dass wir eine kleine Party planen. Und jetzt lade ich euch offiziell dazu ein. Am nächsten Donnerstag ist es so weit.«

Meine Freunde klatschten und versicherten begeistert, dass sie kommen würden. Ich sah zu Harry, der leicht nickte, dass auch er da sein würde. Glück durchflutete mich. Diese Veranstaltung hatte mich im Vorfeld einige Zeit und Nerven gekostet und Harry hatte mir dabei geholfen, alles zu planen. Nicht, dass eine kleine Party mich überfordert hätte, aber das Zeitmanagement war eine echte Herausforderung gewesen. Ich wollte natürlich die Zimmer präsentieren, was nur möglich war, wenn sie nicht belegt waren. Ich hatte den Termin also darauf abstimmen müssen, dass die Handwerker sicher fertig waren und wir noch nicht wieder im Vollbetrieb liefen. Einige Zeit hatte es so ausgesehen, als ob es keinen Zeitraum gäbe, an dem kein Gast im Haus war, aber dann kamen eine Stornierung und eine Umbuchung und plötzlich hatte ich meine Chance.

Neben mir überlegten Betty und Liz bereits, was sie zur Unterstützung des Buffets beisteuern könnten, und ich konzentrierte mich wieder auf das Hier und Jetzt.

»Ihr müsst gar nichts mitbringen außer euch und gute Laune. Ich habe einen Caterer gebucht und es wird ausreichend Getränke geben. Mabel und ich haben beschlossen, gleichzeitig eine Art Tag der offenen Tür für die Dorfbewohner anzubieten. Jeder, der will, kann vorbeikommen. Sie möchte an diesem Tag auch die offizielle Übergabe machen. Da wäre es zwar zukunftsweisend, wenn ich die halbe Zeit in der Küche stehe und Häppchen vorbereite, aber ich dachte, ich gönne mir diesen einen Abend ohne Stress.«

»Gute Idee«, meinte Liz fröhlich. »Ist ja auch dämlich, eine Party zu schmeißen und vor lauter Vorbereitungsstress dann zu kaputt zu sein, um sie zu genießen.«

Ich nickte und sah automatisch zu Harry hinüber. Genau das hatte er ebenfalls gesagt, als wir zum ersten Mal über solch einen Abend nachdachten.

»Du solltest Zeit haben, um dich feiern zu lassen«, hatte er mir zugeredet. »Arbeiten wirst du hinterher jeden Tag.«

Auch dieses Mal traf ich sofort auf Harrys Augen, als mein Blick zu ihm huschte. Wieder hielt er ihn einen Augenblick fest, dann stand er überraschend auf und schnappte sich seinen Stuhl, um ihn kurz darauf neben meinen zu stellen.

»Schön zu sehen, dass es dir gut geht, Donna. Kann ich etwas mit dir besprechen?«

KAPITEL 49

»Klar«, versicherte ich sofort und spürte, wie mein Herz zu klopfen begann.

»Gut.« Harry zeigte ein schwaches Lächeln.

»Und? Hast du dich schon eingelebt in deiner neuen Bleibe?«, erkundigte ich mich rasch. Mist, ich hatte mir doch vorgenommen, dass ich mich zurückhalten würde, aber diese seltsame Scheu, die eine ganze eigene Distanz zwischen uns aufbaute, machte mich nervös. Harry wirkte viel zu vorsichtig, um mir Hoffnung zu machen, dass er sich nur ein wenig von mir vollquasseln lassen wollte.

»Hm. Es kommt mir dort immer noch sehr leise vor.«

Ich lachte unsicher. »Ich habe wohl tiefe Spuren hinterlassen. Tut mir leid.«

»Das muss es nicht.« Einen Moment war es zwischen uns wie vor seinem Auszug. Bis er weitersprach. »Aber darum geht es auch nicht. Ich wollte fragen, ob ich am Tag der Party etwas früher vorbeikommen kann?«

»Klar. Du kannst jederzeit kommen, das weißt du doch.«

»Ich würde gerne noch die restlichen Räume fotografieren und in die Website einbinden. Die ist ansonsten fertig und könnte dann an den Start gehen, damit die Party der letzte Abend bleibt, an dem du freie Zimmer hast.«

»Klar. Daran hab ich gar nicht mehr gedacht. Danke, Harry.«

»Ich würde die noch einstellen, dann wären wir auf Stand und du kannst die Seite übernehmen und hochladen. Einen Einführungskurs habe ich dir ja bereits gegeben.«

»Oh. Klar, das wäre toll.« Ich musste mich zusammenreißen, um ihn nicht einfach entsetzt anzustarren. Er hatte doch gesagt, dass er sich anfangs darum kümmern würde. Aber das war vor dieser Misere gewesen und anscheinend war sein Wunsch, sich von mir zu lösen, noch umfassender, als ich befürchtet hatte.

»Ich kann nicht sagen, wie es bei mir weitergeht«, versuchte er zu erklären. »Und es wäre fatal, wenn du nicht zumindest die Möglichkeit hättest, selbst einzugreifen. Ich kann gerne noch eine Weile als Administrator dabeibleiben, falls du auf Probleme triffst. Dann könnte ich dir helfen, egal …« Er lächelte entschuldigend. »Also egal, ob ich gerade bei dir bin oder nicht.«

»Das wäre sehr nett, Harry«, entgegnete ich höflich. »Und du sagst mir, was du für all das bekommst.«

»Ich will kein Geld«, versicherte er und legte spontan eine Hand auf meinen Unterarm. Sofort begann die Stelle zu prickeln und sich überdeutlich bemerkbar zu machen. Ich sah unwillkürlich hin und er zog sie sofort wieder zurück. »Das habe ich gerne gemacht.«

Wir schwiegen uns einen Moment an. Ich versuchte, aus seiner Miene zu lesen, was er wirklich dachte, aber er war schon immer ein Meister des Pokerface gewesen. Auf alle Fälle sah ich nicht das, was ich sehen wollte, nämlich diese alte Verbundenheit, als ein einziger Blick mir so viel sagte und mich verlässlich zum Lachen brachte. Stattdessen musterte er mich beinahe wie eine Fremde, von der man noch nicht sicher war, ob man mit ihr zurechtkam. Das machte mich fertig, ehrlich. Ich wollte eben etwas sagen, als er sich räusperte und wieder aufstand.

»Gut. Dann sehen wir uns Donnerstag. Ich würde dir bei der Vorbereitung helfen, aber ich bin im Moment ziemlich unter Zeitdruck. Ich habe einen fixen Termin für das neue Buch bestätigt und es ist bereits in der Vorbestellung. Und jetzt muss es fertiggestellt werden.«

Ich nickte. »Oh, dann ist es bald so weit? Ich freue mich schon darauf. Und ich bin gespannt, wie es Kommissar Dave ergehen wird.«

Jetzt war er es, der nachdenklich nickte. »Da bist du nicht die Einzige«, murmelte er und schnappte sich seinen Stuhl, um zu Claire zurückzukehren.

Irritiert verfolgte ich, wie er sich wieder an seinen vorherigen Platz setzte. Früher hatten wir es scherzhaft gemeint, wenn wir sagten, dass Harry ein Rätsel sei. Jetzt meinte ich es ernst. Er gab sich so freundlich und gleichzeitig distanziert, dass ich schlucken musste, um nicht einfach loszuheulen. Wie konnte es sein, dass wir die ganze Zeit zusammen abhingen, und plötzlich fühlte es sich an, als wäre ich … irgendwer. Das machte mich total unsicher. Früher hätte ich ihn unbekümmert darauf angesprochen, ihn in die Seite gestupst und gefragt, was denn mit ihm los sei. Aber früher hatte er auch nicht so ein Gefühlskuddelmuddel in mir ausgelöst. Früher hätte ich nicht so einen seltsam flauen Magen gehabt, nur weil er mich ansah. Doch, korrigierte mein besserwisserisches Unterbewusstsein sofort. Das hattest du. Du hast es nur nicht richtig deuten können und hast es auf anderes geschoben.

Das Essen kam und zum ersten Mal hatte ich keine rechte Freude daran. Ich war eigentlich immer hungrig und leider noch nie eine dieser Frauen, denen irgendetwas den Appetit verderben konnte. Heute jedoch hatte ich keinerlei Hunger und mir deshalb einen großen Salat bestellt. Das war Joannas ehemaliges Standardessen, erinnerte ich mich rührselig. In den guten alten Zeiten, als alles noch, nun ja, gut gewesen war. Ich sah zu ihr hinüber und nickte nachdenklich. Heute stand eine Portion Fish and Chips vor ihr, mein erklärtes Lieblingsessen. Wir hatten anscheinend die Plätze in der Geschichte getauscht. Nur dass bei ihr am Ende Gavin wartete und bei mir niemand.

»Donna? Seit wann lässt du dir die Chips entgehen?«, fragte Betty auch prompt.

»Donna muss für Joanna einspringen. Meine Beste hat Owain so daran gewöhnt, dass sie immer nur Salat isst, dass er jetzt stets einen Extravorrat im Pub hat«, feixte Gavin.

»Und normalerweise esse ich den auch. Aber heute habe ich mächtig Hunger«, gab meine Freundin hoheitsvoll zurück.

»Und ich schlage dir nicht mehr so auf den Magen?«, erkundigte sich Gavin frech.

»Auch das«, gestand Joanna lachend. »Ja, ich gebe es zu, du hast mir damals so manche Portion Fish and Chips vermiest.«

»Das tun die Kerle oft, uns etwas zu vermiesen. Wer ist dir denn auf den Magen geschlagen, Donna? Du bist doch nicht am Ende verliebt?« Betty sah wohl in dem Moment, als sie mich so unbedarft auf den Arm nahm, dass es eventuell nicht ganz zündete.

Ich winkte ab und tat wieder einmal lässiger, als mir zumute war.

»Nein, zur Abwechslung bin ich das nicht.« Ich wollte damit Harry eine Botschaft schicken, dass ich endlich vernünftig war und nicht mehr hinter jedem Kerl hersabberte, der meinen Weg kreuzte. »Heute hatte ich einfach mal Lust auf etwas anderes.«

»Wie so oft«, murmelte er laut genug, dass ich es hören konnte.

Ehe ich jedoch eine schlagfertige Antwort parat hatte, mischte sich Claire ein. Sie saß immer noch recht missmutig und still da und ich hatte bereits die Hoffnung aufkeimen gespürt, dass die beiden sich gestritten hatten oder doch nicht so eng miteinander waren, wie ich befürchtet hatte. Diesen Funken löschte Claire jedoch mit ihren nächsten Worten.

»Und damit ist sie ja wohl nicht alleine.«

Ich horchte auf. Klang das nach schlechter Stimmung im neuen Liebesglück?

»Claire, bitte«, versuchte Harry, das Thema zu wechseln.

»Stimmt doch! Tut mir leid, aber ich verstehe es einfach nicht.« Es war nicht zu übersehen, dass diese Angelegenheit schon die ganze Zeit in ihr brodelte.

»Wir können das gerne unter uns besprechen«, schlug Harry betont ruhig vor.

»Aber vielleicht kann einer von den anderen dich überzeugen, ehe es zu spät ist. Ich kann es ja offensichtlich nicht.«

Mittlerweile hatten die beiden die Aufmerksamkeit aller auf sich gezogen und Claire hob kämpferisch das Kinn.

»Tut mir leid, Harry, aber ich denke, du machst einen gewaltigen Fehler. Und ich möchte dich nur davor bewahren.«

»Es geht dich nichts an, Claire.« Harrys Stimme war immer noch ruhig, hatte aber einen warnenden Unterton bekommen. »Ich habe dich nicht um Rat gebeten.«

»Und trotzdem«, beharrte sie wie ein kleines Kind. »Ich weiß es nun eben und ich finde, es geht mich durchaus etwas an. Es würde mich nur dann nichts angehen, wenn du mir egal wärst«, setzte sie leiser hinzu und fixierte ihn.

Mir wurde schlecht. Wenn Claire hier und jetzt einen Beziehungsstreit vom Zaun brach, wollte ich lieber nicht dabei sein.

»Was hast du denn angestellt, Harry?«, erkundigte sich Betty mit einer sensationslüsternen Miene, die ich für ziemlich unangebracht hielt, auch wenn mich die Neugier ebenfalls fast umbrachte.

»Ich habe gar nichts angestellt. Ich habe nur überlegt, wie es für mich in beruflicher Hinsicht weitergehen soll.«

»Aber weshalb? Dein Buch war ein Erfolg und du kannst jetzt eine ganze Reihe aufbauen.« Ich sah ihn überrascht an. »Das war doch dein großer Traum. Du denkst hoffentlich nicht darüber nach, damit aufzuhören?«

»Nein, natürlich nicht«, versicherte er viel zu schnell.

»Aber er denkt darüber nach, seinen Erfolg aufs Spiel zu setzen«, platzte Claire heraus. »Never change a winning team!«

»Was hast du vor, Harry?«, mischte sich jetzt Gavin ein. Im Gegensatz zu uns anderen klang er nicht sensationsgierig oder erschrocken, sondern einfach interessiert. »Vielleicht hat Claire ja recht und wir können dir einen Rat geben. Falls du den willst.«

Harry stieß die Luft aus. »Ich wollte das eigentlich erst einmal in Ruhe durchdenken. Und es ist zudem nichts, was solch einen Wirbel verdient.« Er sah Claire einen Moment missbilligend an.

»Er will den dritten Band seiner Buchreihe in Yorkshire ansiedeln«, platzte sie nun heraus und sah sich triumphierend um.

Von den meisten erntete sie überraschte Blicke, in denen deutlich zu lesen war, dass man die Aufregung, die diese Nachricht bei ihr auslöste, tatsächlich nicht nachvollziehen konnte. Mir dagegen blieb fast das Herz stehen, weil ich wusste, was das zu bedeuten hatte.

»Er will, dass Dave Donovan Cornwall verlässt und ab sofort in Yorkshire tätig ist. In Yorkshire! Wer verlässt denn freiwillig Cornwall, um dahin zu gehen?« Sie schnaubte erregt. »Wer will denn von Yorkshire lesen?«

»Sehr viele vermutlich. Es ist die größte Grafschaft Englands. Und es gibt ebenfalls eine Küste«, verteidigte sich Harry.

»Aber ich habe dir doch bereits mehrfach erklärt, dass ein Buch ein sehr komplexes Unterfangen ist. Die Leser lieben die Figur, ja. Und sie begeistern sich auch für den Schreibstil. Aber sie suchen in den Geschichten darüber hinaus ein Stück Heimat. Sie kehren mit jedem neuen Band an vertraute Orte zurück. Sie treffen Protagonisten, die sie bereits kennen. Sie wollen wissen, wie es mit ihnen weitergeht. Das ist ein nicht zu unterschätzender Part, Harry. Du hast so eine gute Grundlage geschaffen. Du kannst darauf aufbauen und der Erfolg wäre dir gewiss.«

»Mir erscheint das logisch, was Claire sagt«, warf Gavin ruhig ein. Ich konnte spüren, dass er versuchte, die Spannung etwas herauszunehmen und zu vermitteln. »Das geht uns doch allen so, deswegen lieben wir Serien. Aber ich fände es nicht völlig inakzeptabel, wenn ich mich auf eine neue Stadt einstellen muss«, fuhr Gavin an Claire gewandt fort.

»Du musst jedes Mal mit neuen Nebenfiguren klarkommen«, ereiferte sich Claire. »Jedes Mal neue Namen und neue Charaktere. Dadurch tauchst du nicht so tief in die Geschichte ein. Und du kannst die Leser nicht dadurch an dich binden, dass du die Nebenhandlungen interessant machst. Was spricht dagegen, dass man neben dem Kriminalfall auch mitbekommen will, wie es mit der jungen Kollegin des Kommissars weitergeht? Oder mit dem zuständigen Gerichtsmediziner, der sich eben von seiner Frau getrennt hat? Solche Kleinigkeiten sind wichtig! Sie geben dem Buch erst eine Seele!«

»Es ist ja noch nichts in Stein gemeißelt«, versuchte Harry einmal mehr, die Diskussion abzubrechen. »Ich denke ja nur nach.«

»Und wisst ihr, wo er das machen will? In Yorkshire. Er will demnächst dorthin verschwinden. Und wir alle wissen ja, was passiert, wenn Harry irgendwo hinfährt, um zu recherchieren. Er bleibt hängen und wir sehen ihn nie wieder.«

KAPITEL 50

Dieser Satz war wie ein Schlag in den Magen und augenblicklich wusste ich, weshalb sich Claire so echauffierte. Harry wollte wegziehen! Nach Yorkshire, womit er so ziemlich den größten Abstand zu St. Hope aufbaute, den England zu bieten hatte.

Auch die anderen wirkten jetzt betroffen.

»Harry! Du willst uns doch nicht wirklich verlassen?«, fragte Liz und alle stürzten sich nun auf dieses Thema.

Der gute Harry musste sich einiges anhören und schien völlig überfordert. So wie ich. Ich sagte gar nichts und war wie betäubt. Das war es dann. Wenn Harry umzog, dann war unsere Freundschaft wirklich am Ende.

Erst als sich der Trubel etwas gelegt hatte, riss ich mich zusammen und versuchte, wieder am allgemeinen Gespräch teilzunehmen.

»Es ist seine Entscheidung, Claire. Harry ist alt genug, das selbst abzuwägen«, sagte Gavin eben beruhigend.

»Aber ich bin vom Fach! Mir erzählen die Kunden, was sie in Büchern lesen wollen. Ich weiß, was sich gut verkauft, und ich habe schon viele Erfolgsgeschichten erlebt. Und ich weiß, dass er sich verrannt hat.«

»Und das ist dein einziger Grund? Der Erfolg seiner Bücher? Oder ist es die Tatsache, dass er uns verlassen will?«

Claire brauchte einen Moment, um Gavin zu antworten. »Das auch. Wobei ihn das ebenfalls nicht interessiert.«

Eigentlich hätte mein Herz jetzt einen Freudentanz veranstalten müssen. Das klang doch bestens! Es kümmerte ihn nicht, ob Claire unter seinem Wegzug litt oder nicht. Aber ich freute mich trotzdem nicht. Er zog weg und ob er dabei ein oder zwei Herzen brach, war egal. Seit wann war Harry so kalt und egoistisch? In mir begann es zu brodeln und ich hätte jetzt gerne ein paar Dinge gesagt, die mir auf der Seele brannten. Aber als ich diesem Drang die letzten Male nachgegeben hatte, endete es jedes Mal in einer Katastrophe, also versuchte ich, mich zu beherrschen. Bis Harry aufstand und sich für einen Moment entschuldigte. Ich überlegte kurz, dann nutzte ich die Chance. Ich erhob mich ebenfalls und machte mich bereit, ihm draußen aufzulauern und ihn abzufangen, wenn er zur Runde zurückkehren würde. Und ihm dann die Frage zu stellen, auf die es doch wirklich ankam und die keinem anderen einzufallen schien.

»Warum?«, platzte ich auch gleich heraus, als ich ihn in eine stille Ecke neben dem Tresen hatte winken können. Nun ja, still war übertrieben, denn der Pub war wie stets gut besucht, aber hier waren wir relativ unter uns. »Warum verlässt Dave plötzlich Cornwall?«

Harry sah mich überrascht an. Und ganz eindeutig auch schuldbewusst, fand ich.

»Du hast doch gesagt, dass er sich in Cornwall ein neues Leben aufbaut. Wir hatten darüber gesprochen, dass er sich verliebt und dass es einen zweiten Handlungsstrang gibt und alles.«

Harry rang sichtbar mit sich.

»Und du warst davon überzeugt, dass das der richtige Weg ist. Warum geht er trotzdem weg?«

Mir war klar, dass ich begann, Harry selbst in Dave zu sehen. Irgendwie gehörten die beiden zusammen. Harry war Dave. Und wenn Dave weggehen wollte, dann wollte Harry das auch.

»Weil es eine dumme Idee war«, gestand Harry plötzlich und straffte sich. »Weil ich es nicht kann. Ich habe es versucht, Donna. Ich wollte das wirklich schreiben. Aber es ging nicht. Es hat in einem Desaster geendet. Und am Ende stand Dave vor den Trümmern seiner zwischenmenschlichen Fähigkeiten. Ich stand davor, weil ich kein Kerl bin, der sich mit Romantik auskennt.«

Ich sah den Vorwurf in seinen Augen und schluckte.

»Und deshalb habe ich das geschrieben, was ich kann. Wie der Versuch scheiterte. Wie er hilflos dabei zusieht, wie sich seine Freundin einem anderen zuwendet. Wie sie ihm sagte, dass er zu langweilig ist und zu besessen von seinem Job. Diesen Teil einer Beziehung kenne ich gut. Den kann ich beschreiben.«

Ich musste nicht nachfragen, ich konnte die Antwort auf seinem versteinerten Gesicht ablesen.

»Weil du es erlebt hast«, murmelte ich.

Harry nickte knapp.

»Mit Claire«, vermutete ich düster.

»Mit Claire? Nein. Claire und ich sind nur befreundet.«

»Auch wenn sie mehr will«, rutschte es mir heraus.

»Diese Option war von Beginn an ausgeschlossen, zumindest für mich.«

Diese Information hätte mich jetzt sehr glücklich machen müssen. Und doch war ich zu verwirrt, um sie gebührend zu feiern.

»Aber woher weißt du es dann?«, fragte ich leise.

»Von Emma. Meiner Ex-Freundin.«

»Du hast … Du hast nie von ihr erzählt«, stammelte ich, völlig überrumpelt von dieser Neuigkeit.

»Du hast nie danach gefragt. Für dich war immer klar, dass ich keine Vergangenheit habe. Keine, in der Beziehungen eine Rolle spielten. Anscheinend bin ich zu gut darin, meine Gefühle unter Verschluss zu halten. So gut, dass der Eindruck entstanden ist, ich hätte schlicht gar keine.«

Das saß und der Vorwurf war mehr als gerechtfertigt. Ich hatte einfach angenommen, dass Harry noch nie so etwas wie eine Partnerschaft gehabt hatte. Ich hatte immer nur von meinen Gefühlen geredet und angenommen, sein Schweigen hieße, dass er zu dem Thema nichts beizutragen hatte.

»Liebst du sie noch?«, fragte ich, ohne nachzudenken.

»Nein.«

»Und ihretwegen kann Dave nicht glücklich werden?«

Er seufzte. »Aus vielerlei Gründen. Vor allem, weil ich glaube, dass auch ich hier nicht wirklich glücklich werden kann.« Er sah mein Gesicht und einen Moment tat es ihm wohl leid, das gesagt zu haben. »Du bist eine tolle Freundin, Donna. Aber ich will mehr. Ich will ein eigenes Leben, mein persönliches Glück. Ich kann nicht nur als Randfigur in deinem existieren und mich damit begnügen. Und um ehrlich zu sein, will ich es auch nicht.«

»Aber …«, begann ich hilflos.

»Ich habe mir das gut überlegt, Donna. Mein Entschluss steht fest.«

Und damit wandte er sich ab und ging einfach davon.

Als ich endlich in das Hinterzimmer zurückkam, waren alle eifrig am Plappern. Alle außer Claire, die noch immer schmollte und es gar nicht gut fand, dass sich die anderen nach Harrys näheren Plänen erkundigten und seinen Weggang zwar bedauerten, aber nicht persönlich übel nahmen. Das hätte ich mir auch nicht träumen lassen, dachte ich dumpf. Dass Claire heute Abend die Person sein würde, der ich mich am meisten verbunden fühlte. Spontan setzte ich mich neben sie.

»Woher weißt du es?«, fragte ich übergangslos.

»Ich habe von einer Wohnung gehört, die frei wird. Und weil er ja nur zur Untermiete wohnt und bald etwas anderes braucht, habe ich ihm einen Termin für eine Besichtigung besorgt. Da musste er mit der Wahrheit herausrücken.«

Ich nickte verstehend. »Wird er dir fehlen?«

»Und wie. Ich mag ihn sehr.«

Wieder nickte ich.

»Ich hätte ihn gerne näher kennengelernt. Er hätte wirklich ein Teil meines Lebens werden können. Auch wenn aus uns beiden nie etwas geworden wäre.«

»Nicht?«, fragte ich und kniff beobachtend ein Auge zusammen.

»Nein. Ich habe ihm jedes Signal gesendet, das ich draufhabe. Er hat jedes so offensichtlich ignoriert, dass ich am Ende kapieren musste, dass er mich nicht will.« Sie lächelte schief. »Und vermutlich war es besser so. Aber ich hätte seinen Werdegang zu gerne begleitet. Ich hätte gerne weiterhin mit ihm über das Schreiben und seine Geschichten geredet.« Sie wurde rot. »Und irgendwann vielleicht über meine eigenen. Ich hätte gern von ihm gelernt und mich mit ihm ausgetauscht.«

Mir fiel gerade ein ziemlicher Brocken vom Herzen. »Das kannst du doch alles tun. Man kann in Verbindung bleiben.«

Sie nickte nachdenklich. »Aber es ist nicht dasselbe, hab ich recht? Eine Mail oder ein gelegentliches Telefonat?«

Ich nickte zustimmend. Nein, das war es ganz sicher nicht.

Wie zwei Teenager, die eben über die Trennung von Take That unterrichtet worden waren, saßen wir da und brüteten vor uns hin. Wenn du wüsstest, Harry, dachte ich wehmütig. Und du denkst, dass sich deine Person und Gefühle ausschließen.

Vor lauter Drama um Harry hatte ich völlig vergessen, dass ich heute Fred mitgebracht hatte. Der hatte die Situation zwar gut gemeistert und sich sofort blendend mit

Betty und Liz amüsiert, aber nun geriet er etwas außer Kontrolle.

»Donna, was ist eigentlich mit dir los?«, wollte er wissen und sah Claire und mich herausfordernd an. »Ich dachte, ich werde hier unterhalten.«

»Das wirst du doch«, grummelte ich zurück.

»Aber ich bin es gewohnt, dass du den Job übernimmst. Deshalb bin ich schließlich hier.«

»Benimm dich, Fred«, befahl ich gereizt.

»Oh, jetzt kommt wieder diese Nummer. Ich liebe es, wenn sie so bestimmend wird.«

»Mir ist heute nicht danach, okay? Ich habe Kopfschmerzen«, log ich schwach.

»Ich weiß ein prima Mittel gegen Kopfschmerzen«, verkündete Betty mit einem vielsagenden Blick zu Fred. »Bei mir wirkt das immer. Du solltest es einmal versuchen, Donna. Du warst doch so wild darauf, Erfahrungen zu sammeln. Und dieses Exemplar hier scheint willig zu sein und ist noch dazu nett.«

»Erfahrungen«, wiederholte Harry leise.

»Nennt man das heute so?«, wollte Liz wissen und hob das Glas. »Dann möchte ich auch Kopfschmerzen haben.« Sie betonte das Wort kichernd und sah feixend Fred an. »Nicht mit dir, keine Sorge. Ich werde doch nicht in fremden Gewässern fischen.«

Die drei lachten amüsiert und plötzlich platzte mir der Kragen. »Ich hatte für mein Leben genügend Erfahrungen, besten Dank, dass ihr euch so dafür interessiert.«

»Oh«, machte Betty, die heute definitiv zu gut drauf war. »Dann stimmt es also, was man hört?«

»Was hört man denn?«, wollte Liz sofort wissen.

»Einer von Donnas Pensionsgästen hat neulich im Laden erzählt, dass er ein sehr unterhaltsames Abendprogramm geboten bekam, als er dort aus dem Fenster sah.«

Mir wurde schlecht. Das auch noch. Jetzt war ich auch noch das Dorfgespräch. Joanna versuchte sich einzuklinken, aber sie kam nicht dazu.

»Donna! Wieso hast du uns nichts erzählt?«, wunderte sich Betty lautstark. »Doch nicht etwa mit dir?« Sie stupste Fred an.

Der schüttelte in gespielter Resignation den Kopf. »Mich lässt sie nicht ran.«

»Ich lasse auch sonst keinen ran«, platzte es aus mir heraus. »Ich habe ein bisschen herumgeknutscht, na und? In meinem Garten, was vielleicht ein Fehler war. Aber das war es, okay? Ich habe keinen rangelassen, und das wird auch so bleiben.« Ich funkelte Fred an. »Ist das damit ein für alle Mal geklärt?«

KAPITEL 51

Es war mir bewusst, dass ich eben die Stimmung endgültig abgewürgt hatte, aber seien wir mal ehrlich, das war sie schon, seitdem Claire die Bombe platzen ließ. Zumindest bei mir. Liz und Betty wirkten verlegen, weil sie dieses Thema so auf die Spitze getrieben hatten, und auch Fred schien einigermaßen erschrocken zu sein. Ich murmelte eine Entschuldigung und versicherte, dass meine Kopfschmerzen wirklich schlimm seien.

»Ach, Süße, es tut mir leid«, zeigte sich Betty ehrlich zerknirscht. »Du bist doch sonst für jeden Spaß zu haben. Ich wollte dich nicht verletzen.«

»Schon gut. Redet man wirklich im Dorf über mich?«

»Nein. Der Typ ist an die Mutter einer guten Bekannten geraten. Und die ist wiederum eine alte Freundin von Mabel und weiß, welche Informationen sie weitertratscht und welche sie besser für sich behält.«

»Gut«, murmelte ich dankbar.

»Aber es stimmt, oder?«, versuchte Betty nachzuhaken.

Ich winkte ab. »Im Großen und Ganzen. Nur dass es eben doch anders war als erwartet. Sei mir nicht böse«, ich fasste mir an den Kopf. »Aber mit mir wird das heute nichts mehr. Ich verschwinde und versuche, meinen Schädel in den Griff zu bekommen. Fred, ich kann dich hierlassen, oder?«

Er nickte. »Ich begleite dich aber auch gerne nach Hause. Ich weiß schließlich, was sich gehört.«

Er wirkte jetzt sehr bemüht, es richtig zu machen, und mich überkam erneut ein schlechtes Gewissen. Ich hatte sowohl ihn als auch Betty und Liz immer wieder herausgefordert, so zu sein, wie sie eben gewesen waren. Sie konnten nichts dafür, dass ich jetzt komplett anders tickte.

»Bleib nur. Ich finde den Weg allein.«

Die Nachricht, dass Harry umzuziehen gedachte, hatte mich noch mehr getroffen, als ich im ersten Moment zugeben wollte. Vor allem sein unterschwelliger Vorwurf, was für eine schlechte Freundin ich doch gewesen war, trieb mich um. Ich hatte das Gefühl, dass er sich schon viel zu weit von mir gelöst hatte und ich jetzt auf verlorenem Posten stand. Es war zu spät, um die Sache noch abzuwenden. Aber es war nicht zu spät, um ihm zu sagen, was ich fühlte. Nur ob ich dazu den Mut haben würde? Einmal mehr wurde mir klar, wie es um meine oft gepriesene Selbstsicherheit wirklich stand. Aber wer tat das denn, einem Mann seine Liebe zu gestehen, wenn der sich gerade davonmachte? Es war so viel einfacher, heimlich zu leiden und sich einen Rest Würde zu bewahren, als zuzugeben, was für ein blindes Huhn man gewesen war und dass man zu spät erkannt hatte, was man tatsächlich wollte.

Ich war mir immer noch nicht im Klaren darüber, was ich tun würde, als der Tag der Party endlich anbrach. Ich wollte so gerne mutig sein und ihm einfach sagen, was Sache war, und dann fiel mir wieder ein, dass er mir ja auch nichts mehr erzählte. Prima, dann eben eine spontane Entscheidung, dachte ich resigniert. Wieder einmal rächte es sich, dass ich so wenig Erfahrung in Liebesdingen hatte sammeln können. Die, die ich hatte, waren zumindest zu Beginn unkompliziert gewesen und hatten mich nicht vor solche Probleme gestellt. Und die meisten waren leider von der Sorte, dass ich verliebt war und der andere nicht und das auch klar kommunizierte. Und dummerweise fühlte es sich jetzt genauso an. Das gab mir nicht eben Auftrieb, aber ich beschloss, dass ich mich zusammenreißen und die

Party genießen würde. Und den letzten Abend mit Harry, fuhr es mir durch den Kopf, und ich musste schlucken. Den sollte ich doch von Herzen auskosten und mich nicht ständig mit so schrecklichen Gedanken herumplagen. Heulen konnte ich hinterher, da war genügend Zeit. Nein, diesem Abend würde ich alles an Freude abringen, was er zu bieten hatte.

Ich hatte mich für das Event mächtig in Schale geschmissen. Ich hatte sogar die blöde Shapewear wieder hervorgeholt. Aber heute würde ich ja nicht hinter einem Tisch sitzen, sondern im Mittelpunkt stehen. Und heute brauchte ich tatsächlich das Gefühl, mein Möglichstes getan zu haben. Ich hatte mir ein tolles neues Kleid gegönnt, mit einem schmalen Oberteil mit U-Boot-Ausschnitt und weiten Dreiviertelärmeln, das in einen wadenlangen, ausgestellten Rock überging. Das Oberteil war aus einem elastischen Stoff und saß daher bequem, der untere Teil bestand aus glänzendem Taft. Das Kleid war für meine Verhältnisse ziemlich unbunt, aber der dunkle, changierende Rotton hatte mich so begeistert, dass ich es unbedingt haben wollte. Meine Haare trug ich heute offen, nur geschmückt mit einem passenden Samthaarreif, und als ich endlich fertig vor dem Spiegel stand, musste ich mir gratulieren. Ich sah zumindest nicht so aus, als heulte ich den ganzen Tag hinter einem Mann her. Das war doch ein Anfang. Dann nickte ich mir ein letztes Mal aufmunternd zu und ging nach unten, um mit Harry die restlichen Bilder zu machen.

»Donna. Du siehst toll aus«, begrüßte er mich mit einem Lächeln. Er räusperte sich, dann streckte er die Hand aus, in der er einen gigantischen Blumenstrauß hielt. »Herzlichen Glückwunsch zur gelungenen Renovierung.«

»Danke.« Ich vergrub mein Gesicht in den Blumen, um die Freude über sein ehrlich klingendes Kompliment zu verstecken. »Ich stell die nur eben ins Wasser, dann können wir loslegen.«

Ich suchte eine Weile herum, bis ich eine passende Vase fand. Das war gut, denn so konnte sich mein Herz wieder ein wenig beruhigen. Dass das dumme Ding einmal so durchdrehen würde, nur weil Harry vor mir stand, das hätte ich mir vor ein paar Monaten auch nicht träumen lassen.

Dann stellte ich den Blumenstrauß auf den Tisch im Wintergarten, wo er ein toller Blickfang war, und ging zurück zu Harry, der etwas verlegen dastand, die Kameratasche über der Schulter.

Wir begannen im ersten Stock mit den Zimmern, die gerade fertig geworden waren, als Harry so plötzlich auszog. Er hatte sie zwar noch gesehen, aber dann hatten sich die Ereignisse überschlagen. Jetzt sah ich stumm zu, wie er eines nach dem anderen ablichtete und sich dabei so konzentrierte, dass ich mir beinahe unsichtbar vorkam. Als wir das blaue Zimmer betraten, blieb Harry einen Moment stehen und betrachtete das Bett. Ob er an Paul dachte? Oder sich gar vorstellte, was hier passiert sein könnte? Nicht, dass ihn das interessierte, und trotzdem konnte ich den Gedanken nicht ertragen.

»Ich habe nicht mit ihm geschlafen«, platzte ich heraus.

Harry erstarrte. Dann drehte er sich langsam zu mir um. »Das geht mich nichts an, Donna.«

»Ich will aber, dass du es weißt. Ich habe es nicht getan. Ich habe mit ihm geknutscht und wir haben ein bisschen … nun ja, du weißt schon. Aber dann …« Dann bist du gekommen, fuhr es mir durch den Kopf. Und ich wollte aus heiterem Himmel nicht mehr. »Dann habe ich es doch nicht getan. Ich wusste plötzlich, dass es nicht das ist, was ich will.«

Harry nickte und sah mich einen Moment an.

»Okay«, sagte er dann und hob seine Kamera.

Ich biss mir auf die Lippen. Okay? Das war alles? Plötzlich kam ich mir so blöd vor wie noch nie. Natürlich war das alles. Weil er es nicht wissen wollte, das hatte er doch oft genug deutlich gemacht. Ich schlang die Arme um meinen Oberkörper und sagte nichts mehr, bis er fertig war und die Kamera sinken ließ.

»Ich bin froh, dass du es nicht getan hast. Er war ein Arsch«, bekannte er dann überraschend.

Ich keuchte auf, untermalt von einem seltsamen Lacher. »Irgendwie schon. Auch wenn er es zeitweise gut verbergen konnte.«

»Du wolltest es einfach nicht sehen. Dein altes Problem: Du siehst nur, was du sehen willst.«

»Da könntest du recht haben«, stimmte ich zu und überlegte, ob das eine passende Überleitung sein könnte und ich jetzt gestehen sollte, dass mir das bei ihm ebenfalls passiert war. Aber Harry sah auf die Uhr und runzelte die Stirn.

»Ich muss mich ranhalten, wenn wir die Zimmer unten vor der Party fertig bekommen wollen.« Er schnappte sich das Stativ und war schon auf der Treppe, ehe ich auch nur resigniert seufzen konnte.

Im Erdgeschoss wiederholte sich das Spiel. Harry knipste konzentriert und ich stand stumm in der Ecke und versuchte, so lässig wie möglich zu wirken. Diese Zimmer kannte er noch nicht und er zeigte sich angemessen begeistert und fotografierte wild aus allen Winkeln. Dann war endlich nur noch ein Raum übrig, nämlich der, in dem er so lange gewohnt hatte.

»Bereit?«, fragte ich, die Hand auf der Klinke.

»Bereit«, sagte er und ich öffnete die Tür.

Dieses Mal legte er die Kamera nicht sofort an. Er ging langsam in den Raum und sah sich aufmerksam um.

»Gefällt es dir?«, fragte ich aufgeregt.

Harry nickte. »Dieses Zimmer ist … großartig. Es ist auf den ersten Blick viel weniger aufregend als die anderen. Aber es strahlt etwas aus …« Harry drehte sich noch einmal um sich selbst. »Ruhe und gleichzeitig Kraft.«

Er ging in das kleine Bad und nahm sich auch dort Zeit, alles zu betrachten. Er strich über die Wände, die mit den dezenten Farben und den Bambuspaneelen sehr zurückhaltend und edel wirkten. Dann fuhr seine Hand über das Waschbecken, das in einer Holzplatte verbaut war, die auch als Ablage diente. Alles war hier etwas reduzierter und leiser als in den anderen Zimmern und doch war die Wirkung mindestens ebenso großartig.

»Das hast du wirklich gut gemacht. Jeder Raum hat eine eigene Persönlichkeit und Ausstrahlung und ich finde sie alle gelungen. Aber dieser hier gefällt mir am besten.«

»Es ist dein Zimmer, Harry«, gestand ich, ohne nachzudenken. »Als wir es geplant haben, dachte ich an dich. Dass du hier wieder einziehst …« Ich brach ab. Und dass du dich hier maximal wiederfindest, dachte ich. Trotzig hob ich den Kopf und sah ihn an. »Es ist das Zimmer, in dem ich dich gesehen habe. Nick sagte zu Beginn, dass er sich immer vorstellt, was für ein Raum zu einem Menschen passt. Tja, und das …« Ich ließ meine Hand schweifen. »Das ist es, was bei meinen Überlegungen herausgekommen ist.«

»Donna«, begann Harry und schluckte. Ich sah, wie in seinen Augen eine Spur des alten Lächelns aufglomm, das ihn so unglaublich anziehend machte. »Donna …«

Die Tür schwang auf und Mabel stand vor uns.

»Hier seid ihr! Die ersten Gäste sind da. Braucht ihr noch lange?«

Harry schüttelte den Kopf und löste den Blickkontakt.

»Perfektes Timing. Wir sind eben fertig geworden.«

KAPITEL 52

Als wir in den Wintergarten kamen, warteten Joanna und Gavin auf uns. Meine Freundin umarmte mich fest und drückte mir dann eine gigantische dreistöckige Torte in die Hand. Besser gesagt, drückte sie mir Gavin in die Hand und als ich sie entgegennahm und ihr Gewicht realisierte, wusste ich, weshalb er sie den ganzen Weg hatte schleppen müssen.

»Die ist toll! Und diese Mini-Möbel! Die hast du nicht selbst modelliert, oder?«

Ich betrachtete verzückt die detailreichen Elemente, die auf der Torte verteilt waren. An den Seiten der oberen beiden Böden waren jeweils vier Paar Marzipangardinen angebracht und auf dem darunterliegenden größeren Boden standen die Möbel. Es sah großartig aus, wie vier kleine Zimmer pro Bodenetage.

»Sie hat fünf Abende daran gewerkelt«, verriet Gavin stolz.

»Du bist unglaublich!« Ich umarmte meine Freundin ein weiteres Mal, nachdem ich die Torte sicher abgestellt hatte.

»Ach was. Das hast du verdient. Wie geht es dir?«, fragte sie im Flüsterton.

Ich zuckte kurz die Schultern. »Geht schon. Heute Abend möchte ich feiern, als gäbe es kein Morgen, okay?«

Joanna verstand und nickte knapp. Dann rieb sie sich die Hände und sah sich um. »Können wir noch etwas tun?«

Ich schüttelte den Kopf. »Nur abwarten, bis die anderen kommen.«

Während ich schon mal den Sekt köpfte, fotografierte Harry die Torte aus allen Blickwinkeln. Er war noch nicht fertig, als Nick eintrat, schick herausgeputzt in dunklen Hosen und einem weißen Hemd. Ich reichte ihm ein Glas, ließ mich von ihm auf die Wange küssen und stellte ihn meinen Freunden vor, die nach und nach eintrudelten. Betty und Liz kamen wie stets im Doppelpack, Fred traf wenig später ein. Zeitgleich betraten die ersten Dorfbewohner das Haus, allen voran Enid und Trevor. Den beiden gehörte nicht nur das Café, das Joanna übernehmen würde, sie waren auch gute Freunde meiner Tante. Schon bald war der Wintergarten voll und überall klirrten Sektgläser, es wurden Glückwünsche ausgesprochen und gelacht. Dann trat Mabel in die Mitte und hob eine Hand.

»Ich will gar keine lange Rede halten. Ich möchte euch nur sagen, wie glücklich und dankbar ich heute Abend bin. Dafür, dass ihr gekommen seid und mit uns feiert. Und dafür, dass ich jetzt Donna habe.« Sie winkte mich zu sich und mit roten Wangen stellte ich mich neben sie. »Was ihr gleich sehen werdet, ist alles ihr Verdienst. Sie hatte den Mut, frischen Wind in diese alten Mauern zu bringen. Sie ist ihrem Herzen gefolgt und was dabei herauskam, ist wie sie selbst: lebensfroh, bunt und ein wenig laut.« Alle lachten und ich verzog feixend den Mund. »Und vor allem ist es einzigartig, überwältigend und liebenswert. So wie du, meine Liebe.« Sie griff nach meinen Fingern und drückte sie fest. »Penrose Cottage ist in guten Händen. Ich bin froh, dass ich mein Lebenswerk so gut bewahrt weiß.«

Ich muss zugeben, dass ich ein paar Tränen verdrückte, als ich neben meiner Tante stand und dem Applaus lauschte. Dann winkte ich Nick zu uns und stellte ihn als den Mann vor, der meine Visionen in die Tat umgesetzt und mich so großartig durch diese Zeit gebracht hatte. Ich legte ihn und seine Firma jedem ans Herz, der selbst eine Renovierung plante, und dann gaben wir endlich die Zimmer zur Besichtigung frei.

Da es zu viele waren, führte Mabel eine Gruppe und ich die andere, in der hauptsächlich meine Freunde waren. Ich freute mich riesig über die Begeisterung und die Kommentare, die ihnen spontan entschlüpften. Betty drohte gar an, dass sie jetzt jeden Monat für eine Nacht kommen müsste, bis sie einmal durch war. Vor allem die Dachzimmer mit den freistehenden Badewannen hatten es ihr angetan, was ich gut verstehen konnte. Ich hatte im Anschluss an die Führung einiges an Fragen zu beantworten und nahm unzählige Komplimente entgegen, die mich sehr froh machten. Und doch war ich mit einem Auge immer auf der Suche nach Harry, der sich etwas am Rand hielt und ziemlich nachdenklich wirkte. Ich überlegte gerade, wie ich mich, ohne unhöflich zu sein, aus der Gruppe der begeistert schnatternden Menschen lösen konnte, als Mabel zu uns trat. Elegant übernahm sie das Gespräch und gab mir ein Zeichen, dass ich die Chance nutzen sollte, und ich griff dankbar zu und machte mich davon, um endlich mit Harry zu sprechen.

»Wollen wir noch einmal einen Moment in den Garten gehen? Wie früher?«, fragte ich, als ich vor ihm stand.

Harry nickte und wir schlüpften rasch hinaus. Auch wenn der Regen zu guter Letzt aufgehört hatte, waren die Fenstertüren jetzt geschlossen, denn die Temperaturen hatten sich nicht mehr erholt. Ich fröstelte unwillkürlich, als wir in die Kühle der Nacht traten.

»Der Sommer ist vorbei«, bemerkte Harry sofort.

Ich nickte. »Ja.«

»Und? War er so, wie du ihn dir vorgestellt hast?«

»Nein. Ich meine, eigentlich schon. Nur dass ich mittlerweile erkannt habe, dass ich mich vielleicht nach dem Falschen gesehnt habe.«

Harry sah nachdenklich in die Nacht. »Kein Nick oder Fred mehr?«

Ich schüttelte nachdrücklich den Kopf. »Nein. Also doch, schon. Ich mag beide und ich würde mich freuen, wenn wir in Kontakt bleiben. Aber damit hat es sich.«

»Dann bist du jetzt enttäuscht?«

Ich dachte einen Moment nach. »Es war auf alle Fälle ein besonderer Sommer. Und es war der Sommer, in dem ich dich hatte.« Plötzlich musste ich grinsen. »Es hätte deutlich schlechter laufen können.«

Harry gluckste leise. »Danke«, sagte er dann schlicht.

»Wann fährst du?«, fragte ich nach einer Pause.

»Morgen.«

Erschrocken fuhr ich zu ihm herum. »Morgen schon? Ich dachte …«

»Es ist besser so. Ich habe es heute entschieden.«

»Wirst du zurückkommen?« Das war die Frage, vor der ich die größte Angst hatte.

Er wiegte den Kopf. »Ich kann es nicht sagen.«

»Das heißt immerhin nicht nein, oder?«, fragte ich eifrig.

»Richtig«, stellte er fest und ich konnte hören, dass er lächelte.

Plötzlich fühlte ich mich besser. Einfach so, nur weil er gerade hier neben mir stand und irgendwie so lapidar reagierte wie immer.

»Wann lernst du endlich, dass dieses eine Wort manchmal nicht ausreicht?«, fragte ich kopfschüttelnd.

»Dir würden die meiste Zeit tausend Worte nicht ausreichen. Ich versuch es also erst gar nicht.«

»Wie kann man nur so stur sein?«

»Ich habe eine gute Lehrerin.«

Ich musste lachen und zog dann die Luft ein. »Autsch, gar nicht gut. Dieses Ding ist nicht dazu gemacht, sich zu amüsieren«, rutschte es mir heraus, während ich ein wenig an der kneifenden Formwäsche herumzupfte.

Harry zog seine Augenbrauen zusammen. »Trägst du etwa wieder diese Mörderdinger?«

»Und wenn?«

»Ich dachte, du hast es kapiert, dass du das nicht brauchst.«

»Heute hatte ich das Gefühl, dass ich etwas Unterstützung nötig habe«, gestand ich und war froh, dass man unter diesen Umständen nicht sah, dass ich rot anlief.

»Ach, Donna. Wann wirst du wirklich begreifen, was wichtig ist. Wirf diese Dinger weg und sei einfach du selbst. Mehr brauchst du nicht, um perfekt zu sein.«

Ich schluckte und griff nach seiner Hand, um sie zu drücken. »Ich werde dich so vermissen, Harry.«

»Ich dich auch, Donna«, gestand er und ich konnte hören, dass er es ehrlich meinte. »Aber ich muss gehen. Ich brauche etwas Zeit. Ich muss eine wichtige Entscheidung treffen.«

»Dann hoffe ich, dass du dich am Ende für das Richtige entscheidest«, sagte ich ehrlich. »Ich werde hier auf dich warten, Harry. Egal, wie lange es dauert.«

Er nickte und entzog mir seine Hand. Glücklicherweise aber nur, um seinen Arm um meine Schulter zu legen und mich an sich zu ziehen. So standen wir da und von mir aus hätte dieser Moment ewig dauern können. Ich wollte noch etwas sagen, aber es war alles gesagt. Harry kannte sich aus mit Worten. Er würde wissen, was ich ihm mitteilen wollte. Und er würde entscheiden, was er aus diesem Wissen machte.

Dieser Moment war es, an den ich mich in den nächsten Tagen immer wieder zurückerinnerte, wenn mich der Kummer zu übermannen drohte. Dieser Moment, in dem es sich anfühlte, als würde alles gut werden. Dieser kleine Wimpernschlag der Zeit, ehe die Tür aufgeschoben wurde und Joanna mit verlegenem Gesicht auf die Terrasse kam.

»Ich habe sie so lange wie möglich hingehalten. Aber die gieren nach der Torte und sie sind der Meinung, dass du sie anschneiden solltest.«

Ich nickte und drehte mich um. Harry hatte seinen Arm schon bei den ersten Worten meiner Freundin zurückgezogen und nun schob er mich sanft Richtung Tür.

»Geh«, sagte er ruhig. »Es ist deine Party. Du solltest da drinnen sein und feiern.«

»Du ebenfalls.«

Er nickte. »Richtig.«

Ich grinste und ließ mich von Joanna in den Wintergarten ziehen, wo ich die liebevoll gestaltete Torte anschneiden musste. Ich sah erst jetzt, dass eines der Betten exakt wie meines aussah, und nahm mir vor, dieses Tortenstück nicht zu verteilen, sondern es für mich aufzuheben. Ich gab den Teller Joanna und bat sie, es in der Küche in Sicherheit zu bringen, während ich weiter schnitt und verteilte und mich wunderte, wie viele Gäste in unseren Wintergarten passten. Erst als sich die Schlange auflöste und ich Gavin, der geduldig gewartet hatte, das letzte Stück reichte, fiel mir auf, dass sich Harry gar nichts geholt hatte. Ich ließ meinen Blick durch das Zimmer wandern, sah ihn aber nicht. Mit einem üblen Gefühl im Magen huschte ich noch einmal auf die Terrasse, die völlig verlassen war. Ich ging durch den Garten zur Vorderseite des Hauses, um endgültig sicher zu sein, dass sein Wagen nicht mehr hier parkte. Harry war weg und der Himmel wusste, ob und wann ich ihn wiedersehen würde.

KAPITEL 53

Ich hatte mich so davor gefürchtet, dass dieser Tag eintrat, an dem er wirklich verschwand. Ich hatte gedacht, dass ich nur noch heulen würde oder mit schleppenden Bewegungen durch das Haus geisterte. Oder mich so über ihn aufregte, dass ich den ganzen Tag kurz vor einem Herzinfarkt stand. Seltsamerweise passierte nichts von alledem. Ich war traurig, ja. So traurig, wie ich es noch nie gewesen war. Und dennoch war da eine neue Hoffnung, dass er nicht für immer wegbleiben würde. Unser letztes Gespräch im Garten geisterte in einer Endlosschleife durch meinen Kopf und ich hatte das Gefühl, dass die Worte etwas mit mir anstellten. Dass ich endlich gelernt hatte, sie wirklich zu hören. Und dass er mich um eines gebeten hatte: Geduld. Das war so gar nicht meine Kernkompetenz und Harry wusste das. Ich wollte alles, und das sofort. Ich begeisterte mich auf der Stelle, aber meine Begeisterung verschwand auch ebenso schnell. Besonders, wenn es um Männer ging. War es das, was ich jetzt herausfinden sollte? Ob ich ihn wirklich dauerhaft vermisste oder ob sich das Gefühl rasch verflüchtigte, ich mich daran gewöhnte und dann weitermachte? Ich lachte auf. Niemals würde das passieren, da hätte ich mein Leben drauf verwettet, jetzt sofort. Ich schmunzelte und beschloss, mich einfach mal auf diese Sache mit der Geduld einzulassen und zu hoffen, dass es sich am Ende lohnte.

Ich musste sehr lange warten. Zwei Wochen harrte ich aus und wenn man eben erst damit anfing, geduldig zu sein, dann war das wirklich eine Leistung, fand ich. Vor allem, weil in dieser Zeit gar nichts kam, weder eine Nachricht noch ein Anruf oder sonst etwas. Und dann, als ich schon dachte, es keinen einzigen Tag länger aushalten zu können, erhielt ich endlich ein Lebenszeichen. Ich hatte ja auf eine Textnachricht oder einen Anruf gehofft. Stattdessen bekam ich ein flaches, nicht besonders auffälliges Paket, das ich beinahe zur Seite gelegt hätte, wäre mir nicht die Handschrift ins Auge gefallen. Aufgeregt riss ich es auf und stieß überrascht die Luft aus. Vorsichtig verpackt in einem dicken Wickel aus Luftpolsterfolie fand ich einen elektronischen Reader, auf dem ein Brief lag. Hastig faltete ich ihn auf.

Meine liebe Donna,

du hast mir einmal vorgeworfen, dass ich dir nicht vertraue. Dem widerspreche ich jetzt mit diesem Paket. Ich vertraue dir mehr als jedem anderen Menschen. Du wirst bald herausfinden, wie ich das meine.

Du hast mir auch oft gesagt, dass ich keine Regungen zeige. Ich war dir nie spontan genug und ich war dir zu rational. Schüttle jetzt nicht den Kopf, ich weiß, dass es stimmt. Und du hast recht. Ich bin nicht gut darin, anderen meine Gefühle zu zeigen. Ich kann mit Worten umgehen, aber nur dann, wenn ich sie in meinem Tempo formulieren kann. Wenn man mir die Zeit lässt, die ich brauche, um sie zu finden.

Nun, jetzt hatte ich Zeit. Du hast sie mir gegeben, wie ich das wollte. Ich habe versucht, sie zu nutzen und eine Entscheidung zu fällen. Aber ich habe gemerkt, dass ich das nicht kann. Nicht ohne deine Hilfe. Ich möchte dich bitten, das Manuskript zu lesen, das ich auf diesen Reader aufgespielt habe. Lies es und sag mir, ob es etwas taugt und eine Chance hat, erfolgreich zu werden. Ich würde es mir wünschen.

Alles Liebe, Harry

Entgeistert drehte ich das Blatt um, ob auf der Rückseite noch etwas stand. Ich las die Zeilen ein zweites Mal, aber natürlich blieb der Text viel zu rudimentär. Was sollte das denn bitte? Jetzt hatte ich so lange gewartet, und dann das? Er wollte, dass ich sein neues Buch las? Ernsthaft? Meine Augen huschten wieder über das Blatt und blieben am ersten Abschnitt hängen. Ich vertraue dir, stand da. Du wirst bald herausfinden, wie sehr. Nachdenklich betrachtete ich den Reader. Was sonst konnte er meinen als das? Ich überlegte nicht mehr lange. Stattdessen sauste ich los in Richtung Küche.

»Mabel? Ich brauche deine Hilfe. Hast du Zeit, mich den restlichen Tag zu vertreten? Ich habe hier etwas bekommen, das ich unbedingt lesen muss.«

Ich hatte auch Harrys erstes Buch verschlungen, anfangs angetrieben von der puren Neugierde, was er sich wohl ausgedacht hatte. Aber je länger ich las, desto mehr war ich einfach von der Handlung gefesselt, vergaß dieses dumme, nicht klar zu bezeichnende Gefühl der Angst, dass mir die Geschichte nicht gefallen könnte, dass sich sein Werk las wie der ambitionierte Aufsatz eines Schülers. Ja, ich gebe es zu, ich hatte Angst, dass es nichts taugte und ich mich fremdschämte und das dann verheimlichen musste. Harry hatte meine diesbezüglichen Bedenken allerdings sehr schnell aus dem Weg geräumt und mich mit seiner Art des Erzählens total gefesselt. Aber das war nichts im Vergleich zu heute. Ich wusste, dass etwas anderes auf mich warten musste als nur ein weiterer Fall für Kommissar Dave Donovan. Harry hätte sonst nicht diesen Aufwand betrieben. Und doch las ich mich erst einmal durch einen neuen Mord, entdeckte mit der hysterisch kreischenden Frau, die ihren Hund ausführte, eine Leiche und erlebte, wie der Ermittler die Spuren aufnahm. Das war der Punkt, an dem ich noch schneller über die Zeilen flog, denn die ersten Befragungen fanden natürlich mit der Frau statt, die das

Opfer gefunden hatte. Und als sich die wieder etwas beruhigt hatte und, mit einer Tasse Tee und der obligatorischen Decke ausgestattet, endlich bereit war, ausführlichere Fragen zu beantworten, traf sie das erste Mal auf Dave. Der nahm sie, wie es seine Art war, natürlich genau unter die Lupe, scannte sie unauffällig ab und speicherte jedes noch so kleine Detail in seinem Ermittlergehirn. Und so las ich mit einem seltsamen Stich in der Brust, dass besagte Zeugin Mitte vierzig war, lange blonde Haare und ansprechend ausladende Rundungen vorzuweisen hatte – und auf den Namen Bella Rose hörte.

Ich kuschelte mich etwas tiefer in meinen Sessel und flog noch schneller durch die Seiten. Bella hatte zu Protokoll gegeben, dass sie diesen Weg täglich mit ihrem Hund ging und dabei natürlich immer wieder anderen Menschen begegnete, die sie zum Großteil kannte, weil sie wie das Opfer Einheimische waren. Ich überflog den Teil, in dem Bella einem Sergeanten die Namen derjenigen nannte, die sie am gestrigen Tag getroffen hatte, und las erst wieder langsamer, als sie erneut auf Dave traf. Nachdem sich die Dame etwas von dem Schock erholt hatte, war sie nämlich recht taff und gewillt, alles zu tun, um bei der Aufklärung zu helfen. Und das tat sie, indem sie ihre angeborene Gabe ausnutzte, den Dorfbewohnern beim vermeintlich leichten Plausch jede Menge Insiderinformationen aus der Nase zu ziehen. Das bekam man zwar nicht wirklich mit, aber Bella berichtete dem Kommissar natürlich prompt, was ihr dabei zu Ohren gekommen war – unter anderem Details zum Opfer, die der noch nicht herausgefunden hatte. Verständlicherweise versuchte der gute Dave, die Lady zu bremsen und ihr klarzumachen, dass es nicht ihre Aufgabe war, aber ebenso natürlich biss er damit auf Granit. Bella hatte schon zu viel Gefallen daran gefunden, ein wenig herumzuschnüffeln und ihre eigenen Schlüsse zu ziehen. Und da sie immer wieder etwas fand, was der Polizei nicht verraten wurde, trafen die beiden in schöner Regelmäßigkeit aufeinander. Und dabei erfuhr man nach und nach mehr über die Frau, die sich so ungeniert in das Leben des Kommissars drängte. Sie lachte gern und laut und hatte keine Scheu, sich auf ein verbales Wortgefecht mit ihm einzulassen. Sie war schlagfertig und direkt und trug am liebsten leuchtend bunte Kleider. Und wenn sie nachdachte, kaute sie auf ihrer Unterlippe herum. Unruhig rutschte ich in meinem Sessel herum, während ich las, dass der Kommissar in einer stillen Stunde, in der er über diese aufdringliche Person nachsann, zugeben musste, dass er sie mochte. Und dass ihre kurvenreiche Figur vielleicht ein bisschen zu oft vor seinem inneren Auge auftauchte.

Im weiteren Verlauf der Geschichte erfuhr ich noch einige interessante Details. Ich erlebte, dass Dave Bellas Art mehr und mehr zu schätzen begann und er manchmal etwas sagte, das nur dazu diente, ihr ein Lachen zu entlocken, selbst wenn er sich dafür ein bisschen dämlicher anstellen musste, als er war. Ich erfuhr, dass er sich darauf freute, sie wiederzusehen, und dass er ständig an sie dachte, wenn er den Fall in Gedanken durchkaute. Ich spürte wie er, dass sich aus der anfänglichen Sympathie eine andere Art der Anziehung entwickelte, und ja, ich wurde dabei zunehmend aufgeregter. Harry hatte es perfekt beschrieben, was da passierte, ohne den Fokus von der eigentlichen Geschichte zu nehmen. Und doch war es mir gerade relativ egal, wie er sich langsam dem Täter näherte. Ich muss zugeben, dass ich dem intelligent aufgebauten Fall viel zu wenig Aufmerksamkeit schenkte und immer wieder hastig über die Zeilen flog, bis es zu einem erneuten Treffen der ungleichen Protagonisten kam. Ich holte tief Luft, als Dave sich zum ersten Mal eingestand, dass er sich von der unbekümmerten, lebenslustigen Art Bellas immer stärker angezogen fühlte und sich gleichzeitig fragte, was eine so umwerfende Frau an einem zurückhaltenden und eher ruhigen Mann wie ihm finden könnte. Ich las mit schneller werdendem Atem, wie ihn die

Eifersucht packte, als er Bella mit dem smarten Sergeanten aus der Anfangsszene flirten sah, obwohl er sich dieses Gefühl sofort verbot. Was seinem Herzen natürlich egal war und zu einigen sehr berührenden Szenen führte, in denen er deutlich cooler tun musste, als er war. Und schließlich fand ich mich in der großen Auflösungsszene wieder, in der sich Bella durch ihre Alleingänge in die Schusslinie des Mörders gebracht hatte, aus der sie Dave Donovan gerade noch retten konnte. Natürlich musste er sie erst einmal anschnauzen, weil sie sich trotz wiederholter Aufforderung nicht aus den Ermittlungen herausgehalten hatte. Dann jedoch zog er sie endlich in seine Arme und gestand ihr, dass er es nicht überlebt hätte, wenn ihr etwas zugestoßen wäre. Mit wild pochendem Herzen las ich die letzten Zeilen.

»Du kannst nicht einfach daherkommen, mein Leben auf den Kopf stellen und dich dann umbringen lassen«, knurrte Dave, als Bella sich fest an ihn schmiegte. »Ich fürchte, ich werde dich in Zukunft rund um die Uhr im Blick behalten müssen.«

»Ist das ein Angebot, noch mehr Fälle mit dir gemeinsam aufzuklären?«

»Das ist ein Angebot, mit mir zusammen alles zu tun, was dir einfällt.«

»Und das hast du dir gut überlegt? Ich kann nämlich nicht aus meiner Haut. Du wirst mich so nehmen müssen, wie ich bin.«

»Das habe ich vor. Weil ich dich gar nicht anders haben wollte«, murmelte Dave und küsste sie endlich, als gäbe es kein Morgen.

KAPITEL 54

Ich stand kurz vor einem Herzinfarkt, als ich den Reader an dieser Stelle sinken ließ und wie Bella heftig auf meiner Unterlippe herumkaute. Es waren gar nicht so sehr dieses Geständnis und der Kuss, die mich aufwühlten, auch wenn ich zugeben musste, dass beides dazu geführt hatte, dass mein Prickeln wieder zurück war, und zwar mächtiger, als es den ganzen Sommer über in mir gebrannt hatte. Nein, ich musste mir die Zeit nehmen, um noch einmal Revue passieren zu lassen, was davor geschah. All die kleinen Momente, die mich berührten, als wären sie nur für mich geschrieben. Jeder andere Leser würde die zwar ebenfalls schön finden, sich aber dann wieder neugierig den weiteren Ermittlungen zuwenden. Ich jedoch erkannte so viele dieser Situationen, die äußerst geschickt und wie nebensächlich in die Geschichte verflochten waren. Ich entdeckte gemeinsame Augenblicke, die plötzlich einen ganz neuen Stellenwert hatten. Ich sah Harrys Reaktionen mit anderen Augen, hörte seine Kommentare mit einem zuvor nicht dagewesenen Verständnis. Und vor allem wollte ich noch einmal erleben, wie sich der Inspektor langsam, aber sicher verliebte, wie er Bella mit erwachender Liebe beschrieb, dem Leser ihre Schönheit immer mehr entfaltete, ihr Wesen beständig liebenswerter erscheinen ließ. Und wie sich Dave mit seinen Gefühlen plagte, als aus dem anfänglichen Schmunzeln ein fieser Stich wurde, wenn Bella ungeniert mit seinem Kollegen schäkerte. Wie er sich immer wieder sagte, dass ihn das nichts anging, bis er nicht mehr umhinkonnte, sich zu gestehen, dass es das sehr wohl tat. Ich schluckte und musste zugeben, dass ich es schlechter gemacht hatte als Bella. Die hörte wenigstens rechtzeitig auf, anderen Kerlen schönzutun, und erkannte, welch einmalige Chance sich ihr bot.

Schließlich nahm ich den Reader wieder auf. Auch wenn die Geschichte gefühlsmäßig ein perfektes Ende hatte, zeigte mir das Gerät an, dass es noch weiterging. Ich hoffte sehr, dass sich die beiden nicht unverhofft trennten. Hatte Claire nicht behauptet, dass Dave zukünftig in Yorkshire ermitteln sollte? Wollte Harry allen Ernstes das junge Glück gefährden oder gleich wieder zerbersten lassen?

Als ich mich auf die nächste Seite klickte, stellte ich erleichtert fest, dass die eigentliche Geschichte durchaus zu Ende war. Stattdessen las ich jetzt einen Zusatz, der offensichtlich nur für mich war.

»Liebe Donna«, begann der Text und ich schluckte. »Du bist also bis zu dieser Stelle gekommen. Die Tatsache, dass du das Buch nicht entsetzt zur Seite geworfen hast, als sich Dave und Bella näherkamen, gibt mir Hoffnung, dass du auch das lesen wirst, was ich dir jetzt noch zu sagen habe. Du weißt, dass ich nicht gut darin bin, über meine Gefühle zu sprechen. Und du hast mir oft genug gesagt, dass ich meine Worte lieber dazu nutze, sie aufzuschreiben, anstatt sie auszusprechen. Das liegt vermutlich daran, dass ich dann die Möglichkeit habe, sie gezielt einzusetzen, und nicht vorzeitig ausgebremst werde, weil mich die Reaktion meines Gegenübers daran hindert, alles zu sagen.«

Ich stockte und fühlte mich unangenehm ertappt. Ich hatte Harry fraglos zu oft den Mut genommen, weiterzusprechen. Ich hatte viel zu oft nicht richtig hingehört und war in meiner lapidaren Art einfach über ihn hinweggefegt wie ein Herbststurm, der sich nicht bremsen ließ.

»Auf diesem Weg kannst du mich nicht unterbrechen, wenn ich nun etwas sage, was du nicht hören willst. Und ich kann es nicht sehen, wenn ich jetzt ein Terrain betrete, das nicht für mich bestimmt ist. Und doch muss ich den

Mut aufbringen, es endlich zu tun. Ich habe lange genug versucht, diese Sache mit mir allein auszumachen, aber das funktioniert nicht. Weil es nicht nur meine Sache ist. Sie betrifft auch dich und das, was aus uns wird.

Für mich warst du seit dem ersten Tag Donna, meine unbekümmerte, großartige, wunderschöne Freundin. Ich war immer gerne in deiner Gesellschaft und habe mir nichts anderes gewünscht, als einen festen Platz in deinem Freundeskreis zu haben. Das dachte ich zumindest. Dann begann ich mit der Arbeit an diesem Buch. Anfangs hielt ich es einfach für eine spontane Idee, Bella deine Züge zu geben. Eine Art Hommage an das, was du bist und mir bedeutest. Sie sollte ebenso vorwitzig und unbelehrbar sein wie du und das Leben meines Inspektors im selben Maß bereichern – und zeitweilig auf die Probe stellen. Und sie sollte sich für die nächsten Bücher zu einer Art unkonventioneller Helferin etablieren. Wir haben darüber gesprochen, erinnerst du dich? Dass es diese Nebenfiguren braucht, die man ins Herz schließt und die das Interesse der Leser wecken und sie bei der Stange halten.

Nun, Bella hat sich nicht damit zufriedengegeben, eine Nebenfigur zu bleiben. Das hat wohl niemanden mehr überrascht als mich. Es mag verrückt klingen, aber als Autor hat man nur begrenzte Macht über sein Werk. Vieles entwickelt sich von selbst, hat eine Eigendynamik, die man nicht ausbremsen kann. Als ich zum ersten Mal realisierte, dass Dave Bella mit anderen Augen betrachtet, hat mich das ehrlicherweise ziemlich aus der Bahn geworfen. Ich habe versucht, diese Entwicklung zu stoppen – und scheiterte grandios. Stattdessen wollte ich plötzlich sehen, was passieren würde. Was passieren könnte. Natürlich war mir mein Unterbewusstsein einen gewaltigen Schritt voraus. Es hat mich sozusagen mit dem Vorschlaghammer darauf hingewiesen, dass auch du für mich schon längst keine Nebenfigur mehr bist.

Parallel zur Entstehung dieses Buches hast du angefangen, deine verrückten Wünsche und Träume mit jedem Tag offensiver auszuleben. Und mir immer wieder zu verstehen gegeben, dass du etwas anderes suchst als mich. Einen Mann, der dich mit coolen und selbstbewussten Sprüchen zum Lachen bringt. Der dich mit routinierten Komplimenten entzückt und der das Spiel beherrscht, nach dem du dich so sehnst. Du hattest nicht nur einen Sergeant, sondern gleich drei, und mein Herz hatte kaum Zeit, sich zwischendurch zu erholen. Und deshalb konnte es sich auch nicht länger schützen, als zusätzlich noch Paul auftauchte. In dieser Nacht, als ich euch beide überraschte, wusste ich, dass ich gehen muss. Um meinetwillen, aber auch für dich. Ich wollte nicht zu einem Freund werden, der nicht mehr dein Freund sein kann und der dich nicht unterstützt auf der Suche nach dem, was du so vehement als dein Glück bezeichnet hast.

Ich hatte das Angebot, diese Wohnung vorübergehend zu mieten, schon einige Zeit, deshalb konnte ich schnell flüchten. Und natürlich war es das, eine Flucht vor meinen Gefühlen. Ich kam mir so dumm vor mit meinem neuen Manuskript, das ich eben beendet hatte und das so deutlich zeigte, wie es um mich stand. Mit dem ich dir endlich sagen wollte, was du mir wirklich bedeutest und wie ich dich sehe. Was du für mich geworden bist – nämlich alles, was ich mir je erträumt habe. Aber wollte ich jetzt noch, dass du das weißt? Natürlich nicht. Stattdessen habe ich mich hingesetzt und den Roman überarbeitet. Ich habe aus Bella eine gewöhnliche Zeugin gemacht, die zwar unterstützend eingreift, aber sonst keinerlei Einfluss auf mein zweites Ego hat. Und ich habe beschlossen wegzugehen. Ich habe mir eingeredet, dass es für mich nur diesen Weg gibt und dass es leichter sein würde, dich komplett aus meinem Leben zu streichen, als zuzusehen, wie du anderen das schenkst, was ich mir mit jedem Tag mehr ersehnte. Dieses Funkeln in deinen wunderschönen Augen, wenn sie den Raum betraten. Dieses Lachen, das ihnen zeigte, wie willkommen sie waren. Und die Küsse, die du so ungeniert verschenkt hast.«

Mein Herz machte jetzt einen derartigen Radau, dass ich eine Hand auf die Brust pressen musste. Harry, dachte ich und schüttelte den Kopf. Hast du nicht bemerkt, dass meine Augen nie so sehr strahlten wie in deiner Gegenwart? Dass ich ähnlich dumm gewesen war, aber nicht die Hilfe eines Buches hatte, um rechtzeitig zu bemerken, dass ich mich immer dann am glücklichsten gefühlt habe, wenn du in meiner Nähe warst? Dass ich zwar dachte, es läge an all den Kerlen, dass sich dieser Sommer so einzigartig anfühlte, es in Wahrheit aber nur dein Verdienst war, dass ich jeden Tag mit einem Lachen und voller Glücksgefühle aufgestanden bin?

»Es war nicht geplant, dass mein Umzug nach Yorkshire so früh herauskam. Und doch war es am Ende vielleicht mein Glück. Weil deine Reaktion mir erstmals wieder Hoffnung machte, dass ich doch mehr sein könnte als dein immer ein wenig schräger Freund. Und dennoch bin ich gegangen. Weil ich mir sicher sein wollte, was meine Gefühle betrifft. Und weil ich hoffte, dass du mit etwas Abstand und Zeit ebenfalls herausfinden wirst, was du willst. Im Gegensatz zu mir machst du aus deinen Emotionen selten ein Geheimnis. Dafür neigst du dazu, dich mitunter zu schnell in ihnen zu verlieren und sie ebenso rasch wieder abzustellen. Auch das war ein Grund für mich, erst einmal auf Abstand zu gehen. Ich wollte uns die Chance geben, dass du dich sortierst und dir klar werden kannst, was du wirklich fühlst. Ob es nur der Verlust eines Freundes ist, der dich traurig macht, oder ob dein verletztes Ego leidet, weil ich ging, ohne vorher mit dir zu sprechen. Oder (und das war von jeher meine größte Hoffnung) ob du am Ende tatsächlich mich vermisst. Nicht einfach nur Harry, der zum Inventar von Penrose Cottage geworden ist, das Faktotum und der immer verfügbare

Freund, der im Notfall für dich den Fluchtwagen steuert, sondern den Mann, der so viel mehr sein will. Den Mann, der durchaus Gefühle hat, auch wenn er es immer zu verbergen sucht. Den Mann, für den du die wundervollste Frau bist, die man sich vorstellen kann. Den Mann, der alles dafür tun würde, dass du deinen unvergleichlichen Sommer bekommst. Und deinen besten Herbst, Winter und Frühling gleich dazu. Den Mann, der dich liebt. Der dich vermutlich schon immer geliebt hat und es für den Rest seines Lebens tun wird. So einfach ist es am Ende, Donna. Ich liebe dich und ich weiß jetzt, dass ich dir das einmal sagen möchte. Ich will dir versichern, dass es diesen einen Mann gibt, für den du alles bist. Dass du meine Sonne bist, meine Luft zum Atmen, meine größte Freude und der eine Mensch, den ich jederzeit an meiner Seite haben will.

Jetzt weißt du also, wie es um mich steht. Ich habe mir den Zeitpunkt dieses Geständnisses lange überlegt und ihn so geplant, dass mir noch knappe vierundzwanzig Stunden bleiben, ehe ich festlegen muss, welche Version des Buches veröffentlicht wird. Bis vor Kurzem dachte ich, dass diese Entscheidung von dir abhängt. Davon, ob ich mich einer falschen Hoffnung hingegeben habe, wenn ich mir einbilde, dass sich auch deine Gefühle verändert haben. Und davon, ob ich nach Cornwall zurückkehren und dir unter die Augen treten kann, nachdem du meine sehnlichsten Wünsche kennst. Ich wollte, dass du mir sagst, welche Variante am Ende real wird. Aber jetzt weiß ich, dass es nicht deine Entscheidung ist. Egal, was du für mich empfindest, liegt es bei mir, diese Wahl zu treffen. Und das habe ich getan. Ich werde die überarbeitete Version löschen. Ich wollte sie nie schreiben und ich möchte weder, dass Dave ein grummeliger, einsamer Wolf wird, noch selbst so enden. Ich werde also die ursprüngliche Geschichte freigeben. Ich werde in Kauf nehmen, dass jeder, der uns kennt, sofort errät, wer Pate stand für die Figuren. Ich will, dass jeder weiß, was du mir bedeutest.

Und vor allem möchte ich, dass du das weißt, meine wunderbare, einzigartige, verrückte, quasselige und unendlich vermisste Donna.«

KAPITEL 55

Mit einem seligen Lächeln starrte ich eine Weile die letzten Worte an, während sich mein sonst immer so fixes Gehirn in Zeitlupe daranmachte, das eben Gelesene zu verarbeiten. Harry liebt mich, kam schließlich als völlig ausreichende Zusammenfassung bei mir an, nur um mich noch breiter grinsen zu lassen. Dann wurde mein Mund aber unvermittelt zu einer nachdenklichen Schnute. Harry, ich könnte dich erwürgen, fuhr es mir durch den Kopf. Da schickst du mir so ein Paket und hockst in Yorkshire, anstatt hinter meiner Tür herumzulungern, nur für den Fall, dass ich ganz schnell in deine Arme eilen möchte. Und nun? Jetzt konnten wir zwar telefonieren, aber das war doch kein Ersatz! Wie lange brauchte man wohl von dort bis nach St. Hope? Sicher ewig. Ob ich einfach losfahren sollte? Ich angelte den Versandkarton vom Boden und checkte, ob eine Adresse draufstand, aber es waren nur Harrys Name vermerkt und der Ort, nämlich Scarborough. Den Straßennamen hatte der Verrückte tatsächlich weggelassen. Ob Scarborough viele Straßen hatte? Vermutlich schon, also war einfach drauflosfahren nicht unbedingt schlau. Als ob du sonst besonders schlau wärst, schoss es mir durch den Kopf, als mein Handy klingelte und ich einen erschrockenen Hüpfer machte. Und dann noch einen zweiten, der allerdings mehr innerlich war und mein Herz arg in Mitleidenschaft zog, denn der Anrufer war kein Geringerer als Harry.

»Harry«, stieß ich atemlos heraus. »Woher weißt du, dass es genau der richtige Zeitpunkt ist, um anzurufen?«

Mein Freund lachte leise. »Weil ich es gespürt habe.«

»Im Ernst?« Ich überlegte, ob er mich jetzt hochnahm.

»Natürlich. Und vielleicht habe ich auch eine Zustellungsbenachrichtigung bekommen und mir ausgerechnet, wie lange du zum Lesen brauchst.«

Ich gluckste glücklich. »Und was hast du gespürt, nachdem meine Lesezeit abgelaufen war?«

»Dass es endlich an der Zeit ist zu reden.«

»Da täuschst du dich«, korrigierte ich und hörte, wie am anderen Ende der Leitung tief Luft geholt wurde. »Es ist so gar nicht die Zeit zum Reden. Es ist Zeit, um sich endlich in die Arme zu fallen und zu küssen.« Ich überlegte kurz. »Und was mir sonst noch so einfällt, und das wäre eine ganze Menge. Wie kannst du mir das antun, Harry? Jetzt habe ich meinen ultimativen Blubberblasenmoment und dann bist du nicht hier? Nach all meinen Sorgen nimmst du mir die Angst, dich verloren zu haben, und gestehst, was ich mir so zu hören gewünscht habe, und dann sitzt du in … Scarborough.« Ich stieß das letzte Wort aus, als wäre es der Mond oder so.

Harry lachte erneut und dieses Mal klang es sehr glücklich. »Dann darf ich annehmen, dass du dir mittlerweile klar geworden bist, was du möchtest?«

»Das darfst du. Ich will dich, und zwar sofort. Und nicht in blöden fünf Stunden oder so. Wie lange braucht man von hier bis zu diesem Kaff in Yorkshire?«

»Scarborough ist kein Kaff, sondern eine sehr berühmte Küstenstadt mit geschätzt sechzig Mal mehr Einwohnern als St. Hope. Und man braucht etwa acht Stunden, wenn die M5 nicht allzu dicht ist.«

»Acht Stunden? Acht?«, wiederholte ich entsetzt. »Das überlebe ich nicht.«

»Du hast ein halbes Jahr überlebt«, wandte Harry leise ein.

»Aber du kennst mich! Nachdem ich endlich weiß, was ich will, ist jede Minute zu lang. Wir haben schon so viel Zeit verschwendet.«

»Aber wir haben noch ein ganzes Leben«, beruhigte mich Harry mit seiner sonoren Stimme, die direkt jede Faser meines Körpers zum Schmelzen brachte und meine Blubberbläschen zur Eskalation trieb.

»Richtig«, sagte ich nach einer kurzen Pause und wieder lachte er.

»Dann sollte ich mich also auf den Weg zu dir machen«, fragte Harry so lässig, als würden wir uns darüber unterhalten, mal eben zum Dorfladen zu gehen.

»Aber nur, wenn du sofort losfährst. Wehe, du musst erst noch packen und duschen und den Reifendruck überprüfen. Dann mopse ich lieber Tante Mabels alten Wagen und mache mich selbst auf den Weg.«

»Ich habe bereits gepackt und meine Reifen sind ebenfalls schon gecheckt.« Ich hörte, dass er lächelte. »Bin ich wirklich so steif? Dass ich erst meine Reifen überprüfe, ehe ich losfahre?«

»Manchmal schon. Aber dafür hast du jetzt ja mich. Ich werde dich ein wenig lockerer machen. Und du wirst dafür meine verrückten Ideen zügeln.«

»Auf gar keinen Fall. Ich liebe jede einzelne deiner verrückten Ideen.«

Ich seufzte glücklich. »Also werde ich nicht losfahren?«, fragte ich dann.

»Nein. Es sei denn, du willst, dass wir uns verpassen.«

»Bloß nicht. Wobei ... Das wäre doch die Lösung. Wir fahren beide los und treffen uns in der Mitte. Damit sparen wir uns vier Stunden und sehen uns schneller.«

»Vier Stunden? Dafür würdest du das tun?«

»Ich würde es für vier Minuten tun«, gab ich ehrlich zu. »Auch wenn es bescheuert ist, aber so bin ich eben. Nur dass du noch einmal gewarnt bist.«

»Wieso sollte ich gewarnt werden vor einer Frau, die für mich die M5 zur Rushhour auf sich nehmen würde?«

Ich sah auf die Uhr und stöhnte. »Verdammt, der Feierabendverkehr! Damit dauert es ja noch mal länger! Dann fahre ich dir auf alle Fälle entgegen. Wir können doch einfach nicht auflegen und weiterreden, oder? Und du sagst mir noch einmal, dass du mich …« Ich stockte, weil mir plötzlich klar wurde, wie groß das Wort war, auf das ich wartete.

»Dass ich dich liebe?«, fragte Harry sanft.

»Genau das«, gestand ich glücklich.

»Ich liebe dich, Donna«, versicherte er schlicht und dieses Mal zwang mich seine Stimme komplett in die Knie. Shit, die Gefahr war nicht zu unterschätzen, dass ich vor lauter Glück die Kontrolle über den Wagen verlor, wenn Harry mir das zu oft sagte. Es klang so schön, so wahr, so ehrlich. Und es klang mächtig aufregend. Kein einziges Mal in diesem ganzen langen Sommer hatte mein Herz so gepoltert wie eben jetzt, hatte ich mich besser, schöner, glücklicher oder begehrenswerter gefühlt als in diesem Moment.

»Und ich liebe dich, Harry«, rutschte es mir heraus. »Warte nur, bis ich dich in die Finger bekomme, um dir das zu beweisen.«

»Ich kann es kaum erwarten.«

Er klang direkt etwas atemlos, als er das sagte, was meine freudige Unruhe noch weiter verstärkte. Ich angelte nach den Schuhen und schlüpfte hinein. Mir reichte es jetzt, ich würde mich einfach in den Wagen setzen und losfahren. Jede Minute, die wir hier vertrödelten, war zu kostbar.

»Ich fahre gleich los«, verkündete ich, während ich nach der Handtasche griff und kurz überlegte, ob ich wohl eine Jacke brauchte. Mir war gerade absolut warm und ich entschied mich dagegen. Unnötige Zeitverschwendung, dachte ich. »Ich nehme einfach die M5 und fahre nach Norden, richtig?«

»Theoretisch schon«, gab Harry mit einem Schmunzeln in der Stimme zurück. »Aber praktisch solltest du dir das noch einmal überlegen.«

»Nein«, beschied ich bestimmt und war bereits dabei, die Treppen hinabzustürmen. Ich steckte meinen Kopf suchend in den Wintergarten und dann in die Küche, während Harry sich darüber ausließ, dass man schon eine ungefähre Ahnung haben sollte, wie eine Strecke aussah, ehe man losfuhr.

»Ach, das wird überbewertet. Ich hatte mein ganzes Leben keinen echten Plan, wie mein Weg aussieht.«

»Was man gar nicht bemerkt hat. Es gab ja auch nicht den einen oder anderen kleinen Umweg zum Glück.«

»Aber am Ende habe ich mein Ziel doch erreicht?«, konterte ich frech und lachte. »Auch wenn ich selbst nicht wusste, dass ich dorthin wollte. Aber jetzt weiß ich es, und das ist die Hauptsache. Jetzt weiß ich, dass ich angekommen bin. Ah, da steckst du.« Ich hatte endlich meine Tante gefunden, nach der ich nebenbei gesucht hatte. Sie kam eben mit einem Bündel Kräuter aus dem Garten und sah mich verwundert an. »Ich muss mir bitte ganz dringend deinen Wagen leihen.«

»Okay. Wo musst du denn so plötzlich hin?«

»Nach Scarborough«, verkündete ich mit einem glücklichen Lachen.

»Nach Scarborough? Was willst du denn dort, um Himmels willen?«

»Ich will zu Harry! Und dann werde ich ihn endlich küssen und ihm sagen, wie blöd ich die ganze Zeit war, nicht zu erkennen, was für ein wunderbarer Mann er ist. Und dass ich schon immer fand, dass er etwas hat, das jedem anderen fehlt und dass er zudem ziemlich heiß aussieht, wenn er diesen Blick bekommt …« Ich verstummte und starrte auf das Handy in meiner Hand, das nach wie vor mit Harry verbunden war und jedes Wort weitergepetzt hatte. Dann fiel mir ein, dass er das meiste eh bereits wusste, und ich grinste noch breiter.

»Und ich werde nicht eher wieder heimkommen, bis er seine Sachen gepackt hat und mitkommt. Inspektor Donovan in Yorkshire! Was für eine dumme Idee!« Ich schüttelte mit entrüsteter Miene den Kopf.

»Dann habt ihr endlich begriffen, dass ihr zueinander gehört?« Meine Tante schwankte zwischen Freude und Erleichterung. »Dann hast du endlich begriffen, dass es keinen Besseren gibt als ihn?«

Ich nickte enthusiastisch. »Richtig. Und deshalb muss ich jetzt dahin.«

Tante Mabel nickte ebenfalls. »Die Schlüssel müssten in der Schublade sein.« Sie trat an die Anrichte und begann zu kramen. Schließlich hatte sie sie gefunden und hielt sie triumphierend in die Höhe. »Na bitte. Ordnung ist das halbe Leben.« Sie stockte kurz, als sie aus dem Fenster sah. Ein Lächeln breitete sich auf ihrem Gesicht aus. »Wir bekommen anscheinend Besuch. Vielleicht verschiebst du den Aufbruch.«

»Ganz bestimmt nicht. Ich verschwinde, und zwar, ehe mich hier jemand aufhält, auf den ich keine Lust habe. Ich werde natürlich das Benzin zahlen«, fügte ich mit wachsender Ungeduld hinzu.

»Na dann«, sagte sie lachend und ließ die Schlüssel in meine ausgestreckte Hand gleiten, ehe sie mich überschwänglich in ihre Arme nahm. »Ich freue mich so für dich, Donna. Ehrlich, ich habe mir so oft gewünscht, dass genau das passiert.«

»Danke.« Ich erwiderte den Druck, dann machte ich mich entschlossen frei. »Aber ich muss jetzt los, sonst wird es immer später.« Ich hob probeweise das Handy ans Ohr und lauschte. »Harry? Bist du noch dran?«

»Ja. Und ich habe jedes Wort gehört.«

»Und ich habe jedes davon ernst gemeint«, gab ich einfach zu. »Und jetzt werde ich mich endgültig auf den Weg machen. Ich kann es kaum erwarten, dich endlich zu sehen.« Ich winkte meiner Tante ein letztes Mal zu, während ich bereits so gut wie aus der Küche war. Mit wenigen Schritten erreichte ich die Haustür, gerade als Harry antwortete.

»Ich kann es ebenfalls nicht mehr erwarten.«

Ich schloss einen Augenblick glücklich die Augen. So viel Zeit musste einfach sein. Dann öffnete ich die Tür und ließ vor Überraschung das Handy fallen, weil ich mich unvermittelt einem Menschen gegenübersah, der just in dem Moment ein ganz klein wenig keuchend und mit roten Wangen auf die Schwelle trat.

»Ich kann es nicht mehr erwarten, dir endlich persönlich zu sagen, dass ich dich liebe, Donna«, versicherte Harry strahlend.

KAPITEL 56

Ich, die immerzu quasselte, lernte in diesem Moment, was Sprachlosigkeit bedeutet. Und dann lernte ich, dass es richtig cool war, wenn man nichts zu sagen hatte, denn dann konnte man problemlos in die Arme gerissen und endlich, endlich geküsst werden. Und auch wenn ich mir eine etwas privatere und romantischere Umgebung als die Türschwelle des B&Bs erträumt hätte, konnte ich der Gesamtsituation nur Positives abgewinnen. Zumal Harry entschlossen schien, hier und jetzt mit jedem Vorurteil aufzuräumen, welches ich bezüglich seiner Leidenschaft haben könnte. Er mochte zwar nicht der stürmischste Verehrer der Welt gewesen sein, aber das hier machte er so was von richtig, dass mir ganz schwummerig wurde.

»Verdammt, Harry! Wo hast du denn das gelernt?«, fragte ich zwischendurch atemlos und ziemlich begeistert.

»Warte nur ab, was ich noch alles draufhabe«, raunte er an meinem Ohr und brachte mich einmal mehr dazu, vor Verzückung zu seufzen.

»Ach, Harry. Habe ich heute nicht schon ausreichend deutlich gemacht, dass Warten nicht zu meinen Kernkompetenzen gehört?«

»Nicht? Und das heißt was?«

»Das heißt«, sagte ich und löste mich mit einigem Bedauern für den Moment von seinen Lippen. »Dass wir schleunigst von hier verschwinden werden, wenn nicht wieder im Dorfladen über mich getratscht werden soll.«

»Über dich? Gibt es denn etwas Interessantes?«, fragte er grinsend und ließ zu, dass ich seine Hand ergriff und ihn ins Haus zog.

»Das gibt es. Zum Beispiel, dass ich endlich den heißesten Kerl des Ortes in mein Bett bekommen habe, so wie es von Anfang an der Plan war«, konterte ich frech.

»Den heißesten Kerl?«

»So was von der heißeste. Ich werde dir nie verraten, was es mit mir anstellt, wenn du exakt diesen Blick aufsetzt«, plapperte ich mit einem wohligen Schaudern.

»Wie schade«, schnurrte er und zog mich wieder an seine Brust. »Das hätte mich doch einigermaßen interessiert.«

Dann war sein Mund einmal mehr auf meiner Haut und machte mir klar, dass wir hier unten wertvolle Zeit verstreichen ließen. Zeit, die wir so viel besser nutzen konnten. Es war verrückt, aber mit einem Mal hatte ich das Gefühl, keine Sekunde länger warten zu können. Dabei hatte ich doch exakt diese Situationen früher am meisten genossen. Dieses spielerische Geplänkel und das Gerede davon, was man Besseres miteinander anstellen könnte, war bisher genau mein Ding gewesen. Dieses Mal aber wollte ich nicht länger spielen. Dieses Mal wollte ich, dass wir den nächsten Schritt machten, und zwar auf der Stelle. Nur möglichst nicht exakt hier, wie mir das dezente Hüsteln, das von der Küchentür her zu uns herüberdrang, klarmachte.

»Planänderung«, gestand ich deshalb in Richtung meiner schmunzelnden Tante, die mit verschränkten Armen dastand und so tat, als würde es sie schockieren, was hier passierte. »Ich fahre doch nicht nach Scarborough. Ich werde mich mit Harry nach oben verziehen, damit wir in Ruhe reden können. Das ist doch in Ordnung?«

»Reden, klar«, meinte meine Tante nur mit einem amüsierten Kopfschütteln. »Los, verschwindet endlich.

Und wehe, ihr lasst euch vor dem Frühstück wieder blicken.«

Ich hatte mir einiges vorgestellt, wenn ich abends alleine in meinem neuen Bett lag und voller überdrehter Hoffnungen in die Zukunft sah. Und nicht wenige Fantasien waren definitiv nicht jugendfrei gewesen. Aber was ich jetzt erlebte, sprengte alles, was ich mir hatte zusammenfantasieren können. Es war unglaublich, aber da war nicht ein Moment der Gedanke, im letzten Augenblick kneifen zu wollen. Es gab nicht eine Sekunde, in der es mir seltsam vorkam, dass es ausgerechnet Harry war, mein bester Freund und treuer Begleiter, der mir mit solchem Eifer die Kleider vom Leib riss. Auch nicht, dass ich bei ihm dasselbe tat, völlig gefangen von dem einzigen Gedanken, ganz eins mit ihm zu werden. Ich hatte nichts anderes im Kopf als diese Hände, die sich mit einer Zärtlichkeit über meinen Körper bewegten, die mich fast wahnsinnig machte, nur um kurz darauf fordernd zu werden, mich noch mehr in Ekstase zu versetzen und so lange bittersüß zu quälen, bis ich dachte, vergehen zu müssen. Was sagte man immer über diese stillen Wasser? Ich würde nie nachfragen, wo er all das gelernt hatte oder wie er es geschafft hatte, diese Fähigkeiten vor dem weiblichen Teil der Welt zu verheimlichen. Dieser Mann hatte definitiv einige Geheimnisse auf Lager und ich würde den Teufel tun, ihn noch einmal zu unterschätzen.

»Wer bist du und was hast du mit meinem alten Freund Harry gemacht?«, fragte ich einige Zeit später und lächelte den Mann neben mir beinahe verlegen an. Was ich gerade erlebt hatte, war so gar nichts, das ich mir je im Zusammenhang mit diesem zurückhaltenden Menschen hätte vorstellen können.

»Was hast du mit ihm gemacht, das ist wohl die bessere Frage«, gab er recht zufrieden zurück und küsste meine

Schulter, ehe er sich genüsslich rekelte und so glücklich aussah, wie ich mich fühlte.

»Ich habe gar nichts gemacht. Ich habe dich schlicht unterschätzt, wie es scheint.«

»Nein. Du hast mich schon richtig gesehen. Und dennoch hast du an mich geglaubt und mich einfach so sein lassen, wie ich war.«

»So wie du es bei mir getan hast. Noch nie hat mir ein Mann so beständig das Gefühl vermittelt, dass ich absolut okay bin.«

»Du bist weit mehr als okay, Donna«, berichtigte mich Harry mit plötzlichem Ernst. »Du bist perfekt. Das warst du für mich schon immer. Weißt du, wie ich gelitten habe, als Nick und Fred in deinem Leben auftauchten? Ich fürchtete jeden Tag, dass einer der beiden das auch endlich erkennen wird.«

»Ehrlich? Du warst wirklich eifersüchtig? Das kannst du ganz gut verbergen.«

»Was hatte ich für eine Wahl? Du hast mir oft genug gesagt, dass ich niemals infrage komme. Dass du etwas anderes willst. Einen heißen Kerl, der dir ständig Anzüglichkeiten zuflüstert oder …«

»Hör auf! Ich weiß mittlerweile selbst, wie dumm ich war.« Jetzt war ich es, die seine Haut küsste, sich noch etwas enger an ihn schmiegte. Seine Brust eignete sich ideal dafür, um angekuschelt zu werden, stellte ich zufrieden fest. Meine Hand malte kleine Kreise auf seinem Bauch und näherte sich dabei langsam der schmalen Spur aus dunklem Haar, die sich so verführerisch präsentierte und wie ein Pfeil zu fungieren schien, dem man einfach folgen musste. »Aber das mit den Anzüglichkeiten könnten wir durchaus etwas üben. Ich weiß jetzt ja, dass du die Praxis total draufhast. Da sollten wir die Theorie doch ebenfalls in den Griff bekommen.«

Harrys Augenlider senkten sich leicht herab, als meine Hand noch ein winziges Stückchen weiter glitt. Himmel, schon früher fand ich Harrys Augen beredt, aber die Botschaften, die er neuerdings damit aussendete, killten mich fast. Ich war sofort wieder völlig die Seine, bereit, alles zu tun, um diesen Ausdruck absoluten Glücks auf seinem Gesicht zu sehen. Nun ja, und auf meinem, wo ich ihn zwar nicht wirklich sah, aber dafür bis in den kleinen Zeh spüren konnte.

Am nächsten Morgen kletterte ich extra früh aus dem Bett, um mir einen weiteren meiner verbotenen Träume zu erfüllen. Ich ließ das Wasser in die Badewanne, während Harry noch immer fest schlief. Bis das Bad so weit war, stand ich einfach neben meinem Bett und sah voller Verwunderung auf den Mann hinab, der dort lag und so aussah, als würde er hierhergehören. Wieder war ich von Herzen froh, dass ich bei Paul rechtzeitig aufgewacht war. Auch wenn ich behauptet hatte, dass ich Erfahrungen sammeln wollte, wusste ich jetzt, dass ich die nicht brauchte. Ich musste Harry mit keinem anderen vergleichen, weil keiner perfekter sein könnte. Wie hatte ich nur so dumm sein können und in exakt die Falle tappen, der ich doch so vehement entkommen wollte? Ich hatte mich verführen lassen von der Vorstellung, dass ein Mann charmant und selbstbewusst aufzutreten hatte. Ich hatte mich komplett einem Bild verschrieben, von dem ich doch wusste, dass es nicht für alle passte. Ich, die ich selbst so lange dafür gekämpft hatte, anderen ebendiese Stereotypen auszutreiben. Ich, die ich so hart darum gerungen hatte, mich von diesem Denken zu befreien und anderen vorzuleben, dass es kein Richtig oder Falsch, kein Schön oder Hässlich, kein zu Dick oder zu Dünn gab. Jeden Morgen war ich aufgestanden und hatte darauf gehofft, eine Chance zu bekommen, beweisen zu dürfen, dass ich ebenso wertvoll war wie andere, die mehr der Norm entsprachen. Und dabei hatte ich selbst nicht besser gehandelt. Ich hatte

Harry in eine Schublade gepackt und es ihm beinahe unmöglich gemacht, sich wieder daraus zu befreien.

Ich lächelte noch einmal milde über meine Dummheit und nahm mir vor, jetzt endgültig klüger zu sein, dann ging ich ins Bad und ließ mich in das warme Wasser gleiten. Ich könnte mich daran gewöhnen, den Tag so früh zu beginnen, fuhr es mir durch den Kopf. In meiner wunderschönen roten Wanne – und mit dem besten Blick auf mein Bett, wo sich Harry langsam zu regen begann. Obwohl es bestimmt auch nett wäre, jetzt neben ihm zu liegen, seine Wärme zu spüren, seine suchenden Finger. Seine Hand tastete dort herum, wo ich bis vor Kurzem gelegen hatte, dann öffnete er die Augen und sah zu mir herüber.

»Ich bin gleich fertig«, gurrte ich und warf ihm eine Kusshand zu. Ich griff nach dem Schwamm und fuhr mir damit über die Arme, den Hals und die Brust, während er sich interessiert aufstützte. Dann nahm ich mir die hochgereckten Beine vor, ehe ich so elegant wie möglich aus der Wanne stieg. Ich ließ mir Zeit, um nach dem Handtuch zu angeln, und schlang es dann in einer lässigen Bewegung um meinen Körper. Mit klopfendem Herzen machte ich mich auf den Weg zurück ins Schlafzimmer. Dabei fiel mein Blick auf den großen Standspiegel, der noch immer neben dem Bett an der Wand lehnte. Und der mir das Bild einer wunderschönen Frau zeigte, die vor Glück nur so strahlte.

»Ich könnte mich daran gewöhnen, jeden Morgen so aufzuwachen.« Harry konnte den Blick nicht von mir abwenden. »Weißt du eigentlich, wie schön du bist?«

Zum ersten Mal in meinem Leben nickte ich voller Überzeugung. »Weil du mich schön machst. Deine Augen sorgen dafür, dass ich das bin.«

Harry widersprach nicht. Ich wusste, dass er verstand, was ich sagen wollte. Ja, schon vorher war ich auf einem guten Weg gewesen, mich selbst zu lieben, und oft hatte ich tatsächlich hier gestanden und mich hübsch gefühlt.

Aber jetzt lagen diese Augen auf mir, die voller Liebe leuchteten, und endlich, endlich war ich mir ganz sicher. Ich wandte den Blick von meinem Spiegelbild ab und tapste hinüber zu Harry.

»Guten Morgen«, sagte ich und beugte mich zu ihm hinab, um ihn zu küssen. »Wie schön, dich hier zu sehen.«

Harry lachte. Dann langte seine Hand nach vorne und legte sich um meinen Nacken. Während er mich wieder küsste, zog er mich langsam immer näher an sich heran, bis ich mich mit einem Knie abstützen musste, um nicht auf ihn zu plumpsen. Seine freie Hand nutzte meine Unsicherheit, um sich unverfroren am Handtuch zu schaffen zu machen und es so weit zu lockern, dass es an meinem Körper hinabrutschte.

»Ich habe mich getäuscht. So könnte jeder Morgen beginnen«, versicherte Harry zufrieden und zog mich neben sich. »Ja, so sollte in Zukunft jeder unserer Tage beginnen.«

KAPITEL 57

Seltsam, wie perfekt sich das Leben auf einen Schlag anfühlen konnte. Für mich hatte sich buchstäblich über Nacht alles verändert und ich zwickte mich an manchen Tagen beinahe stündlich, um mir sicher zu sein, dass ich nicht träumte. Und ich stellte verwundert fest, dass meine Umwelt sich zwar mächtig mitfreute, ansonsten den Ereignissen jedoch überraschend gelassen gegenüberstand.

»Das wurde aber auch höchste Zeit«, bemerkte Mabel zum Beispiel lapidar, als wir in der Küche auftauchten, um wie früher gemeinsam das Frühstück vorzubereiten. Dann nahm sie mich aber doch in den Arm und zeigte, wie glücklich sie war. »Ich hatte so langsam die Befürchtung, dass ihr nie begreift, dass ihr zueinander gehört. Und dass du es ewig verleugnest, dass er schon längst weit mehr als ein guter Freund ist.«

»Besser spät als nie«, gab ich zurück und strahlte Harry an. »Ich bin eben manchmal etwas dumm. Aber jetzt bin ich vollends überzeugt, dass ich mir den besten Kerl der Welt geschnappt habe.«

»Richtig«, sagte Harry nur.

»Und ab sofort werde ich meinen Job auch wieder angemessen machen.« Ich drückte meiner Tante einen Kuss auf die Wange. »Danke, dass du in den letzten Tagen so klaglos eingesprungen bist, während ich etwas verrückt war.«

Mabel lächelte. »Das habe ich gerne getan. Der Ruhestand hat seine Annehmlichkeiten, aber ich bin noch zu fit, um gar nichts mehr zu tun. Und dieses B&B war immer mein Leben. Wenn ich dir nicht zu lästig bin, dann würde ich mit Freuden häufiger einspringen. Dann hättest du endlich wieder Zeit für anderes. Ausflüge mit deinen Freunden zum Beispiel.«

»Lästig? Du bist doch nicht lästig. Aber es wäre toll, wenn ich ab und zu wegkönnte. Ich werde mit Gavin reden. Danke, Mabel.«

Sie winkte strahlend ab, offensichtlich aufrichtig erfreut, dass sie ihre Arbeitskraft einbringen durfte.

»Und wir müssen jetzt richtig loslegen. Die neue Website ist noch nicht am Start, oder?« Ich sah Harry an.

»Nein. Aber das ist schnell erledigt. Ich habe alles soweit fertig. Ich wollte nur abwarten …« Er lächelte. »Ob ich alleine aufs Knöpfchen drücken muss oder ob wir das gemeinsam machen.«

»Aber so was von gemeinsam«, versicherte ich enthusiastisch. »Können wir das gleich nach dem Frühstück tun?«

»Theoretisch schon. Ich habe alles im Wagen.«

»Alles, was du in Yorkshire dabeihattest?«

»Alles. Ich habe es noch nicht ausgepackt, weil ich nicht wusste …« Wieder brach er verlegen ab.

»Wo du es auspacken sollst?«, ergänzte ich leise. »Ich hoffe doch schwer, dass du das hier machst.«

»Ist denn ein Zimmer frei?«

Ich sah ihn an. »Natürlich. Noch läuft der Betrieb an, auch wenn es in den nächsten Tagen voll wird. Dein Zimmer habe ich allerdings nicht vergeben. Es wartet nur auf dich.«

Harry sah mich überrascht an.

»Tja, manchmal bin ich etwas zu optimistisch. Aber dieser Raum ist irgendwie immer der deine geblieben. Ich habe mir jeden Tag vorgestellt, dass du wieder darin wohnen wirst.«

»Deshalb der Sekretär?«, fragte Harry.

»Ja. Den gibt es nur in diesem Raum. Ich dachte, du musst ja irgendwo schreiben …« Nun war ich es, die verlegen abbrach. Dann kam wieder mein Übermut durch und ich grinste frech. »Und jetzt kannst du das Zimmer perfekt als Büro nutzen. Schade um das schöne Bett, aber ich hoffe schwer, dass du es sträflich vernachlässigst, weil irgendwo in diesem Haus ein reizvolleres auf dich wartet.«

Harrys Augen blitzten auf. »Dann werde ich nach dem Frühstück meine Sachen dort unterbringen.«

»Und was ist mit dem Rest? Hast du deine andere Wohnung schon ausgeräumt?«

»Ja. Du vergisst, dass ich seit Monaten praktisch aus zwei Koffern lebe. Ich habe keinen alten Ballast, den ich mitschleppe.«

»Dann wird es Zeit, dass du die Koffer wegsperrst und dir wieder ein Heim aufbaust mit all dem Kleinkram und unnützen Zeug, das manche als Ballast bezeichnen. Eines ist nämlich sicher: Die Zeit der Koffer ist endgültig vorbei.«

Obwohl wir gerade erst den einen Umbau abgeschlossen hatten, begann ich sofort, neue Pläne zu schmieden.

»Wir haben doch den alten Schuppen hinten im Garten, in dem die Möbel untergestellt wurden, solange die Handwerker im Haus waren.«

Meine Tante nickte.

»Der ist ebenso solide gebaut wie der Anbau, den du jetzt bewohnst.«

Wieder nickte sie.

»Und eigentlich wird der nicht genutzt, oder?«

»Außer für den Rasenmäher und die anderen Gartenutensilien nicht, nein.«

»Eben! Was für eine Raumverschwendung. Ich habe überlegt …« Ich knibbelte ein bisschen auf meiner Unterlippe herum. »Der ist viel zu groß für den Mäher. Man könnte den sicher unterteilen.«

»Bestimmt. Was hast du vor, Donna? Willst du ihn ausbauen? Als Wohnung wird das sehr eng. Und außerdem gibt es da hinten nur kaltes Wasser.«

»Das weiß ich. Und ich möchte ganz sicher nicht aus meinem Zimmer ausziehen. Aber ich dachte an Harry. Er könnte sich dort einen Rückzugsraum schaffen. Hier im Haus wird es manchmal recht turbulent zugehen, wenn wir wieder voll belegt sind. Er könnte sich einen Schreibraum einrichten. Im Schuppen hätte er Ruhe und einen tollen Blick auf das Meer. Dafür würde der Platz ausreichen. Man könnte sogar eine kleine Toilette einbauen. Mehr braucht es nicht. Ich will ja schließlich nicht, dass er abends zu lange bleibt.« Ich zwinkerte ihr zu.

»Das klingt gut. Dann bist du dir also sicher, was deine Zukunft mit ihm betrifft?«

»So sicher wie noch nie in meinem Leben.«

Über die Sache mit dem Schuppen würde ich mit Harry und Nick in Ruhe reden müssen, aber das hatte Zeit. Mein Drang, alles jetzt sofort zu haben, war zwar immer noch da, aber ich wusste auch, dass wir nichts mehr übereilen mussten. Nun gut, ich musste nichts mehr übereilen. Für den Anfang konnte Harry in seinem Zimmer arbeiten. Und selbst wenn wir den Schuppen irgendwann zu einem Gartenbüro – ein Gedanke, der mir immer besser gefiel – ausbauten, dann würde er dennoch sein Zimmer behalten. Harry brauchte einen Raum, in dem er sich von meinem Gequassel erholen konnte, und es hatte durchaus etwas Reizvolles, sich abends gemeinsam in seine Räumlichkeit zu verdrücken, wenn uns der Sinn danach stand. Und wer weiß … solange die anderen Gästezimmer noch nicht alle belegt waren, konnten wir vielleicht auch mal einen Ausflug in das romantische Rosenzimmer oder die grüne Oase unternehmen.

Aber trotz dieser Aussichten war das erste Ziel natürlich, den Betrieb endlich wieder richtig anzukurbeln, und so saßen wir schließlich gemeinsam vor Harrys Laptop und betrachteten noch einmal die Website, die er für mich gebastelt hatte.

»Das sieht so cool aus. Du hast echt Talent für so was. Du hast ziemlich viele Talente, die du gut verbirgst.«

»Du magst es doch abwechslungsreich und spannend. Ich wäre ja dumm, alles auf einmal zu offenbaren«, konterte Harry. »Bist du bereit? Dann kann es losgehen.«

Ich nickte und holte tief Luft, ehe ich auf das Knöpfchen klickte.

»Und jetzt?«

»Jetzt heißt es warten. Es braucht ein paar Tage, bis die Website richtig indexiert ist.«

»Super. Mein Spezialgebiet: abwarten.«

Harry lachte. »Wir werden uns etwas einfallen lassen, damit die Zeit schneller vergeht.«

»Ich bitte darum«, schnurrte ich zufrieden. »Hey, warte! Was war das denn?«

Ich hatte mich eben wohlig an ihn gekuschelt, als ich tatsächlich davon abgelenkt wurde, was sein PC tat. Der schaltete sich nämlich in den Ruhemodus und zeigte nun ein Bild. Ein Bild von mir.

»Ich bin dein Pausenclown?«, fragte ich, obwohl ich selbst wusste, dass ich das nicht war. Dieses Foto stammte aus der Serie, die wir im Garten gemacht hatten. Aber ich war mir sicher, dass er mir diese spezielle Aufnahme bisher vorenthalten hatte. Ich blickte darauf genau in die Kamera. Um meinen Mund lag ein sanftes Lächeln, aber das bemerkte ich nur am Rand. Mich fesselten meine Augen. In ihnen lag ein Ausdruck, den ich noch nie gesehen hatte. So müssen Augen leuchten, wenn sie etwas sehen, das sie von Herzen lieben, dachte ich ergriffen.

»Hast du das gemacht?«, fragte ich überflüssigerweise.

»Ja. Als du dachtest, dass ich mit etwas anderem beschäftigt bin. Es gibt da eine nette kleine Funktion, du erinnerst dich? Dieser Fernauslöser?«

Ich nickte nachdenklich. »Harry, wie konntest du nach diesem Bild zweifeln?«, fragte ich dann leise. »Wie konntest du Angst haben, dass ich dich nicht liebe? Meine Augen verraten doch alles.«

Er seufzte. »Tatsächlich hat mir dieses Bild Hoffnung gemacht. Auch wenn du alles getan hast, um sie wieder und wieder zu zertrümmern.«

»Weil ich es selbst nicht wusste. Aber keine Angst, in Zukunft wirst du nie mehr daran zweifeln«, versprach ich ihm ernst. »Wobei ... auch du hast mich glauben lassen, dass ich nichts anderes als eine Freundin für dich bin.«

»Weil du es so wolltest.«

»Wollte ich auch, dass du bei Claire übernachtest?«, fragte ich spitz.

»Ja. Du hast mich oft genug darauf hingewiesen, dass Claire die ideale Partnerin für mich wäre.«

»Stimmt«, gab ich zu. »Und anfangs dachte ich das tatsächlich. Weißt du, ich wollte schon immer, dass du glücklich bist. Und nun ja, Claire schien wie ein Wink des Schicksals zu sein.«

»Richtig.« Harry rieb sich über den Nacken.

»Harry, in dieser Nacht nach der Lesung. Du hast bloß bei ihr übernachtet, oder?«

Er nickte knapp.

»Ich weiß, dass mich das nichts angeht. Aber ich mag Claire, auch wenn mir das zwischenzeitlich schwerfiel. Und es würde mir leidtun, wenn sie sich jetzt so fühlt, wie ich mich damals gefühlt habe.«

»Ich glaube nicht, dass sie das tut. Claire hätte mich an diesem Abend nicht zurückgewiesen«, gab er ohne Umstände zu. »Aber ich bin nicht wie du. Ich hätte nie mit ihr schlafen können, nur weil es möglich gewesen wäre.«

»Ich habe auch mit keinem geschlafen, das weißt du.«

»Richtig. Nun, Claire hat mittlerweile begriffen, dass sie mehr in die Idee verliebt war, mit einem Autor zu schlafen, dessen Arbeit sie mag, als mit mir«, gab er etwas verlegen zu. »Aber ich würde den Kontakt zu ihr dennoch gerne halten. Sie hat mir sehr geholfen und mir auch ordentlich den Kopf gewaschen, als es notwendig war.«

»Richtig«, sagte ich nun und er grinste.

»Sie wird ihr Glück finden. Sie hat neulich Miles' Sohn kennengelernt. Er arbeitet im Unternehmen seines Vaters mit und wird es irgendwann übernehmen. Die beiden hatten auf Anhieb viel zu bereden.«

»Das würde mich freuen.« Zufrieden sah ich noch einmal auf das Foto und beschloss, dass ich davon einen Abzug für mein Schlafzimmer machen lassen würde. »Ja, das würde mich total für sie freuen.«

KAPITEL 58

Als könnte man so etwas bestellen, lief der Herbst noch einmal zur Höchstform auf. Nach dem Intermezzo grauer, nasser Tage kämpfte sich die Sonne ein letztes Mal durch und schenkte uns ein paar goldene, wenn auch nicht mehr allzu warme Stunden.

»Wie schade, dass es bald endgültig vorbei ist. Mein Sommer war viel zu kurz«, sagte ich nachdenklich zu Joanna, die neben mir im Garten saß und das Gesicht in die Abendsonne hielt.

»Ernsthaft?« Sie lachte. »Ich dachte, dass du in diesem Sommer mehr erlebt hast, als du dir vorstellen konntest.«

»Das stimmt. Aber so richtig in Fahrt kam er erst, als er beinahe vorbei war. Zumindest, was mein Liebesleben betrifft.« Ich grinste schon wieder so breit wie ein Scheunentor. »Himmel, ich hab's vermasselt. Ich habe mir selbst meinen perfekten Sommer ruiniert.«

»Dann freu dich auf den nächsten. So wie ich Harry neuerdings einschätze, wird er alles tun, um dir fortan nur noch gute Zeiten zu bescheren.« Sie sah, wie ich verlegen den Blick senkte, und lachte. »Von wegen stilles Wasser, oder? Ich will es gar nicht so genau wissen, aber ich würde schwer vermuten, dass er dich nicht enttäuscht.«

»Absolut nicht«, gab ich zu. »Ich hab es ja immer gesagt, der Kerl hat jede Menge Geheimnisse. Und die decke ich jetzt auf, eines nach dem anderen.«

Joanna lachte und drückte meine Hand. »Mach das. Ich freue mich so für dich, Donna. Du hast es verdient.«

»Danke«, platzte ich heraus. »Danke, dass du meine Freundin bist. Und danke, dass wir uns wieder vertragen haben«, setzte ich leiser hinzu.

»Ach, Donna.« Joanna seufzte. »Ich war genauso dumm. Ich hätte es dir früher erzählen sollen. Manche Dinge werden zu groß, wenn man sie verheimlicht.«

»Und wie geht es bei euch weiter? Du weißt schon, bei Jakob und dir?«, fragte ich zögernd.

»Ich denke, dass ich langsam damit klarkomme. Nicht zuletzt durch dich und Harry. Das Leben ist nun mal kein immerwährender Ponyhof und Menschen machen Fehler. Jeder von uns. Aber wir sollten auch lernen, damit abzuschließen und zweite Chancen zu gewähren.«

»Du bist toll«, gestand ich spontan. »Echt jetzt, ich mag dich total.«

»Da bist du nicht die Einzige.« Gavin und Harry waren zu uns getreten und Gavin nutzte die Gelegenheit, um Joannas Nacken zu küssen. »Wie sieht es aus? Seid ihr so weit? Das Dinner startet gleich und wir wollen doch nicht zu spät kommen.«

So langsam füllte sich das Hinterzimmer der Mermaid. Zu Beginn waren wir eine recht kleine Truppe gewesen, aber es schien sich herumzusprechen, dass diese Treffen lohnenswert waren. Auf alle Fälle hatten wir jetzt schon zwei neue Mitglieder, und das war doch ein guter Anfang. Neben Claire, die sich zum Glück nicht zurückgezogen hatte, saß ein strahlender Fred.

»Ich mag diese Dinner«, gestand er eben heiter. »Und ich freue mich, dass ihr mich aufgenommen habt. Ich sagte es ja immer, man kann nie genügend Freunde haben.«

»Ich finde es super, dass du dabei bist. So langsam wurde es mir hier schon unheimlich. Unsere Treffen sollen doch Veranstaltungen sein, bei denen man sich einfach amüsiert, aber wir entwickeln uns unaufhörlich in Richtung Partnerbörse.« Betty lachte dröhnend. »Ich brauche dringend einen Mitstreiter, dem das auch nicht gefällt.«

»Ich mag das eigentlich«, hielt Liz dagegen und errötete sanft. »Wir könnten uns umbenennen in Dinner with future lovers.« Sie zwinkerte mir zu. »Das wäre bestimmt ein Knaller.«

»Warum nicht? Kann es etwas Schöneres geben?«, stimmte ich zu. Ich fand es sogar ziemlich cool, dass sich hier bereits zwei Paare gefunden hatten – besonders, weil ich eines davon war. »Wobei du uns ja nicht gebraucht hast, um deine neue Liebe zu finden.«

Ich lächelte Ross zu, der ebenfalls zum ersten Mal Teil der Runde war. Liz datete ihn schon eine Weile und heute hatte sie ihn mitgebracht, um ihn uns vorzustellen. Ich fand ihn spontan sympathisch. Er war nicht besonders groß, aber neben der winzigen Liz wirkte er dennoch riesig. Seine roten Locken, die grünen Augen und seine drahtige, agile Figur gaben ihm das Aussehen eines vorwitzigen Kobolds. Damit passte er auch optisch perfekt zu Liz, der schmalen kleinen Elfe. Ich freute mich riesig, dass Liz sich verliebt hatte und sich ihrer Gefühle inzwischen sicher genug war, um Ross in unsere Runde mitzubringen.

»Wir Singles müssen jetzt zusammenhalten«, befand Betty lachend und zwinkerte Fred zu. »Ich für meinen Teil habe nämlich nicht vor, diesen Status zu ändern.«

»Tja, manchmal kommt es anders«, unkte ich altklug.

»Und manchmal nicht«, gab Betty Kontra. »Für manche Menschen ist dieses Konzept mit der Liebe, bis dass der Tod uns scheidet einfach nicht gemacht.« Sie hatte die Worte mit ausholenden Gesten untermalt und zuckte jetzt frech mit den Achseln. »Der Mann, der mir gefährlich werden könnte, muss erst noch geboren werden. Nein, ich bleibe bei meinem jetzigen Beziehungsstatus: immer mal wieder, aber immer glücklich.«

»Es ist schon toll, oder?«, seufzte ich auf dem Heimweg glücklich. »Stell dir mal vor, Gavin hätte nicht die grandiose Idee gehabt, diese Dinner ins Leben zu rufen. Wie anders hätte unser Leben verlaufen können? Ob wir alle uns je angefreundet hätten? Und ob wir beide so gute Freunde geworden wären? Ehe wir etwas noch Besseres wurden?« Ich stupste Harry leicht an, der nachdenklich an seinem Kinn herumrieb.

»Ich hätte es vermutlich deutlich schwerer gehabt. Denn verliebt hätte ich mich auf jeden Fall in dich. Ehrlich gesagt, habe ich das vermutlich in dem Moment getan, in dem du mich als Gast willkommen geheißen hast.«

»Echt? Einfach so, auf den ersten Blick?«

»Oder auf dein erstes dröhnendes Lachen«. Er wich geschickt meiner Hand aus, die ihn dafür knuffen wollte, und lachte. »Ich habe mich in alles verliebt, was du zu bieten hast.«

»Gerade so die Kurve bekommen«, murmelte ich zufrieden.

»Oh, ich habe übrigens noch etwas für dich. Es ist heute Mittag gekommen und ich wollte es dir nicht zwischen Tür und Angel geben.«

»Ein Geschenk?«, fragte ich erfreut.

»Eine Kleinigkeit«, wehrte er ab. »Komm mit. Ich habe es in meinem Zimmer.«

Er ging voraus und wartete geduldig, bis ich die Tür hinter mir geschlossen hatte. Dann öffnete er die Schublade des Sekretärs und nahm ein Buch heraus.

»Es ist da!« Ich griff nach dem neuesten Roman meines Freundes. »Es sieht immer noch einmal so viel besser aus, wenn man es gedruckt in der Hand hält, oder?«

Harry nickte zustimmend.

»Sieh hinein«, bat er.

»Warum? Hast du doch die andere Version veröffentlicht?«

Er schüttelte den Kopf. »Ich hatte das bereits fix und fertig hochgeladen, ehe ich wusste, wie du dich entscheidest.«

Ich nickte nachdenklich und fuhr mit der Hand über das Cover. Dann öffnete ich das Buch. Alles wie es sein sollte, dachte ich, als ich die Titelseite umblätterte und es entdeckte.

Für Donna. Ich liebe dich. In kleinen, unaufgeregten Buchstaben, verteilt auf zwei Zeilen, sprangen mich die Buchstaben förmlich an. Sonst nichts, kein Herz, kein Schnickschnack, kein unnötiges Satzzeichen. Diese fünf Worte, so prominent auf der ansonsten leeren Seite platziert, brauchten nichts weiter. Ich schluckte und sah ihn an.

»Oh mein Gott, Harry! Das ist wunderschön. Das ist vermutlich das Allerschönste, was je ein Mensch für mich getan hat. Und du hast das schon geschrieben …«

Er nickte. »Volles Risiko. Das hast du doch immer gewollt, oder? Ein Kerl, der sich nicht scheut zu sagen, was er fühlt.«

»Wirst du mich ewig damit aufziehen, wie dumm ich war?«

»Ich will dich nicht aufziehen.« Er nahm mir sanft das Buch aus der Hand und legte es zur Seite, ehe er mich an sich zog.

»Danke! Du ahnst gar nicht, was mir das bedeutet. Das würde auch hier stehen, wenn ich mich anders entschieden hätte, oder?«

Er nickte nachdrücklich.

»Du bist immer wieder eine Überraschung, Harry Hammet. Und falls ich es heute noch nicht gesagt habe: Ich liebe dich auch!« Ich nutzte die Gelegenheit, um ihn ausgiebig zu küssen. Zumindest so lange, bis er mich etwas von sich schob und mit zusammengezogenen Augenbrauen musterte.

»Aber ich würde es gerne wissen. Was hast du dir von diesen Typen erhofft?«

Verlegen zuckte ich mit der Schulter. »Das Übliche vermutlich.«

»Und was genau ist das Übliche?«

»Weshalb willst du das wissen? Es ist doch jetzt egal.«

»Ist es das?« Er ließ seine Augen auffunkeln und küsste mich. »Ich dachte, die eine oder andere Fantasie könntest du noch immer haben.«

»Und wenn?«, fragte ich hoffnungsvoll.

»Dann solltest du sie mit mir teilen. Also, was genau wolltest du? Einen Kerl, der dir sagt, dass er dich liebt? Hier ist er. Und wie ich dich liebe.« Er begann geschickt an meiner Bluse zu hantieren und hatte im Handumdrehen die Knöpfe offen.

»Das steht ganz oben auf der Liste, ja«, gestand ich zufrieden.

»Einer, der dir unanständige Dinge ins Ohr flüstert?«, fragte er mit seiner besten Samtstimme.

»Das würdest du tun? Deine limitierten Worte für mich verschwenden?«

»Oh ja, meine Schöne. Wenn es dich glücklich macht.« Ich nickte. Ich brauchte meinen Mund gerade, um ihn zu küssen, aber er entzog ihn mir nach kurzem Vergnügen.

»Ich will dich, Donna. Jetzt sofort«, raunte er an meinem Ohr und mein Körper reagierte sofort und machte deutlich, dass ich das auch wollte. Noch nie hatte ich einen Mann so sehr und so dringend gewollt wie diesen vermeintlichen Langweiler. Ob ich je damit klarkommen würde, was hinter Harrys Fassade steckte? Oh ja, das wirst du, jubelte mein verrücktes Ich, als Harry begann, sehr eindringlich klarzumachen, was er im Schilde führte. Aber es wird eine spannende Zeit, mach dich darauf gefasst. Warte nur ab, bis er auch deine anderen kleinen Fantasien kennt und sich umgehend daranmacht, sie umzusetzen.

Ich stöhnte vor Freude auf, dann beschloss ich, dass wir auch in dieser Sache Zeit hatten. Nicht nur einen vergänglichen Sommer, egal, wie lange der sich hielt. Sondern auch den Herbst, den Winter und das Frühjahr. Und das Jahr für Jahr.

»Ich will dich auch, Harry. Aber wehe, das hier kommt später in einem deiner Bücher vor. Ab sofort bleibt unser Liebesleben unsere Privatsache, verstanden?«

Harry lachte leise, während seine Lippen weiter auf meiner Haut spazierten. Das gab mir den Rest und entschieden verdrängte ich alles, was ich noch gerne irgendwann tun würde. Die Chancen standen gut, dass ich all das erleben würde, und zwar mit dem Einzigen, mit dem ich diese Erfahrungen teilen wollte. Für den Moment war es perfekt. Und für die Zukunft stand eines sowieso fest: Sommer werden überbewertet. Sie sind toll und alles und sie machen uns leichtsinnig und manchmal ein bisschen verrückt. Aber ich musste ihn nicht mehr herbeisehnen und mich vor jeder Gewitterwolke fürchten. Ich hatte den Hauptpreis in der Jahreslotterie ergattert. Auf mich wartete nicht weniger als der beste Rest meines Lebens.

Und so geht es weiter

Geh mir doch auf den Keks – Dinner with future friends 3

Was würdest du tun, damit dein lange gehegter Wunschtraum endlich in Erfüllung geht?

Diese Frage stellt sich auch Betty, als sie endlich die perfekte Immobilie findet, um ihre eigene Boutique zu eröffnen. Und die schlichte Antwort lautet: Alles!

Deshalb entwickelt sich in ihrem Kopf auch sofort dieser verrückte Plan, als sie durch einen Zufall mit George, dem Enkel der Inhaberin, ins Gespräch kommt. Von ihm erfährt sie nämlich, dass seine Oma Grace nicht nur sehr spezielle Ansprüche an neue Mieter und Enkelsöhne hat, sondern diese auch rigoros durchsetzt. Ihn zum Beispiel hat sie eben aufgrund seines lockeren Lebenswandels kurzerhand von der Erbenliste gestrichen.

Für Betty liegt die Lösung nahe: George soll ihr behilflich sein, bei Grace zu punkten und sie davon zu überzeugen, dass Betty die perfekte Mieterin ist. Dafür wird sie seine Freundin spielen und ihm damit zurück in die Gunst seiner Oma verhelfen. Und da man sich auf Anhieb sympathisch ist und beide nichts weniger wollen, als sich dauerhaft zu binden oder gar zu verlieben, scheint das Vorhaben idiotensicher zu sein.

Tja, und das wäre es auch. Wenn sich Grace nicht so viel Zeit lassen würde. Wenn Betty und George nicht mehr Spaß hätten, als sie haben sollten. Und vor allem, wenn Grace nicht noch die eine oder andere Überraschung in der Hinterhand hätte und sich stärker einmischen würde, als Omas das tun sollten – wie beispielsweise plötzlich selbst mit einem Deal um die Ecke zu kommen. Spätestens jetzt wird Betty klar, dass sie tiefer im Schlamassel steckt als je zuvor ...

Bevor wir uns verabschieden ...

... möchte ich mich ganz herzlich bei Ihnen bedanken, dass Sie meine Einladung zum zweiten Dinner with future friends angenommen haben. Ich hoffe, dass Sie viele wunderbare Stunden in Cornwall verbracht haben und mit Donna einen turbulenten und unterhaltsamen Sommer verleben durften. Und ich hoffe, dass Sie auch beim dritten Dinner dabei sind, wenn St. Hope einmal mehr für klopfende Herzen sorgt.

Und natürlich würde ich mich über eine Rezension von Herzen freuen. Damit würden Sie mich und meine Arbeit sehr unterstützen.

Wenn Sie noch mehr romantische Geschichten miterleben möchten, dann folgen Sie mir auch gerne auf Amazon. Sie werden dann informiert, wenn ein neues Buch erscheint.

- Suchen Sie einfach auf Amazon.de oder in der Amazon App nach diesem Buch.
- Klicken Sie auf den Autorennamen, um zur Autorenseite zu gelangen.
- Klicken Sie dort einfach auf den Folgen-Button.

Oder scannen sie einfach diesen QR-Code, um direkt auf die Autorenseite zu gelangen:

Herzliche Grü

Franziska Erhard

Weitere Bücher der Autorin:

- Jetzt hab ich den Salat (Dinner with future friends 1)
- Geh mir doch auf den Keks (Dinner with future friends 3)
- Meeresflausen
- Dieser Moment, als Santa Claus mein Wohnzimmer putzte und mein Herz verrückt wurde
- Verdammt, es könnte Liebe sein (Little Lovemere 1)
- Wenn's dumm läuft, ist es Liebe (Little Lovemere 2)
- Und so was nennt sich Fest der Liebe (Little Lovemere 3)
- Die vermutlich beste schlechteste Idee ever (Das vermutlich beste Team ever 1)
- Der vermutlich beste schlechteste Kuss ever (Das vermutlich beste Team ever 2)
- Kisses in London Drei Worte
- Kisses in London Drei Dates
- Kisses in London Drei Hochzeiten (Okay, zweieinhalb)
- Vorlaute Blumen und andere Eskalationen
- Verliebte Bücher und andere Schlamassel
- Tanzende Törtchen und andere Herausforderungen
- Beschwipste Früchtchen und andere Weihnachtskatastrophen
- Flamingo-Sommer
- Kolibri-Sommer
- Kakadu-Sommer
- Alles nur Ansichtssache ?!
- Alles nur Familiensache ?!
- Alles nur Vertrauenssache ?!
- Diese Sache mit Paris
- Von Muthasen, Fellnasen und dem ganz normalen Wahnsinn mit der Liebe
- 99 Tage mit Julie
- Verwünscht - Manchmal ist das Falsche richtig
- Drei Väter sind dann doch zu viel
- Maxi - Wer will schon einen Mann mit Porsche?
- Das Christkind wohnt in Hütte 7
- Das Glück wohnt in der Hütte 7
- Die Liebe wohnt in Hütte 7
- Believe - Mit dir kamen die Wunder (Sammelband)

IMPRESSUM

1. Auflage Juli 2024

Cover-/Umschlaggestaltung:
Buchgewand Coverdesign | www.buch-gewand.de

unter Verwendung von Motiven von
stock.adobe.com: vika33, Maryna Stryzhak, Viktoryia, fotomango, lnsdes, Світлана Вільгаук, Arsenova

Korrektorat:

Doris Eichhorn-Zeller | www.perfekte-texte-coburg.de

ISBN: 9798324376154
Imprint: Independently published

Druck:
Amazon Media EU S.à r.l.,
5 Rue Plaetis,
L-2338, Luxembourg

Franziska Erhard
Rosenstr. 21
76337 Waldbronn
franziska.erhard@gmx.de